I0641706

POÉSIES

DE

ÉDOUARD TURQUETY.

PARIS. — IMPRIMERIE ÉDOUARD PROUX ET Cᵉ,
rue Neuve-des-Bons-Enfans, 5.

POÉSIES

DE

ÉDOUARD TURQUETY

—

AMOUR ET FOI.

POÉSIE CATHOLIQUE. — HYMNES SACRÉES.

—

NOUVELLE ÉDITION
revue et augmentée.

- ᴐᴏⲟⲟⲟⲟᴈ -

PARIS

SAGNIER ET BRAY, LIBRAIRES-ÉDITEURS,

RUE DES SAINTS-PÈRES, 64.

—

1846

Les trois ouvrages que je rassemble dans ce volume, sont dus à une même et unique pensée, bien qu'ils diffèrent souvent de forme et de couleur. Cette pensée a été développée en tête de chacun d'eux, et j'y ai ajouté dans cette édition quelques lignes supplémentaires qui la feront ressortir plus clairement encore. J'ai, en même temps, essayé de me rendre compte de l'effet qu'ils avaient pu produire. Ces appréciations à distance m'ont toujours semblé utiles. L'auteur, sorti de l'atmosphère qui l'enveloppait au moment où il composait son œuvre, est plus apte à la juger. Il se met plus aisément au point de vue du public, et ce retour sur lui-même n'est pas sans intérêt pour ceux qui sont amenés à le relire par une conformité de croyance et d'impression.

De quelque manière que l'on envisage ces poésies, on conviendra, je l'espère, de la droiture des sentimens qui les ont inspirées. J'ai continuellement eu devant les yeux le but où doit tendre, ce me semble, tout écrivain digne de ce nom

dans notre époque de désordre et de décomposi-
tion sociale. En rappelant aux idées religieuses,
seule source où l'on puise la vie, j'aurais voulu,
à l'aspect des misères qui nous environnent, ra-
nimer dans quelques âmes la pitié qui semble
abandonner les hommes, tant ils se précipitent
avec fièvre dans les jouissances égoïstes de la chair.
J'aurais voulu, non pas seulement faire plaindre,
mais encore faire aimer tout ce qui souffre : les
délaissés, les opprimés, les faibles, tous ceux enfin
qu'a aimés et consolés le Dieu de l'Évangile, le
Dieu des mères et des petits enfans. J'aurais
voulu surtout raviver le respect et l'admiration
que l'on doit à la femme, à la femme dont le cœur
sauverait le monde, si le monde devait encore
naufrager dans les abîmes du sensualisme et de
l'orgueil. Voilà, selon moi, la véritable mission
du poète. Pourquoi la volonté n'est-elle pas la
puissance? L'intention du moins n'a pas été complètement stérile, et ici l'on me pardonnera de répéter ce que j'écrivais, il y a quelques mois, dans
la préface d'un opuscule consacré à la Vierge (1).
Les encouragemens que l'on reçoit de ses frères
sont trop précieux pour qu'on les passe sous si-

(1) Fleurs à Marie.

lence. Ils embellissent les souvenirs d'un passé qui eut plus d'un jour sombre, et donnent une nouvelle force pour les luttes de l'avenir.

Je profite, disais-je, de l'occasion qui se présente pour remercier encore une fois la presse catholique, si unanime dans sa bienveillance à mon égard. Si j'ai trouvé ailleurs des paroles sévères, conséquence presque inévitable d'une différence de foi religieuse, je puis dire qu'elles ont rarement dépassé la mesure que l'on devrait toujours garder en pareil cas. On a demandé à quoi pouvaient servir des livres comme les miens : je répondrai que de nombreuses sympathies m'ont assez prouvé, depuis dix ans, que des poésies purement catholiques étaient loin d'être inutiles. Bien des âmes m'ont remercié des consolations qu'elles y avaient puisées ; je dirai plus : quelques unes ont bien voulu me témoigner une reconnaissance encore plus précieuse, puisqu'elles attribuaient leur retour à Dieu à la lecture de mes faibles ouvrages ; il s'en est même trouvé qui ont consigné ce fait, si doux pour moi, dans la presse quotidienne. C'est un bonheur que je n'aurais pas osé espérer, et qui certes tient moins au talent qu'à la foi. J'ai cru devoir cette réponse à ceux qui l'ont suspectée. Sur tout autre point,

je ne me défendrais pas ; mais ici le silence serait coupable. Je crois, je crois de toutes les puis-
sances de mon âme, et je m'écrierais volontiers,
comme les soutiens d'une cause différente dans
une occasion solennelle : *Périsse mon nom,*
pourvu que mes croyances se propagent ! Ce mot
ne vient pas seulement de ma bouche, il sort du
plus profond de mon cœur.

AMOUR ET FOI.

PRÉFACE

DE LA PREMIÈRE ÉDITION.

-·≤●≥·-

Mon dessein était de publier ce Recueil sans réflexions préliminaires. L'intention qui l'a dicté est
si peu douteuse, et revient si fréquemment dans le
cours de l'ouvrage, qu'il me paraissait au moins
inutile de la manifester une fois de plus. Des personnes d'une autorité grave en ont jugé autrement : elles ont pensé que je devais au lecteur quelques lignes d'introduction à mon faible travail.
J'obéis à un arrêt que je respecte ; mais l'explication sera courte. Au lieu de poursuivre des déve-
loppemens qui sembleraient peut-être hors de leur
place, j'aime mieux renvoyer à l'ouvrage lui-même,
si toutefois on a l'indulgence de le lire.

Le but de ce livre est complètement religieux :
je dis *complètement*, car les pièces variées qu'il
renferme se rattachent à cette unité religieuse.
Elles sont là pour montrer l'écrivain sous ses di-
verses faces : mais l'écrivain est toujours lui-même,
c'est à dire catholique avant tout ; et c'est en cela
que le genre de ce volume diffère de la poésie reli-

gieuse telle que l'a créée en France un poète illustre, doublement sacré par son rare génie et sa
belle âme. Nous avons replié sur le livre du Dogme
des ailes qui ne nous portaient pas jusqu'au séjour
des harmonieuses méditations. Ici la poésie est de la
terre : elle se mêle au mouvement qui entraîne la
société ; elle se passionne, elle s'indigne des obstacles que la vérité rencontre. L'hymne est moins
fréquente, la défense plus habituelle. C'est une profession de foi rigoureuse et absolue qu'il me serait
doux de voir répétée par les âmes dont la croyance
ne s'est point altérée au contact de l'époque ; c'est
le catholicisme enfin, le catholicisme, religion des
jours anciens, qui dominera les jours nouveaux. Le
Christ, toujours le Christ, voilà l'idée première,
l'idée unique de l'ouvrage.

Je ne me dissimule pas ce qu'une pareille publication offre d'inopportun dans les circonstances actuelles. Ce n'est pas quand la société se délabre
comme un vieil édifice qui tombe, quand l'agonie
intérieure se manifeste de tous les côtés par des crises violentes et de sourdes rumeurs ; ce n'est pas,
dis-je, à travers ces orages de l'époque qu'une voix
obscure peut espérer bienveillance et attention. Je
le sais, et je m'en console d'avance : c'est qu'il se
trouve au fond du cœur de l'homme un instinct plus
puissant que de vaines considérations, plus fort
que la fièvre même de la gloire, l'instinct de la vé-

rité. Quelle que soit la destinée de ce livre, il aura
du moins témoigné de mon ardent amour pour
l'antique foi de nos pères ; il aura développé ma
conviction la plus sainte, la plus enracinée, je veux
dire le triomphe du catholicisme au milieu des
ruines qui s'amoncellent. Quant à la sympathie de
ces âmes dont je parlais tout-à-l'heure, j'avoue
qu'elle a été le but constant , le vœu habituel de
ma pensée: ce serait la récompense la plus précieuse de mes faibles efforts. Je l'ai rêvée quelquefois ; mais , comme toutes les choses de la terre ,
j'ai bien peur que mon espérance ne soit qu'un
songe de plus à ajouter à tant d'autres songes.

                              Paris, juin 1833.

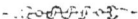

En revoyant cet ouvrage pour le réimprimer,
il m'a semblé qu'il ne serait pas inutile d'ajouter à
la préface précédente quelques mots qui en feraient
mieux comprendre le ton , ainsi que la couleur do-
minante du recueil. Tous les livres se ressentent
plus ou moins du temps qui les a vus naître , mais
il y en a dont l'idée fondamentale se détache aisément des préoccupations contemporaines; il n'en
est pas de même ici. Amour et Foi s'explique par
l'époque fiévreuse où il a été composé , et dont le

souvenir doit encore être présent à la plupart de
ceux qui me liront. Je veux parler de 1830 et des
deux années d'agitation qui le suivirent. Pendant
que j'écrivais ces vers, l'émeute grondait dans les
rues, on abattait les croix, et de nouveaux bou-
leversemens pouvaient d'un jour à l'autre ramener
la persécution religieuse. On ne doit donc pas s'é-
tonner d'une effervescence qui semble presque une
anomalie dans des temps plus calmes, et qui n'é-
tait que l'expression naturelle des sentimens qui
remplissaient alors un grand nombre de cœurs.
J'ai laissé intactes ces pensées d'une époque déjà
si éloignée, persuadé qu'en pareil cas surtout
l'exactitude est un devoir, et que les changemens
les plus heureux ne peuvent jamais remplacer le
cachet primitif.

AVERTISSEMENT DE L'ÉDITEUR.

TROISIÈME ÉDITION.

Nous ne pouvons mieux faire, pour recommander cette nouvelle édition, que de transcrire le jugement de M. Charles Nodier; il constate la voie originale que l'auteur s'est frayée dans AMOUR ET FOI. Le nom et l'autorité de ce célèbre écrivain dispensent de tout autre éloge.

« . . . .

. . . Entre tous les jeunes poètes qu'a produits la noble école religieuse de M. de Lamartine, je n'en connais point qui l'emporte sur M. Turquety, par l'élévation de la pensée et par la magnificence de l'expression; c'est le digne Elisée du prophète, et on reconnaît la double inspiration de son maître à la grandeur des sentimens comme à la constante élégance de la parole. Ce qui le distingue surtout, et pour s'exprimer comme on le fait aujourd'hui, ce qui le spécialise entre tous ses émules, c'est que sa poésie est animée par une

foi pure et une conviction profonde. Ce n'est plus l'élan
indéfini d'un spiritualisme admiratif qui honore Dieu
dans ses œuvres, mais sans savoir précisément à quel
Dieu inconnu il doit rapporter ses hommages; c'est
l'hymne exhalé aux autels du christianisme, et tel qu'il
a été recueilli par Klopstock dans les concerts même
des anges. Nos muses modernes sont déistes, et c'est
un immense progrès après un long siècle de scepti-
cisme absurde qui annonçait la fin des temps. Celle de
M. Turquety est catholique, et ses chants peuvent se
marier aux concerts des vierges et des prêtres; or,
c'est là une réelle et incontestable originalité. Il nous
semble qu'une haute destinée est réservée au jeune talent qui a marqué ainsi son point de départ, et est allé
prendre sa lyre aux murailles du sanctuaire....

» Ch. Nodier. »

Juillet 1834.

AMOUR ET FOI.

⟨ I ⟩

INITIATION.

Octobre 1830.

Courage, élance-toi par delà ces rumeurs ;
Courage, ô poésie ! — Ils disaient que tu meurs
    Dans un siècle de frénésie.
Toi, mourir !... Oh ! ce choc plutôt t'aiguillonna :
Il te faut comme à Dieu les éclairs du Sina,
    O sainte et grande poésie !

Viens donc puisque l'orage ébranle au loin les cieux :
Viens malgré tous ces bruits, car tu déploiras mieux
    Ton aile harmonieuse et blanche ;
Car on aime ta voix mêlée au tourbillon,
Comme on aime la foudre, et le cri que l'aiglon
    Pousse au dessus de l'avalanche.

Viens, et le seul éclair de ton char inspiré
Dirigera mes pas sur la route, et j'irai,

O poésie, où tu m'entraînes :
Viens, car le luth sans toi ne peut rendre d'accord,
Viens, car les bruits du siècle effarouchent encor
    Mon coursier qui bondit sans rênes.

Il s'élance, il t'appelle. — Oh! viens hâter mon vol,
Quand, soutenu des noms d'Isaïe et de Paul,
    J'ouvre le livre des présages ;
Quand je soulève un coin du terrible rideau
Au siècle qui se perd, comme la goutte d'eau,
    Dans l'urne immobile des âges.

Viens, oh! viens m'affermir, quand je lutte d'effort,
Plein d'ardeur, et poussé par un instinct si fort,
    Que nul autre en moi n'y ressemble.
Oh! ma bouche a besoin de répéter : « Je crois! »
Et pour l'offrir à tous, quand je saisis la croix,
    La main ni le cœur ne me tremble.

C'est que notre avenir jette un reflet brillant ;
C'est que je vois de loin le Christ étincelant
    Percer la brume et la tempête ;
C'est qu'au milieu des jours son image me suit :
Et la grande figure élève dans la nuit
    Ses deux bras sanglans sur ma tête!

Et je chante, et malgré l'âpreté du combat,
Malgré les aquilons dont le souffle me bat,

Je marche au devant de la crise.
J'ai tant sondé l'écueil que je ne le crains plus ;
Mon sort n'est pas douteux : je vais contre le flux,
  Et j'attends que le flux me brise.

Mais qu'importe, après tout, qu'on heurte et foule aux pieds,
Comme un débris impur, mes ossemens broyés,
  Si ma tombe n'est pas muette ?...
Oh ! qu'un nom de martyr est sonore et puissant !
Je voudrais ajouter la couronne de sang
  A l'auréole du poète.

Je voudrais, l'œil aux cieux et la croix sur le cœur,
Porter ma tête haute à l'échafaud vainqueur
  Qui n'a d'effroi que pour le lâche,
Et que le nom du Christ consacrât mon linceul ;
Je voudrais que ce fût mon dernier mot, le seul
  Qu'interrompît le coup de hache !

-o-⁂ II ⁂-o-

CREDO.

Je crois. — Le siècle en vain, dans sa pénible route,
Livre son vaisseau frêle à l'océan du doute,

Et sillonne d'obscurs détroits ;
Je me lève, j'échappe au courant qui l'emporte,
Et le regard aux cieux, d'une voix libre et forte,
    Je le dis hautement : Je crois.

Je crois à Jéhova, je crois à l'Être immense
Par qui tout se colore et par qui tout commence,
    Foyer de la création :
Je crois à ce grand souffle, à cette âme inconnue
Qui, comme un vaste éclair illuminant la nue,
    Flottait sur l'abîme sans nom.

Je crois que le Dieu fort, le souverain des anges,
Se pencha sur le monde échappé de ses langes
    Comme un jeune aigle de son nid ;
Et, l'arrachant enfin de son ombre première,
Dispensa d'un regard l'éternelle lumière
    Aux étoiles de l'infini.

Je crois qu'aux reflets purs de cette grande aurore
Qui chassait les vapeurs, on vit le sol éclore
    Et germer sous un ciel profond :
Je crois que l'Océan, ce roi de la tempête,
Élancé du chaos, trouva sa couche prête,
    Et s'y précipita d'un bond.

Je crois encor, je crois qu'après tous ces prodiges,
Merveilles sans mesure, étincelans vestiges

Qu'il semait aux cieux et dans l'air,
Dieu suspendit son vol; Dieu, debout sur le monde,
Anima de son âme une argile inféconde,
    Et que la fange devint chair.

C'était l'homme; il tomba. — Je crois que ses longs crimes,
Ses blasphèmes ardens contre les cieux sublimes
    Montèrent jusqu'à l'Éternel;
Je crois que, déchaînant l'onde supérieure,
L'Éternel livra l'homme et sa frêle demeure
    A tous les océans du ciel;

Qu'il fut absous quand l'onde eut dévoré ses proies;
Que, replacé par Dieu dans de nouvelles voies,
    Il retomba dans son erreur,
Et qu'après bien des jours l'humanité flottante,
Mais pleine d'avenir, tourna des yeux d'attente
    Vers l'Orient libérateur.

Je crois au Christ. — Je crois à l'immortelle flamme
Qui descendit des cieux dans le sein d'une femme,
    Verbe fait chair, Verbe divin:
Je crois que sous ses pas courbant la terre et l'onde,

Il jeta tour à tour aux quatre coins du monde
 Sa loi qui n'aura pas de fin.

Je crois que sa parole, à peine répandue,
Comme un autre soleil éclaira l'étendue,
 Et vainquit le dernier chaos;
Je crois qu'il guérissait le mourant sur sa couche,
L'aveugle sur la borne, et qu'un mot de sa bouche
 Brisait la pierre des tombeaux.

Je crois que sa venue ébranla l'ancien temple,
Qu'il montra, jeune encor, des vertus sans exemple,
 La paix de l'âme et la candeur;
Qu'il fut plein de pitié pour ses brebis errantes,
Et qu'il versa toujours sur les âmes souffrantes
 Les plus doux parfums de son cœur.

Je crois qu'abandonné des siens, chargé de blâme,
Et cloué tout vivant sur un gibet infâme,
 Il abaissa son front meurtri;
Qu'il expira sans plainte et sans autre murmure
Que son soupir de mort; je crois que la nature
 Trembla tout entière à ce cri.

Je crois que son cercueil, par un mystère étrange,
Les trois jours révolus, était vide, et qu'un ange
 S'y tenait seul pour adorer :
Car le sol destructeur, abîme où l'homme tombe,

Ne garda point le Christ, seul hôte de la tombe
    Que le ver n'ait pu dévorer.

~഻~

Je crois que l'Homme-Dieu reviendra. — Sa parole
Remûra les tombeaux comme une argile molle,
    Les morts auront tous leurs réveils;
Je crois qu'à ce grand jour qui dort au fond des âges,
Le Christ apparaîtra le pied sur les nuages,
    La tête au milieu des soleils.

Je crois qu'au premier son de cette voix tonnante
Qui rompra les linceuls, la foule frissonnante
    Déroulera ses flots épais;
Et qu'on verra se tordre et râler sur l'arène
La mort, spectre hideux que la main souveraine
    Aura terrassé pour jamais.

Je crois que, se dressant devant la foule blême,
Un tribunal vengeur, un tribunal suprême
    S'ouvrira dans les lieux prédits;
Je crois à la fournaise inexorable, ardente,
Telle que l'ont creusée Ézéchiel et Dante
    Sous les pas des peuples maudits.

Je crois enfin, je crois que les âmes sans tache,
Pareilles dans leur vol à l'oiseau qu'on détache
    Sous un soleil délicieux,
Iront, loin de la terre, iront à la même heure
Respirer cet air pur, cette aurore meilleure
    Que Jéhovah fit pour les cieux ;

Aurore sans nuée, extase indéfinie
Où le cœur palpitant s'abreuve d'harmonie
    Et commence à se dilater ;
Aurore du Très-Haut, ineffable, soudaine,
Aurore qui fait vivre, et qu'une langue humaine
    Est impuissante à refléter.

O Christ ! je crois toujours. — Le siècle à l'agonie
M'entoure vainement de sa lueur ternie,
    Qu'il proclame un soleil plus beau.
Je crois toujours. — Viens donc au sein de la tempête,
Viens affermir mon pas, jusqu'à ce qu'il s'arrête
    Et trébuche au seuil du tombeau.

Alors, si la terreur environne ma couche,
Si je crois voir dans l'ombre un sourire farouche

Et des étincelles de feu,
Si l'archange infernal accourt à moi, s'incline
Comme un vautour, et là, le pied sur ma poitrine,
    Dispute mon cadavre à Dieu :

O Christ! mon seul soutien, ô Christ! espoir du juste,
Fais tomber jusqu'à moi cette parole auguste
    Que le Sinaï répéta :
O Christ! sauve mon âme incertaine, égarée;
O Christ! jette un rayon sur cette âme épurée
    Par le soupir du Golgotha!

III

CRÉPUSCULE.

Le soir, voici le soir. — Devant le crépuscule
La lumière affaiblie à chaque instant recule,
    Le ciel perd sa couleur ;
Mais sur les bois dormans, sans rumeur, sans secousse,
La lune brille enfin, consolatrice douce,
    Soleil de la douleur.

Le soir. — Oh! c'est alors que le long des charmilles
On entend se glisser le pas des jeunes filles,

Dans les molles saisons ;
C'est l'heure où la beauté que la foule embarrasse,
S'isole, et vient plus libre effleurer avec grace
    Le velours des gazons.

Le soir. — Oh ! c'est aussi l'heure dont parle Dante,
Où l'airain qui s'agite émeut une âme ardente
    Jusqu'à la déchirer ;
L'heure où le pèlerin que la fatigue gagne
Reprend haleine, et seul au flanc de la montagne
    S'arrête pour pleurer.

J'aime le soir : oh ! j'aime et ces vapeurs en foule,
Et ce dernier faisceau de lumières qui croule
    A l'horizon bruni.
C'est qu'une large route alors m'est révélée ;
C'est que de cieux en cieux ma muse échevelée
    S'abreuve d'infini.

Mais j'aime mieux encor, quand la cloche m'appelle,
Glisser comme un fantôme au seuil d'une chapelle
    Que je n'ose nommer :
Il est si beau d'ouïr la prière fervente
Aux lèvres d'une vierge, ange pur, fleur vivante
    Éclose pour aimer !

Oh ! ce soir-là surtout, quand je te vis, mon ange,
Recueillie en ton cœur où règne sans mélange

Le Dieu dont il est plein,
T'agenouiller à l'ombre, et par un divin geste
Appeler les regards de ton Père céleste
    Sur ce monde orphelin;

Oh! je crus, transporté dans la vieille Solyme,
Entendre, avec l'accord d'une harpe sublime,
    La voix d'Emmanuel.
Ce temple où ta belle âme éclatait tout entière,
Brilla comme une aurore, et je compris sur terre
    Les extases du ciel!

IV

A PAUL.

Et tu l'as donc perdue! Elle est là sous la terre,
Ta mère aux blancs cheveux, ta pauvre vieille mère;
Elle est là qui repose à quelques pieds du sol:
Oh! quel deuil pour ton cœur, mon bien-aimé, mon Paul!

Là bas, lorsque j'appris la funeste nouvelle,
Tout mon corps frissonna, car je l'aimais pour elle;

Car son œil plein de charme avait cette candeur
Qui rassérène l'âme et rafraîchit le cœur,
Et, dans mes durs instans de trouble, de secousse,
Je me sentais plus calme en la voyant si douce.
Je pleurai, Paul ; mais toi, comme tu dois pleurer !
C'est qu'un malheur pareil ne peut se réparer ;
Oui, dans ce triste monde, une mère ravie
Est le deuil solennel qui domine la vie.
Une mère, vois-tu, c'est le nœud tout puissant,
La chair de notre chair, le sang de notre sang ;
Sa mort, c'est une part de nous-même qui tombe,
Débris inanimé dans le creux d'une tombe ;
C'est rester sans conseil, sans appui, sans supports ;
C'est traîner l'existence, un linceul sur le corps.
O mon ami ! quel est, sur ce globe où tout passe,
Quel est l'anneau brisé qu'un autre ne remplace ?
L'amitié même, hélas ! voile parfois son ciel,
Mais il n'est pas de nuit pour le cœur maternel :
Quelque sombre que soit le destin qui l'effleure,
Le soleil de l'amour y rayonne à toute heure.
Oh ! qu'il est doux d'avoir un sein où s'endormir,
Des bras où se cacher pour languir ou gémir ;
Un cœur plein d'indulgence, un cœur que l'on désarme
Par le moindre regret, par l'ombre d'une larme ;
Une âme avec laquelle on peut penser tout haut,
Qui devine votre âme et sait ce qu'il lui faut,
Qui, bien loin de chercher à blesser ce qu'elle aime,
Quand vous avez des torts se condamne elle-même !

Voilà ce qu'on ne peut retrouver ici bas ;
Les mères, mon ami, ne se remplacent pas ;
Et Dieu nous les enlève, enseignement austère,
Comme si Dieu voulait nous sevrer sur la terre,
Pour que du vrai bonheur l'homme déshérité,
Marche d'un pas plus sûr vers son éternité.

Et ta mère, ô mon Paul ! qu'elle était noble et pure,
Comme j'aimais à voir cette pâle figure
S'animer, s'éclairer quand je parlais de toi,
Quand je te peignais tel enfin que je te vois !
Oh ! son âme semblait saisir chaque parole,
Chaque mot qui nommait, qui vantait son idole ;
Ses pauvres yeux souffrans, ses yeux craintifs du jour
S'allumaient tout-à-coup et scintillaient d'amour.
Ce n'était plus la femme au corps débile et frêle,
Forte de sa tendresse elle devenait belle ;
Sève du premier âge, esprit éblouissant,
Elle retrouvait tout au nom de son enfant.
Et ce temps-là n'est plus. Splendides ou fanées,
Cette voix ne doit plus égayer tes années.
Le jour tu seras seul ; le soir, quand, triste ou las,
Tu reviens des salons, nul n'épîra ton pas ;
Tu ne reverras plus la figure connue,
Ni les yeux dont l'éclair saluait ta venue,
Ni les bras caressans toujours prêts à s'ouvrir :
O mon Paul, ô mon Paul, comme tu dois souffrir !

-◦-◦ V ◦-◦-

L'OCÉAN.

Océan, Océan, te voilà ! — Mes pensées
Redemandaient partout tes plages hérissées,
Mon âme aurait voulu t'atteindre à chaque élan :
Te voilà donc ! — Frappé de ta grandeur farouche,
Je tremble... Est-ce bien toi, vieux lion, que je touche,
    Océan, terrible Océan ?

Je reviens sur les bords que ton large flot baigne,
Défatiguer mon cœur dont la blessure saigne ;
La terre est trop fangeuse, on n'y respire pas.
Ici, rien ne me pèse : elle est pure de boue
Ton écharpe de flots qu'un vent du ciel secoue
    Pour en chasser l'air d'ici bas.

Océan, Océan, le parfum de ta côte
Fait germer la pensée ; elle jaillit plus haute,
Et s'épure à ton air comme le bronze au feu.
Océan, c'est de là, c'est du rocher qui tremble,
Que d'un bond plus hardi doivent monter ensemble
    La muse au ciel, l'âme à son Dieu.

La Muse ! elle t'implore, elle est sœur de tes vagues ;
Elle accourt, quand ton flot plein de murmures vagues

Jette un puissant soupir comme un hymne à son roi :
Altière, échevelée, à ta voix qui l'enchante,
Son luth d'or se marie, et c'est là qu'elle chante
     Le front aux cieux, le pied sur toi.

Et c'est là qu'à travers les rumeurs de ton onde,
Son luth flatte ou maudit, son chant caresse ou gronde,
Soit qu'un volage instinct semble arracher des bords
Tes vagues sans courroux, soit qu'au hasard poussées
Tu les lâches sur eux, cavales insensées,
     Blanches d'écume jusqu'au mors.

Qu'ils sont beaux, qu'ils sont grands tes horizons de lames !
Le disque seul des jours y promène ses flammes ;
Ta profondeur l'absorbe ; et quand le soleil fuit,
Des phares merveilleux se rallument en foule,
Et ce pavé brillant te jonche, et ton flot roule
     Sur les étoiles de la nuit.

Mélange inspirateur, abîme où se répète
Chaque étincelle d'or qu'admire le poète !
Oh ! dans cet hyménée immense, solennel,
Le cœur religieux qu'un saint transport embrase,
S'arrête et te salue avec des pleurs d'extase,
     Océan, car tu deviens ciel !

Oui, mon œil tour à tour vous cherche et vous salue,
Étoiles de la mer, étoiles de la nue,

Double création, vaste diversité ;
Oui, devant ces tableaux qu'aucun mot ne peut rendre,
Le cœur saisi se gonfle et déborde, et croit prendre
    Sa part de leur immensité.

Océan, Océan, quand ton roulis m'effleure,
Le flot des temps s'arrête, et je remonte à l'heure
Où l'esprit féconda ton germe abandonné ;
Où Dieu, d'un bras qui crée et l'azur et la flamme,
T'arracha du chaos, comme d'un sein de femme
    On arrache le nouveau-né.

Je le vois, — son bras fort étreint ton onde pure
Entre des rochers noirs, formidable ceinture,
Barrière qu'il t'impose et qu'il marque d'un sceau.
Il creuse puissamment les gouffres où tu grondes,
Et passe autour des cieux cette chaîne des mondes
    Dont tu reflètes chaque anneau.

Jour sacré, jour étrange où sur l'onde et la terre
La parole d'en haut roula comme un tonnerre :
Océan, tes rumeurs en sont le monument.
Oui, dans tes flots sans frein, c'est Dieu qui jette encore
Sa magnifique voix dont ta langue sonore
    N'est que le retentissement.

Oh ! cette voix que rien de terrestre n'égale
M'ouvre les profondeurs d'une sphère idéale ;

J'y plonge. — Mais mon aile, après de longs efforts,
Me manque, et loin des cieux dont l'azur me réclame,
Je retombe et je pleure, infini par mon âme,
    Atome frêle par mon corps.

Océan, Océan, vienne l'heure, — et la sève
Débordera ce corps qu'elle ronge et soulève ;
Le Dieu caché rompra son indigne lien :
Vienne l'heure où se fond cette argile glacée,
Et, libre de ses fers, le flot de ma pensée
    Bouillonnera comme le tien.

Mais mon âme plus haute, où Jéhovah palpite,
Océan, n'aura point de plage et de limite :
Aigle prompt, char immense aux rapides essieux,
Elle fuira partout où fuit l'âme immortelle,
Et, plus forte que toi, brisera d'un coup d'aile
    Le cercle des temps et des cieux.

VI

ANNA.

C'est Anna riante et blonde,
Anna qu'on voit tour à tour
Mirer ses grands yeux dans l'onde

Et chanter un chant d'amour ;
Anna que j'aurais nommée
Du doux nom de bien-aimée,
Si mes vœux n'étaient ailleurs ;
Anna , dont la renommée
A grandi sous tant de pleurs.

Voyez-la joyeuse et belle
Folâtrer dans nos vallons,
Et sourire et derrière elle
Rejeter ses cheveux blonds ;
Voyez-la, quand sa main cueille
La rose ou le chèvre-feuille,
Courir le long du ruisseau,
Plus légère que la feuille,
Plus volage que l'oiseau.

Voyez-la dans la charmille
Saisir le papillon bleu ;
Voyez-la quand son œil brille
Et lance un regard de feu :
Fleur entre les fleurs nouvelles,
Fleur charmante comme celles
Qu'avril se plaît à semer;
Belle même entre les belles ,
Comment la voir sans l'aimer !

Et pourtant ce frais sourire

N'a-t-il donc rien de fatal?...
Puis-je l'admirer sans dire
Que sa beauté fait du mal !
Souvent le jeune homme avide
A senti son cœur plus vide
En l'abandonnant le soir,
Et plus d'une âme timide
S'est consumée à la voir.

⟨-◦∿∿◦-⟩

Lui surtout, lui que mon âme
Redemande avec douleur;
Lui qu'une précoce flamme
A dévoré dans sa fleur ;
Lui que j'ai cessé d'attendre,
Et qui seul savait m'entendre
Et que j'ai connu trop peu;
Lui dont l'amitié si tendre
A fini par un adieu.

Il vit la beauté volage,
Il la vit aux plus beaux jours,
Dans ces fêtes de village
Que le regret suit toujours.
D'abord il n'eut point d'alarmes,

Il ne trouvait que des charmes
A la voir, à l'adorer ;
Mais quand il sentit des larmes ,
Il vint à moi pour pleurer.

Il vint dans son noir délire ,
Il prit ma main dans sa main ,
Et , sans oser rien me dire ,
Posa son front sur mon sein ;
Et son haleine oppressée ,
Et sa voix demi glacée ,
Me brisèrent tour à tour :
J'avais compris sa pensée ,
J'avais deviné l'amour.

Et pendant cette heure même ,
De tristesse et d'abandon ,
Il ne dit point ce mot : J'aime !
Il ne prononça qu'un nom :
Nom ravissant , nom céleste ,
Dont chaque syllabe reste
Au fond de mon souvenir.
Hélas ! par ce nom funeste
J'apprenais son avenir.

Et maintenant que je meure ,
Que je vive , il n'est plus là ;
Et j'ai revu sa demeure

Sans que sa voix m'appelàt.
Il reviendra, je l'espère ;
Dieu lui garde son vieux père ;
Dieu, qui savait leur amour,
Ne voudra pas qu'une pierre
L'attende seule au retour.

VII

DESTRUCTION DES CROIX.

A M. GERBET.

Février 1831.

Eh quoi ! ma lèvre ardente est-elle donc scellée
Comme un marbre immobile au seuil d'un mausolée ?
N'ai-je donc pas mon luth qui me sert de tocsin ?...
Ne pourrai-je, ô mon Dieu, quand ta lueur m'éclaire,
Rompre enfin toute digue à ce flot de colère
    Qui bat les parois de mon sein ?

Je verrai mettre à nu le fond du sanctuaire,
Les plus saints monumens mutilés pierre à pierre,

Le tabernacle vide et le temple proscrit;
Je verrai s'écrouler droits humains, lois divines,
Et je n'oserai, moi, jeter sur ces ruines
    Toute mon âme dans un cri!...

Oh! ce cri sortira : ma poitrine est trop pleine,
Et l'indignation enfle trop chaque veine
Pour que mon cœur brisé se taise plus long-temps.
Oui, l'anathème enfin jaillira de ma bouche,
Je veux marquer d'un sceau cette horde farouche
    De triomphateurs insultans.

C'est qu'à travers ces bruits, ces rumeurs effrénées,
Malgré l'impur limon qui souille nos années,
Quand tout s'abâtardit, les peuples et les rois,
Méconnu comme Dieu, le Christ restait notre hôte,
Et le cœur le plus fier, la tête la plus haute,
    Pliaient en face de la croix.

Et voilà qu'elle tombe,—et c'est quelques bras d'hommes
Qui s'en vont l'attaquer jusque sur ces vieux dômes
Où l'antique ferveur tant de fois éclata :
Elle tombe. — La foule haletante s'arrête,
Et, dans les plus hauts cieux, l'ange voile sa tête
    Devant un nouveau Golgotha.

La croix, signe de deuil et signe d'espérances,
Où l'on vit apparaître à travers les souffrances

Le Sauveur annoncé, l'Élu mystérieux ;
La croix, signe divin, que toute langue nomme,
Où le dernier soupir de Jéhovah fait homme
    Rapprocha la terre des cieux !

Mais, après tout, qu'importe une croix renversée?...
Ton image est en nous brillante, ineffacée,
O toi, Dieu de nos cœurs qu'on ne saurait bannir ;
O Christ, soleil vivant dont le passé s'éclaire,
Et qui seul jette encore un faisceau de lumière
    Dans les ombres de l'avenir !

Ta merveilleuse foi que le vulgaire outrage
Est un grand monument cimenté d'âge en âge :
Hommes du siècle, en vain vous raidissez vos bras,
Le ciseau destructeur s'émoussera sur elle ;
Car elle est de tout temps. — Que peut l'aquilon frêle
    Contre les cimes de l'Atlas !

Va donc jusqu'au saint lieu, va donc, ô plèbe vile,
Frappe les croix du temple, arrache-les par mille,
Nos lèvres baiseront ces emblèmes meurtris :
On peut rompre l'airain, anéantir la pierre,
Mais on ne peut briser l'aile de la prière
    Qui s'élève sur des débris !

VIII

ROSA MYSTICA.

O jeune rose épanouie
Près du tabernacle immortel,
Vierge pure, tendre Marie,
Douce fleur des jardins du ciel;
O toi qui sais parfumer l'âme
Mieux que la myrrhe et le cinname,
Et l'encens même du saint lieu;
O toi dont la grâce est l'empire,
Toi qui ramènes d'un sourire
Le pardon aux lèvres de Dieu:

Mère du Christ, reine de l'ange,
Oh! laisse tomber jusqu'à nous
Cette auréole sans mélange
Que nous demandons à genoux;
Cette lumière intérieure
Qui fait que la vie est meilleure
Et le poids du siècle moins lourd,
Lumière féconde en délice,
Où le cœur boit à plein calice
Les ivresses d'un pur amour!

Hélas! il est tant d'amertume,

Tant de douleurs à consoler,
Tant d'êtres qu'un chagrin consume
Et qui n'osent le révéler !
Leur existence est si troublée
Que la pierre du mausolée
Brille à leurs yeux comme le port,
Et que, vaincus par la tempête,
Ils ne veulent poser la tête
Que sur l'oreiller de la mort.

O Vierge ! écoute leur prière,
Sois indulgente et souris-leur ;
N'abandonne pas sur la terre
Ces déshérités du bonheur ;
Sois leur appui, sois leur patronne,
Que ton bras sûr les environne
Et défende leur doux sommeil ;
Relève, relève, Marie,
Chaque fleur mourante et flétrie
Qui n'a point de place au soleil.

Oh ! s'il est une âme oppressée,
Une femme au cœur innocent,
Qui garde un nom dans sa pensée
Et qui pleure en le prononçant ;
Oh ! verse l'espoir sur cette âme
Vacillante comme une flamme :
Dis-lui qu'ailleurs on s'aime mieux ;

Dis-lui qu'elle a toujours un frère,
Et que, séparés sur la terre,
Ils seront unis dans les cieux.

Rends à l'exilé qui t'implore
Un ciel plus calme, un jour plus beau,
Et comme un reflet de l'aurore
Qui souriait à son berceau ;
Rends à l'orpheline égarée
Un peu de cette paix sacrée,
Trésor d'en haut qu'elle n'a plus :
Adoucis le fiel de ses larmes,
Et dans un songe plein de charmes
Fais-lui voir ceux qu'elle a perdus.

Et puis sur cette route amère
Où Dieu sème tant de combats,
S'il était une pauvre mère
Dont le seul fils ne revînt pas,
Soutiens dans sa longue détresse,
Soutiens l'enfant de sa tendresse
Qui marche avec peine et lenteur :
Vierge sainte, Vierge divine,
Ne laisse pas croître l'épine
Dans le sentier du voyageur.

Et nous qu'un regret suit encore,
Quand nous te supplions bien bas

Au nom de ce Christ qu'on adore
Et que tu berças dans tes bras,
O Vierge ! ô toi qu'un regret touche,
Laisse descendre de ta bouche
Un langage délicieux :
O rose ! entr'ouvre tes corolles,
Et tes parfums et tes paroles
Nous feront respirer les cieux !

IX

HYMNE DU SIÈCLE.

Le jour, voilà le jour. — Que sa lumière est molle !
Quels torrens de parfums sur les flots et dans l'air !
L'horizon qui se pare étend comme un éclair
Son manteau radieux sur la nuit qui s'envole.
Éveillez-vous, fleurs de l'été,
Fleurs que le vent balance à l'ombre de ces voûtes ;
Et toi, la plus belle de toutes,
Éveille, éveille-toi, timide volupté !

Dies iræ, Dies illa,
Solvet sæclum in favilla,
Teste David cum Sybilla.

Volupté, volupté, n'est-ce pas ton ivresse
   Qui donne la vie à nos cœurs?
Ne savourons-nous pas de suprêmes bonheurs,
   Grâce à ta fièvre enchanteresse?
Volupté, viens à nous, volupté, c'est ton jour;
Viens, et parmi les fleurs, sous l'aube protectrice
   Que notre âme s'épanouisse
   Au souffle embaumé de l'amour.

     Quantus tremor est futurus,
     Quando judex est venturus,
     Cuncta stricte discussurus !

Oh! l'amour, seul désir, seul besoin de nos âmes,
L'amour par qui je meurs;— accourez, blanches femmes,
   Accourez vite auprès de nous:
Chantez, mêlez vos voix au vent qui vient d'éclore;
Vos voix ont tant de charme, et le vent de l'aurore
   Est si caressant et si doux !

     Tuba mirum spargens sonum
     Per sepulcra regionum,
     Coget omnes ante thronum.

Les voilà, les voilà, ces beautés séduisantes.
   Amis, je veux passer mes jours
   Au sein des légères amours,
Jusqu'à l'heure où bercé par leurs chansons riantes,

Je m'endormirai pour toujours.

> Mors stupebit et natura ,
> Cum resurget creatura
> Judicanti responsura.

Héléna , Phalaïs , quel espoir infidèle ,
Quel effroi décevant pourrait nous retenir ?
De ces heures d'amour dont la chaîne est si belle ,
Que reste-t-il ? pas même un faible souvenir.

> Liber scriptus proferetur,
> In quo totum continetur,
> Unde mundus judicetur.

Le chœur bruyant s'éloigne. — Écarte , ô bien-aimée ,
Écarte ces rameaux mystérieux et frais ;
Nous n'avons pour témoins que les vieilles forêts ;
Écarte ces rameaux ; — leur voûte refermée
　　Ensevelira nos secrets.

> Judex ergo cum sedebit,
> Quidquid latet apparebit,
> Nil inultum remanebit.

Laisse , oh ! laisse ta main tressaillir dans la mienne ,
Penche-toi sur mon cœur. — O gracieuse enfant !
Pourquoi, lorsque mon bras t'enlace et te ramène ,

3

Pourquoi trembler comme le faon?

Quid sum miser tunc dicturus?
Quem patronum rogaturus
Cum vix justus sit securus?

Laisse, oh ! laisse flotter le long de tes épaules
    Tes cheveux qu'un doux parfum suit:
Ne crains pas, cher amour, — ce bruit, ce faible bruit,
Ce n'est qu'un jeune oiseau qui chante sous les saules;
Laisse, oh! laisse flotter sur tes blanches épaules
    Tes cheveux plus noirs que la nuit.

Rex tremendæ majestatis,
Qui salvando salvas gratis,
Salva me fons pietatis.

Ah! devant cette ivresse où notre âme se plonge,
Terreurs de l'avenir, n'êtes-vous pas un songe?

Recordare, Jesu pie,
Quod sum causa tuæ viæ,
Ne me perdas illa die.

Aimons, n'attendons pas que l'heure soit passée ;
    Laissons une tourbe insensée
S'écrier qu'en ce monde il n'est pas une fleur,
Une seule où la main ne se sente blessée

Par l'épine de la douleur.
Puisqu'il faut tôt ou tard descendre dans la tombe,
A quoi bon s'abreuver de tristesse et d'ennui?
La vie est un flot pur qui ne court et ne tombe
    Qu'à l'Océan pur comme lui.

      Quærens me sedisti lassus,
      Redemisti crucem passus,
      Tantus labor non sit cassus.

Atomes d'un instant, nés de la fange immonde,
Qui vous a dit que Dieu, ce suprême moteur,
Descendra jusqu'à vous de toute sa hauteur?..
Frères, qui vous a dit que son œil scrutateur
    S'ouvre incessamment sur le monde?
Ah! vous rabaissez trop cet Être indéfini;
Ah! vous élevez trop l'homme, ce grain de sable,
    Parcelle obscure et misérable
    Lancée à travers l'infini.

      Juste judex ultionis,
      Donum fac remissionis,
      Ante diem rationis.

Mais le jour baisse, adieu! — Ta main m'échappe, arrête.
    Oh! pourquoi ce cruel départ,
Pourquoi ce triste adieu jeté comme au hasard,
    Et qui vient clore toute fête?...

Reste, ah! reste. — Mais non, — tu détournes la tête,
Et mon âme se meurt à ton dernier regard.

> Ingemisco tanquam reus,
> Culpa rubet vultus meus,
> Supplicanti parce Deus.

La voilà déjà loin. — Oh! quittons cette place,
Cette place où mon œil ne doit plus la revoir;
Quittons-la. — Je ne sais, mais cet adieu me glace:
O mon âme, faut-il qu'un jour si beau s'efface,
        Et que le bonheur ait un soir!

> Peccatricem absolvisti
> Et latronem exaudisti;
> Mihi quoque spem dedisti.

Tout s'éteint, — la nuit tombe, — un rideau s'amoncelle;
Plus de beauté riante au coup d'œil virginal,
Plus d'amour. — La nuit tombe, elle abat sa grande aile
Froide et silencieuse. — Oh! la nuit me fait mal.

> Preces meæ non sunt dignæ,
> Sed tu bonus fac benigne
> Ne perenni cremer igne.

La nuit! — elle environne un ciel terne et sans flamme,
La nuit! — elle est partout et jusque dans mon âme.

Inter oves locum præsta,
Et ab hædis me sequestra,
Statuens in parte dextra.

Me voilà seul ici: — point de voix qui me nomme.
Point de regards autour. — Me voilà seul, j'ai peur:
Mon sein bat et se gonfle ! — Ah! le destin de l'homme
Serait-il de trembler en face de son cœur?

Confutatis maledictis,
Flammis acribus addictis,
Voca me cum benedictis.

Qu'ai-je entendu?... D'où vient cette parole amère?....
Quand j'ai crié: Bonheur! qui m'a crié: Chimère?

Oro supplex et acclinis,
Cor contritum quasi cinis,
Gere curam mei finis.

Chimère?.. eh quoi! les vœux, les instincts de nos âmes,
Illusion semée à travers le chemin,
    Espoirs rians, secrètes flammes,
    Tout cela pâlirait demain!
Nos plaisirs les plus doux se changeraient en crimes,
Fantômes qui prendraient place à notre côté,
    Aux rayons vengeurs et sublimes
    De l'immuable Éternité!...

Ah! chassons-le plutôt de ma lèvre tremblante
Ce mot d'éternité qui suit partout mes pas...
L'Éternité!... mensonge, image décevante!...
        Qu'un autre y croie et s'épouvante :
        L'Éternité !... je n'en veux pas!

            Lacrymosa dies illa
            Qua resurget ex favilla
            Judicandus homo reus,
            Huic ergo parce Deus !

Revenez, revenez, délices de la vie,
        Plaisirs des sens, ma seule envie,
Soleil consolateur, horizon pur et bleu,
Revenez, revenez. — Oui, le ciel se colore. —

.   .   .   .

Qu'ai-je aperçu?... d'où part cette sanglante aurore?....
Est-ce le jour?... Mais non : si c'était l'autre... ô Dieu !

            Pie Jesu Domine,
            Dona eis requiem !

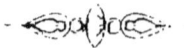

 X

SOUFFRANCES D'HIVER.

Novembre 1831.

Le souffle de l'automne a jauni les vallées,
Leurs feuillages errant dans les sombres allées,
Sur le gazon flétri retombent sans couleurs;
Adieu l'éclat des cieux! Leur bel azur s'altère,
Et le soupir charmant de l'oiseau solitaire
    A disparu comme les fleurs.

L'aquilon seul gémit dans les campagnes nues :
Tout se voile; les cieux, vaste océan de nues,
Ne reflètent sur nous qu'un jour terne et changeant :
L'orage s'est levé, l'hiver s'avance et gronde,
L'hiver, saison des jeux pour les riches du monde,
    Saison des pleurs pour l'indigent.

Oh! le vent déchaîné sème en vain les tempêtes,
Heureux du monde! il passe et respecte vos fêtes:
L'ivresse du plaisir embellit vos instans;
Et, malgré les hivers, vous respirez encore
Dans les tardives fleurs que vos soins font éclore,
    Un dernier souffle du printemps.

Et le bal recommence, et la beauté s'oublie

Aux suaves concerts de la molle Italie,
A ces accords touchans de grâce et de langueur ;
Et, bercée à ces bruits qu'un doux écho prolonge,
Votre âme à chaque instant traverse comme un songe
    Tous les prestiges du bonheur.

Mais la douleur aussi veille autour de sa proie. —
Soulevez, soulevez ces longs rideaux de soie
Qui défendent vos nuits des lueurs du matin ;
Hélas ! à votre seuil que verrez-vous paraître?...
Quelque femme éplorée, ou bien encor peut-être
    Un vieillard tout pâle de faim.

Oh ! vous ne savez pas ce qu'on souffre à toute heure
Sous ces toits indigens, frêle et triste demeure
Où l'aquilon pénètre et que rien ne défend ;
Non, vous ne savez pas ce que souffre une mère
Qui, glacée elle-même au fond de sa chaumière,
    Ne peut réchauffer son enfant!

Non, vous n'avez pas vu ces fantômes livides
Sous vos balcons dorés tendre des mains avides ;
Le bruit des instrumens vous dérobe à moitié
Ce cri que j'entendais au pied de vos murailles,
Ce cri du désespoir qui va jusqu'aux entrailles...
    Oh ! pitié, donnez, par pitié !

Pitié pour le vieillard dont la tête s'incline !

Pitié pour l'humble enfant! pitié pour l'orpheline
Qu'un peu d'or ou de pain sauve du déshonneur!
Ils sont là, leur voix triste essaie une prière ;
Dites : Resterez-vous aussi froids que la pierre
    Où s'agenouille la douleur ?

Je le demande au nom de tout ce qui vous aime ;
Je le demande au nom de votre bonheur même,
Par les plus doux penchans et par les plus saints nœuds ;
Et, si ces mots sacrés n'ont pu toucher votre âme,
S'il faut un nom plus grand, chrétiens, je le réclame
    Au nom du Christ, pauvre comme eux.

Donnez : ce plaisir pur, ineffable, céleste,
Est le plus beau de tous, le seul dont il nous reste
Un charme consolant que rien ne doit flétrir ;
L'âme trouve en lui seul la paix et l'espérance.
Donnez : il est si doux de rêver en silence
    Aux larmes qu'on a pu tarir !

Donnez : et quand viendra cette heure où la pensée,
Sous le vent de la mort languit tout oppressée,
Le frisson de vos cœurs sera moins douloureux ;
Et quand vous paraîtrez devant le juge austère,
Vous direz : J'ai connu la pitié sur la terre,
    Je puis la demander aux cieux.

XI

RAYONS DE PRINTEMPS.

Instinct capricieux, doux penchant, tendre rêve,
Souvenir dont l'ivresse est toute dans mon cœur ;
Toi, qui reviens encor, sans me laisser de trêve,
Imposer à mon âme un fardeau de langueur,
Seul désir de cette âme, effroi de ma pensée,
O toi par qui je meurs et revis tour à tour,
Félicité suprême, espérance insensée,
Réponds-moi : Qu'es-tu donc, si tu n'es pas l'amour ?

Jamais, oh ! non, jamais printemps qui recommence
Ne sema sous mes pas de plus fraîches couleurs ;
Mon âme, libre enfin de sa longue démence,
Reprend la vie et semble éclore avec les fleurs.
Que de fleurs dans les champs ! quelle suave haleine !
Où suis-je ?... Est-ce avril seul qui parfume le jour ?
Et toi, charme inconnu dont la nature est pleine,
Réponds-moi : Qu'es-tu donc, si tu n'es pas l'amour ?

Qu'on me laisse au désert : je retrouve une image
Jusque dans le bois sombre où j'aime à respirer ;
Et là, quand le soleil s'endort sous un nuage,
Je m'arrête, et je sens le besoin de pleurer.

La nuit descend plus douce et j'en attendais l'heure ;
Je ne sais quelle voix me parle au demi-jour.
O toi par qui je rêve, ô toi pour qui je pleure,
Réponds-moi : Qu'es-tu donc, si tu n'es pas l'amour ?

Les grands vallons, les bois, les collines brillantes,
Tout me rit, tout se pare et de lumière et d'or.
Un doux nom vient errer sur mes lèvres brûlantes ;
Mais je n'ose le dire, il m'intimide encor.
Oh ! je me livre à toi, vague instinct, douce flamme,
Reflet de mes beaux ans écoulés sans retour ;
Reste en moi, mais réponds, ô toi qui prends mon âme,
Réponds-moi : Qu'es-tu donc, si tu n'es pas l'amour ?

XII

LE SOMMEIL DE LA JEUNE FILLE.

A M. SAINTE-BEUVE.

Parmi les franges d'or, sur l'oreiller soyeux,
La jeune fille, au soir, pose un front moins joyeux,
    Endort une âme moins charmée
Que dans l'humble hameau cher à son cœur aimant,

Où la fraîcheur des bois caresse doucement
    Son lit de mousse et de ramée.

La jeune fille heureuse en ce riant séjour,
Se couche dans les bois, ferme son œil au jour,
    Et puis se relève et s'élance,
Et quand parmi les fleurs ses doigts se sont joués,
Laisse flotter aux vents ses cheveux dénoués,
    Dénoués avec nonchalance.

La jeune fille encore aime à se rendormir
Dans la chaumière, à l'heure où se prend à gémir
    Le peuplier sous sa fenêtre.
Elle aime la nuit sombre, et sur les vitraux blancs,
Les rayons de l'aurore, incertains et tremblans,
    Quand l'aurore commence à naître.

Son regard, plus serein qu'une étoile des cieux,
Se ferme avec douceur : sur son bras gracieux
    Sa tête en murmurant s'incline ;
Elle dort, son beau cou mollement replié,
Comme le passereau qui repose oublié
    Sur le gazon de la colline.

Et jusqu'au frais matin prolongeant sa langueur,
Le plus doux des sommeils environne son cœur
    D'espérance et de rêveries ;
Elle parle, et sa voix n'est qu'un suave accord :

Heureuse si l'amour n'arrache pas encor
   Un nom de ses lèvres fleuries!

Et près du lit modeste embaumé de jasmin
Où brille seulement l'ivoire de sa main,
   Le silence accourt et se pose :
Il berce sa jeune âme exempte de soucis
Jusqu'à l'heure où l'aurore effleure ses longs cils
   Et son beau cou devenu rose.

L'aube fait place au jour : sa flamme rejaillit
De la blanche fenêtre aux rideaux de son lit,
   Et rend sa beauté plus touchante.
Elle s'éveille enfin : ouvrant ses yeux d'azur,
Elle s'éveille et part aux lueurs d'un ciel pur,
   Au bruit du rossignol qui chante.

Elle part : quel bonheur de courir, de voler
Sous la verdure sombre, et de voir onduler
   Chaque arbrisseau, chaque ramée,
Quand le jour s'agrandit à l'horizon lointain,
Et que l'herbe étincelle aux flammes du matin
   Dans la prairie accoutumée!

Elle part : c'est alors surtout qu'il faut la voir
Mouiller un pied d'albâtre au courant du lavoir
   Dans l'allée humide et brillante,
Et, le front tout couvert des larmes de la nuit,

Secouer sur la feuille où chaque perle luit,
　　Sa chevelure ruisselante.

Et puis du sein des eaux retirant ses pieds nus,
Elle cherche, à travers des sentiers inconnus,
　　Une route à demi frayée :
Mais un bruit faible approche; elle court, elle fuit,
Semblable dans son vol au ramier qu'on poursuit,
　　A la tourterelle effrayée.

C'est qu'un rien l'épouvante, une ombre, un bruit de fleur;
C'est que la jeune fille est comme le bonheur :
　　Tous deux charment, tous deux consolent,
Tous deux ont un parfum dont la grâce séduit :
On veut le respirer, mais au plus léger bruit
　　Jeune fille et bonheur s'envolent.

XIII

OH! VIENS ME CONSOLER.

Oh! viens me consoler, viens, ne fût-ce qu'un jour,
Ma suprême douleur veut ton suprême amour;

Oh! viens me consoler, il faut que je te voie,
Et ton aspect saura me rendre un peu de joie :
Mon ciel redevient sombre, il me faut dans mon deuil,
Pour m'éclairer le cœur, ton ravissant coup d'œil.
Laisse, oh! laisse sur moi rayonner tout entière
Cette flamme d'amour qui dort sous ta paupière ;
Laisse de tes grands yeux, de tes longs cils voilés
Descendre sur mon front tes regards étoilés.
Livre-moi cette main dont la pression douce
M'attire si souvent quand ta voix me repousse ;
Car l'amour est timide, et le tien tremble encor,
Et la lèvre et le cœur sont rarement d'accord.
Mais je connais ton âme et je ne crains rien d'elle,
Je sais que ton amour me restera fidèle ;
Et toi, mon ange, et toi tu sais qu'un nœud si beau
Doit traverser la vie, et même le tombeau.
Viens donc, viens rassurer mon âme qui s'alarme,
Vois ma paupière où brille une dernière larme,
Un espoir la retient et m'aide à la cacher ;
Mais c'est ton regard seul qui pourra la sécher.

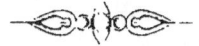

-○·͡ XIV ͡·○-

SAINTE-HÉLÈNE.

5 MAI 1821.

> Une tempête horrible accompagna ses
> derniers instans.
>   HISTOIRE DE NAPOLÉON.

C'était la nuit, nuit sombre, étrange, merveilleuse ;
Un nuage, abaissant sa ceinture houleuse,
    Entourait l'île aux noirs abords ;
Et sous l'épais rideau d'un horizon sans flammes,
La convulsive mer précipitait ses lames
    Qui râlaient en battant les bords.

Point d'astre à l'horizon ; — l'orage, sous son aile,
Couvait, cette nuit-là, quelque œuvre solennelle ;
    Les cieux n'osaient se découvrir,
Les cieux semblaient attendre, et l'île étroite et sombre,
Le front ceint de vapeurs, bondissait dans cette ombre,
    Comme un volcan prêt à s'ouvrir.

Mais par dessus ces bruits, rumeur sourde et profonde,
Qu'on eût dit arrachée aux entrailles du monde,
    L'oreille distinguait un nom ;
L'Océan l'exhalait dans sa langue sublime,

Et les arbres des bords criaient de cime en cime :
    Napoléon ! Napoléon !

Oh ! c'est qu'indifférente au trépas d'un autre homme,
La nature s'émeut quand le mourant se nomme
    César, Alexandre ou Cromwell ;
C'est qu'en des cœurs si forts, la sève du génie,
Le souffle créateur ne sort dans l'agonie
    Qu'avec les tempêtes du ciel.

⟨⟩

L'avide conquérant qui rêva plusieurs terres
Se courbait à son tour : la mort aux larges serres,
    La mort l'avait pourtant étreint ;
Elle avait abattu ce front où tant d'années
L'univers appuya toutes ses destinées,
    Comme sur des bases d'airain.

Eh quoi ! c'est lui qui meurt, cet homme des tempêtes !
Ce génie éclatant qui sema ses conquètes
    A travers toute nation !
Oh ! de quels souvenirs il a doté l'histoire,
L'histoire qui, partout ressuscitant la gloire,
    Résume un siècle dans un nom !

Il apparait : — le monde ébloui le salue ;

Il soumet d'un regard la France irrésolue,
  La France encore à son réveil ;
Redoutant les rayons de la liberté prête
A conquérir le globe, il se lève et l'arrête,
  Comme Josué le soleil.

Voyez comme il est fort, même quand il commence,
Et de quelle hauteur incalculable, immense,
  Il domine le monde ancien ;
Voyez son pas hardi sur la terre qu'il lasse,
Ces sceptres qu'il reprend, ces trônes qu'il déplace
  Avec son bras herculéen.

Voyez, devant l'Europe effarée, interdite,
Ces fantômes de rois qu'il entraîne à sa suite,
  Et qu'il gourmande d'un regard.
Il marche, et le sol tremble au bruit de ses batailles,
Et son épée inscrit sur toutes les murailles
  La sentence de Balthazar.

Et puis, c'est le désert où son coursier se plonge,
Et des combats si grands qu'ils paraissent un songe
  Dans leur éclat mystérieux :
Là, sont les vieux tombeaux que chaque siècle vante,
Et là, c'est encor lui, pyramide vivante,
  Qui se mesure en face d'eux.

Mais tout passe : l'étoile a pâli, le sort change...

O Dictateur! pourquoi cette agonie étrange
    Qui dénoue un drame si beau?...
S'il fallait qu'un linceul recouvrît le colosse,
Ah! que ne prenais-tu pour dormir dans ta fosse
    Le suaire de Waterloo?

C'était là, sous les yeux de la France usurpée,
Que tu devais t'abattre, et briser ton épée
    Dont l'éclair cessait d'être roi;
Ton trône éblouissant, qui touchait le nuage,
Ne pouvait tomber mieux qu'à ce dernier orage....
    Le gouffre était digne de toi.

C'était là! — quel contraste! ô fortune jalouse!
Mourir sans avoir vu la France son épouse,
    Et sa colonne et ses palais;
Mourir le cœur tout plein d'une angoisse profonde,
Sur un coin de rocher à l'autre bout du monde...
    Mourir sur un chevet anglais!

—⟨⟩—

C'en est fait: — le voilà qui, de sa couche sombre,
Jette un œil dédaigneux sur les fastes sans nombre
    De son empire triomphant:
Cette âme, dont le vol dépassa toutes gloires,
Cette âme qui se fit un monde de victoires,
    Ne voit, ne rêve qu'un enfant.

Son enfant! c'était là sa dernière pensée :
Son enfant! c'est à lui que dans l'ombre glacée
    Il tendait ses bras au hasard :
Point d'enfant!—Oh! des pleurs sillonnaient sa paupière ;
Car il avait gardé les entrailles du père
    Dans sa poitrine de César.

Alors, se redressant sur le bord de la couche,
Il écouta : — des mots se pressaient dans sa bouche,
    Son sein haletant se gonflait ;
Et, comme l'ouragan secouait sa demeure,
L'homme-siècle comprit que c'était là son heure,
    Puisque le monde s'ébranlait.

Il expire ! — La foule avide, impatiente,
Vient saluer encor sa tête rayonnante
    D'une immuable majesté :
Puis le tombeau reçoit sous les vents et la pluie
Ce front prodigieux dont la terre éblouie
    Rêva presque l'Éternité.

Mais on dit que des mers, on dit que des ramées,
La tempête apporta comme un grand bruit d'armées
    Près du cercueil impérial ;
Et l'île entière crut que toutes ses batailles
Accouraient à la fois grossir ses funérailles
    De leur cortége filial.

—⟡—

Maintenant tout se tait sur le tertre sauvage,
Tout dort : l'étranger seul cherche à travers la plage
    L'empreinte des pas du lion. —
O voyageur qui viens dans l'île solitaire
Ployer tes deux genoux sur les six pieds de terre
    Qui dévorent Napoléon ;

O voyageur pensif, si ton âme demande
Quel bras a pu courber cette taille si grande,
    Quel souffle a pu l'anéantir,
Voyageur, souviens-toi qu'ici-bas rien n'est stable,
Et que le même vent qui broie un grain de sable
    Déracina Babel et Tyr !

 **XV**

ÉPANCHEMENT.

Oh ! dis-moi, le sais-tu, mon seul bien, mon seul rêve,
Sais-tu que sur le sol où j'allais dépérir,
Un rayon de tes yeux a réchauffé la sève
    De l'arbuste prêt à mourir?...

Sais-tu que ma pauvre âme, errante et solitaire,
Devina dans ton âme, à ses parfums de miel,

Une rose cachée, une fleur de mystère
    Épanouie au vent du ciel;

Et que j'ai vu par toi descendre à travers l'ombre
L'amour, chaste lueur qu'aucun mortel ne fuit,
Et qui se vient poser sur un visage sombre
    Comme l'étoile sur la nuit?

XVI

FANIE.

Ce fut là (pauvre enfant ravie en quelques jours,
Et que je pleure encor, car je l'aime toujours),
Ce fut là qu'elle vint cette blonde Fanie
Dont la timide voix était une harmonie;
Et pourtant ce gazon n'offre pas même, hélas!
Pour vestige dernier l'empreinte de son pas.

Fanie avait sept ans. Te souviens-tu, mon ange,
Qu'un soir où nous goûtions un bonheur sans mélange,
Assis dans cette allée, elle vint près de nous?
Et toi tu la plaças d'abord sur tes genoux,
Et l'enfant souriait: oh! comme elle était douce!
Jamais agneau plus blanc, plus tendre sur la mousse,

Ne bondit au soleil dans ses joyeux ébats.
Elle entourait ton cou de ses deux petits bras;
Elle te caressait, te parlait de sa mère,
De son jardin tout plein de roses, de lumière,
Et de sa grande sœur qui la grondait parfois;
Puis elle s'encourut comme un faon dans les bois.
Et charmés de la voir si vive, si rieuse,
Tous deux nous nous disions : que sa mère est heureuse !
Pauvre fragile enfant! la fièvre la surprit,
Et de ce moment là sa beauté dépérit;
Et livrée aux frissons d'une langueur cruelle,
Comme un ramier qu'on blesse elle ploya son aile;
Mais ce fut sans regret, sans trouble, sans effort,
Elle ne savait pas ce que c'est que la mort ;
On n'entendit sortir de ses lèvres éteintes
Pas un mot, un seul mot qui révélât des craintes.
La mère m'appela dans cette heure d'effroi,
Car son enfant m'aimait et lui parlait de moi.
Oh ! comme je souffris de la trouver folâtre,
Rieuse encor malgré sa figure bleuâtre !
Qu'elle était triste à voir avec son enjoûment,
Tandis que le linceul descendait lentement !
Aussitôt qu'on lui dit que j'étais là, son âme
Sembla voler à moi; ses pauvres yeux sans flamme
Cherchèrent mes regards, elle tendit la main,
Me fit voir une croix qui pendait à son sein,
Et, par des mots bien doux qu'elle aimait à redire,
Me força de cacher mes pleurs dans un sourire.

Elle mourut le soir du jour où je la vis;
Le lendemain, le cœur accablé, je suivis
Son convoi funéraire : or, c'était un dimanche,
Nous traversions des prés bordés d'épine blanche,
Le sol était vêtu de fleurs, le ciel d'azur,
Quand on la déposa dans un endroit obscur.
Et depuis, bien souvent, je retourne à la tombe
Qui voile comme un nid cette pâle colombe.
C'est merveille de voir les plus brillantes fleurs
Grandir et fleurir là, mieux que partout ailleurs.
On dirait volontiers, tant leurs tiges sont belles,
Que l'âme de l'enfant est restée avec elles.
J'ai vu plus d'une fois, près du marbre dormant,
Un tout petit oiseau s'arrêter tristement,
Comme s'il eût voulu, par sa chanson jolie,
Bercer dans son linceul la jeune ensevelie.
Mais elle n'entend pas, ses yeux sont trop bien clos;
Rien ne peut l'éveiller de ce dernier repos,
Ni l'oiseau qui se plaint, ni l'églantier qui tremble,
Ni même le doux bruit que nous faisons ensemble,
Quand tu viens avec moi, mon ange bien-aimé,
Parler d'elle le soir sur son tertre embaumé.

-○-⊰⊚ XVII ⊚⊱-○-

BALLADE.

A M. CHARLES LABITTE.

Versailles, 1829.

L'aube vient blanchir la plaine ;
L'aube décolore à peine
Le crépuscule d'ébène,
Et vers l'horizon lointain,
Une brise parfumée
Poursuit comme la fumée
Les nuages du matin.

La fleur s'ouvre avec délice,
Et le rayon du jour glisse
Dans son humide calice
Où l'eau du ciel tremble encor ;
Chaque fleur des champs scintille
Devant l'horizon qui brille
Comme un large océan d'or.

Et les familles ailées
Que la brise a réveillées
Voltigent dans les allées ;
Et je m'arrête, et je vois
L'aube gracieuse et molle

4

Jeter sa blanche auréole
Sur le vieux château des rois.

Oh! que j'aime le feuillage,
Et ces rumeurs de village
Qui me font oublier l'âge,
Qui me parlent du berceau!
Oh! qu'aux lueurs d'un ciel rose
Le cœur doucement repose
Endormi par le ruisseau!

Mais où s'en va ma chimère?...
Adieu, palais et chaumière
Qu'embellit tant de lumière;
Adieu, village et manoirs!
Je vais, laissant tout pour elle,
Je vais où sa voix m'appelle,
Où m'attendent ses yeux noirs.

XVIII

HEURE D'AMOUR.

Oh! rouvre tes grands yeux dont la paupière tremble,
Tes yeux pleins de langueur:

Leur regard est si beau quand nous sommes ensemble !
Rouvre-les : ce regard manque à ma vie, il semble
    Que tu fermes ton cœur.

Lui seul dans une sphère où l'amertume abonde
    M'embellira le jour ;
Trompé dans tous mes vœux, las d'un spectacle immonde,
Pour m'élancer et fuir je n'ai trouvé qu'un monde,
    Et ce monde est l'amour.

Oh ! l'amour près de toi, fleur que n'avait blessée
    Aucun contact impur,
Fleur qui devais couvrir ma tête délaissée,
Et qui donnas pour sœur à ma sombre pensée
    L'espérance d'azur.

Que m'importent la vie et l'éloge ou le blâme,
    Et les fragiles biens,
Et tout ce qu'on espère, et tout ce qu'on proclame,
Pourvu que je t'écoute, et que tes yeux, chère âme,
    Se plongent dans les miens !

Pourvu que, m'élançant vers le ciel où m'attire
    Le rayon de la foi,
Je redescende enfin, vaincu par ton sourire,
Jusqu'aux terrestres lieux qui ne pourraient suffire
    A mon âme sans toi !

XIX

ODE.

Oui, la tempête est vaste et rude,
Tout déborde ; — le flot vainqueur
Envahit chaque solitude
Où s'ensevelissait le cœur.
En vain changerions-nous de place,
En vain demanderions-nous grâce
Pour nos navires fracassés ;
Les cieux épaississent leur ombre,
Et je ne sais quelle voix sombre
Nous crie avec force : Avancez !

Avancez, car le divin Maître
Fera de ce monde un lambeau
Car pour achever de renaître,
Il faut passer par le tombeau.
Il faut que tout se démolisse,
Et qu'une autre lave jaillisse
De ce cratère encor fumant ;
Ce globe épuisé de blessures
N'en est qu'aux premières tortures
De son pénible enfantement.

Ne voyez-vous pas que l'orage
S'est abattu de tous côtés
Sur ce fragile échafaudage
De trônes et de majestés?...
Ne voyez-vous pas que l'abîme
Engouffre à peine sa victime,
Qu'une autre s'ébranle à son choix;
Qu'aucune grandeur ne l'arrête,
Et que chaque vent de tempête
Jette aux écueils un flot de rois?

Ne l'entendez-vous pas bruire
Cet aquilon mystérïeux,
Ce souffle empressé de détruire
Qui gronde de la terre aux cieux?
Ne l'avez-vous pas reconnue
Cette voix qui sort de la nue,
Voix plus perçante que l'éclair,
Qui rompt la torpeur où nous sommes,
Et fait s'entre-choquer les hommes,
Comme les moucherons de l'air?

Eh quoi! personne ne se lève
Contre la tempête et le vent!
Personne au flot qui nous soulève
Ne dispute un terrain mouvant!
Oh! j'irai, — mon instinct m'y pousse, —
A travers la grande secousse

Dont le siècle est tout déchiré.
Cette vague qui prend sa proie,
Cet abîme hurlant de joie
Triomphe en vain : — je chanterai.

Je chanterai malgré l'orage,
Et, debout sur l'étroit sillon,
J'opposerai, plein de courage,
Ma poitrine à ce tourbillon.
Ma voix, sans relâche et sans crainte,
Défendra la vérité sainte
Que le siècle cherche à ternir.
Il faut, quand tout meurt ou s'altère,
Que chacun apporte sa pierre
Au monument de l'avenir.

Eh bien! ces hymnes sont la mienne,
C'est là l'œuvre d'un saint devoir;
C'est là le cirque où Dieu m'amène,
Où je combattrai sans espoir.
Ainsi l'athlète infatigable,
Jeté de son haut sur le sable,
Le serre d'un genou puissant,
Lutte, se roule et lutte encore
Jusqu'à ce que le sol dévore
Sa dernière goutte de sang.

Or, ce n'est pas une chimère,

Un rêve, un décevant appel;
J'ai vu dans l'insomnie amère
Les visions de l'Éternel. —
Que de fois sous le vent de flamme
J'ai senti fermenter mon âme
Et battre mon cœur agrandi!
Que de fois j'ai mordu ma couche,
Comme le lionceau farouche
Sous l'ardent éclair du midi!

Et maintenant je la dédaigne
La vie où j'ai bu tant de pleurs;
Et je chante, et quand mon cœur saigne,
Je me dis : Regardons ailleurs.
La vie! oh! c'est un jour de fièvre,
Elle dessèche plus la lèvre
Que l'atmosphère de Zhara :
Oh! j'en aspire une meilleure,
Et je saurai, quand viendra l'heure,
La jeter à qui la voudra.

Il est vrai que la route ardue
Souvent déchirera mes pieds,
Et que ma voix inentendue
Répandra des sons oubliés.
Mais que m'importe? avec droiture
J'aurai rempli ma tâche obscure,
Et l'oubli m'affligera peu.

La gloire (oh ! mon cœur en tressaille),
La gloire a-t-elle rien qui vaille
L'auréole qui vient d'un Dieu !

Une âme ! que j'arrache une âme
A ces ténèbres de la mort ;
Voilà le prix que je réclame,
Voilà le but d'un long effort.
Une âme qui pleure et qui souffre,
Une âme errante au bord du gouffre
Formidable et silencieux,
Une âme, une âme que j'entraîne,
Et ma carrière sera pleine,
Et j'aurai vécu pour les cieux !

XX

A. M. A. DE LAMARTINE.

Juillet 1831.

Ainsi, malgré nos jours de force et de lumière,
Cette reine des temps, la poésie altière,
Vient de subir encor leur profanation,
Alphonse, et le dédain s'étend jusqu'à toi-même

Tu n'iras pas t'asseoir à ce banquet suprême
    Des élus de la nation.

Triomphe étrange! en vain quand la lutte s'engage,
Tu donnais ton génie et ta gloire pour gage,
Ils lancent l'anathème à des titres si beaux :
Qu'importe?... à leur tribune où ta gloire est absente,
Si tu ne montes pas, ta voix libre et puissante
    En aura-t-elle moins d'échos?

Ah! ta tribune, à toi, c'est la grande montagne
Où, quand tu vas rêver, l'aigle seul t'accompagne;
C'est l'Apennin désert, l'Océan solennel;
C'est le vieux lac bleuâtre où tu guidais Elvire,
Où tu chantais debout sur ton frêle navire,
    Et face à face avec le ciel.

Le ciel!... ta vie est là, chaque voix t'y réclame;
C'est la seule demeure au niveau de ton âme.
Oh! n'abandonne pas ces belles régions;
N'en descends pas : veux-tu sur un globe de fange
Offrir à tous les yeux le spectacle de l'ange
    Découronné de ses rayons?

Non; — mais, fort de ta gloire et pur de toute crainte,
Tu venais, appuyé sur la liberté sainte,
Contenir en son nom le flot dévastateur :
C'est que, jugeant de haut la tempête où nous sommes,

Tu voulais tôt ou tard courber tous ces fronts d'hommes
   Devant la croix du Rédempteur.

Ils ne l'ont pas compris! eh bien! au flot qui gronde
Tu n'auras pas du moins mêlé ta voix profonde,
Tu restes dans l'espace où ton génie est roi :
Relève donc ton âme et prends la lyre, ô maître!
Le siècle où nous vivons t'échappera peut-être,
   Mais l'avenir est plein de toi.

C'est en vain qu'aspirant à sa sphère inconnue,
Le poète, debout, touche du front la nue ;
Qu'est-ce pour le vulgaire, insensible témoin?
La taille du géant trompe ses yeux timides,
Le poète est semblable aux vieilles Pyramides
   Que l'œil n'embrasse que de loin.

Aussi, las de combattre un torrent qui l'entraîne,
L'Homère des Martyrs vient de quitter l'arène ;
Il part, il cherche ailleurs la terre du sommeil :
Comme le grand vautour blanchi par les années,
Qui change, pour finir ses hautes destinées,
   Et de montagne et de soleil.

⚬⟶⟩ **XXI** ⟨⟵⚬

VOUS N'AVIEZ PAS AIMÉ.....

Vous n'aviez pas aimé : — ce transport ingénu,
Cette extase de cœur, gracieuse merveille,
Ce frais enivrement d'une âme qui s'éveille,
Vous l'ignoriez encor quand vous m'avez connu ;
Vous n'aviez pas aimé : — votre existence heureuse
S'en allait comme un flot sous les gazons qu'il creuse,
Comme un flot transparent, qui, dans son lit obscur,
Se dérobe avec crainte aux baisers d'un jour pur ;
Vous n'aviez pas aimé : — jamais la rêverie
N'étendait près de vous son voile de féerie ;
Jamais le souvenir, plus séduisant encor,
N'offrait à vos regards ses illusions d'or,
Et comme un ciel lointain n'entr'ouvrait le mystère
De ces ravissemens qui font aimer la terre ;
Vous marchiez sans songer qu'il fût des jours meilleurs,
Vous ignoriez encor le délice des pleurs,
Vous ne compreniez pas que le ciel nous envoie
Des tristesses sans nom plus douces que la joie :
Votre âme en ses instincts n'eût jamais deviné
Ce que l'ombre a de charme au bois abandonné,
Et ce qu'un ruisseau pur qui tombe goutte à goutte,
Soupire quand le cœur d'une amante l'écoute.

Le retentissement, le souffle aérien
Des brises sur les fleurs ne vous apprenait rien ;
Votre âme indifférente à leurs voix dispersées
N'y trouvait pas l'écho de ses jeunes pensées.
C'est en vain que la terre à chaque instant du jour
Murmurait d'elle-même une langue d'amour,
Une langue de cœur, ineffable délire,
Qu'on ne peut écouter sans pleurer et sourire ;
Vous ne l'entendiez pas ce langage embaumé
Dont les cieux sont jaloux ; vous n'aviez pas aimé.
Et quand je vins plus tard, quand un air de souffrance
Se peignit dans mes yeux qui vous priaient d'avance,
Quand, par un ciel d'automne, au plus profond des bois,
Je fis parler mon âme à défaut de ma voix,
Oh ! c'est alors qu'heureuse, et fuyant tout le reste,
Vous comprîtes l'amour dans sa hauteur céleste ;
C'est alors que vos yeux parurent s'animer,
Et c'est alors surtout que votre âme ravie,
En apprenant l'amour, crut respirer la vie
Pour la première fois ; — car vivre, c'est aimer.

◦⟶✦ XXII ✦⟵◦

PEINE DE MORT.

Homicide point ne seras.

A M. MAXIMILIEN RAOUL.

Un vent s'est élevé ; c'est le vent des ruines :
Il ébranle les tours jusque dans leurs racines,
Il sème la douleur et la destruction.
Dépouillant chaque roi de sa haute tutelle,
Il le descend au char de son peuple et l'attelle
    Sous le fouet de la nation.

Un vent s'est élevé ; — plus prompt que l'avalanche,
Il tombe sur sa proie, et toute grandeur penche.
Son souffle est tout puissant sur les peuples virils ;
Il les pousse au combat, il frappe trône et temple,
Et, pâle de terreur, l'homme qui les contemple
    Se dit à lui-même : Où vont-ils ?

Arrête : ce n'est pas ces royautés tremblantes
Qu'il te faut secouer de tes mains violentes,
Peuple !... Il en est une autre. — Implacable fléau,
Une seule te ronge... Oh ! dans ces jours de crise,

Peuple victorieux, que ton bras fort la brise...
    C'est la royauté du bourreau !

Oui, qu'elle tombe et rampe à jamais abattue
La royauté de l'homme à qui la loi dit : « Tue. »
Législateurs du siècle, hâtez-vous d'en finir ;
Foudroyez-la, frappez jusqu'aux racines mêmes,
De peur qu'un sort fatal n'imprime à vos fronts blêmes
    Le sceau rouge de l'avenir.

De peur que le remords ne soit votre supplice ;
De peur que, rejetant la pierre accusatrice,
Les mânes fraternels ne se lèvent enfin,
Et qu'une voix d'en haut, vengeresse et profonde,
Ne vous condamne à fuir sur les routes du monde,
    Stigmatisés comme Caïn !

Eh ! pourriez-vous laisser ce farouche vampire
Sucer le peuple au cœur jusqu'à ce qu'il expire !
O juges de la terre, est-ce là votre emploi?...
Ne laverez-vous pas cette hache empourprée?
L'hérédité du meurtre est-elle donc sacrée
    Qu'on ne puisse en purger la loi?

Seule est-elle de fer quand tout le reste change!...
Faut-il que l'échafaud, par un constraste étrange,
Se tienne seul debout sur un terrain glissant?....
Répondez-moi : faut-il qu'à vos chartes sans nombre,

Toujours et malgré tout la fatalité sombre
  Impose le cachet du sang?...

Le sang! rien ne l'absout le sang! rien ne l'efface.
Le plus haut monument meurt sans laisser de trace ;
Le sang ne vieillit pas, le sang est immortel.
O vous qui dépouillez le scrupule et le doute,
Avez-vous jamais su ce qu'en pèse une goutte
  Aux balances de l'Éternel ?

Savez-vous la valeur d'une tête ravie ?
Savez-vous seulement ce que c'est que la vie,
Ce souffle merveilleux qu'un Dieu se réserva ?..
Quand votre arrêt tombait sur un être fragile,
Songiez-vous que ce corps dont vous rompiez l'argile
  Reçut l'âme de Jéhovah ?

Législateurs si fiers de terrasser le crime,
Quel secret besoin d'âme ou quel instinct sublime
A fait germer en vous cet orgueil qui surprend ?
Quand vos avides mains s'emparaient de la hache,
Vous êtes-vous senti pour cette rude tâche
  Le bras plus fort, le cœur plus grand ?

Hélas ! non ; — même ennui, même douleur vous blesse ;
Vous êtes comme nous ; une égale faiblesse
Arrête au moindre choc votre pas languissant :
Ce bras, ce frêle bras que vous chargez du glaive,

Tremble comme le nôtre, et comme lui se lève
   Aux cieux d'où le pardon descend.

Et cependant c'est vous, vous, créatures vaines,
Qui mutilez la chair, qui tarissez des veines,
Qui chassez d'ici bas un céleste flambeau ;
Vous, vassaux de la mort, vous, à qui Dieu ne donne
Que cet air et ce jour qui ne manque à personne,
   Et la mesure d'un tombeau.

Ah ! rayez de vos lois cette erreur insolente :
Arrachez-vous enfin d'une ornière sanglante
Que le siècle maudit dans sa virilité.
Il n'existe qu'un droit, c'est celui de clémence.
Le droit qui frappe et tue, est trop haut, trop immense
   Pour votre frêle humanité.

Législateurs, s'il faut qu'une autre voix réponde,
L'histoire est là, l'histoire immuable et profonde
Qui couvre l'avenir d'un reflet accablant.
Interrogez de l'œil ses pages encor teintes...
Oh ! que de nobles cœurs, que de victimes saintes
   Ont gravi l'échelon sanglant !

Eh bien ! quand vous saignez les flancs de la patrie !
Tout ce peuple des morts se redresse et vous crie :
« Anathème à celui qui fait le bourreau roi !
» L'éternité l'attend, l'éternité le nomme ;

» Anathème à qui met la hache aux mains d'un homme,
    » Et l'assassinat dans la loi! »

XXIII

MALHEUR.

Malheur! la terre est vide et n'a plus de prophète :
Malheur! elle n'a plus de voix forte qui jette
    L'anathème aux ailes de feu.
Le sol ne reçoit plus la divine semence,
Et cependant voyez! — la foule recommence
    A crucifier l'Homme-Dieu!

Temple et vertu, tout meurt.—Ah! dans nos jours de crise,
Que n'ai-je un des rayons qui couronnaient Moïse
    Quand Jéhovah le vint chercher !
Que ne l'ai-je surtout cette verge féconde
Qui creusait jusqu'au marbre et fit bouillonner l'onde
    Dans les entrailles du rocher!

Ah! j'irais comme lui t'interroger en face,
O siècle dont le cœur est de bronze ou de glace;

J'irais me dresser devant toi,
Calme et seul, et du bout de ma baguette austère
Je frapperais ton sein comme il frappait la pierre,
Et j'en ferais jaillir la foi !

⟶ XXIV ⟵

QUE FAUT-IL AUX AMES?...

Tout ce qui respire
Ici bas soupire,
Les hommes, les fleurs ;
Villes et vallées
Paraissent peuplées
Des mêmes douleurs.

La plainte commence
Avec l'aube immense
Pour durer la nuit ;
Ce n'est que tristesse ;
L'arbuste s'affaisse
Et le cœur languit.

Sous des cieux moroses
Que faut-il aux roses ?

Un rayon de jour.
Sous des cieux sans flammes
Que faut-il aux âmes?
Un rayon d'amour.

XXV

ABANDON.

Me voilà seul encor! — La fraîcheur de l'année,
Son parfum passe en vain sur ma tête inclinée.
    O parfum, ô fraîcheur,
Laissez-moi; — je n'ai plus ma jeune fiancée,
Et rien n'arrachera cette pierre glacée
    Qui pèse sur mon cœur.

Rien ne me distraira, pas même sur la branche
Cet oiseau gracieux, cette colombe blanche
    Qui fuyait les hivers;
Pas même le soupir descendu des ramées,
Et pas même ces fleurs, étoiles parsemées
    Au bord des gazons verts.

Seul encore! — Ah! ce mot redouble ma tristesse:
Si mes lèvres sentaient quelque goutte d'ivresse,

Ce mot viendrait l'aigrir. —
Que faire quand le cœur perd son reste de flamme,
Quand le mal a touché les racines de l'âme
    Et qu'on se sent mourir?

Seul encor ! — Si du moins j'obtenais en échange
De tant de pleurs versés, le bonheur de cet ange.
    Que j'ai vu dans l'effroi !
Mais, non ; — mon triste adieu ne l'aura point calmée,
Hélas ! et je sais trop qu'elle est tout alarmée
    Quand elle songe à moi.

O Vierge, endormez-la ; consolez-la, Marie ;
Fermez jusqu'au matin sa paupière tarie,
    Sa paupière sans pleurs ;
Endormez-la ; — cette âme a besoin de prestige ;
Ne laissez pas les vents secouer sur sa tige
    La plus frêle des fleurs.

Semez devant son œil fatigué de la terre
Ces visions d'en haut qu'aucun voile n'altère
    Et qu'on ignore ici ;
Montrez-lui dans les cieux sa brillante couronne,
Montrez-lui dans les cieux sa place qui rayonne
    Auprès d'Adonaï.

Et quand l'aube revient peupler l'horizon vide,
O Vierge, recueillez sa prière limpide

Comme un reflet de jour ;
Et le soir, laissez-la, cette abeille si pure,
Rapporter pour trésor dans sa cellule obscure
    L'espérance et l'amour ;

L'espérance du cœur qui soutient et console,
L'espérance qui place au fond d'une parole
    Un miel délicieux ;
L'espérance et l'amour, l'amour, ce divin rêve,
Le plus puissant de tous, le seul qui nous élève
    A la hauteur des cieux !

⚬⚬ XXVI ⚬⚬

CALIBAN.

Quand l'homme d'Albion que l'univers réclame,
Quand le barde eut créé d'un souffle de son âme
Le sylphe aux ailes d'or, le brillant Ariel,
Il voulut à la fois, par un contraste étrange,
Placer l'impur démon face à face avec l'ange,
    Et l'enfer près du ciel.

Et tandis qu'avec l'aube Ariel, faible encore,
Cueillait au flanc des monts les larmes de l'aurore,

Le souverain poète abaissa son élan ;
Il plongea le regard dans cette fange humaine,
Et d'une main hardie il jeta sur la scène
          L'horrible Caliban.

Caliban, qu'un instinct de brute et de sauvage
Ramène avec amour au plus vil esclavage,
Qui flaire un lac fétide et s'y roule aussitôt ;
Caliban qui se plaint, qui hurle, qui se traîne,
Caliban, monstre informe, où ne survit qu'à peine
          L'étincelle d'en haut.

Caliban, — c'est le siècle enivré de blasphème,
Dont le rire stupide atteint la vertu même,
Qui se vautre au soleil sans pensée et sans vœu :
C'est le siècle à genoux vers quelque idole infâme,
Le siècle accoutumant ce qui lui reste d'âme
          A renier son Dieu.

C'est le vice hideux dans sa vérité crue
Qui court tremper sa lèvre à l'égout de la rue,
Qui marche renversant tout ce qu'on éleva ;
C'est l'homme dégradé que sa bassesse accable,
L'esprit devenu chair, l'emblème misérable
          D'un monde qui s'en va.

Regardez, — admirant son image grossière,
Il ne voit dans les cieux que nuit et que poussière,

Il jette aux plus grands noms l'anathème moqueur :
Il s'acharne à flétrir de son impur langage
Ces chastes passions, trésor du premier âge,
     Virginité du cœur.

Point d'âme qu'il n'abreuve et de fiel et d'absinthe ;
Il dépouille l'enfant de sa pureté sainte,
L'enfant même ! — La femme... il l'attaque à son tour ;
Se ruant sur ce cœur qui n'a d'égal que l'ange,
Il voudrait arracher jusqu'à son dernier lange
     D'innocence et d'amour.

Oh ! qu'il soit un cœur pur, un de ces cœurs sans tache,
Sanctuaire sublime où la vertu se cache,
Comme un oiseau tremblant que poursuit l'aquilon ;
C'est là qu'il vient, c'est là qu'il darde un trait plus ferme,
Et c'est là qu'il épanche à pleines mains le germe
     De la corruption.

Et quand il est vainqueur, quand il a vu sa proie
Abandonner le seuil de la céleste voie,
Un cri rauque et joyeux s'échappe de son sein :
Et l'âme la plus faite à ses chants de blasphème
Écoute avec terreur ce cri qui n'a pas même
     Quelque chose d'humain.

C'est en vain qu'il revoit chaque jour ce grand livre,
La nature, où Dieu parle et nous enseigne à vivre,

Son imbécile orgueil le repousse à l'instant :
Car du livre profond dont la hauteur l'effraie ,
Les seuls mots qu'il ait lus, les seuls mots qu'il bégaie
    Sont matière et néant.

L'aspect du bien le lasse : il étendra sa serre
Sur tout ce qu'on admire et tout ce qu'on vénère ;
Que le temple s'écroule , il voudra plus encor.
Son triomphe est de voir la vertu flagellée,
Orpheline qu'on heurte , et qui tombe foulée
    Par le vice aux pieds d'or.

Ne parlez pas de ciel , de gloire , de génie ,
Il s'adore lui seul dans sa force infinie ;
Le reste ne vaut pas qu'on lui consacre un vœu.
Regardez ce qu'il montre , écoutez ce qu'il nomme ,
Et vous verrez partout l'homme en face de l'homme
    A la fois prêtre et Dieu.

A la fois prêtre et Dieu , — car cette foule oisive ,
Ce peuple entier qu'il mord de sa dent corrosive
L'entoure et le salue avec un fol élan :
Courage, hurle-t-elle à ce despote immonde ,
Ton génie est si haut qu'il écrase le monde ;
    Courage , ô Caliban !

Et Caliban sourit, et Caliban se roule,
Dans sa joie insensée , au travers de la foule :

Il est fier, il se dresse, il répond : Me voilà !
Et l'orgueil fait bondir le stupide colosse.
— Il ne s'aperçoit pas qu'il danse sur sa fosse
          Et que Satan est là !

Oh ! dans ces jours de crise où l'âme n'a plus d'ailes,
Qu'on ne s'étonne pas si dans les cœurs fidèles
Le plus brillant espoir s'éteint comme un flambeau,
Si l'on prend en pitié les choses de la vie,
Et si l'on ne voit plus qu'avec un œil d'envie
          La pierre du tombeau.

-·-ᘔ XXVII ᘔ·-

REPROCHES.

Elle a dit : Laissez-moi ; pourquoi me troubler l'âme,
Pourquoi de mon beau ciel me dérober l'azur ?...
Vous le savez, mon cœur est mort à toute flamme,
Laissez-moi ; j'ai besoin d'un avenir si pur !

Je veux que dans ma tombe un doux regret me suive,
Et qu'on me pleure absente, et qu'un saule embaumé
Couvre auprès de ma cendre une femme pensive ;

Je veux surtout qu'on dise : Elle n'a pas aimé.

Le passé de ma vie où mon cœur se replonge
Ne connut pas l'amour et n'eut rien de cruel.
Ne suis-je plus l'enfant qui s'envolait en songe
Avec la feuille errante, avec l'oiseau du ciel?

Laissez-moi ; croyez-en cette larme dernière,
Ce douloureux aveu que m'arrache l'effroi.
Oh! ne m'enviez pas le repos que j'espère ;
Je ne vous ai que trop écouté : laissez-moi!

— Moi vous fuir!... ô mon âme, est-ce ainsi que l'on aime?
Sont-ce bien là des mots sortis de votre cœur?
Ah! j'en appelle encore à lui contre vous-même,
Et mon étonnement pardonne à la douleur.

Vous fuir!... Oh! souffrez-moi près de vous ; ange ou femme,
Vous le savez, sans vous je ne vis qu'à moitié :
Qu'un dernier sentiment retienne encor votre âme ;
Si ce n'est pas l'amour, que ce soit la pitié.

Et quand je vous fuirais, croyez-vous que j'oublie
Ces momens que nous ôte un sort capricieux,
Où vous jetiez vos pleurs sur ma mélancolie,
Où ce monde avec vous prenait l'éclat des cieux?...

Ma vie est un flambeau dont la lumière tremble

Sur un reste de jours languissans et bornés;
Sa flamme renaîtra si nous sommes ensemble,
Sa flamme s'éteindra si vous m'abandonnez.

XXVIII

LA MORT DE ···

Pourquoi donc ce silence et ces larmes cachées?
Quel deuil est descendu sur vos têtes penchées?
Dites-le moi: d'où naît cette amère douleur?...
Ah! je vous comprends trop; la mort à qui tout cède,
La mort vient d'arrêter sur sa couche encor tiède
    Les battemens d'un noble cœur.

Il n'est donc plus! les cieux l'ont retiré du monde;
Lui qui trouvait un port dans sa vertu profonde,
Lui dont le zèle ardent a dévoré les jours;
Lui qui par-dessus tous, facile à reconnaître,
Vécut humble et passa comme le divin Maître,
    Priant et pardonnant toujours.

Ainsi, malgré nos pleurs, quand vient l'instant suprême,
La pierre des tombeaux s'ouvre au juste lui-même,
Il expire. — Belle âme, oh! pourquoi t'envoler?
Où vas-tu? ta carrière est-elle donc remplie?

N'est-il plus ici bas d'indigens qu'on oublie,
        De cœur souffrant à consoler?

Tu pars : que deviendront dans leurs longs jours d'épreuve
Le vieillard sans appui, l'orphelin et la veuve?
Vers quels yeux désormais lèveront-ils les yeux?
Trouveront-ils encore un bras qui les soutienne,
Et surtout une voix douce comme la tienne
        Pour montrer le chemin des cieux?

Ah! tu n'as pu mourir sans regretter le charme
De soulager un cœur, d'essuyer une larme;
Les ivresses des cieux ne l'effaceraient pas.
Et puis les cœurs aimans ne brisent qu'avec peine
Tous ces nœuds doux et chers dont l'existence est pleine,
        Seules délices d'ici bas.

C'est que loin des grandeurs dont le fol éclat brille
La vie est belle au sein d'une tendre famille;
C'est qu'entouré de joie on veut s'endormir tard;
C'est qu'on se voit aimé, c'est qu'on est fier de l'être,
Car de jeunes enfans, douces fleurs qu'on vit naître,
        Sont la couronne du vieillard.

Félicité du cœur séduisante, ingénue,
Il t'avait pressentie et ne t'a pas connue;
Il n'aura pas vieilli comme un antique aïeul.
Proscrit dès le berceau, le vent de la tempête

Avant le temps et l'âge a dû blanchir sa tête :
　　Qu'il dorme au moins dans son linceul.

Qu'il dorme... Il acheva toutes ses destinées ;
L'exil et la douleur ont doublé ses années ;
Il n'est tombé trop tôt que pour ceux qui l'aimaient.
Ces âmes-là toujours sont promptement ravies :
S'il a succombé jeune, il a vécu deux vies
　　Pour les cieux qui le réclamaient.

Et moi, que son nom seul fait tressaillir encore,
Dirai-je qu'abattu par l'ennui qui dévore,
Bien loin du sol natal son âme m'entendit ?
Moi qu'il trouva mourant d'une tristesse amère,
Sur un lit de douleur où j'appelais ma mère
　　Sans que ma mère répondît.

Moi, dont aucune main ne pressait la main pâle,
Tandis que le rayon d'une lampe fatale,
Comme un témoin funèbre éclairait ma langueur ;
Moi, relevant à peine une tête affaissée,
Moi, poète et puisant une ardeur insensée
　　Dans tous les rêves de mon cœur.

Il vint, il murmura sur ma tête flétrie
Ces mots consolateurs de mère et de patrie ;
Il parla de retour et de retour joyeux.
Il me montrait de loin un bonheur sans mélange,

Et j'endormais mon âme. — Aurais-je cru que l'ange
Retournerait si vite aux cieux !

XXIX

AURORE.

Où vas-tu, souffle d'aurore,
Vent de miel qui vient d'éclore,
Fraîche haleine d'un beau jour ?
Où vas-tu, brise inconstante,
Quand la feuille palpitante
Semble frissonner d'amour ?

Est-ce au fond de la vallée,
Dans la cime échevelée
D'un saule où le ramier dort ?
Poursuis-tu la fleur vermeille,
Ou le papillon qu'éveille
Un matin de flamme et d'or ?

Va plutôt, souffle d'aurore,
Bercer l'âme que j'adore ;
Porte à son lit embaumé

L'odeur des bois et des mousses,
Et quelques paroles douces
Comme les roses de mai.

·ːₒ· XXX ·ₒː· ·

INQUIÉTUDE.

Elle a des yeux si beaux, des traits si veloutés,
Que malgré mon bonheur j'éprouve à ses côtés
   Un sentiment mêlé de crainte.
Tout m'agite; mon cœur, lorsque je l'aperçois,
S'émeut jusqu'à l'extase : il semble que je sois
   Auprès d'un ange ou d'une sainte.

C'est un charme suprême : oh ! j'essairais en vain
De révéler alors ce qu'il a de divin;
   Ma voix se trouble et s'inquiète.
Ce n'est qu'aveux confus, que mots balbutiés,
Quand j'effleure sa main, quand, assis à ses pieds,
   Je l'écoute, quoique muette.

Et puis elle est si pâle et si frêle à la fois,
Que je n'ose qu'à peine interroger sa voix
   Pour obtenir un mot de flamme;

Et qu'entraîné souvent par l'instinct de mon cœur
A lui tendre les bras, je m'arrête, j'ai peur
    Qu'un baiser ne prenne son âme !

·ᴗ·⚘ XXXI ⚘·ᴗ·

DERNIER APPEL.

A M. COLLOMBET.

Et je disais : « Le vent se lève, voilà l'heure
» Où le vent d'hiver fait bondir chaque demeure :
» C'est un flot rugissant qui n'a point de reflux.
» Le vent gronde, il secoue, il abat d'une haleine
» Et les feuilles de l'arbre et les fleurs de la plaine,
      » Hélas ! et le pauvre encor plus.

» O vous que rien n'alarme, ô vous que rien ne blesse,
» Vous dont l'hiver encore est chargé de mollesse,
» Sibarites du monde, éveillez-vous enfin :
» Écoutez, écoutez, car au milieu de l'ombre
» J'entends la sourde voix d'un accusateur sombre,
      » Le cri, l'affreux cri de la faim ! »

Et mon doigt leur montrait la vieillesse abattue,
L'orpheline en haillons que la faim prostitue :

Et le peuple, le peuple errant de tous côtés,
Moins heureux que la brute au fond de sa tanière,
Le peuple à qui tout manque et qui gratte la pierre
    Aux carrefours de nos cités.

Mais ils n'écoutaient pas. — O puissans de ce monde,
Vous n'êtes point sortis de votre paix profonde,
Et le peuple à genoux se débat comme alors.
Comme alors vous riez de ses larmes brûlantes,
Et vos festins honteux, vos tables insolentes,
    Vous les installez sur son corps!

Oh! si vous l'accablez, si vous frappez sa tête,
S'il rampe, ce n'est point la terreur qui l'arrête,
Ni les piéges nombreux que vous avez semés,
Ni ce chaos de lois, chancelante barrière...
— Oh! rendez plutôt grâce au Dieu de la prière,
    A ce Christ que vous blasphémez!

XXXII

RÊVERIE D'ÉTÉ.

Oh! dans les longues soirées,
A ces heures désirées

Où l'oiseau n'a qu'un seul chant,
Où le ciel devient sonore,
Où tout l'éclat de l'aurore
Est vaincu par le couchant ;

Quand sur les pelouses vertes
Qu'un léger voile a couvertes
Le calme est enfin venu ;
Quand tous les rayons s'éteignent,
Et que les cloches se plaignent
Dans leur langage inconnu ;

O ma pensée! ô ma vie,
Sais-tu bien ce que j'envie,
Ce qu'il me faut, ô ma sœur?...
Sais-tu, dans mes vœux de flamme,
Sais-tu ce que je réclame
Jusqu'à me briser le cœur?...

Ce n'est point, ô bien-aimée,
Cette boucle parfumée
Qui voltige sans lien.
Non, — ta voix me l'a promise,
Et le souffle de la brise
La caresse avant le mien.

Ce n'est point l'humble anémone
Qu'au ruban qui l'environne

J'arracherais comme hier ;
Ce n'est point une parole ,
Un sourire qui s'envole ,
Un regard , fragile éclair.

Mais quand le feuillage ondule
Aux rayons du crépuscule ,
Je voudrais à ton côté ,
Je voudrais, ô douce femme ,
Retremper encor mon âme
Dans les brises de l'été.

Là bas , où l'ombre est si tendre ,
Je voudrais ne rien entendre
Que nos battemens de cœur ;
Ne rien voir sous le platane
Que tes grands yeux de sultane ,
Et mourir de mon bonheur !

XXXIII

REGRET D'AUTREFOIS.

Je l'aimais : — oh ! c'était de cet amour d'enfant
Qu'on peut montrer sans crainte et que rien ne défend

A l'âme triste et combattue.
Ce n'était que délice et suave douceur;
Ce n'était pas l'amour qui dévore le cœur,
Ce n'était pas l'amour qui tue.

Je l'aimais. — Son regard suivait partout mes yeux.
Et je quittais la foule, et la terre et les cieux
M'environnaient de son image :
Le nuage en ses plis, l'onde en son pur miroir
Cachaient ma bien-aimée, et les anges du soir
La balançaient dans le feuillage.

Hélas! je ne suis plus ce que j'étais alors,
Et de ces doux élans, de ces divins transports
Qui changeaient ma vie en extase,
Il ne m'est demeuré qu'un souvenir au cœur;
Comme un dernier parfum, comme un reste d'odeur
Qui s'attache aux parois du vase.

·--^ ᓄ XXXIV ᘐᘐ o-

CHASSE GOTHIQUE.

En avant! en avant! — La biche épouvantée
Cherche au fond des taillis sa retraite écartée,

Mais le bruit de ses pas la livre aux chiens ardens :
Le tumulte grandit et la meute s'élance,
Et le fracas des pins que l'aquilon balance
    Se mêle à leurs cris discordans.

En avant ! en avant ! — Comme de sourds orages
Les cors ont retenti d'ombrages en ombrages ;
La meute se disperse ; en avant, chevaliers !
Le cor parle au chasseur d'audace et de victoire :
Le cor, au fond des bois, est un appel de gloire
    Qui fait bondir les destriers.

    Or, venez, dames jalouses
    Qui vouliez cacher vos traits :
    Approchez sur les pelouses,
    Vos cavales andalouses
    Vous attendront ici près :
    Une ballade est si douce
    Lorsqu'on l'entend sur la mousse,
    En regardant les forêts !

    Que vos tresses parfumées
    Flottent librement ici :
    Suspendez, dames aimées,
    Vos voiles à ces ramées
    Où brille un jour adouci :
    Vous pourrez pleurer sans crainte
    En écoutant la complainte

6

De monseigneur de Couci.

En avant, en avant ! — Comme de sourds orages,
Les cors ont retenti d'ombrages en ombrages,
La meute se disperse ; en avant, chevaliers !
Le cor parle au chasseur d'audace et de victoire ;
Le cor, au fond des bois, est un appel de gloire
    Qui fait bondir les destriers.

    En avant ! — La foule armée
    Se heurte, et chaque baron
    Pousse à travers la ramée
    Sa cavale ranimée
    Par le fouet et l'éperon :
    Le chasseur bondit comme elle,
    Et son cri joyeux se mêle
    Au cri rauque du clairon.

    Écoutez : un bruit s'élève,
    Le cerf tombe : quel concours !
    Chaque bras saisit le glaive,
    Mais aucun d'eux ne l'achève
    Pour l'offrir à ses amours ;
    C'est au plus noble de race
    A frapper le coup de grace,
    C'est au sire de Nemours.

Et tandis qu'élancés au milieu du bois sombre,

On voit fuir tour à tour et des limiers sans nombre,
Et les hardis piqueurs et les nobles barons ;
Et tandis qu'à l'écart les jeunes châtelaines,
Levant leurs bras d'ivoire, abandonnent aux chênes
    Les voiles qui couvraient leurs fronts,

Voici qu'une main douce entr'ouvre avec mystère
La porte aux gonds massifs du château solitaire,
Du château qui s'élève au seuil de la forêt ;
Et belle, et sous l'ogive où le lierre se joue,
Dérobant à moitié les roses de sa joue,
    Une blanche fille apparaît.

      D'abord la vierge indécise
      S'arrête et fixe les yeux :
      Elle craint d'être surprise,
      Elle craint jusqu'à la brise
      Qui soulève ses cheveux :
      Elle hésite et puis s'élance,
      Et l'herbe ploie en silence
      Sous son pas aventureux.

      Et bientôt moins inquiète,
      Moins craintive, voyez-la,
      Dans son vol que rien n'arrête,
      Sourire à l'ombre discrète
      Dont l'épaisseur la troubla :
      Puis elle écoute, elle semble

A chaque feuille qui tremble
Demander s'il n'est pas là.

Un cri part : « C'est lui ! c'est elle ! »
Et bientôt, pour le mieux voir,
Voici que la jeune belle
Qu'un tendre sourire appelle,
Sur le gazon va s'asseoir ;
Et les aveux se répondent,
Et les regards se confondent :
Que de bonheur jusqu'au soir !

Et maintenant grondez, ô fanfares guerrières,
Grondez au fond des bois, dans les vastes clairières :
Ici chaque rumeur vient mourir à son tour ;
Ici, loin de la chasse et des meutes fumantes,
Le cor a des soupirs et des plaintes charmantes,
    Ici le cor parle d'amour.

·o·⥼ XXXV ⥽·o·

LA POÉSIE.

A M. ÉMILE SOUVESTRE.

Émile, ce n'est pas dans cette ornière obscure,
Chaos informe où rien ne germe et ne s'épure,
    Où l'existence est un sommeil ;
Ce n'est pas dans la foule aride et sans mémoire,
Dont le regard est mort et se ferme à la gloire
    Comme un œil d'insecte au soleil ;

Oh ! ce n'est pas non plus sur le pavé des villes,
Aux fatales rumeurs des tempêtes civiles ;
    Ce n'est pas dans nos murs étroits ;
Ce n'est pas sur l'arène, où, dans sa force immense,
Le peuple impétueux se cabre, et recommence
    A briser l'éperon des rois.

Ami, ce n'est pas là, sur ces champs de bataille,
Que l'on voit apparaître avec sa haute taille,
    Avec son sceptre audacieux,
L'enfant de Jéhovah, la poésie austère
Qui passe loin du monde en effleurant la terre,

Et marche en regardant les cieux.

Poète, allons plus loin, dans quelque large voie ;
La solitude est là : — c'est elle qui renvoie
    Un écho pour chaque concert :
Celui qu'un pur rayon du génie acompagne
A toujours cherché l'aigle au flanc de la montagne,
    Et la poésie au désert.

Au désert ! au désert ! — car la tourbe insensée,
Au lieu de l'agrandir, écrase la pensée ;
    Elle meurt ou tombe trop bas :
Au désert ! — Oh ! je veux, tant le monde me pèse,
Briser l'obstacle et fuir cette ardente fournaise
    Qui dévore et n'épure pas.

Elle court au désert la sainte poésie :
C'est l'immense horizon, l'atmosphère choisie
    Où rien n'arrête son élan ;
Il lui faut comme à Dieu des pompes inconnues,
Le parfum de la mer, l'Athos chargé de nues
    Et les profondeurs du Liban.

Oui, c'est vous qu'elle cherche à travers tous ces voiles,
Athos, Liban, grands monts qui touchez les étoiles,
    Et qu'un soleil ardent brunit :
C'est là, c'est par-dessus votre crête éternelle
Qu'elle pose son vol, qu'elle allonge son aile

Comme le vautour sur son nid.

Ah ! demande une sphère idéale et profonde,
Un de ces lieux où l'âme aime à bâtir un monde
    D'amour, de lumière et de chant.
Fuyons là, — soit que l'aube entr'ouvre comme un songe
Ses palais de vapeurs, soit que le soleil plonge
    Dans les abîmes du couchant.

Ma poésie, à moi, c'est l'étoile qui tremble,
La forêt solitaire où meurent tout ensemble
    Le dernier jour, le dernier bruit ;
C'est l'orage des cieux, c'est, pendant la tempête,
L'océan hérissé comme un lion qui guette
    Sa proie au milieu de la nuit.

C'est le vent de l'hiver, le vent qui hurle et pleure,
Le vent impétueux qui jonche en moins d'une heure
    Le sentier que nous chérissions ;
C'est l'arc-en-ciel éclos sur l'atmosphère grise,
C'est le roc suspendu que le Rhin fouette ou brise
    Dans ses folles convulsions.

C'est surtout cette terre éclatante et sublime
Où le Verbe annoncé, l'expiateur du crime,
    Porta son pas retentissant ;
C'est le Cédron, l'Horeb aux cimes calcinées,
C'est le vieux Golgotha, dont le flot des années

N'a pu laver encor le sang.

Voilà ma poésie. — Oh! quand sa voix m'enflamme,
Quand, malgré la fatigue où s'absorbait mon âme,
     Il faut m'attacher à son vol;
Quand cette voix d'en haut que j'avais repoussée,
Quand l'inspiration tombe sur ma pensée
     Comme la foudre sur le sol;

Émile, oh! c'est alors que ma poitrine lasse
Retrouve sa vigueur : un bras divin l'enlace,
     L'entraîne et soulève son poids;
Émile, et c'est ma muse indomptable, enivrante,
Ma muse aux noirs cheveux, sirène dévorante
     Qui caresse et tue à la fois!

 XXXVI

LE CATHOLICISME.

« Il s'en va, dites-vous, il s'en va d'heure en heure,
» Ce culte délaissé que le vulgaire pleure;
» Il s'en va tout chargé de risée et d'affront :
» Encore un peu de jours, et, malgré vos présages,

» Le vieux géant, battu par le bélier des âges,
    » Touchera la terre du front.

» Il tombe à chaque instant, c'est un fantôme, une ombre.»
—Erreur!... oubliez-vous que des combats sans nombre
Furent les premiers jeux de ce roi profané ;
Qu'il eut pour piédestal un amas de victimes,
Et que le sang d'un Dieu, coulant à flots sublimes,
        Le fortifia nouveau-né ?

Ignorez-vous qu'il peut, sous l'œil du divin Maître,
S'envelopper dans l'ombre ou du moins le paraître,
Pour apprendre à nos cœurs à discerner le jour ?...
Avez-vous oublié sa lutte dans l'orage?
Avez-vous oublié que le cri de l'outrage
        Multipliait l'hymne d'amour ?

Oh ! respectez celui que l'immensité nomme :
L'arbuste devient arbre, et l'enfant se fait homme ;
Ainsi du Christ : — sa loi n'a rien de limité ;
Elle paraît languir, elle souffre... qu'importe
Cette fièvre d'un jour d'où jaillira plus forte
        Sa glorieuse puberté?

Attendez, et le Christ va se montrer encore.
—Tel, quand l'Égypte voit, sous un ciel qui dévore,
Brûler et dépérir ses campagnes sans eaux,
Le Nil s'éveille enfin, le vieux Nil rompt sa chaîne,

Accourt d'un bond, et jette en grondant sur la plaine
    La fécondité de ses flots!

XXXVII

PLAINTE.

Ma jeune bien-aimée, il est donc vrai, tout change,
Tout change, instincts de l'âme, illusions, bonheur,
Tout s'en va loin de moi, jusqu'aux sourires d'ange,
Tout, jusqu'aux frais regards qu'avec un charme étrange
    Vous laissiez tomber sur mon cœur.

Car vous m'aimiez alors : vous viviez recueillie,
Seule et pure au milieu de ce monde troublé ;
Mais vos larmes de cœur vous avaient embellie,
Et votre œil, si long-temps plein de mélancolie,
    S'anima quand je vous parlai.

Frissons délicieux, larmes involontaires,
Que votre charme est tendre à ce premier beau jour !
Oh! qui révèlera les troubles, les mystères
Que ressentent d'abord deux âmes solitaires
    Dans l'abandon d'un chaste amour?

Aimer jusqu'à l'extase, aimer jusqu'au délire,
Vivre au fond d'un seul cœur, du seul qui nous soit cher,
Ne trouver de repos que dans l'air qu'il respire,
S'enivrer de silence à son moindre sourire...
　　　C'était là mon bonheur hier.

Maintenant je suis seul : tout me gêne et me blesse,
Tout mêle un souffle impur à mes destins flottans ;
Je suis seul, et déjà je tombe de faiblesse :
Oh! brise-toi, mon cœur, pauvre cœur qu'on délaisse,
　　　Tu n'as battu que trop long-temps!

XXXVIII

FIÈVRE.

L'orage commençait, l'atmosphère était grise,
— Et j'allai tout rêveur près de la vieille église,
Et je franchis le seuil et je m'arrêtai là ;
Car au fond de la nef une voix sépulcrale,
Une voix murmurait avec l'accent du râle :
　　　Dies iræ, Dies illa.

Et cet hymne d'effroi passant de bouche en bouche,

Cet hymne ressemblait, dans sa grandeur farouche ,
Au cri de l'océan quand il creuse ses bords ;
Et l'aquilon des cieux faisait mugir la terre,
Et l'orgue répondait par des coups de tonnerre
    A la tempête du dehors.

Et moi, frappé soudain de ce frisson qui glace ,
J'étais là , j'écoutais la terrible menace
Qui descendait d'en haut sur un monde pervers ;
J'étais là haletant, plein d'une angoisse affreuse :
— J'avais cru voir la mort saisir, toute joyeuse ,
    Le cadavre de l'univers !

XXXIX

LE CHOLÉRA.

Avril 1832.

Il est venu : — les flots, cette immense barrière,
Les flots n'ont pu briser le vol de sa fureur,
Et la foule insensée a plié tout entière
    Sous l'aiguillon de la terreur.
Il est enfin venu des rivages du Gange ,
Ce rapide vautour, ce voyageur étrange ,

Fléau, roi de tous les fléaux ;
Plus prompt que l'ouragan, plus fort que l'incendie,
Il passe, et chaque coup de son aile hardie
    Pousse un peuple dans les tombeaux.

Ils s'écriaient pourtant, nos sages, nos prophètes :
Voyez! l'affreux démon se précipite ailleurs ;
O peuple, pourquoi fuir, pourquoi cesser tes fêtes?...
    Reprends tes couronnes de fleurs. —
Et la grande cité, follement rassurée,
Tendait ses bras impurs à l'orgie effarée ;
    L'ivresse enveloppait ses jours...
C'est en vain que dans l'ombre une main sépulcrale
Inscrivait chaque nuit la sentence fatale : —
    Babylone dormait toujours!

Elle s'éveille enfin : — le souffle de la tombe
Vient de changer en deuil l'enivrement d'hier ;
Elle s'éveille au bruit de son peuple qui tombe,
    Comme la feuille au vent d'hiver.
Dieu! qu'a-t-elle aperçu?... des spectres à l'œil cave,
Des cadavres humains, muets comme l'esclave
    Qu'un bras de fer tient enlacé. —
Et ses cheveux épars blanchissent d'épouvante
Devant ces corps hideux, pourriture vivante
    Où le cœur seul n'est pas glacé.

C'est qu'un fléau pareil n'est pas un mal vulgaire ;

      7

La source en est plus haut : — c'est la main du Dieu fort
Qui répand tour à tour les horreurs de la guerre
    Et les semences de la mort.
C'est lui qui parle en maître à la foule abattue ;
Il commande d'un geste, et le souffle qui tue
    Abaisse un vol silencieux ;
C'est que l'immensité tremble devant sa face ;
Et quand sa voix l'a dit, tout un monde s'efface
    Comme un atome dans les cieux.

Ah ! quand la terreur plane au dessus de nos villes,
Quand la mort vient d'ouvrir un plus large chemin,
Ne ferez-vous pas trève aux discordes civiles,
    O vous qu'elle atteindra demain !
Frères, n'oubliez pas quel nœud sacré vous lie :
Enfans du même Dieu, quand chaque tête plie
    Au niveau puissant des douleurs,
Inclinez vos fronts mis sur les pavés du temple,
Et là, devant l'autel du Dieu qui vous contemple,
    Unissez vos mains et vos pleurs !

C'est là que, séparés d'un tourbillon frivole,
Vous entendrez ce cri de votre âme : « Aimez-vous ! »
C'est la plus sainte loi, la plus haute parole
    De celui qu'on nomme à genoux.
L'âme qui la repousse est comme abandonnée ;
Aimer et consoler, voilà sa destinée
    Qu'elle ne doit jamais trahir ;

Non, la haine n'est point de la terre où nous sommes! —
Ah! j'en appelle encore à vos entrailles d'hommes,
    Frères, comment peut-on haïr!

Courez donc rassurer ce peuple qui s'effraie,
Veillez de l'aube au soir, de la nuit au matin;
Et quand l'heure viendra, versez sur chaque plaie
    Le baume du Samaritain.
Que l'ardente pitié vous presse et vous rassemble :
Allez au seuil du pauvre, allez frapper ensemble,
    L'homme n'est grand que par le cœur;
Allez tous! — consolez ces âmes éperdues,
Et le ciel bénira vos têtes confondues
    Sur le chevet de la douleur.

Secourez et priez : — l'aumône et la prière
Ont un secret pouvoir qui change l'avenir;
Conjurez sans retard le vent de la colère,
    Jéhovah peut le retenir.
Mais, s'il abat sur nous ses foudres suspendues,
Si l'affreux tombereau doit sillonner nos rues
    Dans sa terrible nudité,
Ne tremblons point : — la mort n'est que l'étroit passage
D'un horizon plein d'ombre à des cieux sans nuage,
    D'un vain rêve à l'Éternité!

XL

PREMIÈRES AMOURS.

A M. H. MORVONNAIS.

Que le printemps est beau, que sa jeunesse est douce,
Quand l'aube fait éclore une première mousse,
Quand le premier bouton s'entr'ouvre et devient fleur!..
Pourtant il est un charme, une grâce ingénue
Plus séduisante encor, c'est l'ivresse inconnue,
    C'est le premier réveil du cœur.

C'est quand la jeune fille, abandonnant l'aïeule,
Au plus profond des bois court rêver triste et seule ;
Quand elle va cherchant un secret dans les fleurs ;
C'est quand, au souvenir d'une image lointaine,
Elle marche confuse, et s'arrête incertaine
    Entre le sourire et les pleurs.

Alors, si rien n'émeut cette vierge naïve,
Rien que le bruit charmant d'une onde fugitive,
Rien que le vol léger des colombes d'amour ;
Si cette âme est troublée aux seules harmonies
Que fait naître le soir, rumeurs indéfinies
    Où vient mourir chaque beau jour,

Oh! c'est l'heure d'aimer; c'est alors que se glisse
Un sentiment confus qui se change en délice;
Le cœur se berce enfin d'un songe moins amer;
Et s'il parle, et s'il trouve un autre pour l'entendre,
Ce n'est plus une amie, il faut un cœur plus tendre
    Qui comprenne un secret plus cher.

Et quel bonheur alors! comment dire les charmes
De cet âge éphémère où tout plaît jusqu'aux larmes!
Oh! pourquoi s'en va-t-il?... où chercher cette fleur,
Cette fleur odorante à peine respirée?
Où retrouver surtout la grâce tant pleurée
    De ce premier réveil du cœur?

XLI

L'AME DES POÈTES.

Ne vous étonnez point, vous que la muse entraîne,
Vous, dont le cœur fléchit à sa voix souveraine
    Qui commande toujours;
Ne vous étonnez point, créatures divines,
Que la sève bouillonne et batte vos poitrines
    Jusqu'à tuer vos jours.

Ne vous étonnez point, hommes à forte tâche,
Qu'un esprit inconnu vous jette sans relâche
  Hors d'un monde borné ;
Ne vous étonnez point que l'insomnie amère
Vous berce entre ses bras, comme une jeune mère
  Berce son premier né ;

Car vous portez au front je ne sais quels mystères,
Car votre âme n'est point de ces lampes vulgaires
  Qu'endort un froid sommeil ;
Elle brûle toujours. — O poètes, votre âme
Est un rayon sublime, un atome de flamme
  Détaché du soleil !

XLII

UN AMI.

Il était là, debout, l'œil tristement baissé ;
Quelques mots s'échappaient de son cœur oppressé ;
Et, comme pour mieux dire où débordait sa peine,
Près de ce cœur souffrant sa main serrait la mienne ;
Et moi, qu'un rêve amer a flétri pour long-temps,
J'aurais voulu sourire au moins quelques instans ;

J'aurais voulu, pour lui, rapprendre le courage :
Cette angoisse de cœur est si triste à son âge!...
Il est si jeune!... et puis, qui n'eût souffert à voir
Une âme de quinze ans abjurer tout espoir,
Se plaindre que la vie a de sombres journées,
Et pour languir d'effroi devancer les années?
Je contemplais ce front où pesait la douleur,
Et, m'inclinant aussi, je disais : « Pauvre fleur,
» Faut-il d'un vent de mort te voir sitôt battue!...
» Eh quoi! peut-on céder si jeune au mal qui tue!
» Ah! quels que soient tes pleurs, résiste encore, attends
» Que des soleils plus beaux redorent tes printemps.
» Je sais que dans ce monde, où l'ennui nous réclame,
» Les précoces douleurs agrandissent une âme ;
» Mais qu'importe?... Faut-il acheter par la mort
» Ces élans d'un cœur pur, sombres comme un remord?
» C'est un fardeau bien lourd qu'une pensée austère ;
» Mieux vaut traîner sa vie au niveau de la terre. »
Et je repris sa main, puis élevant la voix :
« Pourquoi livrer ton âme au trouble où je te vois,
» Enfant? hier encor j'ai vu pleurer ta mère :
» Tu souffres, et tu dis que la vie est amère,
» Et dans ce monde immense où tout paraît si beau,
» Toi, nouveau-né d'hier, tu n'as vu qu'un tombeau,
» L'avenir!... qu'a-t-il donc ce mot qui t'épouvante?...
» Ah! s'il faut pour ton âme indomptable et vivante
» Un espace à tenter, des lieux à parcourir,
» Regarde au ciel, c'est lui qui va te les offrir.

» Dis-moi : n'as-tu jamais, dans ces astres de flamme,
» Placé des jours futurs, tel qu'il en faut à l'âme?
» Dans les profondes nuits, comme au pied de l'autel,
» N'as-tu pas entrevu ce rayon immortel
» Qui doit te ceindre un jour? et puis, le soir, quand l'ombre
» Jette sur l'horizon ses prodiges sans nombre,
» Ce grand ciel n'a-t-il pu, dans toute sa hauteur,
» Répondre à l'infini qui se meut dans ton cœur?...
» Ah! de quelque dégoût que ton âme t'enivre,
» Regarde la nature, alors tu sauras vivre. » —

Et je disais ; et lui, précipitant sa main
Sur un livre entr'ouvert arraché de son sein,
Il me montra du doigt cette page où moi-même
Je saluais la mort comme un bienfait suprême ;
Et moi, laissant tomber sa main sur mes genoux,
Je détournai la tête, et je pleurai sur nous.

XLIII

L'OISEAU INCONNU.

C'est l'oiseau qui chante au village,
Oiseau triste et mystérieux,
Dont l'aile n'est jamais volage,

Et qui ne cherche que les cieux.

Il a délaissé la charmille,
Ses nids d'autrefois sont déserts ;
Seulement, dès qu'un rayon brille,
Il s'envole au plus haut des airs.

Il s'envole tout seul et chante,
Et sa plainte a tant de douceur,
Qu'à cette voix molle et touchante
Je sens des larmes dans mon cœur.

Pauvre oiseau que la brise enlève,
Où vas-tu si loin tous les jours,
Oiseau fugitif comme un rêve,
Oiseau qui pleures tes amours ?

Va plutôt le long des feuillées
T'embaumer de rose et de thym,
Et te pendre aux branches mouillées,
Et cueillir les pleurs du matin.

Imite dans sa vive allure
L'hirondelle que j'aperçois ;
Va caresser la chevelure
De la jeune fille des bois ;

Et dans les sentiers qu'elle trace

Bien loin des regards importuns,
Que ton aile effleure avec grâce
Son cou de cygne et ses yeux bruns.

Que te faut-il?... ombre ou lumière?
Ici les bois t'offriront tout;
Les bois ont leur beauté première,
Et la solitude est partout.

Ici dans l'ombre spacieuse,
On n'entend que le flot lointain,
Ou quelque abeille harmonieuse
Qui s'est égarée en chemin.

L'eau des cieux tombe de la feuille,
Le rayon du soleil y dort,
Et chaque calice recueille
Une part de ces gouttes d'or.

Mais si d'autres vœux, d'autres songes
T'ont fait pour respirer ailleurs;
Si dans les sphères où tu plonges
Les rayons du jour sont meilleurs:

Si l'aspect des cieux te délivre
Des tristesses du sol natal,
Pauvre oiseau, si tu ne peux vivre
Que loin d'un bruit qui te fait mal:

Du moins, quand le soir te ramène,
Reviens à moi, reviens toujours,
Oiseau dont la vie est la mienne,
Oiseau qui pleures tes amours.

XLIV

RÉSOLUTION.

« Arrête! m'as-tu dit : — ce monde
» N'a-t-il point assez de douleurs,
» Qu'il te faille au courant immonde
» Effeuiller toi-même tes fleurs?
» Ta poitrine est-elle de marbre,
» Qu'elle ose entamer ce grand arbre,
» Dominateur de l'aquilon?
» Ne vois-tu pas que son écorce
» Va se refermer avec force
» Comme le chêne de Milon? »

Oui, je le vois; oui, tant d'audace
Sied mal à mon bras jeune encor :
Je sais que ma poitrine lasse
Succombera dans cet effort ;

Je sais que la lutte est amère,
Je sais qu'un amas de poussière
M'enlèvera toute lueur,
Et qu'il faudra, chargé de blâme,
Subir tous les frissons de l'âme,
Tous les déchiremens du cœur.

Mais je sais aussi que la gloire
Marque ses fils d'un sceau brûlant,
Et qu'on n'arrache une victoire
Qu'après avoir saigné son flanc ;
Je sais que le cri d'anathème
Est l'inévitable baptême
Qui consacre à jamais un nom :
Je sais, ô mon glorieux frère,
Que l'ostracisme populaire
Est un pas vers le Panthéon !

XLV

MÉLANCOLIE.

Elle souffre, ô mon Dieu ! — La tristesse, l'absence,
L'accablent donc aussi de toute leur puissance ;
L'aube a dû faire place aux ardeurs du soleil,

Et, comme un pèlerin défaillant, hors d'haleine,
Cette âme qui languit, cette âme qui se traîne,
Ne sait plus sous quel arbre attendre le sommeil.

Elle souffre, elle pleure, et rien ne la rassure ;
Et moi, mon Dieu, jeté dans une route obscure,
Je ne peux ni la voir, ni rencontrer sa main ;
Je ne peux même plus marcher à côté d'elle,
Et, comme un tendre ami, comme un frère fidèle,
Écarter de ses pas le gravier du chemin.

Oh ! laissez-moi porter le fardeau de ses peines ;
Mon Dieu, donnez-le-moi, que je l'unisse aux miennes :
Vous le savez, mes jours sont des jours de douleurs,
C'est justice ; — épargnez seulement cette femme,
Mon Dieu ! puisque j'ai pris la moitié de son âme,
Laissez-moi prendre au moins la moitié de ses pleurs !

Relevez, relevez cette âme jeune et frêle :
L'amertume des pleurs n'est point faite pour elle,
Elle est faite pour moi, créature de deuil.
Seigneur, éprouvez-moi, rendez ma part plus forte ;
Seigneur, ne craignez point de l'aggraver. — Qu'importe
Que le fardeau me courbe au niveau du cercueil ?

Le cercueil ; je l'attends ; le cercueil, je l'espère,
Car en ce monde obscur et mort à la prière,
Où les plus nobles vœux sont tour à tour flétris,

En ce monde insensé qui s'attaque au Christ même,
Mon œil qui rêve ailleurs une beauté suprême,
Ne voit dans le tombeau qu'une sainte oasis.

XLVI

LA BEAUTÉ.

J'aime l'eau sous les fleurs, la rose sur sa tige,
Le tremblement des bois, les brises de l'été ;
Mais il est pour mon âme un bien plus doux prestige,
    Et ce prestige est la beauté.

La beauté, fleur du ciel que Dieu créa lui-même
Pour mêler ses parfums à nos longues douleurs :
Oh! qui saura jamais te peindre comme on t'aime,
Beauté, plaisir des yeux, beauté, charme des cœurs?

Qui décrira ses traits, sa voix molle et touchante?....
Dans quel hymne d'amour croira-t-on retrouver
Un de ces longs regards dont la langueur enchante,
    Un de ces mots qui font rêver?

Mais, comme au frais matin le lys et l'asphodèle

Se voilent de rosée et n'en brillent que mieux,
La beauté trouve encore un attrait digne d'elle,
C'est la grâce, elle-même est un reflet des cieux.

Et si nous croyons voir quelque chose de l'ange
Dans l'éclat ravissant d'un beau front velouté,
Cette empreinte d'en haut n'est que l'heureux mélange
    De la grâce et de la beauté.

Aussi quels doux transports! quel ineffable hommage!
Tous les cœurs réunis par un même lien
Environnent d'amour l'éblouissante image,
Attendent son sourire et ne cherchent plus rien.

Ah! si c'est le bonheur, vous devez le connaître,
O vous qu'on aime à voir, vous qu'on veut admirer:
Mais, non; — jeune, adorée, et bien digne de l'être,
    Vous êtes seule à l'ignorer.

Si je disais que, belle entre toutes les femmes,
Vous remuez les cœurs même au bruit de vos pas,
Et que vos grands yeux noirs étincellent de flammes,
Vous baisseriez la tête et ne me croiriez pas.

Et pourtant vous brillez de cette beauté pure
Qu'on admire avec crainte et qu'on loue en tremblant,
Et jamais ici bas plus noire chevelure
    Ne couronna de front plus blanc.

Et si vous m'avez vu (je le dis à voix basse)
Essayer tout à l'heure, avec des mots bien doux,
De peindre la beauté qui s'unit à la grâce,
Je ne vous nommais pas, mais je songeais à vous.

XLVII

ENTRAINEMENT.

Où vas-tu, ma pensée?... ô mon âme, où s'arrête
Ton essor convulsif, ton élan de poète
    Vers un soleil meilleur?
Où doit-elle tarir, à quels cieux, à quel monde,
Cette sève de feu, cette lave profonde
    Qui déborde mon cœur?

Ah! demande où se perd l'Arabe dans sa fuite,
Quand du pâle coursier que la peur précipite
    Les vents fouettent le crin;
Quand le long du désert meurtri par ses pieds rudes,
Il passe, vole et jette aux vents des solitudes
    L'écume de son frein?

Et la trombe du ciel, colonne merveilleuse,

Où va-t-elle, dis-moi, quand sa tête houleuse
    Verse de froids torrens,
Et que, s'attaquant même au mont impérissable,
Elle entasse sur lui, comme des grains de sable,
    Les cèdres les plus grands?

Mon âme, eh bien! mon âme est la trombe élancée,
La cavale qui court d'une course insensée
    Au désert spacieux ;
La cavale!... mon âme est plus rapide encore,
Elle devancerait un rayon de l'aurore
    Dans l'infini des cieux.

Son vol franchit les flots, son vol perce la nue :
Là, son regard saisit quelque image inconnue
    Sous les brumes de l'air :
Elle aspire à ce Dieu qu'il faut aimer et craindre,
Et sa pensée ardente emprunte pour l'atteindre
    Les ailes de l'éclair.

Adieu le frais repos de mes belles années,
Rêves d'un âge tendre, oasis fortunées
    Où s'endormait mon cœur ;
Adieu l'hymne d'amour, le soir au bord du fleuve,
Et les premiers soupirs d'une âme chaste et neuve
    Qui s'éveille au bonheur !

Ce qu'il faut maintenant, ce n'est point, ô mon âme,

D'harmonieux concerts embaumés de cinname,
    Reflets d'un songe d'or :
Adieu l'espoir d'azur, adieu les champs de fête !
L'Esprit, dont l'aile sombre enveloppe ma tête,
    A passé sur Endor.

Et son doigt m'a montré l'infortune insultée,
Et mon cœur a frémi, ma chair s'est contractée
    En face de ces deuils :
Et j'ai pris en pitié tout ce peuple folâtre,
Quand j'ai vu la douleur, hôtesse opiniâtre,
    S'asseoir à tant de seuils.

Vents des cieux et des eaux, d'où vient ce bruit d'orages ?
Mon oreille effrayée entend le flot des âges
    Prêt à nous engloutir ;
Et mon œil, au dessus de nos villes sans nombre,
Mon œil voit se dresser, comme un prophète sombre,
    Le fantôme de Tyr.

C'est en vain que le siècle étend sa main glacée,
Il succombe... La mort tient sa proie enlacée
    Dans un cercle de fer.
Navigateurs joyeux qui riez sur la proue,
Le flot gronde... tremblez que le vaisseau n'échoue
    Aux portes de l'enfer !

N'interrogez donc plus le poète ; — s'il chante,

Malgré cette atmosphère épaisse et desséchante,
    S'il va luttant toujours,
C'est qu'il veut arracher à l'impure débauche
Ces générations que le bras divin fauche
    Dans le sillon des jours ;

C'est que le Christ est là ; — lui seul est notre étoile,
Lui seul nous aide encore à percer ce grand voile
    Où la raison se perd ;
C'est que, malgré le temple et la croix qui s'écroule,
Il faut heurter le siècle, et ramener la foule
    Au Golgotha désert.

Et voilà les douleurs, les craintes amassées
Qui roulent dans mon âme, abîme de pensées
    Plein d'ombre et de rumeur ;
Voilà pourquoi mes yeux, que la fatigue accable,
Se tournent vers celui qui seul reste immuable
    Quand tout s'efface et meurt.

C'est Jéhovah, c'est lui qui suspend ou détache
Les innombrables cieux que l'immensité cache
    Sous son rideau puissant ;
Il parle, et tout gravite, et s'il touche le monde,
Le monde se broira comme le ver immonde
    Sous le pied du passant.

Va donc jusqu'à ton Dieu, va donc, ô ma pensée,

Non plus comme l'Arabe et la trombe élancée,
    Au hasard et sans lois,
Non plus comme l'autour, comme l'aigle intrépide,
Qui voudraient embrasser dans leur élan rapide
    Tous les cieux à la fois;

Mais comme un ruisseau pur, dès qu'il est né, commence
Son cours mystérieux jusqu'à la mer immense,
    Et s'y dérobe enfin;
Remonte, ô ma pensée, à ta source première,
Et faible goutte d'eau, plonge-toi tout entière
    A l'océan divin!

XLVIII

UNE ESPÉRANCE.

A M. EUGÈNE GOUBERT.

Décembre 1829.

Comme aux jours du printemps l'alouette blessée,
Le long des buissons verts traîne une aile lassée,
Et se tournant encore à l'horizon vermeil,
Ne lui demande plus qu'un rayon de soleil;

Mon âme allait mourir, mon âme, à chaque aurore,
Voyait un regret naître, une douleur éclore,
Et le pas des mortels s'agitant à l'entour,
Mêlait un bruit profane à ses élans d'amour.
Elle errait seule et triste avec sa douce muse,
Dans les bois où s'éveille une plainte confuse,
Et quelquefois les cieux éclatant de splendeur
Jetaient sur sa pensée un reflet de bonheur;
Et des échos plus doux murmuraient sur la grève,
Et la muse riante entraînait son beau rêve,
Tantôt dans le bocage où vient le rossignol,
Tantôt sur la montagne où l'aigle abat son vol.
Frêles illusions! délectable chimère!
Je mettais mon bonheur dans un peu de lumière:
La fuite du soleil m'entourait d'un linceul,
Et je pleurais ma vie, et je me sentais seul.
Oh! je ne le suis plus: l'existence a des charmes;
Elle a bien quelques pleurs, mais à travers ces larmes
Elle semble encor belle, et puis connaissez-vous
Tous les enchantemens d'un œil rêveur et doux,
Le délire ineffable où sa grâce vous jette,
Et l'enivrant regard qui sourit au poète?...
A force de douleur, seriez-vous parvenu
A lire la pitié dans un cœur ingénu?
Une femme en pleurant l'aurait-elle accueillie,
Cette page où se plaint votre mélancolie?...
Ah! c'est que pour répondre à ses nombreux tourmens
Mon luth a rencontré de ces échos charmans:

J'ai souffert, mais aussi j'ai retrempé mon âme
Dans les regards flatteurs de quelque blanche femme.
Plus d'une m'a souri, dans mon vol inconnu,
A cet humble horizon qui m'avait retenu;
Plus d'une auprès de moi s'est doucement penchée,
Qui m'a dit, mais tout bas, que mes vers l'ont touchée,
Et que des vœux si purs sont faits pour attendrir,
Et qu'avec tant d'amour j'avais dû bien souffrir.
Et c'était au vallon, sous les feuilles tombantes,
Qu'elle m'abandonnait ces paroles tremblantes.
L'autre, au sortir d'un bal prolongeant l'entretien,
Tandis qu'avec douceur mon bras serrait le sien,
Demandait quelle voix molle et capricieuse
Éveilla dans mon sein la corde harmonieuse,
Et, quand j'avais senti s'approcher de mon cœur
Cette muse aux yeux noirs que j'appelais ma sœur:
« Quel fut le premier mot de sa bouche?... avait-elle
» La voix et le regard d'une simple mortelle?...
» Le seul bruit de ses pas, moelleux comme un accord,
» Forcerait-il mon âme à tressaillir encor?
» M'aimait-elle d'amour?... serait-elle jalouse
» De voir ma main livrée à la main d'une épouse? »
Et ces mots caressans redits avec lenteur,
Tombaient accompagnés d'un sourire enchanteur;
Et tout en lui parlant de la muse qui m'aime,
Mon cœur croyait la voir et l'entendre elle-même.
Quel suave entretien! vous étonneriez-vous
Que tout m'ait semblé beau parmi des cœurs si doux,

Et que, dans mon bonheur, l'âme encore enivrée,
Je me sois dit un jour : « Ma mort sera pleurée. »

XLIX

SCÈNE DE NAUFRAGE.

Les ombres s'étendaient : — La tempête finie
N'avait laissé là haut qu'une sourde harmonie,
Écho frêle et confus du dernier aquilon ;
Et la profonde mer, béante sous l'orage,
La mer se refermait, avec un cri sauvage,
   · Comme une gueule de lion.

Et sur les vastes flots, jeté comme un point vague,
Un lambeau de navire errait de vague en vague :
Ce débris vacillant craquait au moindre effort.
Hélas! des passagers qui le couvraient naguère,
Deux seuls étaient restés sur l'esquif solitaire,
   Deux seuls avaient trompé la mort.

Un vieillard et son fils : — jouets de l'onde immense
Qui meurtrissait leurs corps, ils souffraient en silence,
Car depuis trois longs jours ils n'avaient plus de pain ;

Ils souffraient, mais tous deux, combattant la nature,
Cherchaient à se cacher cette double torture
    De la fatigue et de la faim.

Or la nuit se leva, c'était la quatrième;
Et, comme le vieillard râlait, n'ayant pas même
Un peu d'eau pour sortir de son affaissement,
L'enfant, plein de douleur, égaré, hors d'haleine,
Mordit dans son bras pâle, et déchirant la veine :
    « Buvez, dit-il, voilà mon sang!

» O mon père! étanchez la soif qui vous dévore ;
» Buvez! moi, je suis jeune et peux souffrir encore ;
» La côte n'est pas loin, l'horizon devient clair,
» Espérons. » — Le vieillard, immobile à sa place
Et la main sur le cœur, répondit à voix basse :
    « Enfant, j'allais t'offrir ma chair.

» Je meurs, mais tu vivras. » — Et sa main défaillante
Laissa tomber à terre une lame sanglante.
L'enfant la voit, se jette avec un cri d'horreur;
Il touche avidement cette poitrine froide,
Mais il ne sent plus rien. — Le vieillard était roide,
    La pointe avait percé le cœur.

Le jeune homme, à genoux, ne poussa pas de plaintes;
Il contempla long-temps ces prunelles éteintes
Qui le cherchaient encor d'un regard douloureux :

Puis, ne pouvant porter l'angoisse qui le navre,
Il tomba sur le front. — L'homme devint cadavre,
   Et l'océan passa sur eux.

-o-֍ L ֎-o-

PENDANT LA NUIT.

Quand Jéhovah déploie autour de nos demeures
Le linceul de la nuit, quand la chaîne des heures
   Tombe anneau par anneau,
Et qu'au bruit d'un vent sourd qui hurle à ma fenêtre,
Je viens de méditer cette œuvre du grand maître,
   Le terrible INFERNO ;

Quand mon cœur s'est brisé, quand l'œil de ma pensée
A suivi bien long-temps cette tourbe insensée
   Qui renia son Dieu ;
Hélas ! et que j'ai vu pêle-mêle, en désordre,
Leurs têtes rebondir et leurs membres se tordre
   Sur les dalles de feu :

Alors, oh ! c'est alors que, prêt à quitter l'âtre
Où meurent les clartés d'une lampe bleuâtre,

                  8

Je m'arrête un instant ;
Je m'arrête incertain, plus livide qu'une ombre ;
Puis je vais pas à pas jusqu'à l'alcôve sombre
Où la terreur m'attend.

Là, vaincu de fatigue, épuisé par ma veille,
Je tombe, je m'endors. — Un rêve affreux m'éveille
Tout glacé de sueur,
Tout râlant ; car je vois face à face, ô mon âme,
Ramper, comme un chat-tigre avec ses yeux de flamme,
Le sombre Tentateur ;

Et je tremble, un frisson de fièvre me dévore,
Et je presse mon sein pour m'assurer encore
Qu'un crucifix est là :
Et je ne peux dormir, tant l'effroi m'environne,
Qu'après t'avoir nommée, ô ma sainte patronne,
Maria ! Maria !

LI

PRIÈRE.

Mon père, ayez pitié : — la vague s'enfle et gronde,

La vague est toute prête à déborder sur eux,
Et leurs tremblantes mains n'osent jeter la sonde,
Tant le flot se hérisse et tant le gouffre est creux.

Et comme un vil feuillage à travers la tourmente
Ils flottent sans espoir d'un meilleur horizon :
Ils n'ont plus, pour percer la brume environnante,
Que ce frêle regard qu'ils appellent raison.

Mon Père, ayez pitié : — cette ombre les écrase,
Et puis rien ici bas ne console leurs yeux ;
Car la sonde imprudente a soulevé la vase,
Et la mer a cessé de réfléchir les cieux.

Et comme tout frémit, comme la nue est pleine
De ces fortes rumeurs qu'aucun pouvoir n'abat,
Assourdis par l'orage, ils entendent à peine
Cette voix de la mort qui vient de Josaphat.

Mon Père, ayez pitié : — que vos anges dociles
Étendent sur leur tête un rideau moins profond :
Ayez pitié d'eux tous défaillans et fragiles ;
Ces hommes, ô mon Dieu, ne savent ce qu'ils font.

Flétris dès le berceau par un siècle farouche,
Ils lancent au hasard des paroles d'erreur,
Et, si l'impur blasphème est encor sur leur bouche,
O mon Père, il n'est pas dans le fond de leur cœur.

Oh ! quand leur voix vous nomme et vous insulte en face,
S'ils savaient qu'à côté du Dieu qu'ils ont proscrit,
Toute grandeur humaine est poussière et s'efface,
Et que l'immensité tressaille au nom du Christ ;

S'ils avaient vu là haut briller vos diadèmes,
Et vos cieux, océan de splendeur et d'éclat,
Ils frapperaient le marbre avec des fronts plus blêmes
Que celui de Saül quand la tombe parla.

Et puis, lorsque le doigt de l'ange solitaire
Leur montrerait de loin la gehenne de feu,
Insensés de terreur jusqu'à mordre la terre,
Ils n'auraient plus de voix que pour crier : « Mon Dieu ! »

LII

NON, JE N'OUBLIERAI PAS...

Non, je n'oublirai pas, — quel que soit l'avenir,
Quel que soit l'horizon de ma courte existence,
Qu'une teinte dorée ou sombre le nuance,
Qu'il soit pur de nuage ou prompt à se ternir ; —
Non, je n'oublirai pas cette ivresse imprévue,

Qu'éveilla dans mon cœur la première entrevue,
L'ineffable penchant qui m'entraînait alors,
Et les charmes divins d'un amour sans remords,
Et surtout, comme un vent de rose ou de cinname,
Le parfum de votre âme enlacée à mon âme.
Non, je n'oublîrai pas ce gracieux coup d'œil
Qui révélait déjà la langueur et le deuil,
Ce sourire tremblant, cette voix tout émue
Qui s'échappe d'un cœur qu'un tendre instinct remue.
Non, je n'oublîrai pas que dans vos yeux sereins
Je crus apercevoir la trace des chagrins :
Non, je n'oublîrai pas l'aveu sous l'aubepine,
Premier aveu d'amour qu'un silence termine,
Et vos touchans regards que mes regards troublaient,
Et nos entretiens d'âme et nos mains qui tremblaient.
Non, je n'oublîrai pas, — ce souvenir, je l'aime, —
Que j'ai vécu long-temps plus en vous qu'en moi-même ;
Que vous vintes à moi, fugitive du ciel,
Douce comme Sara, pure comme Rachel,
Et que sur le chemin nos voix se répondirent,
Et qu'autour de mon cœur vos ailes s'étendirent.
Non, je n'oublîrai pas, — mon œil déjà fermé,
A cette heure dernière où l'âme s'évapore,
Mon œil, pour vous revoir, se rouvrirait encore ; —
Non, je n'oublîrai pas que vous m'avez aimé.

LIII

AU BORD DE LA MER.

Et j'isolai mon cœur de la foule agitée
Qui n'a connu jamais ni trève ni repos;
Et je m'en allai seul jusqu'à l'anse écartée
Où la mer monte et gronde avec ses mille flots.

La mer!... elle étendait, profonde et transparente,
Sa ceinture de rocs où la mouette a son nid;
Et l'éternel concert de son onde vibrante
Versait dans ma pensée un parfum d'infini.

Et j'écoutais, rêveur, sa voix précipitée,
Du haut d'un roc noirci par les flots et les ans;
Et la lune, de vague en vague ballottée,
S'allumait comme un phare au milieu des brisans.

Oh! j'aspirais cette heure où l'espace étincelle,
Où quelque ange nous prête un char aérien:
Perdu dans cette extase immense, universelle,
Mon œil contemplait tout. — Je n'apercevais rien.

Je n'apercevais rien que des astres de flamme
Qui s'élevaient en chœur au ciel oriental;

Et mollement bercé sur l'aile de mon âme,
Je me sentais ravir par un souffle idéal.

Je montais par delà l'atmosphère grondante,
Par delà l'étendue infinie en hauteur :
Je montais, il semblait que chaque étoile ardente
M'appelait en passant et se disait ma sœur.

Puis mon âme tomba, refoulée, abattue,
Tant l'extase des cieux pèse à des cœurs humains ;
Et comme pour tarir une sève qui tue
Je pressai fortement ma poitrine à deux mains.

Mais l'aigle enfin rouvrit sa paupière lassée :
L'extase de mon cœur recommença bientôt,
Et je ne trouvai plus qu'une seule pensée,
Qu'un seul cri dans mon âme : Elle ici, Dieu là haut !

LIV

FRANCÊSCA D'ARIMINO.

Parmi ces grands vieillards, poétique phalange,
Créateurs glorieux qui restent quand tout change,

Volcans qui débordaient en laves de concerts,
Il en est dont la tête est géante et s'élève
De toute la hauteur d'une tour sur la grève,
De toute la hauteur d'un mont sur les déserts.

Tels le vieux Portugais qui briguait, loin du trône,
Le pain du mendiant sous les murs de Lisbonne;
L'homérique Milton, Dante au vol souverain;
Hommes prédestinés que rien n'a couverts d'ombre,
Et dont chaque tableau majestueux ou sombre
Brille éternellement ciselé dans l'airain.

Mais je préfère encore aux récits fiers et graves
Ces gracieux tableaux pleins de douleurs suaves;
Et, comme aux frais jardins on cherche tour à tour
La fleur la plus cachée et la plus odorante,
J'aime à chercher aussi quelque page enivrante
Marquée au double sceau de tristesse et d'amour.

Et je m'arrête alors : — parmi ces cœurs de femmes
Qu'un douloureux amour a rongés de ses flammes;
Parmi ces cœurs aimans à qui l'espoir manqua,
Il en est que notre âme, où le deuil a son charme,
Colore d'un jour tendre, embaume d'une larme : —
Ainsi je rêve et pleure au nom de Francesca,

De Francesca que Dante a peinte, humble colombe,
Dont l'amour prit racine à côté de la tombe,

Que le sort étouffa dans ses anneaux de fer ;
De cette Francesca si promptement ravie,
Qui, fière d'un aveu, le paya de la vie,
Heureuse d'un baiser, l'expia par l'enfer !

LV

L'ÉGLISE.

Vaisseau majestueux, nef solide et profonde,
O toi dont l'étendard s'élève sur le monde
    Malgré la brume et l'ouragan !
O toi qui, déployant ta voile toujours prête,
Supportes, sans fléchir, l'assaut de la tempête
    Et la houle de l'océan !

O vaisseau ! depuis l'heure où Dieu dissipa l'ombre,
Et brisa d'un mot seul les idoles sans nombre
    Qu'adorait le vaste univers ;
Depuis l'heure où le Christ t'arracha de l'arène,
Et poussant sur les flots ta sublime carène,
    Ouvrit ton aile au vent des mers ;

O vaisseau ! que de fois la vague mugissante

Essaya d'ébranler ta mâture puissante!
   Que de fois sur les mers sans fond
Ces monstres inconnus, dont l'abîme se joue,
Heurtèrent du poitrail ta gigantesque proue
   Qui les broyait à chaque bond!

Que de fois, quand l'orage étend son vol et brille
Au plus profond des cieux, tu fis passer ta quille
   Sur le corps de Léviathan!
Que de fois, malgré l'ombre autour de toi semée,
Tu vis poindre au milieu d'une épaisse fumée
   La tête pâle de Satan!

De Satan, spectre impur qui s'élève et retombe
Sur tes mâts glorieux, comme une lourde trombe
   Que ton choc éternel vaincra;
De Satan, roi maudit, qui roule avec mystère
Son œil plus flamboyant que l'œil de la panthère
   Aux solitudes de Zhara.

Et puis, obscurcissant les flots que tu sillonnes,
Que de fois la nuée abaisse ses colonnes!
   Que de fois, sur des bords lointains,
Tu fuirais au hasard sans lumière et sans flamme,
Si tu n'avais pas Dieu, ce grand soleil de l'âme,
   Pour illuminer tes chemins!

Mais il veille là haut; — ses anges qu'il envoie

Se hâtent de descendre et d'aplanir ta voie
　　Au milieu des brumes de l'air ;
Il veille, il tend sa main comme une large voûte
Quand l'Esprit orgueilleux fait pleuvoir sur ta route
　　Les étincelles de l'enfer.

Il veille, et le vent tombe et le navire flotte :
Que redouterais-tu ?.... le Christ est ton pilote ,
　　Le Christ abat ces flots sans frein :
Aussi rien n'aura fait vieillir tes destinées ;
La vague des temps passe, et ses deux mille années
　　N'ont pu rouiller tes flancs d'airain.

Qu'importe, ô vaisseau fier ! quand ton Dieu te rassure,
Que les géans des eaux redoublent leur morsure
　　Et se dressent comme des monts ?....
Marche , ô vaisseau !—là bas le port t'appelle et s'ouvre ,
Marche à travers les flots dont l'écume te couvre ,
　　A travers l'aile des démons.

Marche, et tu rouleras sur les lames grondantes,
Et tu verras pâlir ces prunelles ardentes
　　Dont l'éclair te suit en tous lieux ;
Marche, et les cieux lointains dépouilleront leurs voiles,
Et tu verras dans l'ombre un bouclier d'étoiles
　　Couvrir tes mâts audacieux.

Ce grand phare t'éclaire, ô vaisseau ! quand tu passes :

Une voix merveilleuse à travers les espaces
    Retentit comme un doux appel ;
Et l'âme, transportée au dessus des orages,
Retrouve, à chaque vent qui meurt dans tes cordages,
    Un écho des cygnes du ciel.

Ils sont là : — leurs regards te suivent dans la houle ,
Ces martyrs des vieux temps, ces martyrs, noble foule
    Que l'œil distingue à leurs rayons ;
Foule victorieuse et pourtant désarmée ,
Qui cria : « Gloire au Christ! » sur la roue enflammée
    Et sous la griffe des lions.

Ils sont là dans la nue et leur bras t'environne ,
Tous ces milliers d'esprits qu'une flamme couronne ,
    Reflets brillans du divin roi,
Esprits qu'un pur amour devant tes pas ramène ,
Ils sont là dans la nue, et leur suave haleine
    Rafraîchit l'air autour de toi.

Va donc, ô vaisseau fier ! va sous leur aile sainte ,
Va sur les grandes eaux sans redouter l'étreinte
    Du flot qui gronde à ton côté :
O vaisseau! marche au port prédit par les prophètes ;
Marche, marche toujours, jusqu'à ce que tu jettes
    Ton ancre dans l'Éternité !

LVI

UNE IDÉE SOMBRE.

Quand je reviens joyeux dans ma belle Bretagne
Au sortir de Paris, de ce triste Paris,
Où l'on ne voit ni mer, ni forêt, ni montagne,
Où l'on traîne des jours ennuyés et flétris ;
Quand j'ai passé le seuil, quand j'ai franchi l'entrée
De la noire maison gothique et retirée,
Et qu'un instant après je tombe dans les bras
De mes deux bien aimés qui ne m'attendaient pas,
Oh ! de quelque bonheur que mon âme soit pleine
Dans ces rares momens d'ivresse surhumaine,
Quel que soit mon transport, un indicible ennui
S'éveille à l'heure même et se mêle avec lui.
J'aperçois, et c'est là ce qui me désespère,
Quelques rides de plus sur le front de mon père ;
Ma mère aussi, ma mère attriste mon regard,
Ses cheveux sont encor plus blancs qu'à mon départ.
Et des larmes d'effroi roulent sous mes paupières :
O mon Dieu ! gardez-moi ces deux âmes si chères !
Gardez mon doux trésor, il est là tout entier ;
S'il vous faut l'un des trois, prenez-moi le premier ;
Prenez-moi : que ferais-je, hélas ! dans ce vain monde,
Sevré des tendres soins dont leur amour m'inonde ?

9

Je ne demande rien, ni gloire, ni bonheur,
Mais leur vie est ma vie, il me la faut, Seigneur !

LVII

FUITE.

Mon âme est un vaisseau qui s'use dans le port ;
Mon âme est un aiglon qu'on tient avec effort
 Sous le dur barreau qui le souille ;
Mon âme languissante a besoin de réveil :
Aiglon, je veux grandir en face du soleil ;
 Vaisseau, je veux laver ma rouille.

O mes strophes ! voici votre heure, — élancez-vous ;
Élancez-vous, malgré les aquilons jaloux
 Et les tempêtes vos rivales.
O mes strophes de plainte ! ô mes strophes d'amour !
L'espace est là, — partez, plongez-y tour à tour
 Comme un fol essaim de cavales.

Mon cœur terne et pensif n'a reposé que trop :
Reprenez, reprenez l'impétueux galop,
 O mes cavales palpitantes !
Volez comme l'Arabe effaré, quand son œil,

A travers le simoun, ce formidable écueil,
    Entrevoit la cime des tentes.

Volez plus loin encor, plus vite qu'un regard,
Plus vite que l'éclair au sommet du Gothard,
    Que le flot qui tombe aux vallées :
Je veux, quand votre crin se hérisse à la fois,
Je veux bondir là haut, penché de tout mon poids
    Sur vos têtes échevelées.

Volez donc tour à tour de l'orient au nord,
De la terre au soleil; volez sur chaque bord
    Que le cœur admire ou vénère,
Depuis le grand glacier morne et silencieux,
Jusqu'au mont dont la cime est un écho des cieux,
    Et parle par coups de tonnerre.

Volez, — que je retrouve à mon premier essor
Ce que j'ai tant rêvé, ce que je rêve encor,
    La solitude, ma compagne.
Je veux dépasser l'aigle au fond des cieux déserts,
Et le nuage assis, comme un géant des airs,
    Sur le piton de la montagne.

Je veux, loin de ce globe et par dessus les eaux,
Respirer le même air que vos larges naseaux ;
    Je veux, rejetant mors et bride,
Je veux fuir avec vous jusqu'au monde éternel,

A travers vents et brume, et dans les lacs du ciel
Désaltérer ma bouche aride.

Je veux chercher encore, abattu que je suis,
Cette sphère d'amour que dans ses longues nuits
Mon âme a si souvent rejointe :
Oh ! pour y parvenir, mes cavales sans frein,
Je veux plier vos flancs sous l'éperon d'airain
Et les fatiguer de sa pointe.

Et quand j'aurai vu fuir bien loin derrière moi
Ce globe désolant d'amertume et d'effroi,
Ce vil globe où rien ne m'attache,
Je veux franchir d'un bond les gouffres du chemin,
Et, comme un dard lancé par une forte main,
Percer la nue où Dieu se cache !

LVIII

VISION.

C'était la grande nuit, c'était la douzième heure
De ce jour solennel et que toute âme pleure,
De ce jour douloureux que rien n'effacera,
Où le Christ, tout sanglant, devant la foule immonde

Jeta son dernier cri qui remua le monde,
  Et, baissant la tête, expira.

Et je rêvais : — mon âme avec force emportée
Traversait une sphère étrange, illimitée. —
Je vis un rideau noir comme les sombres nuits :
L'éclair seul déchirait ce voile impénétrable,
Et derrière la nue une voix formidable
  Disait : « Je suis celui qui suis. »

Et je sentis mes os se heurter d'épouvante,
Et le froid de la mort glaçait ma chair vivante,
Quand le rideau fatal s'entr'ouvrit comme un ciel :
Et voilà que je vis, de l'œil perçant de l'âme,
Trois grands vieillards siégeant sur des trônes de flamme,
  Job, Isaïe, Ézéchiel.

Tous trois calmes et forts, comme aux siècles antiques,
Déroulaient lentement leurs pages prophétiques :
Job le saint exilé, l'homme aux vastes douleurs,
Baissait encor ses yeux desséchés par les pleurs,
Comme au jour où sa voix sublime, mais amère,
Faisait un appel triste à la tombe sa mère.
Isaïe, effrayant même dans son repos,
Semblait foudroyer Tyr, cette Babel des flots ;
On eût dit que, debout sur la roche pendante,
Il lui jetait encore une menace ardente.
Mais celui qui brisa mon cœur, celui-là seul,

Ce fut Ézéchiel, pâle comme un linceul ;
Mon œil, dans sa prunelle éclatante et profonde,
Crut lire en traits de feu la ruine du monde.
Lui seul, chargé du poids des siècles qui viendront,
Cachait sous des éclairs les rides de son front ;
Lui seul jusque sur moi projetait sa grande ombre, —
Et je vis à leurs pieds, avec son regard sombre,
Dante, le vieux poëte à la plume de fer,
Immobile et posant la main sur son Enfer.

Et moi, dans ma terreur muette,
Je tordais vainement mes bras ;
Et je sentais blanchir ma tête
Comme un oiseau sous les frimas.
Une formidable pensée
Gonflait ma poitrine oppressée,
Je voulus m'écrier : Seigneur !
Mais le doigt d'une main puissante
Fermait ma bouche frémissante
Et glaça le cri de mon cœur.

Et tout-à-coup pure, éclatante,
Une parole vint à moi,
Et dans mon âme palpitante
Je crus sentir couler la foi :
« Homme frêle entre les plus frêles,
» Il en est temps, ouvre tes ailes,
» Ouvre-les, prends ton vol dans l'air ;

» Va, poussière, va, fils d'un homme,
» De quelque nom que l'on te nomme,
» Misérable enfant de la chair.

» Écoute : — Ils ont dans leurs caprices
» Tout corrompu, l'âme et le cœur ;
» Plongés dans de fausses délices,
» Ils ont dit : « C'est là le bonheur. »
» Ils ont élevé pierre à pierre
» Un monument, colonne altière,
» Dont ils se vantaient en tout lieu...
» Vain colosse qui les écrase !
» Dans cet édifice sans base,
» Ils n'avaient oublié que Dieu.

» Dieu, l'Être unique, solitaire,
» Le seul grand, le seul éternel,
» Qui d'un souffle ébranle la terre,
» Qui d'un pas franchit tout le ciel.
» Dieu qui créa l'azur sans bornes,
» Dieu qui créa les déserts mornes
» Où s'égare votre douleur,
» Et sur cette terre encor nue
» Jeta la semence inconnue
» Qui devint homme, brute ou fleur.

» Et qu'est-ce que l'homme éphémère ?...
» Qu'est-il cet insecte rêvant,

» Ce roseau gonflé de chimère,
» Et qui frissonne au moindre vent?
» Semblable à la plante fanée,
» Il se meurt d'année en année...
» Où vont ces tourbillons humains?
» On les voit monter et descendre ;
» Qu'en reste-t-il? un peu de cendre
» Qui se perd le long des chemins !

» Jéhovâh se rit de l'outrage,
» Mais Jéhovah donne et reprend ,
» Et quand il brise son ouvrage,
» Il est aussi juste que grand.
» Il envoya donc plus d'un sage
» Qui murmurait sur son passage
» Les noms de gloire et de vertu :
» Gloire!... à ce mot pur et sonore,
» Ces cœurs d'hommes battaient encore,
» Mais à l'autre ils n'ont pas battu !

» C'en est fait : — Dieu d'abord frappera les couronnes :
» Son souffle balaîra la poussière des trônes
          » Devant l'homme mortel ;
» Et comme aux larges flots du fleuve solitaire
» On laisse aller la feuille , il livrera la terre
          » Aux quatre vents du ciel.

» Va donc, homme de chair et de sang, — l'heure vole ;

» Endurcis ton cœur frêle et retiens ma parole,
     » Je suis le fils d'Amos :
» Va, — quel que soit l'instant, sinistre ou favorable,
» Dresse-toi devant eux, fantôme inexorable,
     » Et jette-leur ces mots :

» Un signe s'étendra du couchant à l'aurore,
» Éclatant de blancheur. — Ce divin météore
» Inondera les cieux de rayons purs et clairs,
» Et du côté du nord courbera ses éclairs,
» Et, pliant le genou devant ce flambeau pâle,
» Les peuples trembleront d'une terreur égale.
» Mais quand ils le verront dans les cieux moins brillans,
» S'avancer pas à pas, comète à crins sanglans,
» Et, comme un vaisseau lourd errant de lame en lame,
» Tourbillonner la nuit dans ses vagues de flamme ;
» Quand, aux yeux de l'athée oppressé de remords,
» Les tombeaux s'ouvriront et vomiront leurs morts,
» Et qu'atteint tout-à-coup d'une rouille livide
» Le soleil chancelant s'éteindra dans le vide,
» Alors tout finira, la terre et l'homme, — et Dieu
» Apparaîtra debout aur la nuée en feu. »

LIX

AUX CATHOLIQUES.

Oui, les temps sont à vous, oui, jetés dans l'arène,
Quelle que soit la main qui vous frappe et vous traîne,
Ou d'un peuple qui gronde, ou d'un lâche César,
Oui, vous marchez sans peur, vous brisez la barrière,
Et votre ennemi tombe, et sa lutte éphémère
    Ne peut enrayer votre char.

Qu'avez-vous vu?... notre âge empreint d'un sceau funeste,
Notre âge qui se rit de l'avenir céleste,
Et raille follement sous son masque hideux.
Que voyez-vous encore?... une race chrétienne
Fouillant de toute part l'impureté païenne
    Pour en ressusciter les dieux.

Honte à nous! Honte au siècle! il a laissé sa bouche
Boire au calice amer qui corrompt ce qu'il touche,
Et le bras de son Dieu l'a soudain rejeté.
Envieux de la brute, il rampe sur la terre
Côte à côte avec elle, et chaque jour resserre
    Cette infâme fraternité!

Eh bien! sachez le dire à cette foule immense,

Sachez lui reprocher sa honteuse démence,
O vous que n'a pu vaincre un monde criminel,
Catholiques! le flot fléchit devant son maître,
Et le vent de demain va déchirer peut-être
  Le nuage où dort l'arc-en-ciel.

L'Église est là, l'Église avec son cœur de mère,
Mais qui n'a rien perdu de sa force première,
Elle est là toujours prête à de nouveaux combats;
Ses fils hachés hier sur l'échafaud immonde,
Ses fils ont bien prouvé qu'elle est encor féconde,
  Et que ses flancs n'avortent pas.

Voyez plutôt du sein de leur noble poussière,
Voyez surgir encor cette phalange altière,
Ces nombreux défenseurs des autels vacillans,
Ces hardis rejetons des semences divines,
Qui cherchent la tempête et poussent leurs racines
  Jusqu'aux entrailles des volcans.

Ils croissent. — Les voilà qui par dessus notre âge
Étendent leur bannière et font tête à l'orage;
Calmes, le front serein près du flot agité,
Les voilà travaillant de corps et de pensée
A désemplir le gouffre où s'était amassée
  La vase de l'impiété.

Courage, enfans du Christ! enfans du Dieu fait homme,

Courage! — Imitateurs des vieux martyrs de Rome,
Un reflet de leur âme est passé sur vos fronts ;
Oui, vous avez encor vos chairs tout imprégnées
De ce sang où trempa pendant bien des années
    Le manteau souillé des Nérons.

Courage! relevez le temple qui chancelle ;
Prêtez vos bras nerveux à cette œuvre immortelle
Qui demande la force et l'union de tous ;
Travaillez longuement, puis, votre heure venue,
Vous léguerez le reste à la race inconnue
    Qui germe à quelques pas de vous.

Mais il faut se raidir et fouler d'un pied ferme
Ce sentier hasardeux dont la mort est le terme :
Frères, repoussez bien la coupe de l'erreur.
Purs à travers des temps de délire et de fièvre,
Oh! n'en rougissez pas : — faites de votre lèvre
    La compagne de votre cœur.

Anathème à qui cache au fond de sa poitrine
Cette foi des vieux jours rayonnante et divine!
Anathème au cœur bas que la honte retient!
Anathème, anathème à qui croit et renie,
A qui traîné devant la haine ou l'ironie
    Ne crira pas : « Je suis chrétien! »

Celui-là plus que tous expira son blasphème,

Et maudit par son Dieu se maudira lui-même,
Et descendra tout pâle aux abîmes profonds;
L'éternelle douleur que sa bouche a raillée
Fera hurler sa chair amincie et broyée
  Sous la tenaille des démons.

Donc c'est un regard ferme, une parole fière
Que l'on doit opposer au rire du vulgaire,
Car nous n'en sommes plus à ce temps destructeur,
A cet âge où, lassé d'une lutte frivole,
On jetait coup sur coup son sarcasme à l'idole,
  Et sa tête à l'exécuteur.

Oh! vienne l'avenir, vienne un temps moins avare,
Et ces cœurs dispersés, ces hommes qu'on égare,
Ne formeront qu'un peuple et qu'une seule voix;
Et comme un nid d'aiglons qui battent tous de l'aile,
Ce peuple saluera, devant l'arche nouvelle,
  L'immortalité de la croix.

Et nous, ô Christ, et nous qui, plongés dès l'aurore
Dans les épais brouillards d'un siècle où l'on t'ignore,
Marchons au but commun les yeux tournés vers toi;
Nous qu'un espoir soutient, nous qui, malgré leur blâme,
Gardons soigneusement, comme on garde son âme,
  Les étincelles de ta foi;

S'il est dit que notre âge, éclos dans la tempête,

Ne pourra, quoi qu'il fasse, en arracher sa tête ;
Si nous tombons avant qu'un port nous soit offert,
Avant ces jours pieux que l'avenir prépare,
Avant qu'un divin souffle ait ranimé le phare
        Au fronton du temple désert ;

Ah ! nous aurons du moins, comme cette humble femme
Qui, des pleurs dans les yeux et la pitié dans l'âme,
Répandit ses parfums sur tes pieds défaillans,
Nous aurons, ô mon Christ, versé des larmes pures
Sur tes pieds qu'on outrage, et baisé tes blessures
        Que l'on rouvre après deux mille ans !

FIN D'AMOUR ET FOI.

POÉSIE CATHOLIQUE.

Le titre de ce livre explique son but; qu'il me soit permis néanmoins d'ajouter quelques réflexions, non pas sur ce que j'ai fait, mais sur ce que j'aurais voulu faire.

La poésie, long-temps païenne en France, sauf de très rares exceptions, ne s'est véritablement spiritualisée que dans l'époque actuelle : j'ai essayé de formuler d'une manière précise cette pensée religieuse mais vague. J'ai voulu l'amener complètement au catholicisme, qui n'a pas aujourd'hui de poète, et qui sera cependant la seule inspiration du poète dans les temps futurs. C'était là le but de mon précédent recueil, et celui qu'on va lire le continue, mais sous des formes différentes et avec une extension nouvelle. C'est une incursion plus large et plus hardie dans une route inexplorée. Si faible qu'il soit, c'est un pas peut-être vers la poésie de l'avenir.

La bienveillance du public pour mon autre ouvrage ne m'a point abusé sur son compte. Je l'ai

attribuée au sentiment catholique qui se fait jour
de plus en plus dans les masses intelligentes. Je l'ai
attribuée par dessus tout à la fraternelle sympathie
de tous ces jeunes hommes que la science amène
et retient aux pieds de notre Dieu. Oui, l'humanité
progresse vers le bien ; oui, le catholicisme s'est
relevé plus fort que jamais de ses longues et rudes
épreuves. Et ici je ne parle pas de la hache du dernier siècle : on sait que l'arbre de foi ne fleurit jamais mieux que sous la rosée de sang. Je parle
d'une puissance bien plus haute, d'un adversaire
bien plus redoutable, l'ironie. L'ironie a été tuée,
et ce n'est pas une phraséologie caduque qui la
ressuscitera.

Donc, il ne s'agit plus aujourd'hui de l'art religieux ; il s'agit uniquement de l'art catholique. La
vérité est une, il faut l'accepter toute ou la répu-
dier toute. Il est temps que la foi et la poésie se
lient entre elles par une communion indissoluble.
Il faut que ces deux nobles sœurs, trop long-temps
désunies, marchent désormais de front sous la
même bannière, en invoquant la même parole,
celle de l'Église, épouse du Christ.

Si quelques formes de langage, si quelques figures introduites dans ce recueil paraissent âpres
et étranges, je prierai le lecteur de se rappeler la
nature des sujets que j'y traite. Persuadé qu'il faut
avant tout, en poésie, abstraction et indépendan-

ce, je n'ai suivi que l'impulsion de ma pensée. J'ai
vécu seul, et, dans mon isolement, je n'ai lu, je
n'ai médité qu'un livre, le plus beau, le plus vé-
nérable de tous, il est vrai :

Ai-je besoin de nommer les Saintes Écritures ?

27 mars 1836.

⊲⟨𝓢𝓢⟩⊳

Poésie Catholique est, des trois recueils qui com-
posent le présent volume, celui qui a provoqué le
plus d'attaques amères. Je le pressentais quand je
le fis paraître, mais, en le relisant à dix ans d'intervalle, j'ai encore mieux compris la cause de
ces critiques passionnées. Le côté sévère du
Christianisme apparaît ici presque seul, sans atté-
nuation, sans voile. Quel tableau à offrir à une
société sceptique et matérialisée ! Je n'ai donc pas
dû m'étonner d'un blâme que le fond du livre appelait tout d'abord, quand même j'y eusse ap-
porté des ménagemens qui répugnaient à mes
profondes convictions. S'il était permis de parler
du cèdre à propos de l'hysope, je dirais que la couleur de l'ouvrage me rappelle involontairement la
partie la plus sombre de la trilogie du poète flo-
rentin. Placé auprès d'Amour et Foi et des Hymnes
Sacrées, le livre de Poésie Catholique en est en quel-

que sorte la sanction, la pierre angulaire. c'est un cri d'angoisse entre le chant de l'espérance et l'hymne du bonheur.

Quant à la pensée habituelle qui a inspiré ces poésies, quelques mots suffiront pour l'expliquer. L'âme a des crises singulières, des phases étranges où elle se replie sur elle-même avec plus de force et de mélancolie. Le recueil qui suit est le résultat d'un de ces momens. Improvisé comme une prière, et, je puis le dire, avec la même ferveur, je l'ai écrit dans l'automne et dans l'hiver en parcourant des campagnes dépouillées, ou dans ma chambre, au bruit des vents qui secouaient ma fenêtre. Les teintes d'un ciel triste s'y retrouvent donc avec une espèce d'écho des tempêtes qui m'environnaient. Je donne ces détails, quelqu'individuels qu'ils soient, pour préparer le lecteur à ce que ces pages ont de presque continuellement désolé. Un critique, dans un article d'ailleurs plein de bienveillance, a dit que j'y avais empiété sur le terrain des sermonnaires. Reproche ou éloge, le mot est vrai; mais c'est précisément là ce qui, selon moi, constitue leur originalité. Au reste, je dois ajouter, pour être juste, que si les attaques ont été ardentes, les sympathies n'ont pas été moins vives, et les chères amitiés que cet ouvrage m'a procurées, me feront toujours regarder l'époque de sa publication comme un de mes plus précieux souvenirs.

POÉSIE CATHOLIQUE.

CHUTE DE SATAN.

Il tombait, il tombait de la suprème voute,
Le séraphin déchu, l'archange audacieux ;
    Déroulant son corps spacieux,
Il tombait comme un monde arraché de sa route,
    Comme un vivant débris des cieux.
Il tombait, il tombait de la hauteur brillante
Où rayonnaient encor les Esprits, ses pareils ;
Il tombait dans l'espace, et sa tète brûlante
Rougissait en passant d'une rougeur sanglante
    La chevelure des soleils.

Le voilà le maudit, l'archange du blasphème,
    Le rival du Dieu créateur ;
Le voilà tournoyant et percé jusqu'au cœur
    Par les flèches de l'anathème :
Il roule, — un flot de feu le devance et le suit, —
    Il roule et recule la tète,

Comme pour cacher sa défaite
Dans les entrailles de la nuit.

Et les mondes lointains criaient d'une voix forte :
Où va-t-il, l'insensé, dans son vol furieux ?
 Où va-t-il, et quel vent le porte
 D'astre en astre, de cieux en cieux ?
Regardez : qu'il est sombre ! — Oh ! ce n'est plus l'archange,
L'archange au front si beau, l'éclatant Lucifer,
 Dont le souffle allumait hier
Ces aurores du ciel qu'aucun matin ne change.
 Oh ! qui de vous l'a reconnu ?
Hier brillant et jeune, aujourd'hui chauve et nu,
 Bien loin des célestes limites,
Il tombe, il tombe, il roule avec les ouragans,
Et ses yeux foudroyés fument dans leurs orbites
 Comme des bouches de volcans.

Et lui les entendait, lui, dans sa chute même,
 Les menaçait de son coup d'œil ;
Car il sentait déjà, sur son front plein d'orgueil
 Peser un fatal diadème ;
Il dardait les éclairs de son œil irrité
Sur tous les astres d'or dont l'étendue est ceinte,
Et les astres tremblaient et saluaient de crainte
 Sa formidable royauté.

Enfin les vastes cieux, les étoiles, les mondes,

Tout s'effaça derrière lui ;
Et l'ange abandonné n'aperçut dans la nuit
    Que des solitudes profondes.
Il s'effraie, il regarde... un astre, un astre encor,
Loin des cieux, loin du jour égarait son essor ;
    Satan le voit, Satan arrive,
Il le frappe en passant d'une main convulsive,
L'entraîne, et dans un bond, avec son bras de fer,
Le pousse haletant jusqu'au seuil de l'Enfer.

Deux fois il étreignit contre le gouffre immonde
    Cette comète vagabonde,
Deux fois comme un vautour qui lutte corps à corps,
    Il l'épuisa par ses efforts,
    Et deux fois sa pâle victime,
Suppliante, effarée, avec un cri sublime,
    Éleva ses ailes de feu,
Et lui, deux fois vaincu par le grand nom de Dieu,
    Retomba tout seul dans l'abîme.

Alors un des échos du grand cygne éternel,
Un archange monta sur un des caps du ciel,
Sur un cap revêtu de sa splendeur première,
Et dont les pieds touchaient des vagues de lumière ;
Et là ; debout, les yeux vers le haut firmament,
L'archange prit son luth formé d'un diamant :

« Hosanna ! hosanna ! cieux et sphères sans nombre,

» Globes d'en haut, vous tous qu'a fait jaillir de l'ombre
    » Le bras du Créateur,
» Vous tous, fleurons divins de sa couronne auguste,
» Saluez, saluez le seul grand, le seul juste,
    » Le seul triomphateur !

» Chantez sa force, et vous, comètes murmurantes,
» Qui traînez dans la nuit vos crinières errantes,
    » Et vous, astres vermeils,
» Vous tous, et toi, chaos, père antique des mondes,
» Toi qui couvas long-temps leurs semences fécondes,
    » Vieux nid des vieux soleils !

» Hosanna ! hosanna ! l'ange impur de l'aurore,
» Qui, le front tout fumant, se débattait encore,
    » L'ange est enfin banni,
» Banni, précipité du haut des grandes sphères,
» Au dernier échelon des gouffres solitaires,
    Au bas de l'infini.

» Il marchait contre Dieu les deux mains sur son glaive ;
» Mais Jéhovah regarde et Jéhovah se lève
    » A la cime des airs :
» Il se lève et reprend, comme pour une fête,
» Son armure durcie au vent de la tempête,
    » Et son casque d'éclairs.

» Et lui recule et tombe. — O suprême vengeance !

» Lucifer! Lucifer! quelle horrible espérance
        » Avait gonflé ton sein?
» Toi le charme des cieux, l'amour de la nature,
» Toi qui, le front penché, trempais ta chevelure
        » Dans les lacs du matin!

» Hosanna! hosanna! cieux et sphères sans nombre,
» Globes d'en haut, vous tous qu'a fait jaillir de l'ombre
        » Le bras du Créateur,
» Vous tous, fleurons divins de sa couronne auguste,
» Saluez, saluez le seul grand, le seul juste,
        » Le seul triomphateur! »

·)° II °(·

MES POÈTES.

Autrefois, dans les jours de ma jeunesse ardente,
Quand l'éclat des grands noms éblouissait mes yeux,
Mes poètes aimés, c'étaient Eschyle, Dante,
Camoës et Byron, Byron l'audacieux;
C'était au divin bruit de leurs hymnes de flamme,
C'était en les nommant que je lançais mon âme

10

Comme un char à travers les cieux.

Ici, sur les hauteurs de la roche écartée,
J'errais et je croyais entendre tour à tour
Le fier Adamastor, le hardi Prométhée,
Et le sombre Ugolin qui rugit dans sa tour;
Là, quand l'aile de l'ombre aiguillonnait mon rêve,
Mon rêve au vol brûlant fuyait de grève en grève
    A la poursuite du Giaour.

Or, maintenant la source où mon âme s'abreuve,
Où je puise à grands flots des ivresses sans nom,
Ce n'est plus Dante, Eschyle aussi large qu'un fleuve,
Ni le vieux Camoës, ni l'effréné Byron;
J'ai là bas, quand je cours fouler les hautes cimes,
J'ai mes chanteurs à moi, bien autrement sublimes,
    La mer, la foudre et l'aquilon.

<hr>

III

URBI ET ORBI.

Le vieillard est debout :
Son front pâle et blanchi plane au dessus de tout,
Et la terre s'émeut, et le Vatican gronde;

Et lui, les yeux tournés du côté des Romains,
        Il lève ses deux mains
        Sur la ville et le monde.

    Tombe aux genoux de ton vieux roi,
O ville de splendeur, de force... et de poussière ;
        Ton chef est là dans la prière ;
            Superbe, courbe-toi !
Oh ! ce vieillard tout seul vaut à lui bien des Romes ;
C'est le pontife saint et le pasteur des hommes,
        C'est l'inspiré du grand Esprit,
Le phare merveilleux dont l'Enfer s'épouvante ;
C'est le dernier anneau d'une chaîne vivante,
        De la chaîne qui monte au Christ.

    Oh ! tu peux ployer jusqu'à terre,
L'implorer sans rougir et baiser ses genoux,
Car nul front ne s'élance autant par dessus nous
        Dans sa majesté solitaire ;
Il apparaît de loin, semblable au vieux condor,
Qui se berce au couchant dans des nuages d'or ;
        Il apparaît comme un prophète,
Comme l'ange vainqueur du reptile infernal ;
        Et rien ici bas n'est égal
        Au grand éclair que son œil jette
        De son trône pontifical.

    Élève, élève un cri de fête,

Vieille Rome! — Celui qu'il te montre à bénir,
Ce Seigneur des seigneurs, a posé sur sa tête
    La couronne de l'avenir.
Époque sans rivale, étranges destinées!...
Un ver inaperçu te dévorait le cœur;
    Tu pâlissais dans ta langueur;
Rome n'était plus Rome, et le vol des années
Achevait d'effeuiller tes restes de grandeur.
    Il vient, il voit cette agonie
Où t'ensevelissaient tant de chefs odieux:
    Il te voit ramper loin des cieux,
Et brise d'un seul coup la double tyrannie
    De tes Césars et de tes dieux.

A bas l'idole! à bas ces absurdes fantômes
Qu'une ignorance altière adorait autrefois!
    A bas le sceptre impur des rois!
La ville impériale a façonné ses dômes
    Au saint joug de la grande croix.

—⟨∘⟩—

Univers, univers, tourne aussi tes pensées,
    Tourne ton âme et ton regard
    Vers l'illustre vieillard,
Immortel monument des victoires passées;
Il te cherche, il t'appelle, il t'embrasse aujourd'hui,
    Sa bouche au nom des cieux te nomme:

Univers, univers, laisseras-tu donc Rome
    S'incliner seule devant lui?...
Parle, implore, et sa voix, que l'étendue écoute,
    Éclaircira ta sombre route :
Oh! mêle-toi de cœur au tourbillon humain
Qui bat le large seuil de son palais qui tremble,
Afin qu'il puisse voir Rome et la terre ensemble
    Palpiter sous sa forte main.

    Regardez! l'horizon s'allume,
Et le flambeau des jours qu'un long brouillard flottant
    Ensevelissait à l'instant,
    Déchire son manteau de brume,
Comme pour saluer ce triomphe éclatant.
Le temple s'est ouvert; la foule s'y déploie
Le long des saints arceaux qui frémissent de joie.
    Mais l'heure sonne... A cet appel,
Le silence renaît, silence universel,
    Vous diriez que la foudre vole.
On s'arrête... et pendant qu'une seule parole
    Murmure au fond de tous les cœurs,
Pendant que le grand flot des bruits extérieurs
    S'apaise au pied du Capitole,

    Le vieillard est debout;
Son front pâle et blanchi plane au dessus de tout,
Et la terre s'émeut, et le Vatican gronde;
Et lui, les yeux tournés du côté des Romains,

Il lève ses deux mains
Sur la ville et le monde.

⟨ ?? ⟩ **IV** ⟨ ?? ⟩

PSAUME.

O vous qui dans nos basiliques
Priez et pleurez tour à tour,
O jeunes femmes catholiques,
Vous dont les cœurs évangéliques
Laissent tomber un flot d'amour,

Priez, pleurez, Jésus vous appelle et se penche
Du haut des cieux profonds :
Il aime les soupirs d'une âme qui s'épanche,
Il aime à respirer cette couronne blanche
Qui pare encor vos fronts.

Il vous aime, ô sœurs de ses anges,
Car vos triomphes sont bien beaux ;
Car vous avez rompu les langes
Dont un siècle nourri de fanges

‑‑‑ V ‑‑‑

LE DÉLUGE.

A M. AUDREN DE KERDREL.

Le crime est encor là, terrible, inexorable,
Outrageant sans pudeur la vertu qu'il accable,
Le crime a redressé son front audacieux ;
C'en est fait, il triomphe, il a conquis la terre,
Et couvrant ses doux traits d'un voile de mystère,
L'innocence vaincue est remontée aux cieux.

Plus d'autel, plus d'encens pour l'Éternel lui-même,
La voix de l'insulteur lui jette l'anathême ;
La chair, l'immonde chair a surmonté l'esprit.
Pas un seul cœur où règne une épouvante sainte,
L'ivresse du plaisir a tué toute crainte,
L'homme en faisant le mal, l'homme blasphême et rit.

Pitié, Seigneur, pitié sur cette race impure !
Oh! ne mesurez pas le supplice à l'injure ;
Oh! quel que soit l'orgueil qui vous a défié,

Vous le seul tout puissant, le créateur, l'immense,
Oh! de grâce, arrêtez, suspendez la vengeance :
Pitié! pitié, Seigneur! — Non, non, plus de pitié!

L'éclair luit, les espaces tremblent,
Et, comme pour répondre à ce lugubre appel,
Les nuages épars dans les hauteurs du ciel
        Se cherchent et s'assemblent ;
Un souffle inattendu s'élève à l'orient,
        Là bas, aux limites du monde :
On dirait une voix, la voix triste et profonde
        D'un astre agonisant.
Ce souffle impétueux, cette force inconnue,
        Rivale de l'éclair,
Fait germer et grandir à la cime de l'air
Les semences des eaux qui couvaient dans la nue ;
        Les eaux vont déborder enfin :
        Une avalanche formidable
        S'échappe de leur sein,
Se déroule au dessus de la terre coupable
        Et se brise soudain.
Cet amas de vapeurs qui sommeillaient la veille,
Ce flot d'en haut, pressé, chassé par l'ouragan,
        Tombe sur l'Océan,

Le frappe et le réveille.

L'Océan pousse un cri,
Se dresse, et comme un roi qui court à ses conquêtes,
Il marche en secouant ses vagues toutes prêtes
          Le long du sol meurtri.
          Il marche et le sol gronde,
Et la terre qu'il foule halète sous son poids :
          Les rochers et les bois
          S'enfoncent dans son onde :
          Il absorbe à lui seul
Les plus lointaines eaux, les plus vastes contrées ;
          Il couvre d'un linceul
          Les villes dévorées ;
Il marche, et les débris entassés sur son dos
          Feraient craindre un nouveau chaos ;
Il marche, et l'on ne sait, à voir sa force immense,
De quel abîme obscur ce vainqueur en démence
          Arrache tant de flots.

          Les vagues et les pluies
Se heurtent dans son sein, gonflé de toutes parts ;
Il fouille et fait jaillir les ossemens épars
          Des cités enfouies.
Les peuples de la terre, éperdus, vagabonds,
Se cramponnent en vain sur la croupe des monts ;
          L'Océan qui s'élève,
          L'Océan les enlève,

Les brise en quelques bonds.
Les voilà balayés, broyés par la tempête :
Un homme, un homme seul redresse encor la tête,
Raidit encor les bras, lutte et parvient au faîte
    D'un pic large et puissant ;
    Mais l'onde en rugissant
    Le suit de crête en crête :
Elle arrive, elle atteint jusque sur la hauteur
    Cette chair froide et pâle :
Il tombe ; un dernier flot étouffe un dernier râle,
    Et l'humanité meurt.

    Les montagnes s'affaissent,
Se rompent dans le choc de ces mille courans,
Et, comme un amas d'algue au milieu des torrens,
    Croulent et disparaissent.
L'Océan va toujours d'un pas terrible et sûr ;
    Il monte au sein de l'éther pur,
Comme si les grands cieux étaient son lit futur :
On n'entend plus la voix de la terre qui souffre ;
On n'entend que le bruit de ce flot qui s'engouffre
    Dans le céleste azur.

Où va-t-il ? où va-t-il ? Son cri rauque et sauvage
    Émeut le firmament ;
Le soleil effrayé remonte brusquement
    De nuage en nuage.
Il s'éloigne, il retourne aux confins de l'éther,

Comme un guerrier vaincu que l'on force à la fuite ;
Il se hâte, il a peur d'entraîner à sa suite
    La gigantesque mer.

    La nuit vient, la nuit sombre
Achève d'envahir les cieux retentissans ;
L'éclair seul darde encor de momens en momens
    Sa flèche dans cette ombre ;
On voit à sa rapide et farouche lueur
Le flot d'en bas heurter le flot supérieur :
    Tous deux luttent d'audace,
Se jettent l'un dans l'autre avec un même élan ;
    Et le vide s'efface,
Et l'atmosphère entière, et le ciel, et l'espace,
    Tout devient Océan.

Et l'Océan fut roi ; cette mer effarée
    Menaçait les mondes surpris,
Et le flot se joua dans sa couche éthérée
    Quarante jours, quarante nuits.

⋅⋅⋅⋅⋅⋅

Et quand l'onde sans frein eut suspendu sa marche,
Quand la mer retomba, lasse de tant d'assauts,
L'horizon était vide, on ne voyait que l'arche,
Qui, sous le doigt de Dieu, fendait les grandes eaux.

VI

LE PRÊTRE.

On l'a dit ; notre siècle emporte,
Pêle-mêle dans ses limons,
Ce qu'une race ardente et forte
Eut de splendeurs et de grands noms.
Tout s'en va, manoirs, basiliques,
Murs vénérés, saintes reliques,
Tout s'en va lambeau par lambeau ;
Vieux débris d'une vieille race,
Dont la France se débarrasse
Avec la hache et le marteau.

O siècle ! était-ce donc là l'œuvre
Que ton bras s'était imposé ?...
C'est le vil marteau d'un manœuvre
Qui te fait raison du passé !
Encor si ta folle colère
Ne s'acharnait que sur la pierre...
Mais non ; la ruine est ailleurs :
Ta hache encor pleine de boue

11

Se redresse, entame et secoue
Le monument des vieilles mœurs.

Les mœurs!... oh! voilà ce qui croule
Déraciné par tous les vents;
Voilà ce que maudit la foule
Dans les ténèbres de nos temps.
Eh bien! c'est à nous de le dire;
C'est à nous, quand on veut proscrire
L'autel désert et mutilé,
C'est à nous d'entrer dans la rue
Et de rasseoir chaque statue
Sur son piédestal ébranlé.

Le prêtre! oui, je le dis sans crainte,
Je le proclame devant tous,
C'est la figure la plus sainte
Qui se rencontre parmi nous.
Le prêtre, c'est la haute image,
Le vivant débris d'un autre âge,
D'un passé toujours combattu;
Le prêtre, c'est une puissance,
C'est la grandeur de l'innocence,
La royauté de la vertu.

Le prêtre!... A ce mot qui la blesse,
La foule rit d'un air moqueur,
Car l'orgueil humain se redresse,

L'orgueil, ce vieux serpent du cœur :
— A quoi bon nous jeter en face
Un nom décrépit qui s'efface
D'impuissance et de vétusté !
A quoi bon des fables grossières !
N'a-t-on pas rompu les lisières
De l'antique crédulité ?

— Oh ! j'en conviens, l'impur blasphème
Profane encore le saint lieu ;
Il n'est pas jusqu'à l'enfant même
Qui n'ait son sarcasme pour Dieu.
Il n'est pas d'insulte et d'outrage
Qu'un siècle effréné n'encourage
Et ne recouvre de son sceau.
Oh ! oui, notre époque funeste
Garde au front plus d'un triste reste
De l'écume de son berceau.

Mais que nous importe, à nous autres ?...
Nous sommes entrés franchement
Dans la vieille foi des Apôtres,
Et nous le disons hautement.
C'est donc à nous de ne rien taire,
D'indiquer tout ce qu'on altère,
Tout ce qu'on sape de nos droits ;
C'est à nous, si d'autres reculent,
C'est à nous dont les veines brûlent,

De crier du pied de la croix.

Le prêtre! oui, nommons tous le prêtre!
— Voyez-le, vous qui l'insultez,
Cet imitateur du grand Maître,
A travers nos iniquités.
Docile à la main qui l'envoie,
Il est tour à tour dans sa voie,
Ou victime ou consolateur;
Il donne de tout à son frère,
Il a des pleurs pour sa misère,
Il a du sang pour sa fureur.

Suivez sa marche dans l'arène,
Et vous l'y verrez chaque jour,
Répondant à des cris de haine
Par des effusions d'amour.
Il apaise la violence,
Il n'oppose que le silence
A la bouche qui le flétrit;
Il a sur ses lèvres modestes
Un peu de ces parfums célestes
Qui coulaient des lèvres du Christ.

Va donc, poursuis ta noble route,
O prêtre! laisse avec dédain
L'homme d'ignorance et de doute
Te renier soir et matin;

Laisse-le, suivant sa coutume,
Jeter l'opprobre et l'amertume
A quiconque parle du ciel ;
Laisse-le, cet enfant du crime,
Cracher sur la toge sublime
Dont t'enveloppa l'Éternel.

Oh ! plus la haine qui l'enflamme
Essaîra de ternir ton front,
Plus il te chargera de blâme,
Et plus nos voix te béniront :
Nos voix adouciront l'injure
De sa parole amère et dure,
De ses anathèmes grossiers ;
Nous verserons notre louange
Comme un parfum sur cette fange
Qu'il sème à plaisir sous tes pieds.

Va donc, et si la forte houle
Renouvelle ses grands combats,
Monte au rocher que le flot foule,
O toi qui le domineras !
Ministre d'un Dieu qui nous aime,
Monte, apparais sur le bord même
De l'océan des passions ;
Et là, quand la mer frappe et brise,
Étends les mains, nouveau Moïse,
Sur le vaisseau des nations !

VII

AMOUR.

Amour, parfum du ciel,
Aloës ou cinname,
Fleur qu'on aime à cueillir dans les jardins de l'âme,
Oh ! verse sur nos fronts un peu de ton doux miel,
Amour, trésor d'en haut que la terre réclame,
Amour, parfum du ciel !

Je souffrais, je changeais à chaque instant de place,
Abattu par le chaud du jour,
Quand j'ai rencontré l'ombre et le frais qui délasse
Sous l'arbre en fleurs qu'on nomme amour.

Oh ! l'amour, c'est la vie ; oh ! n'en rêvez pas d'autre :
C'est le seul bien réel.
Aimez donc d'un amour immense, universel ;
Aimez, mais comme Jean, le doux et saint apôtre,
Aimez comme Rachel.

Aimez et secourez, en tous lieux, à toute heure,
Avec effusion,
L'indigent sans appui, l'exilé sans demeure,

> Quiconque souffre et pleure,
> Qu'il vous appelle ou non.

Ceux-là surtout, ceux-là que le ciel prédestine
> Pour un séjour meilleur,
Ces hommes de tristesse, élus de la douleur,
Qui sentirent d'abord sur leur bouche enfantine
> Le baiser du malheur.

Ceux-là que la main rude, avare et mercenaire
> D'une femme étrangère
> Berçait pour un peu d'or,
Et qui n'ont pas connu ces caresses de mère
Dont je parle en pleurant, car j'ai la mienne encor.

Aimez aussi le riche, aimez l'heureux du monde ;
> Frères, pardonnez-leur,
Pardonnez-leur le rire : oh ! le rire est menteur !
Qui sait si, pour cacher quelque angoisse profonde,
Leur main n'emprunte pas le masque du bonheur ?

Aimez-les ; l'Homme-Dieu, ce modèle des pères,
> N'a pas dit : « Choisissez. »
Il a dit : « Aimez-vous ; n'êtes-vous pas tous frères?
» Portez donc en commun vos communes misères;
> » Aimez-vous, c'est assez. »

Oh ! que l'amour est doux ! que sa force est divine !

Que ne puis-je, ô mon Rédempteur,
De tous les cœurs souffrans ne former qu'un seul cœur
  Pour l'étreindre sur ma poitrine !

    Amour, parfum du ciel,
    Aloës ou cinname,
Fleur qu'on aime à cueillir dans les jardins de l'âme,
Oh ! verse sur nos fronts un peu de ton doux miel,
Amour, trésor d'en haut que la terre réclame,
    Amour, parfum du ciel !

VIII

LE DEUX NOVEMBRE.

J'allais par le sentier de mousse,
J'allais : c'était la nuit des morts,
Et les vents, devenus moins forts,
Laissaient parler la cloche douce ;
Je m'arrêtai, car j'entendis
Au détour même de l'allée,
Une voix tremblante et voilée
Qui murmurait : De profondis,

Clamavi ad te, Domine, Domine exaudi vocem meam.

Quelle est cette voix ? Je frissonne ;
Mon œil cherche de toutes parts,
Mais rien ne s'offre à mes regards :
J'ai beau me détourner, — personne ! —
Je repris ma route en rêvant,
Le sein plus froid, le front plus blême,
Et mes deux lèvres d'elles-même
Prononçaient le verset suivant :

Fiant aures tuæ intendentes in vocem deprecationis meæ.

J'achève, et la voix continue
Par les mots qui viennent après.
Me voilà donc marchant auprès
D'une voyageuse inconnue.
Quand la voix sourde finissait
Sur un ton que je ne peux rendre,
Ma voix se hâtait de reprendre
Le psaume à son autre verset.

Et puis, à travers le feuillage,
Je voyais une étoile d'or,
Dont le regard plus doux encor
Semblait caresser mon visage.
C'était, dans l'espace éternel,
Le seul rayon qui vînt à l'âme,
La seule pure et blanche flamme
Qui peuplât les déserts du ciel.

Personne au sentier solitaire : —
Le vent seul y soufflait parfois,
Et la chevelure des bois
Flottait avec grâce et mystère ;
Les halliers étaient pleins d'effroi,
Comme ils le sont durant l'automne :
Personne dans les champs, personne
Que ce qui parlait près de moi.

Et tout en gravissant la côte,
Le psaume avançait vers sa fin ;
Et je frissonnais en chemin,
Car la voix devenait plus haute :
Et par delà les bois touffus
Qu'une brise légère penche,
J'apercevais l'étoile blanche
Qui scintillait de plus en plus.

Enfin, au bout de la clairière,
A l'endroit même où les ormeaux
Sont plus dépouillés de rameaux,
J'arrive à la strophe dernière :
C'était près d'un tertre jauni ;
La strophe est à peine achevée,
Qu'un cri part : « Ah ! je suis sauvée !
» Mon Rédempteur, soyez béni ! »

Et tout rentra dans le silence,

Les hommes comme les esprits ;
Et moi, dans mon cœur je compris
Que c'était une âme en souffrance.
Je m'éloignai, mes pas moins lourds
Ne faisaient plus sonner la terre :
J'allais disant une prière,
Et la cloche tintait toujours.

IX

SUR LA GRÈVE.

Il me disait : « Marchons ; viens, poète, viens voir
» Aux portes du couchant les nuages du soir
          » Osciller sur l'abîme ;
» Viens, — l'Océan frémit dans son lit sans repos,
» Et le vieux soleil plonge au travers de ses flots
          » Comme un nageur sublime. »

Et sa voix m'entraînait, et le long des ravins
Je marchais respirant les aromes divins
          D'un paysage agreste :
L'horizon n'était pas tout de flammes et d'or,
Quelques nuages noirs semblaient lutter encor

Dans le cirque céleste.

Et nous allions tous deux sans rien dire ; nos cœurs
Se parlaient un langage ineffable en douceurs,
    Et que la foule ignore :
L'air pur nous enivrait ; puis nous nous arrêtions
Pour écouter la plainte et les vibrations
    De l'Océan sonore.

Les cieux étaient dorés, mais par dessus les bois
Un nuage orageux resplendissait parfois
    D'une pourpre visible ;
Nous marchions : tout-à-coup une rafale d'air
S'éleva ; nous étions en face de la mer
    Radieuse et terrible.

Oh ! quand je l'eus atteinte après un court effort,
Oh ! le cœur me battit, car le long de son bord
    Sauvage et solitaire,
Le vent baisa nos fronts, le flot lécha nos pieds,
Et du haut des grands cieux nous fûmes salués
    Par un coup de tonnerre.

·o-୬⊙⊙ **X** ⊙⊙୬·

JUDAS.

Voilà ce que j'ai vu par delà cette terre,
Par delà l'horizon, ce ténébreux cratère,
Voilà ce que j'ai vu quand la profonde nuit
Enveloppe le ciel comme l'oiseau son nid.

Ici la grande mer, la mer si haut lancée,
Qu'on eût dit les fureurs, les bonds d'une insensée;
Là bas des ouragans, des tourbillons si forts,
Que leur puissante haleine eût réveillé les morts;
Enfin, par delà tout, au seuil même du monde,
L'horrible royauté de la flamme qui gronde.

Et c'est là, dans le creux de ce gouffre inconnu,
C'est là qu'un homme sombre, au corps verdâtre et nu,
Se tordait, se brisait dans des flots de fumée,
Sur les pointes de fer d'une route enflammée.
Cet homme que le ciel marqua d'un sceau puissant,
Cet homme, c'est Judas, c'est le vendeur de sang,
Celui qui, d'un seul coup dépassant tous les traîtres,
Livra le Roi des rois et le Maître des maîtres;
Il est là: le remords, indestructible ver,

S'acharne, sur la roue, à sa vivante chair ;
Des damnés au front hâve et que la douleur plisse,
Poussent avec la main l'instrument du supplice,
Et ce cercle de bronze, aux aiguillons cruels,
Tourne éternellement sur des feux éternels.

Et lui, malgré la flamme ardente, hérissée,
Lui souffre encore plus de sa propre pensée,
Car il entend toujours la même douce voix,
La voix qu'il entendit dans les jours d'autrefois :

« Ingrat, que t'ai-je fait pour que ta main me livre?
» Que t'ai-je fait? Ton cœur demandait à me suivre,
» Et moi j'ouvrais mes bras à toutes tes douleurs.
» J'ai déjà tant souffert de ce peuple farouche!
» Réponds : était-ce à toi de replacer ma bouche
          » Au calice des pleurs?

            » Où veut-on que j'exile
            » Mon angoisse et mes pas?
            » L'abeille a son asile,
            » Moi seul je n'en ai pas.

» Que t'ai-je fait? J'avais épanché la prière
» Sur ton âme saignante et qui cherchait un père;
» Tu m'offres le poison quand je t'offrais le miel.
» Hélas! que devenir, quelle route est la mienne,
» Si ceux-là qui m'aimaient changent l'amour en haine

» Et la rosée en fiel ?

» Voyez, ma tête plie
» Et léur cœur reste sourd ;
» Pas un sein où j'appuie
» Mon front tremblant et lourd.

» Que t'ai-je fait ? J'ai vu l'agneau des pâturages
» S'égarer dans sa voie au milieu des orages,
» Et je suis descendu, car j'étais son appui ;
» Mais je n'ai rencontré que reproche et blasphème,
» Mais le pasteur est seul, et son agneau lui-même
  » S'est tourné contre lui.

 » Pas une douce haleine
 » Qui me tombe des cieux,
 » Pas un vent de la plaine
 » Qui ne brûle mes yeux.

» Ah ! quand leur haine aveugle, et que je leur pardonne,
» Voulait ensanglanter ma divine couronne,
» Ah ! j'espérais au moins quelques larmes ailleurs ;
» Et c'est toi, toi mon fils, l'enfant de mes tendresses,
» Toi que j'avais comblé de toutes mes caresses,
  » C'est toi par qui je meurs !

» XI «

UNE PENSÉE.

Perdu parmi les flots de la cité mouvante,
J'errais : c'était à l'heure où le soleil dans l'air
Darde avant son départ un radieux éclair ;
Mais moi, sans m'arrêter à des splendeurs qu'on vante,
J'errais, je sillonnais cette houle vivante
Dont le flux est semblable au roulis de la mer.

Et tout me fatiguait, car mon âme était veuve ;
Je ne trouvais plus là le calme où je m'abreuve ;
Mon âme haletait dans le flot incertain,
Et je ne regardais ni l'horizon lointain,
Ni même le soleil suspendu sur le fleuve
Comme une lampe d'or où la flamme s'éteint.

Et des mots s'échappaient de ma langue oppressée ;
C'est qu'un amer regret, une sombre pensée
M'absorbaient dans la foule, et le reste avait fui :
— « Mon Dieu, de tous ceux-là qui sont dans cette enceinte,
» Pas un ne garde au cœur une idée un peu sainte,
» Pas un ne pense au Christ crucifié pour lui ! »

XII

AU SOLEIL.

Tu mourras. — Qui l'a dit ? — C'est la voix de ton Dieu,
  Flambeau sacré, lampe féconde,
Soleil, char éclatant dont le rapide essieu
   Soulève un tourbillon de feu
   De l'un à l'autre bout du monde.
La mort, ce spectre impur qui gouverne ici bas,
La mort, que tu bravais, t'étreindra dans ses bras :
   Là haut, dans ta route azurée,
Tu sentiras le fer de sa lance acérée. —
   Soleil, Dieu l'a dit, tu mourras !

   Oh ! pendant mes nuits effrénées
Où je rêve à l'avance un formidable jour,
Oh ! que de fois j'ai cru te voir fuir à ton tour
   Devant ces deux mains décharnées
   Qui t'enlaçaient avec amour !
« Meurs ! te criait la mort, voici l'instant suprême ;
» Meurs ! » — Et toi, tu levais ton regard incertain :
« Oh ! je n'aurai donc plus de soir ni de matin !
» Que deviendra l'espace, et le ciel, et Dieu même,

» Mon grand disque une fois éteint? »
— « Meurs! » — Et son bras rompait ta lumineuse écorce ;
Et fouillant jusqu'au cœur de ton disque profond,
    Sa rude main, pleine de force,
    T'arrachait ton dernier rayon.

                ✿✿✿✿

Soleil, tu peux mourir : — ta sphère fut si haute,
Ton coup d'œil si perçant dans l'espace éternel,
Que tu peux sans regrets, voyageur solennel,
    Échouer sur les rocs du ciel
    Comme un navire sur la côte.
Regarde autour de toi : — quel globe radieux
    Ne s'éclipse devant tes feux ?
Quel œil est assez fort, quand tu luis sur ma tête,
Pour t'affronter en face, hors l'aigle et le poëte ?
    Tu parais, — le ciel est ardent ;
La nuit, la sombre nuit qui s'échappe en grondant,
    A beau reculer sur ta voie,
Tu la suis pas à pas comme un chasseur sa proie,
    Et ton dard aigu la foudroie
    Jusqu'aux portes de l'occident.

Et puis, que n'a pas vu ton disque séculaire !
    Flambeau des âges qui sont loin :
N'as-tu pas assisté, comme un puissant témoin,
    Aux enfantemens de la terre ?

Dieu parle , — les rochers se creusent un grand lit
    Où le'vaste Océan jaillit ;
Tout fermente, tout naît : la montagne elle-même
Dresse comme un vautour son col neigeux et blême ,
Tandis que , dans les flots , ses pieds profonds et nus
    Heurtent des gouffres inconnus.
    Oui , quoi que la nature fasse ,
Cette création d'immense souvenir
    Écrase tout un avenir ;
Oui , tu ne verras rien que sa grandeur n'efface :
    — O vieux soleil! tu peux mourir !

    Tu mourras, mais ce dernier terme
Ne doit surgir que tard de ses langes obscurs :
C'est un jour englouti dans des siècles futurs
    Dont le présent n'a que le germe.
Viens donc, en attendant, viens me sourire encor ;
Viens, ô mon vieux soleil, briser tes flèches d'or
    Autour de ma jeune paupière ;
Viens comme tu venais à mes grands devanciers ,
Car le sol du génie est tout plein de glaciers
    Qui ne fondent qu'à ta lumière.
Il me faut ta présence, ô flambeau créateur!
Viens chasser d'un regard les brumes de mon cœur,
    O soleil! n'es-tu pas mon père ?
C'est toi qui m'as cherché sous le fatal linceul
Dont toute âme qui pense est ici bas saisie ;
C'est toi qui m'as versé le miel et l'ambroisie ,

Et ma sève de cœur, qu'on nomme poésie,
 Ne bout qu'en face de toi seul.

Viens donc, et quand la mort qui met tout en poussière
 Aura brisé mon front vieilli,
 Oh ! sois mon astre tutélaire,
Soleil, ne quitte pas la froide et sombre pierre
Où des bras inconnus m'auront enseveli.
 Et si ma fosse est délaissée,
Si je suis toujours seul, si mes os découverts
Frissonnent d'abandon au souffle des hivers,
 Chauffe avec un de tes éclairs
Le peu qui restera de ma cendre glacée.
 Souviens-toi, vieillard, souviens-toi
 De l'universelle agonie,
Et que d'épais brouillards, dans cette heure d'effroi,
 Rideront ta face ternie ;
Souviens-toi que ton Dieu te condamne au repos,
Au repos du sépulcre éternel et suprême,
Et qu'au soir du grand jour tu tomberas toi-même,
Insensible et glacé dans un coin du chaos !

◦— XIII —◦

MARIE.

Inspire ma lyre et mon âme,
Amour, céleste amour ! viens donner à mes vers
L'ineffable douceur du vent dans les déserts ;
    Viens les échauffer de ta flamme :
Eh ! quel sujet plus beau, plus noble, plus touchant,
Pourrait jamais s'offrir à mon âme attendrie?
Je vais parler du ciel et parler de Marie :
    Son nom seul n'est-il pas un chant ?

    C'est lui qui m'entoure et m'effleure
Au lever de l'aurore, en face du soleil,
Et c'est lui, vers le soir, qui mêle à mon sommeil
    Sa mélodie intérieure ;
Et quand je le prononce, inquiet, soucieux,
Dans ces jours d'amertume où mon âme se voile,
Il me semble entrevoir comme un regard d'étoile
    Qui cherche à caresser mes yeux.

    Trouvez un autre qui l'égale
Ce nom plus ravissant, plus sonore, plus frais
Qu'un chant de rossignol dans les vieilles forêts,

Ou qu'une plainte virginale ;
Interrogez vos cœurs même au pied des autels,
Demandez à l'enfant, à la veuve, à l'esclave,
Quel nom peut l'égaler ce nom le plus suave
    Que l'ange ait appris aux mortels ?

Marie ! ineffable parole
Qu'on dirait empruntée aux chants du séraphin ;
Chaste émanation d'un langage divin
    Qui nous remue et nous console !
Marie ! oh ! quelle voix ne s'inspire en nommant
Ce nom dominateur qui peut tout sur le monde,
Ce nom si beau, si doux, limpide comme l'onde,
    Et pur comme le diamant ?

Prononcez-le dans le mystère,
Et vous croirez entendre au plus haut du Carmel
Un murmure lointain des colombes du ciel,
    Ou du grand cygne solitaire ;
Et ce mot tout puissant comme il le fut jadis,
Ce mot rappellera peut-être à votre oreille
Les doux frissonnemens d'une âme qui s'éveille
    Dans les vallons du paradis.

C'est le nom de la bien-aimée
Vers qui l'époux divin autrefois s'inclina,
Aux sommets du Sanir, sur les monts d'Amana,
    Et dans les plaines d'Idumée ;

« Accours ! » lui criait-il ; — et du sein des déserts
Où la tenait cachée une céleste honte,
Elle apparut semblable à l'aurore qui monte
    Sur son trône semé d'éclairs.

    Viens donc, puisque je parle d'elle,
Amour, céleste amour ! viens encor dans mon cœur
Éveiller ce doux luth, ce luth intérieur
    Qui lui sera toujours fidèle ;
Viens, et ne me fuis pas que ma voix n'ait chanté
La Vierge au cœur si pur que l'univers encense,
Celle que Dieu nomma l'étoile d'innocence,
    La rose de l'éternité !

~⚬☙ XIV ❧⚬~

LA FOSSE AUX LIONS.

    Un homme est là, calme et serein,
Calme à travers les cris d'une tourbe insolente :
On voit à son œil fixe, à sa démarche lente,
Qu'une extase profonde, un effort souverain
    L'enlève aux insultes sans frein
    De la populace hurlante.
Il ne l'écoute pas ; son regard plonge au ciel ;
Ses bras qu'on a saisis se sont offerts d'eux-même :

Cet homme étincelant, c'est l'inspiré suprême,
    C'est le sublime Daniel.

    Il va mourir, le roi l'ordonne ;
Il le sait, il y marche et n'a point de frissons ;
    C'est sa voix qui leur crie : « Allons!
» Ouvrez : à qui sert Dieu toute demeure est bonne :
    » Ouvrez la fosse des lions. »
« Eh bien! dit une voix, qu'on l'y traîne au plus vite! »
    Et la foule se précipite
    Avec des rires menaçans.
« Écoute! criait-elle au prophète en prière,
» Les entends-tu là bas s'agiter sous leur pierre,
    » Tous tes compagnons rugissans? »

⟨∘⊜∘⟩

    Et par delà le bois paisible,
Par delà les hauteurs du roc indestructible,
S'ouvre un antre, et c'est là qu'on tenait à couvert
    La lionne la plus terrible
    Qu'on eût arrachée au désert.
Furieuse, indomptable, elle frappait la terre,
    Mordait ses crins, battait ses flancs :
    C'est que la lionne était mère,
Et ce gouffre enfermait trois lions ses enfans.

« Suspendez-le d'abord, reprend la voix cruelle,

» Afin que d'en bas on l'appelle. »
Un des bourreaux accourt et le force à s'asseoir
   Au seuil de cet abîme noir.
Quand l'ardente lionne aperçut cette proie,
   Elle bondit, folle de joie,
   Le front ridé, les crins en l'air;
Puis sa voix sourde et creuse ébranla l'étendue,
Puis elle s'arrêta, la griffe encor tendue
   Et l'œil en haut sur cette chair.

   « Laissez-le rouler dans sa tombe! »
   Ce cri part et Daniel tombe...
La lionne affamée accourut en deux sauts :
Mais quand elle eut flairé sa victime muette,
Elle recula morne et sans lever la tête,
Et puis elle revint jusqu'aux pieds du prophète,
   Rampante avec ses lionceaux.

Et tandis qu'ils léchaient ses pieds dans la poussière,
La main de Daniel jouait dans leur crinière,
   Et quand il voulut sommeiller,
   La mère, encor plus caressante,
Tendit son large front sous sa tête pesante,
   Et lui tint place d'oreiller.

Et Daniel dormit jusqu'à l'aube nouvelle
Dans les obscurités de cet horrible lieu;
Et quand l'aube y jeta sa première étincelle,

Le prophète à genoux chantait déjà son Dieu.

« Seigneur, soyez béni ; Seigneur, Maître des maîtres,
» Vous dont le bras soutint et guida nos ancêtres
  » A travers tant d'assauts ;
» Seigneur, soyez béni : — votre parole est douce,
» Votre parole est forte ; elle arrête, elle émousse
  » La dent des lionceaux.

» Soyez béni. — Soleil, et vous, astres sans nombre,
» Chars de feu qui le soir volez au sein de l'ombre
  » Avec grâce et splendeur ;
» Comètes au front d'or, sphères aux crins de flammes,
» Coursiers éblouissans sur qui montent les âmes,
  » Bénissez le Seigneur !

» Bénissez sa puissance, aquilons et tempêtes,
» Vous dont il aiguisa les flèches toujours prêtes
  » A servir sa fureur ;
» Et vous tous, océans qui menacez la terre,
» Vous qu'il refoule avec quelques grains de poussière,
  » Bénissez le Seigneur !

» Orages, bénissez, en parcourant la nue,
» Celui que le ciel nomme et que l'éclair salue,
  » L'infini Créateur ;
» Bénissez-le, saisons, lumières et ténèbres,
» Nuits éclatantes, jours radieux et funèbres,

» Bénissez le Seigneur !

».Bénissez-le, frimas, neiges, brumes et glace,
» Prodigieux manteau dont le globe s'enlace
    » Après l'été qui meurt ;
» Et vous, faibles ruisseaux, et vous, pluie et rosée.
» Breuvage tout-puissant de la terre embrasée,
    » Bénissez le Seigneur !

» Bénissez-le, forêts, montagnes et collines,
» Qu'il sema sur le monde avec ses mains divines,
    » Comme on sème une fleur ;
» Arbres toujours vivans, verdures toujours neuves,
» Moissons que le ciel dore, et vous, torrens et fleuves,
    » Bénissez le Seigneur !

» Et toi qu'il a sauvé par la main de ses anges,
» Toi, Daniel, aussi, célèbre ses louanges,
    » Confesse sa grandeur ;
» Réunissons-nous tous dans la même prière,
» Habitans d'ici bas et d'en haut, — cieux et terre,
    » Bénissez le Seigneur ! »

 XV

L'ÉTOILE.

A M. HIPPOLYTE VIOLEAU.

L'angélus tinte, le flot brise,
Et tandis que d'en haut j'écoute leurs deux voix,
Un nuage que berce une légère brise
    A déployé son aile grise
    Sur le front murmurant des bois.

    C'est la nuit, mais le doux nuage
S'entr'ouvre et fait pleuvoir des torrens de rayons :
Je vois sur le ciel bleu dont l'azur se dégage,
    Comme une flotte au blanc sillage
    Rouler les constellations.

    Et tandis que mon œil s'attache
A tous les astres d'or qui brillent par milliers,
Une étoile descend de la voûte sans tache ;
    On dirait que la nuit détache
    Une perle de ses colliers.

    Étoile, étoile radieuse,

Oh! qui t'entraîne ainsi loin du céleste chœur?
Quel souffle, ô sphère blanche, ô sphère gracieuse,
    Ferma ta lèvre harmonieuse,
    Quel souffle t'a glacée au cœur?

    — Oh! je quitte l'espace immense
Où ma lèvre s'est tue, où mon aile a plié;
J'allais chanter le Dieu que l'univers encense,
    Quand j'ai senti mon impuissance,
    Et je tombe en criant : Pitié!

XVI

LE SUICIDE.

Un cri part... La foule inquiète
Frissonne à ce cri défaillant;
Elle se presse, elle se jette
Autour d'un cadavre sanglant:
—Encore une proie à l'abîme,
Encore une pâle victime
Transfuge de la vérité;

Encore un cœur las de ce monde,
Qui crut dans la poussière immonde
Enfouir son éternité !

Encore un crime inexpiable !
Oh ! qu'un pareil songe est trompeur !
Oh ! quelle angoisse formidable
Succède à cette folle erreur !
Combien d'âmes mornes et sombres
Qui cherchaient d'éternelles ombres
Et se réveillent en sursaut !
Combien pensaient dormir sans crainte,
Dont la prunelle à peine éteinte
Se rallume à l'éclair d'en haut !

Or, c'est vous seuls que j'en accuse,
Rhéteurs effrontés de nos jours,
Car l'âme se corrode et s'use
Au fiel amer de vos discours.
C'est vous, sophistes de notre âge,
Vous tous que le siècle encourage
Et que repousse la raison ;
Vous tous qu'un même instinct enflamme,
Vils fléaux du corps et de l'âme,
Inoculateurs de poison !

Vous avez brisé l'espérance,
L'espérance de l'avenir ;

Debout devant la Croix qu'on ne saurait bannir !
En face de ce culte au puissant souvenir,
Vous disiez comme Dieu devant la mer immense :
« C'est là, sur cet écueil, où mon pouvoir commence,
 » Que son dernier flot va finir. »
Et votre amer dédain grossissait quelques taches
 De l'homme inhabile et mortel,
Et vous frappiez sans honte, et vous portiez vos haches
 Jusqu'à la base de l'autel.

Ce n'est pas tout : l'orgueil et l'instinct de vos haines
 Se raidissaient contre la mort ;
Vous avez effacé de vos chartes humaines
 L'immortalité du remord.
Vous avez dit : « Tout meurt, qu'importe la prière,
» Qu'importe le futur à l'homme agonisant?
» C'est faire bien du bruit pour un peu de poussière :
» Ah ! vous pouvez en paix dormir sous cette pierre,
 » Cette pierre est sœur du néant. »

Eh bien ! qu'a répondu cette jeunesse forte
 Quand vous démolissiez l'autel?
Cette jeunesse ardente et que sa fougue emporte?...
 Elle a ri d'un rire cruel ;
Elle a battu des mains devant vos représailles ;
Puis, quand l'âge a glacé tous ses songes de feu,
 Tranquille au moment de l'adieu,
 Elle a déchiré ses entrailles

En criant au néant : « Me voilà! sois mon Dieu! »

Arrête, audacieuse, arrête!
— Crois-tu donc, ô siècle hardi!
Qu'il suffit de voiler sa tête,
Et qu'en se frappant tout est dit?
Crois-tu la vengeance muette
Et la justice satisfaite,
Là haut, dans la suprême cour?
Crois-tu, jeunesse morte au blâme,
Qu'on puisse jeter là son âme
Comme on jette un manteau d'un jour!

Crois-tu, quand le cerveau se brise,
Ou qu'on s'est déchiré le sein,
Crois-tu que cette courte crise
Altère un principe divin?
Crois-tu qu'un foyer de pensée,
Parce que la chair s'est glacée,
Succombe à la même torpeur,
Et que de parcelle en parcelle
Tous d'eux s'en aillent pêle-mêle
Sous la bêche du fossoyeur?

Non, non : — le fossoyeur ne frappe
Que la pourriture du corps;
Le corps se dissout, l'âme échappe,
L'âme s'élargit au dehors,

Elle part! — Hommes vains et frêles,
Tâchez d'enfermer ses deux ailes
Sous la pierre du grand sommeil,
Et puis efforcez-vous d'enclore
Une des brises de l'aurore,
Une des flammes du soleil!

Arrière donc, tourbe insensée,
Qui vis et qui meurs au hasard!
Arrière, ô vous dont la pensée
N'a de foi que dans un poignard!
Tremblez, car dans votre ignorance,
Vous ne savez pas quelle chance
Vous joûriez à ce jeu fatal;
Tremblez, car le tombeau plein d'ombre
N'est que le vestibule sombre
D'un éblouissant tribunal.

Là haut, quand une âme s'élance
Hors de sa prison qui se fend,
Deux Esprits montent en présence:
L'un accuse, l'autre défend.
L'un est jeune et beau, l'autre infâme;
Tous deux se disputent cette âme
Qui vient d'échapper au linceul;
Mais quand la mort est volontaire,
Quand l'âme a déserté la terre,
L'accusateur apparaît seul!

-o-◦ XVII ◦-o-

EXPIATION.

C'était l'heure où l'âme vacille
Entre la veille et le repos,
Où l'homme tout ému sent frissonner ses os,
Car il se redemande, au fond de son asile,
Si la couche nocturne où l'on dort si tranquille
    N'est pas une sœur des tombeaux.

Et moi, le front penché, je méditais sur l'âme,
Et la lampe épuisait un vain reste de flamme,
Et des songes confus faisaient trembler ma voix,
Quand l'Esprit m'emporta pour la deuxième fois

Par delà cette terre et tout ce qui la borne;
Et c'était dans des lieux pleins d'un silence morne,
Où l'ange tour à tour disséminait dans l'air
La brume la plus sombre et le jour le plus clair.

—◦>-◦-<◦—

Je vis (était-ce encore un rêve?)
Je ne sais quelle femme angélique comme Ève,

Et qui pleurant au seuil des noires régions,
Avait le corps vêtu d'un manteau de rayons ;
Ce manteau me laissait voir sa figure douce ,
Plus blanche qu'un blanc cygne au milieu d'un bassin ;
Mais je n'apercevais ni son bras, ni son sein,
Son beau sein se perdait comme un nid dans la mousse ,
Comme une frêle fleur qui se cache à dessein.
Les vents la soulevaient, cette femme éplorée ,
   Et se taisaient en l'approchant,
Comme on voit ici bas l'haleine du couchant
Soulever en automne une feuille dorée
   Dont la plainte seule est un chant.
Ses regards prolongeaient dans la nuée obscure
   Leur éclat immatériel ;
C'était un coup d'œil tendre ou plutôt un appel,
   Et sa légère chevelure
   Ondulait sur les flots du ciel.

Et je suivais de l'œil cette femme inconnue
Dont l'essor gracieux tendait toujours plus bas ;
Quelques anges voulaient l'entraîner dans la nue ,
Mais elle murmurait : « Non, non, je ne peux pas.

» Oh ! laissez-moi du moins autour de sa demeure ;
   » C'est là que mon bien-aimé pleure,
» Laissez : — n'est-ce pas là qu'il m'appelle et m'attend ?
» Comment serais-je heureuse alors qu'il souffre tant ? »

~·≪⦋⟊⟊⦌≫·~

Et les anges disaient : « L'éternelle justice
» Condamna ton époux à mille ans de supplice ;
» La moitié reste encore ; après tu le verras :
» Reviens au ciel. » — La voix disait : « Je ne peux pas.

» Seigneur, vous le savez, là bas je vivais seule,
» Bien seule, ayant perdu ma mère et mon aïeule,
» Et j'avais peu d'espoir, car le cœur isolé
» Est un gouffre profond qui n'est jamais comblé.
» Il vint : sa voix était si tendre, si modeste,
» Que je crus entrevoir un envoyé céleste ;
» Ses yeux, qui s'attachaient à chacun de mes pas,
» Me parlaient d'un amour qui ne finirait pas ;
» J'appris à le connaître, et bientôt nous laissâmes
» Le même doux aveu tomber de nos deux âmes :
» Je l'attendais là haut ; rendez-moi mon époux ;
» Seigneur, j'ai tant prié, me refuseriez-vous? »

Et les anges disaient : « Viens voir un monde éclore ;
» Le Seigneur l'a tiré des veines d'un saphir,
        » Et le vent qu'on nomme zéphyr
» L'a bercé tout un jour sur les fleurs de l'aurore.
» Oh! ne t'égare pas dans ces sombres climats,
» Viens, c'est pour ton regard que fleurira la rose
» Dans les jardins du ciel que le cinname arrose. »
Et la voix répondait toujours : « Je ne peux pas.

» J'ai vu, Seigneur, j'ai vu s'entr'ouvrir la lumière
   » De vos palais étincelans ;
» Mon œil s'est arrêté sur les mondes brillans ,
» Sur les fleuves d'azur, sur les orbes roulans,
» Et leur éclat sublime a ravi ma paupière.
    » J'ai fait plus, ô mon doux trésor !
» O mon Dieu ! j'ai plongé mon cœur dans vos tendresses;
    » J'ai bu dans le calice d'or,
    » Aux sources mêmes des ivresses.
» Eh bien! quand je sentais mon cœur épanoui
    » Se dilater sous la rosée,
» A l'instant même où l'œil est le plus ébloui,
» Mon âme retombait dans la même pensée :
» Seigneur, pardonnez-moi, car je songeais à lui.

» A lui qui ne voit rien de ces splendeurs si pures
    » Dont votre univers est semé;
» A lui, dont la pauvre âme est livrée aux tortures;
» A lui, qui souffre tant et qui n'est plus aimé. »

    Et cette plainte douloureuse
Ne formait qu'un concert de soupirs, de sanglots,
    Qui roulaient d'échos en échos
    Dans la nuée harmonieuse ;
Et les anges tournés vers le cintre immortel,
Qu'intercédaient les cris de l'âme solitaire,
    Les anges, cessant leur prière,
Semblaient attendre eux-même en regardant le ciel.

- ᴗ ʃ-ℰℴ⋟-

Tout-à-coup, du plus haut de la voûte étoilée,
Où se tient le Dieu fort dans sa splendeur voilée,
Du milieu des torrens de lumière et de jour
Un rayon descendit, qui murmurait : Amour.

Et je ne vis plus rien, rien qu'une ombre suprême,
    Qui s'interposait d'elle-même
Entre les cieux de flamme et mon œil rembruni;
Et je n'entendis plus, au seuil du grand espace,
Qu'un archange isolé qui fermait sur ma trace
    Les deux portes de l'infini.

XVIII

ET HOMO FACTUS EST.

Il apparut enfin. — C'est sur une chaumière
Que la flamme d'en haut, la divine lumière,
    Tomba des cieux brillans;
Et c'était lui, cet homme, éclatante merveille,
Après qui soupirait la terre déjà vieille
    De ses quatre mille ans.

C'était lui, lui l'espoir des sages, des prophètes,
Dans toutes leurs douleurs et dans toutes leurs fêtes,
    Lui, le prince des rois,
Lui qui devait porter, pour nos maux, pour nos crimes,
Sa tête rayonnante et ses deux mains sublimes
    Aux deux bras d'une croix.

Vient-il? criait la foule à chaque aube nouvelle;
Et son regard tendu vers la sphère éternelle
    L'interrogeait en vain;
Mais tous la saluaient, la voûte encor déserte,
Et chaque siècle, au seuil de sa fosse entr'ouverte,
    Murmurait : C'est demain!

C'est demain que luira l'étincelante aurore!
—Et les siècles passaient sans l'amener encore.
    Une nuit cependant,
Nuit où les cieux lançaient une lumière étrange,
L'éclair devint le jour, et le pied d'un archange
    Fendit l'espace ardent.

Il est né! disait-il, au plus haut de la nue.
Et la terre, à ce mot qui perçait l'étendue,
    La terre chancela;
Et du fond de leur tombe, accourus pour entendre,
Tous les vieux siècles morts secouèrent leur cendre
    En criant : Le voilà!

XIX

L'ORGUE.

Est-ce un vent effréné qui gronde
Là haut, près du ciel même où son vol le conduit?
Est-ce un souffle orageux qui sillonne la nuit
Comme une vaste fronde?
J'ai cru, dans les halliers parsemés de terreur,
Entendre un groupe d'âmes
Qui chantaient, au sortir de leur tombe de flammes,
L'immortel Rédempteur.

O mer! ô vieille mer! serait-ce la voix haute
De tes vagues sans frein,
Quand ton roulis plus dur que le bronze ou l'airain
Fait résonner la côte?
Oh! ce coursier de Dieu, qu'on appelle Océan,
Semble aspirer à lui dans son farouche élan;
Rien ne peut le soumettre:
On dirait, à le voir écumer et bondir,
Qu'il se lasse d'attendre, et veut enfin sentir
L'éperon de son maître.

Et vous, sphères, ô vous
Dont nous glorifions la grâce extérieure,
Serait-ce votre voix qui se réveille et pleure
    Un cantique si doux?
Est-ce un écho des lieux qu'un long voile nous cache,
Où les roses d'Éden parfument les sentiers,
    Où des cygnes sans tache
    S'ébattent par milliers?
Je ne sais; mais au fond de la voûte infinie,
Qui fuit toujours, toujours, et n'a point de milieu,
J'écoutais une voix sonore, indéfinie,
    Nuage d'harmonie,
    Éthérée et bénie,
Qui flottait sur ma tête et m'appelait à Dieu.

    Montagnes de la nue,
Géantes de la terre, au front triste ou vermeil,
O vous qui déroulez en face du soleil
Vos manteaux de sapin que l'aquilon remue,
    Est-ce vous que mon âme entend?
Oh! j'aime les forêts dans leur houle sublime,
    Quand l'orage descend,
Quand les cieux font pleuvoir l'éclair éblouissant,
    Et que chaque arbre avec sa cime
    Devient un flot retentissant.

Non, m'a crié le vent, ce n'est pas moi qui roule;
Non, m'a crié la mer, ce n'est pas là ma houle;

Et l'étoile m'a dit : Je suis trop loin de toi ;
Et la montagne aussi m'a dit : Ce n'est pas moi.

    Donc je courbe la tête
    Devant ta majesté,
Orgue sublime, ô toi dont le souffle indompté
    Ressemble au char de la tempête.
Vieil orgue, seul chanteur qui dans nos jours de fer
Sois resté ferme au seuil de la maison divine,
Oh ! quand tes grands tuyaux s'ébranlent tous dans l'air
Je sens battre mon cœur et palpiter ma chair :
    Ta poussière, ô mon Dieu, s'incline ;
Moi, le fils du néant, moi, l'atome emporté
    Par le roulis précipité
    Du terrestre navire,
Oh ! j'implore, et j'ai peur dans ma fragilité ;
    J'ai peur, car j'entends, je vois luire
    Les foudres de l'éternité.

⚬ XX ⚬

LE CONFESSIONNAL.

LÉGENDE.

C'était à Barcelone, au couvent de Saint-Jule,
L'office commençait avec le crépuscule,

Par un de ces beaux soirs qui font battre le cœur ;
La foule se heurtait pour entrer dans l'église,
Quand un jeune homme pâle, à la marche indécise,
S'approcha d'un vieux moine à genoux dans le chœur.

« Mon père, disait-il d'une voix triste et douce,
» C'en est fait, Josépha que j'aimais me repousse :
» Mon père, je viendrai dans deux jours ; j'ai besoin
» De vous parler encore : oui, c'est Dieu qui m'appelle ;
» Je viendrai, mais plus tard, à l'heure où la chapelle
  » Est isolée et sans témoin.

» Y serez-vous, mon père?... Ah! dans deux jours, par grâce. »
— Le moine, tout ému, répondit à voix basse :
« J'y serai, Fernando : mon fils, allez en paix.
» — Adieu, mon père, adieu : si vous saviez ma honte !
» Mais je vous dirai tout, car vous viendrez, j'y compte,
» Vous ne l'oublierez pas. — Mon fils, je le promets. »

Or, le surlendemain, dès que l'aube vermeille
Frappa de ses rayons Barcelone la vieille,
Le couvent de Saint-Jule était rempli de deuil,
Et le soleil brillait de toute sa lumière,
Quand la grille d'airain du caveau mortuaire
  Se referma sur un cercueil.

Le jour meurt, la nuit tombe, écoutez : — dans l'église
C'est le même jeune homme à la marche indécise ;

Il s'avance, et son pas soulève un faible écho :
« Eh quoi ! j'ai beau chercher dans l'église, personne :
» Je n'entends que mon pas sur le pavé qui sonne ;
» Il est tard : que fait donc le père Antonio?

» Aurait-il oublié sa dernière parole?...
» Oh! non ; car il sait bien que sa voix me console :
» Mais il m'attend peut-être au sacré tribunal. »
Et le jeune homme y court ; il approche et se penche :
« Le voilà, c'est bien lui : que sa figure est blanche
       » Au fond du confessionnal ! »

Il entre, s'agenouille, et tout à sa prière,
« C'est moi, c'est encor moi ; bénissez-moi, mon père,
» Au nom du Christ, mon Dieu, votre maître et le mien,
» Au nom du Christ, au nom de sa mère chérie. »
— Le vieux moine à ces mots leva sa main flétrie,
Mais sa bouche était raide et ne répondait rien.

« O mon père, un amour insensé me dévore ;
» Vous m'avez plaint souvent, vous me plaindrez encore. »
— Le moine tressaillit avec un geste amer :
Ses lèvres s'agitaient, mais il parlait à peine,
Et Fernando trouva le vent de son haleine
       Glacé comme le vent d'hiver.

« Mon père, Josépha m'a refusé ; je n'ose,
» Par respect pour mon nom, vous en dire la cause ;

» Mais je me vengerai, tout m'en fait une loi :
» Je jure, au nom de ceux qui m'ont légué ce glaive... »
— Le moine murmura d'une voix sourde et brève :
« Fernando, le temps fuit ; songe à toi, songe à toi.

» — Mon père, je le sais, je connais ma faiblesse :
» Mais n'excusez-vous plus le feu de la jeunesse ?
» Et puis sentez-vous bien l'affront que je reçoi ?
» Elle m'a refusé, moi qui dans chaque veine
» Porte le double sang du Cid et de Chimène.
» — Fernando, le temps fuit ; songe à toi, songe à toi.

» — Donc vous m'abandonnez, vous si plein d'indulgence,
» Vous en qui je plaçais toute mon espérance :
» Mon père, était-ce là votre amitié pour moi ?...
» — O mon fils ! ô mon fils ! j'ai mérité le blâme :
» Ce n'est plus un vivant qui parle, c'est une âme :
» Je suis mort ; Fernando, songe à toi, songe à toi. »

Huit jours après ce jour de deuil et de mystère,
On ne s'entretenait dans Barcelone entière
Que du beau Fernando, marquis de Santa-Cruz :
Il entrait, disait-on, dans un couvent austère,
Par un de ces chagrins que l'on s'obstine à taire :
    La foule n'en savait pas plus.

⚬⤙ XXI ⤚⚬

MINUIT.

Viola, Viola ne va pas sous les feuilles
    Au tomber de la nuit ;
Ne dis pas qu'elle est douce, et que tu te recueilles
Au léger tremblement de l'heure qui s'enfuit :
    O Viola ! prends garde ;
Si le parfum des soirs t'enchaîne et te retarde,
    O Viola ! prends garde
    De rencontrer Minuit.

    Minuit, c'est un roi sans couronne,
    Un roi que la peur environne ;
    Minuit, c'est un marbre fatal
    Descendu de son piédestal ;
    Minuit, c'est le prince de l'ombre
    Qui jette au vent des glas sans nombre
    Avec ses lèvres de métal.

    Minuit, c'est le morne fantôme,
    C'est l'exilé du noir royaume,
    Celui qui va du même élan
    Sur la terre et sur l'Océan ;
    Minuit, c'est un appel au glaive,

C'est une hache qui se lève
Contre la gorge du tyran.

Minuit, c'est le vieillard austère
Qui court éveiller l'adultère ;
C'est le juge plein de lenteur,
L'incorruptible accusateur ;
C'est une voix sourde et glacée ;
C'est le serpent de la pensée
Qui mord jusqu'aux fibres du cœur

Viola, Viola, ma belle fiancée,
Fleur de grâce et d'amour,
Ferme ton œil si pur, rêve et dors tour à tour
Jusqu'à l'heure joyeuse où, du haut de la tour,
La cloche balancée,
L'alouette élancée,
Te diront : « Lève-toi, lève-toi, c'est le jour !

XXII

ANTE OMNIA.

Là bas vous avez vu, quand le jour se dérobe,
Quand la tempête abat ses flèches sur le globe,
Et divise à grand bruit les cieux retentissans,

Vous avez vu, du haut de la vague en délire,
L'épervier de la mer, l'impétueux navire,
Précipiter sa proue au fond des océans.

Là bas, sur la hauteur, quand le soleil qui tombe
Se développe à l'œil comme une large trombe,
Vous avez vu cet astre, au moment de l'adieu,
S'arrêter tout-à-coup comme un roi qu'on salue,
Et, fier de son éclat, prolonger dans la nue
Ses oscillations sur des gouffres de feu.

Tel, si ces grands tableaux se peuvent reproduire
Dans un langage mort que l'œil humain doit lire,
Tel, au sommet des cieux encor vides d'éclair,
L'ESPRIT, l'âme d'en haut, source de la pensée,
S'élevant par dessus la vapeur entassée,
Oscillait et plongeait dans le sein de l'éther.

— ⁂ —

C'était avant que l'ombre eût pâli d'elle-même
Aux puissantes lueurs de l'aurore suprême,
Avant les six grands jours que suivit le repos :
Les cieux ne présentaient qu'une masse incolore,
Un cratère sans nom ; Dieu n'avait pas encore
Débarrassé les flancs de l'antique chaos.

C'était avant qu'un mot eût fécondé l'abîme

Prêt à jeter ses fleurs comme un arbre sublime ;
Son germe inaperçu dormait en attendant.
Les eaux dormaient aussi sans secousse et sans fièvre :
C'était avant que Dieu, d'un souffle de sa lèvre,
Animât cette chair qui fut nommée Adam.

La nuit, partout la nuit, hors quand l'obscur cratère
S'allumait au rayon du foyer de lumière ;
Alors les cieux des cieux devenaient de cristal,
Et leur masse mouvante, allongée, infinie,
S'éveillait et formait un centre d'harmonie
Où des sons inconnus vibraient comme un métal.

Et puis tout se taisait, et des silences mornes
Ressaisissaient la nuit, qui n'avait pas de bornes ;
Et le désert rentrait dans son sommeil profond ;
Et comme un grand oiseau qui dort l'aile tendue
Sur les âpres sommets de quelque roche ardue,
L'ESPRIT couvait les flots de l'espace sans fond !

 **XXIII**

PRIEZ POUR NOUS.

O Vierge immaculée,
O lys de la vallée,
Fleur près de qui nos fleurs
Perdraient de leurs couleurs,
Vierge et mère ingénue,
Étoile de la nue,
Nous sommes à genoux :
Priez, priez pour nous!

O reine glorieuse,
Rose mystérieuse,
Sanctuaire où le cœur
Dépouille sa langueur,
Où l'âme est appelée
Et bientôt consolée,
Nous sommes à genoux :
Priez, priez pour nous!

Fontaine où l'on s'abreuve
Comme aux vagues du fleuve,
Où l'on boit chaque jour

L'eau pure de l'amour ;
Arche de l'alliance,
Aurore d'innocence,
Nous sommes à genoux :
Priez, priez pour nous !

Parfum, source efficace
De rosée et de grâce,
Miroir éblouissant,
Refuge caressant,
Ineffable patronne
Qui plaint et qui pardonne,
Nous sommes à genoux :
Priez, priez pour nous !

Auréole bénie,
Lumière indéfinie,
Perle au reflet si beau,
Doux et chaste flambeau,
Souveraine de gloire,
Lampe d'or, tour d'ivoire,
Nous sommes à genoux :
Priez, priez pour nous !

Priez pour nous, Marie,
Pour nous dont le cœur prie,
Vase rempli de miel,
Astre et porte du ciel,

Astre qui nous éclaire
D'un rayon tutélaire,
Nous sommes à genoux :
Priez, priez pour nous !

Priez pour nous, car l'âme
Tremble comme une flamme
Dans ce morne désert
Où la foule se perd,
Dans cette ombre suivie
Qu'on appelle la vie ;
Nous sommes à genoux :
Priez, priez pour nous !

O Vierge aimable et pure,
L'encens de la nature
Touche moins votre cœur
Qu'un seul cri de douleur ;
Souriez donc, ô mère,
Aux larmes de la terre ;
Nous sommes à genoux :
Priez, priez pour nous !

-ɕ-ᗝ XXIV ᗠ-ɔ

DERNIÈRE BÉNÉDICTION.

L'orage s'est accru ; les vents, depuis l'aurore,
    Ont labouré le sein des mers,
Et le flot tourbillonne en face des éclairs
    Qui déchirent le ciel sonore.
Tout-à-coup du milieu de ces vents déchaînés,
Là bas, près du roc sombre où la houle est plus haute,
Un cri part, cri d'angoisse : « Oh ! venez tous, venez !
» Un navire se perd ! — à la côte ! à la côte ! »

- ᘐᖱᕟᘐᖱ -

Un brick démâté, chancelant
    Sous les assauts de la tempête,
Est là contre un écueil qui l'entr'ouvre et l'arrête
    Et le tient couché sur le flanc.
Il va sombrer ; le flot qui le creuse avec joie
    Fouille au fond de sa proie.

Le brick gémit et s'use à ce choc convulsif ;
Mais l'onde n'est pas satisfaite,
La houle poursuivant sa victoire incomplète,
La houle tour à tour l'arrache et le rejette
Aux angles du récif.

On voit le long du pont qui tremble
Des matelots debout, d'autres courbés ensemble,
Des femmes, des vieillards, haletans, pleins d'effroi,
Puis une faible mère, effarée, enhardie,
Qui couvre de son corps, de ses bras, de sa vie,
Son enfant déjà froid.

Et tout à côté sur la plage,
Quelques pauvres pêcheurs accourus du village
Lancent leur barque avec effort :
Ils voudraient les sauver ; mais le roulis plus fort
Repousse la barque au rivage ;
On voit les naufragés, épuisés, éperdus,
Redoubler encor de prière ;
On voit leur groupe solitaire
Tendre en se lamentant les bras à cette terre
Qu'ils ne toucheront plus.

Le flot s'amasse et frappe en maître ;
Le brick cède, affaissé, fracassé sous le poids ;
Il va s'ensevelir. —Vingt bouches à la fois
Font entendre une seule voix :

« Un prêtre! qu'on amène un prêtre! »

Il accourt ; le voilà qui lutte avec le vent
  Sur la pointe du roc sauvage,
Le front nu, les cheveux secoués par l'orage,
Il prie, et la pâleur qui couvre son visage
  N'est pas la pâleur d'un vivant :
Il dompte enfin son trouble, il dévore l'angoisse,
  Toute prête à rompre son sein,
Et s'approchant du bord que le flot hurlant froisse,
  Il élève sa main :

« Frères, vous qui tremblez, frères, je vous adjure,
» Au nom du Christ, sauveur de toute créature,
  » Et notre impérissable appui,
» L'aimez-vous? Croyez-vous d'une foi ferme et sûre?
La foule s'écria : « Nous n'espérons qu'en lui. »

  Et la vague toujours battue
  Se ruait aux flancs du vaisseau,
Et chaque irruption détachait un lambeau :
Il semblait déjà fuir ; le prêtre, à cette vue,
  Reprend courage et continue
   Par un appel nouveau :

« Frères, vous qui mourrez tout à l'heure, vos crimes
» Vous ont poussés, peut-être, aux portes des abîmes :
  » Frères, vous en repentez-vous ?

» — Oui, murmura la foule expirante, éplorée,
» Pardon! » — Le prêtre alors, d'une voix inspirée :
« Au nom de Jésus-Christ, frères, je vous absous. »
      Il parlait, — le flot en délire
            Écrase le navire ;
Il sombre : un cri s'élève et meurt au même instant.
Le flot sans frein saisit le groupe palpitant,
      Le fait un moment disparaître,
            Puis, d'un bond furieux,
Lance ces corps glacés, tout brisés, tout hideux,
      Sur la roche où priait le prêtre.

      — Le prêtre tomba froid comme eux.

XXV

QUE DIT LA FLEUR...?

Que dit la jeune fleur, la fleur diamantée,
      Quand l'aube fraîche et veloutée
Déploie au front du ciel l'argent de ses tissus,
Quand l'oiseau dont le nid est tourné vers l'aurore
Bat de l'aile au travers du feuillage sonore?
      « Aimez, aimez Jésus. »

Que dit le fier torrent, moins sauvage et moins rude,
    Quand il parle à la solitude,
Le torrent qui rugit sur les rochers ardus,
Les déchire, les mord de la base à la cime,
Les entraîne, et d'un bond plonge au fond de l'abîme?
    « Aimez, aimez Jésus. »

Que dit la cloche seule au milieu de l'espace?
    Que dit-elle à l'aigle qui passe,
Au nuage qui roule et qu'on ne verra plus?
Que dit-elle à la nuit, à la nuit onduleuse,
Qui laisse éclater l'or de l'étoile joyeuse?
    « Aimez, aimez Jésus. »

Que dit la foudre enfin, la foudre au vol immense,
    Quand sa voix forte qui commence
Éveille au fond des cieux des échos inconnus;
Quand la haute montagne, où son grand char s'arrête,
Agite de terreur les neiges de sa tête?
    « Aimez, aimez Jésus. »

Et vous, frères, vous tous que notre foi réclame,
    Vous qui souffrez de cœur et d'âme,
Oh! n'entendez-vous point, dans vos rêves confus,
Cet appel douloureux, plus doux qu'une prière,
Et qui semble l'écho des larmes du Calvaire?
    « Aimez, aimez Jésus. »

XXVI

L'AGONIE.

« Frère, il est temps, la nuit va se lever encore,
» Mais la tienne est plus sombre et plus près de l'aurore :
    » Écoute, on a perdu l'espoir.
» Ton œil est creux, ton corps jaunit, s'affaisse et tombe ;
» Tu n'avais ce matin qu'un des pieds dans la tombe,
    » Et l'autre y descendra ce soir.

» Encor quelques instans, une heure et moins peut-être,
» Et tu comparaîtras devant l'auguste Maître :
    » Frère, songe à toi, songe à nous ;
» A toi qui vas subir l'éternité vivante,
» A nous, faibles pécheurs que ta mort épouvante,
    » Et qui tremblons à tes genoux.

» Lève les yeux là haut, ton Rédempteur t'appelle :
» C'est par lui, par lui seul que la mort devient belle ;
    » O frère ! invoque ce grand nom. »
—Et le mourant tordit ses bras rongés de fièvre ;
Mais il gardait la haine et l'orgueil sur la lèvre,
    Et sa voix sourde cria : Non !

Malheur à lui ! malheur ! Oh ! quelle main propice

Ressaisira cette âme au bord du précipice?
Un mot pouvait encor l'absoudre, l'insensé,
Un seul, le mot : Jésus! mais il l'a repoussé.
O Christ! que n'est-il mort à l'heure du baptême,
Couvert de votre sang, pur comme ce sang même!
Oh! mieux valait cent fois que sa mère en courroux
L'écrasât tout enfant entre ses deux genoux;
Mieux valait que la terre, au plus creux de l'abîme,
Engouffrât le berceau qui portait la victime,
Car elle a mérité l'éternelle douleur!...
Oh! pourquoi naissait-il? Malheur à lui! malheur!

Et le voilà qui tombe, et sa raison chancelle :
Chaque instant qui s'écoule arrache une parcelle
    De ce pur et divin flambeau;
Il tombe d'heure en heure, et dans l'affreux délire
Où son âme est plongée, il ne sent, ne respire
    Que la poussière du tombeau.

Et sa voix tour à tour se plaint, menace, implore,
Et sa tête penchée écoute, écoute encore :
    La moindre rumeur lui fait mal;
Il est là, le sein nu, l'œil fixe, dans l'attente,
Comme un giaour qui voit sur le seuil de sa tente
    L'ombre immobile du chacal.

Son bras se lève... O Dieu! sa main tremble et s'arrête!
Qu'a-t-il vu?... Qui le force à reculer la tête?...
  Qui l'épouvante?... Est-ce la nuit?...
Non, non; mais aux clartés d'un jour douteux et blême,
Il a vu dans l'alcôve, au pied de son lit même,
  Des yeux brillans dardés sur lui.

Et son regard y plonge. Échevelé, farouche,
La terreur fait jaillir l'écume de sa bouche;
  La lèvre et le corps haletans,
Il regarde. Soudain son œil terne s'enflamme:
« A moi, dit-il, à moi! sauvez, sauvez mon âme!
  » A moi!... » Mais il n'était plus temps.

Et la peau de son front, comme le fer dans l'âtre,
Se couvrit tout-à-coup d'une tache rougeâtre,
  Stigmate qui n'a point de nom;
Et le corps resta seul, car l'âme était passée
Des bras de l'agonie indomptable et glacée,
  Aux mains brûlantes du démon.

~⚬ XXVII ⚬~

EFFUSION.

A M. DULAC DE MONTVERT.

Heureuse, oh! bien heureuse entre toutes ses sœurs,
    Est l'âme solitaire ;
L'âme qui, méprisant le monde et ses splendeurs,
Ne voit qu'avec dédain la coupe des erreurs
    Où s'enivre la terre ;
L'âme qui, toute à Dieu, rêve un autre séjour
Que ce globe imprégné d'amertume et de vase,
    Et s'endort dans l'extase
    D'un indicible amour !

Heureuse l'âme pure, heureuse l'âme douce,
    Étrangère ici bas,
Qu'un siècle dégradé méconnaît et repousse,
    Et qui ne s'en plaint pas ;
Qui demande à souffrir, pourvu que Dieu la voie,
    Qui refuse la joie
    Dont la source est ailleurs ;
Et les yeux vers le ciel, suivant son humble route,
    Y sème goutte à goutte

14

L'offrande de ses pleurs !

Ces pleurs, Dieu les reçoit, ces pleurs, Dieu les aspire,
    Dieu n'est-il pas soleil?
Au fond de cet espace éclatant et vermeil,
Où résonne sans fin une éternelle lyre ;
Chaque larme attirée au seuil du firmament,
Se durcit, se colore, et devient diamant.
Le créateur de tout les enchâsse lui-même
Sur un trône de jaspe ineffable en beauté ;
C'est le trône futur de cette âme qu'il aime,
Et ces pleurs réunis comme un joyau suprême,
    Forment le diadème
    De son éternité.

Oh ! vous ne savez pas, vous tous qui dans l'arène
    Avez sali vos cœurs,
Non, vous ne savez pas, plèbe orgueilleuse et vaine,
    La puissance des pleurs ;
Non, vous ne savez pas, à travers vos orages,
Ce qu'un souffle inspiré peut briser de nuages ;
Non, vous ne savez pas qu'à l'ombre du saint lieu
    Sa force est infinie,
Et qu'un cri de douleur monte plus vite à Dieu
    Que l'élan du génie.

La douleur, la douleur, voilà le grand secret ;
    C'est l'échelon sublime,

Le seul qui mène aux cieux du fond de cet abîme
    Où l'homme se perdrait.
    Fuis donc, ô tourbe obscure !
Fuyez, fuyez, vous tous si fiers d'un corps si vain,
Vous qui sacrifiez l'intérieur divin
    A l'enveloppe impure ;
Vous qui, ne vous réglant que sur le vil désir
    De la matière infâme,
L'idolâtrez sans honte et marchez à plaisir
    Les deux pieds sur votre âme.

Heureuse, oh ! plus heureuse entre toutes ses sœurs,
    Est l'âme solitaire,
L'âme qui, méprisant le monde et ses splendeurs,
Ne voit qu'avec dédain la coupe des erreurs
    Où s'enivre la terre ;
L'âme qui, toute à Dieu, rêve un autre séjour
Que ce globe imprégné d'amertume et de vase,
    Et s'endort dans l'extase
    D'un indicible amour !

◦ XXVIII ◦

L'ATHÉE.

Il n'y parviendra pas; il a beau dans sa course
    Se serrer à deux mains le cœur,
    Comme pour comprimer la source
    De l'intarissable douleur ;

La douleur! elle monte, elle bat ses artères,
    Elle l'étreint de tous côtés,
    Dans les lieux les plus solitaires ,
    Sur les bords les plus fréquentés.

Qu'il aille au haut des monts, qu'il aille sur la crête
    Du roc le plus retentissant,
    Dans le calme ou dans la tempête,
    Sur la terre ou sur l'Océan,

Il entendra toujours le grand mot qu'il redoute,
    Partout, à toute heure, en tout lieu;
    Les pierres même de la route
    Lui crîront le nom de son Dieu.

    Oh! oui, c'est en vain qu'il espère,
    Qu'il implore un sommeil sans fin ;

Une voix sourde à sa prière
Lui jette le mot de demain :
C'est en vain qu'il se réfugie
Dans les ténèbres de l'orgie,
Dans les abîmes de la nuit :
Comme une ardente chasseresse
Qui toujours le traque et le presse,
Son immortalité le suit.

Et quand sa paupière alourdie
Se ferme au soleil d'ici bas,
Quand sa voix mourante mendie
Un jour de plus qu'il n'aura pas,
Oh! c'est là qu'il tremble et recule,
C'est là qu'un affreux crépuscule
Lui fait pousser un cri profond :
— « A moi, j'ai peur! à moi, je tombe! » —
Car il s'aperçoit que la tombe,
Froide au bord, est brûlante au fond.

XXIX

DIES IRÆ.

Jour de terreur, jour de colère,
Jour d'effroyable majesté,
Où les morts secoûront leur manteau séculaire,
Où David descendra dans des flots de lumière
Et la sybille à son côté !

Oh ! le cœur s'affaisse et succombe
En face de ce jour marqué d'un sceau d'airain ;
Répondez ! répondez ! créatures sans frein :
Quelle chair ne sera plus froide que la tombe
Devant l'arbitre souverain ?

Écoutez ! la trompette sonne ,
Le marbre des tombeaux frissonne ,
L'ange arrive, à sa voix les cieux sont ébranlés ;
Et sous le pied divin rouvrant sa rude écorce,
La terre vomit avec force
Des cadavres échevelés.

Les voilà ! les voilà ! les nations éteintes,
Les voilà devant Dieu stupéfaites, sans plaintes ;

Leur foule impétueuse a percé les sillons,
Et la mort, désormais, sans trône, sans victime,
  La mort jette au creux de l'abîme
  Le dernier de ses aiguillons.

  Paraissez, livre formidable
Où se pressent à flots le juste et le coupable,
  Livre imposant, livre de fer;
Il s'ouvre! chaque feuille étincelle de flammes
  Et met à nu toutes les âmes
  Transparentes comme l'éclair.

  O Dieu! ce n'est donc pas un rêve?
Point de mystère impur que l'ange ne soulève,
Et n'étale au milieu de la terrible cour;
Il fouille au fond des cœurs, puis le juge se lève,
Appelle d'un regard, et la vengeance accourt.

  Seigneur! Seigneur! que répondrai-je?...
Quel sera mon recours, quel sera mon appui?
  Quand l'homme qu'on vénère ici,
Quand l'élu de vos cieux que sa vertu protége
  Tremblera malgré lui?

  Oh! désarmez votre justice
Prête à s'appesantir sur mes jours criminels,
Désarmez-la de peur de ses arrêts cruels,
  De peur qu'elle ne m'engloutisse

Au fond des brasiers éternels.

Oh! je vous implore et je pleure,
Je vous implore au nom de vos tristes enfans,
Au nom du fer impur qui déchira vos flancs,
Au nom de cette croix où je baise à toute heure
    L'empreinte de vos pieds sanglans.

Seigneur, souvenez-vous, quand mes deux mains flétries
Se lèvent, quand ma bouche invoque votre nom,
Souvenez-vous, Seigneur, de vos jours d'abandon,
Et que le dernier mot de vos lèvres meurtries
    Fut un mot de pardon.

Vous brisâtes mes lourdes chaînes
A force de subir des douleurs surhumaines,
Mon Dieu, ne souffrez pas qu'à ce dernier instant
Une chair rachetée au prix de tant de peines
    Tombe aux mains de Satan.

Jour unique, jour solitaire,
    Jour de larmes pour tous les yeux,
Où les morts secoûront leur manteau séculaire,
O Jésus, soutenez, protégez leur misère,
O Jésus! donnez-leur, au sortir de la terre,
    L'éternel repos de vos cieux!

~·~ XXX ~·~

RESIGNATION.

Tourné vers le passé, vers les flots révolus
De ce bel Océan qui n'a pas de reflux,
    Je me plaindrais encore,
Et j'aurais bien des pleurs, j'aurais bien des sanglots,
Si je n'allais souvent dans les champs du repos
    Penser à l'autre aurore.

J'ai vu, comme un essaim d'oiseaux qui fuit aux cieux,
J'ai vu se disperser mes rêves gracieux ;
    Le reste est sans prestige ;
Il n'est pas une rose, une fleur de mon choix
Qu'un insecte jaloux n'ait heurté mille fois,
    Quand j'approchais sa tige.

Où chercher un asile, où m'asseoir désormais ?
Mon amour a pesé sur les cœurs que j'aimais ;
    Je marche à l'aventure ;
Jeune homme, j'ai subi le choc des passions ;
Poète, j'ai plongé dans les convulsions
    Mon ardente nature.

Et ce double combat n'a point séché mon cœur,

Et l'amour de Jésus en est sorti vainqueur :
    J'ai pris sa croix chérie,
Sa croix qui nous sauva de la perdition ;
Et puis je l'ai pressée avec des cris sans nom
    Sur ma bouche meurtrie.

Et maintenant j'adore en m'écriant : Merci !
Merci, mon Dieu ! Le ciel enfin s'est éclairci,
    Un jour pur me réclame :
Merci, j'allais sans toi naufrager dans l'erreur ;
— Oh ! plutôt perdre tout, espoir, plaisir, bonheur,
    Que de perdre mon âme !

XXXI

CHUTE.

Non, vous n'auriez jamais fléchi dans votre lutte
    Contre le siècle impétueux ;
Non, vous n'auriez jamais épouvanté nos yeux
    Du scandale de votre chute ;
Vous seriez toujours forts et debout comme hier,
    Sur la brèche où Dieu vous réclame,
Si dans vos seins ardens un grand travail de l'âme

Eût comprimé la chair.

Répondez-moi, vous tous qu'un même instinct domine,
　　Qu'un même songe abat,
Vous qui nous délaissez la veille du combat,
Répondez franchement, la main sur la poitrine,
Oh! ne sentez-vous pas jusqu'au fond de vos cœurs
　　Une double morsure,
La dent, l'affreuse dent de ces deux vers rongeurs,
　　L'orgueil et la luxure?

XXXII

CONSUMMATUM EST.

Et la mère était là, la mère désolée
Heurtant le sol impur de ses genoux meurtris;
Elle était là, muette et la tête voilée,
　　Et les bras tendus vers son fils.

Or, quand la croix monta sur le haut du Calvaire,
C'était la sixième heure, et d'informes brouillards,
Des ténèbres sans nom plus froides qu'un suaire

Descendirent de toutes parts.

Et les cieux se cachaient, et le grand astre même
S'abîmait sous des flots d'un pourpre menaçant ;
Et l'on eût dit, à voir son rouge diadème,
 Qu'il plongeait dans un lac de sang.

Et les rumeurs du jour désertaient l'étendue ;
Seulement, sur les rocs épars et foudroyés,
Des aquilons sans bruit chassaient l'aigle éperdue
 Et les nuages effrayés.

Et d'instans en instans les pâles sentinelles
S'interrogeaient des yeux à défaut de la voix,
Car on avait déjà cru voir de blanches ailes
 Passer au dessus de la croix.

Et la victime sainte élevait sa prière,
Et ses lèvres planant sur ce peuple insensé,
Murmuraient à voix basse : O mon Père ! ô mon Père !
 Pourquoi m'avez-vous délaissé ?

Point de bruit alentour ; — mais le désert sans borne,
Le désert vacillait semblable au vieux Sina.
Point de bruit alentour ; — le silence était morne
 Quand la neuvième heure sonna...

Alors du sein des monts, du milieu des grands arbres,

Du milieu des grands bois battus comme une mer,
Du milieu des tombeaux qui secouaient leurs marbres,
Se brisaient et lançaient des cadavres dans l'air,

Une voix s'éleva, voix perçante et profonde,
Comme si la nature allait se désunir;
Et le drame funèbre acheva de finir
    Dans les convulsions du monde!

XXXIII

SAINTE THÉRÈSE.

Emporte-moi, douce pensée,
Effusion d'un cœur jaloux;
Je suis la veuve délaissée,
Emporte-moi vers mon époux.
Époux divin, céleste aurore
Que je brûle de voir éclore,
Ah! je languis dans ce désert:
Comme il est sombre! que d'espace
Entre le sol où mon pied passe
Et la nue où mon cœur se perd!

Je fuirai les sentiers du monde;

15

Le monde a des plaisirs qui me brisent le cœur ;
 J'éviterai sa fange immonde
Qu'il recouvre de miel et qu'il nomme bonheur.
Ah ! ce bonheur vaut-il la paix que j'ai trouvée,
 La paix dont j'ai l'âme abreuvée,
Depuis que dans un rêve, entre l'ombre et le jour,
 J'ai vu la sphère indéfinie,
 Et les nuages d'harmonie
 Où flottait le cygne d'amour?...

 Oh ! secouez vos vives flammes
Sur mon front défaillant qui se redresse en vain :
 Seigneur, Seigneur, âme des âmes,
 Absorbez-moi dans votre sein.
Votre amour me consume ; abritez la faiblesse
 De l'agneau que la ronce blesse,
Je suis là dans l'attente ; ouvrez enfin le port,
Ouvrez, car je languis, mon âme est toute en fièvre :
 Seigneur, Seigneur, trempez ma lèvre
 Dans le doux vase de la mort.

 La mort est un riant mystère,
 Un prélude délicieux ;
 Laissez descendre à ma prière
 Son parfum qui clora mes yeux.
 Seigneur, c'est là, dans la mort même,
 Que l'on rejoint ce que l'on aime,
 C'est l'aube pure après la nuit ;

C'est là qu'un dernier rideau tombe,
Et que l'âme devient colombe
Pour s'envoler jusqu'à son nid.

Oh! faut-il que rien ne l'abrége,
Ce sentier qui fait tant de mal?...
O mon époux! oh! quand pourrai-je
Vêtir le linceul nuptial?
Que de fois, lasse d'espérance,
Que de fois j'ai rêvé d'avance
Ce jour qui serrera nos nœuds!
Seigneur, vous permîtes ce rêve,
Seigneur, souffrez que je l'achève
Dans la réalité des cieux.

Transports du cœur, comment vous peindre
Avec la langue d'ici bas?
Mon Dieu, mon Dieu, qu'ils sont à plaindre
Les insensés qui n'aiment pas!
Amour, flamme innée et secrète,
Malheur au sein qui te rejette,
Malheur à l'âme qui te fuit!
Amour, amour, trésor du sage,
Doux éclair qui n'as point d'orage,
Doux soleil qui n'as point de nuit.

Mon bien-aimé, ma seule joie,
Sauveur de ce monde puni,

Vous avez éclairé ma voie,
Mon bien-aimé, soyez béni.
L'éclat du rang, le diadême,
Ne fixent point votre œil suprême,
C'est plus bas qu'il aime à chercher :
Mon Dieu, votre pitié préfère
L'humble fleur dans son coin de terre,
La goutte d'eau dans son rocher.

Aussi, malgré mon impuissance
A peindre un désordre si doux,
Je vous parle dans votre absence
Comme si j'étais près de vous.
Je vous parle avec la nature,
Avec la terre qui murmure,
Avec les mille voix du ciel :
Terre et ciel tout semble répondre,
Et je sens mon âme se fondre
Dans ce grand hymne universel.

Seigneur, Seigneur, brisez ma chaîne,
Ouvrez les rangs de vos élus ;
Mon œil s'éteint, mon pied se traîne,
Mon cœur s'en va, je ne vis plus.
Le doux reflet de l'autre aurore
Me suit, me brûle et me dévore,
Mon Dieu, daignez me secourir ;
Pitié ! mon Sauveur adorable !

Pitié! car tant d'amour m'accable,
Et je meurs de ne pas mourir!

⚬⚬ XXXIV ⚬⚬

SOUVIENS-TOI.

O mon cœur, souviens-toi, quand la haine insensée
Amassera ses flots autour de ta pensée,
Souviens-toi que ta vie est promise au malheur ;
Qu'il faut marcher au but que le ciel te propose,
Et qu'on n'y monte pas sans que le pied se pose
      Sur l'échelon de la douleur.

Souviens-toi, si la foule en hurlant te renie,
Que les hommes de cœur, les âmes de génie
Ne connurent jamais ni repos, ni sommeil,
Et que ces arbres forts qu'aucun souffle ne brise,
Demandèrent toujours l'orage au lieu de brise,
      L'éclair en place de soleil.

Ce génie indomptable, esprit pur, âme ardente,
Que la terre et le ciel nomment du nom de Dante,
Celui-là vécut pauvre, errant, abandonné ;

Celui-là sombre et seul ne connut le sourire
Qu'à l'instant où la mort désaccorda sa lyre
  Et baisa son front décharné.

Celui-là cependant, ou poète ou prophète,
Celui-là pour toujours dépasse de la tête
Milton et Camoës, ses deux plus grands vassaux ;
Il marche devant eux, superbe, pacifique,
La chevelure au vent, comme un lion d'Afrique
  En tête de ses lionceaux.

—◦—◊ XXXV ◊—◦—

LA FÊTE.

1832.

Et le rire joyeux circulait dans les groupes,
Et ses bruyans éclats retentissaient en chœur ;
Ceux-ci chantaient, ceux-là buvaient à pleines coupes
  L'ivresse des sens et du cœur.
Courage ! criaient-ils, car leur folle pensée
Inventait, prodiguait de nouveaux aiguillons :
Courage ! criaient-ils à la foule empressée,
Et les chants redoublaient, et la danse insensée

Multipliait ses tourbillons.

Allons! c'est bien! la grande ville,
C'est bien! jamais moment ne fut mieux employé;
Courage! laisse au peuple, au vulgaire imbécile,
     Des croyances qui font pitié;
Laisse ce vil troupeau sous le bâton du prêtre,
Rêver stupidement des abîmes de feu;
Ils te montrent le ciel, ils te parlent d'un maître,
Comme si ta hauteur en pouvait reconnaître,
Et s'abaisser sans honte au niveau de leur Dieu!

Et le rire joyeux redoublait dans les groupes,
Et ses bruyans éclats retentissaient en chœur;
Ceux-ci chantaient, ceux-là buvaient à pleines coupes
     L'ivresse des sens et du cœur.

Or, pendant qu'ils buvaient, une voix inconnue,
Une voix leur criait du milieu de la rue:
« Holà! holà! voici, sur le seuil du festin,
» Un convive de plus; il appelle, il a faim. »

— Et tous s'entre-disaient: « Qu'il attende à demain. »

     Et la salle mélodieuse,
La salle résonnait d'un bruit plus doux encor;
C'est qu'aux moelleux reflets des candélabres d'or,
La valse en tournoyant précipitait l'essor

De sa spirale gracieuse.

Accourez, ô reines du bal !

La valse vous attend, la valse, — danse infâme,

Qui ravale le corps en prostituant l'âme,

La valse, invention de l'archange du mal.

O jeunes femmes dévoilées,

Jeunes gens, venez tous; jeunes filles troublées,

Courez bondir dans ces mêlées,

Cœurs contre cœurs, seins contre seins,

Et des pieds fouleront vos couronnes souillées,

Et le vice battra des mains.

Et pendant qu'ils valsaient, une voix inconnue,

Une voix leur criait, du milieu de la rue :

« Holà! holà! voici, sur le seuil du festin,

» Un convive de plus; il appelle, il a faim. »

— Et tous s'entre-disaient : « Qu'il attende à demain. »

Trêve à la danse, trêve encore,

La foule se divise, et son flot onduleux,

Son flot plus lent s'arrête auprès d'un luth sonore,

Qui palpite au toucher d'une femme aux yeux bleus.

Écoutez ! — C'est la grâce même,

C'est un hymne d'amour, harmonieux blasphème :

« Aimons, aimons, la rose fuit,

» Et la fleur des amours la suit;

» Aimons, car le ruisseau qui vient de la prairie,

» Car le fleuve indompté qui sort du haut des monts,
　　» Tout parle une langue chérie,
　　» Une langue qui dit : Aimons. »

　　Paroles d'ivresse et de flamme,
Qu'un écho dans les cœurs répétait à son tour;
Et les cœurs réunis ne formaient plus qu'une âme,
　　Et cette âme disait : Amour !

Et pendant qu'ils rêvaient, une voix inconnue,
Une voix leur criait, du milieu de la rue :
« Holà! holà! voici, sur le seuil du festin,
» Un convive de plus; il appelle, il a faim. »

— Et tous s'entre-disaient : « Qu'il attende à demain. »

Or, la voix qui criait n'était pas de la terre,
Et cette voix se tut, et quand vint la lumière,
Le convive oublié se trouvait encor là :
Ce convive sans nom, c'était le CHOLÉRA!

« O danseurs! me voici, j'attendais ma pâture. »
— Et son bras les frappait, les brisait à mesure
　　Qu'ils s'avançaient dehors ;
Et quand la nuit revint, fatigué de sa fête,
Le monstre tout repu posa sa lourde tête
　　Sur un millier de morts!

ESPÉREZ.

O siècle! on a bien vu parfois d'épais nuages
S'amasser, se grouper sur la route des âges;
On a vu sous le sceptre ou d'un peuple ou d'un roi,
Bien des hontes jaillir comme ta honte à toi :
Mais, ô siècle pervers! leur fange était moins crue,
Mais eux gardaient la sève, et toi tu l'as perdue;
    Car tu manques de foi.

Ils pouvaient bien s'éprendre à de hideux caprices,
Ceindre autour de leurs fronts la couronne des vices,
Prostituer leur âme à quelque atroce vœu,
Et lancer l'anathème aux hymnes du saint lieu :
Mais bientôt la douleur, plus forte que la haine,
Les tordait, les domptait, les poussait hors d'haleine
    Jusqu'aux pieds de leur Dieu.

Siècle unique, toi seul, dans ta haine profonde,
N'as point de ces retours vers le Maître du monde;
Ton âme s'est faussée à force de sentir,
Et sa trompeuse voix ne peut que te mentir;
Toi seul ne sauras point te retrouver toi-même,
Ni prendre pour linceul à ton heure suprême

Un dernier repentir.

Oh! dans la tempête où nous sommes,
Au milieu d'un siècle âpre et nu,
Combien ne voyons-nous pas d'hommes
Que dévore un ver inconnu!
Combien, malgré leur vaine audace,
Combien d'entre eux portent la trace
Du désespoir et du remords!
Figures pâles, désolées,
Comme ces fleurs étiolées
Qui poussent dans le clos des morts!

Ce n'est pas une crainte austère,
Un souvenir des jours passés,
Ou les nuages de la terre
Qui pèsent sur ces fronts glacés.
Non, — si leur prunelle est aride,
Si leurs traits, coupés d'une ride,
Dénoncent l'angoisse du cœur,
Le cœur seul n'en est pas la cause;
Regardez bien, — c'est quelque chose
De plus sombre que la douleur.

N'ont-ils pas bu dès leur enfance
Ce que la terre a de poisons?
N'ont-ils pas ri de l'espérance
Et blasphémé les plus saints noms?

Sourds à la voix du sanctuaire
Qui les rappelait en arrière,
N'ont-ils pas doublé leur élan,
Franchi toute borne imposée,
Et précipité leur pensée
Dans les profondeurs de Satan?

Eh bien! l'ange impur de l'abîme
S'est hâté de les recevoir;
Ils avaient tous semé le crime,
Tous recueillent le désespoir.
Cette formidable puissance,
Que leur bouche invoquait d'avance,
Les marque avec son sceau de fer,
Et le grand joug des destinées
Blanchit leurs têtes inclinées
Sous le stigmate de l'enfer.

Et voilà ce qui les déchire
Comme un serpent intérieur;
Voilà d'où vient ce sombre rire,
Premier-né de toute douleur;
Voilà le travail de leur âme;
On dirait qu'une odeur de flamme
Les poursuit le long du chemin,
Et qu'il n'est ni fête, ni joie
Où leur œil troublé n'entrevoie
L'épouvante du lendemain.

O vous que semble abattre une force invincible,
Vous qui portez au front cette empreinte terrible,
Quelle que soit la route où s'égarent vos pas ;
Quelle que soit la nuit, ne désespérez pas ;
Priez plutôt, car Dieu vous recherche et vous aime ;
Priez, et vous verrez que du fond du ciel même
  Son Christ vous tend les bras.

Espérez. — La brebis qu'il préfère entre toutes,
Dans ce monde semé de piéges et de doutes,
Ce n'est pas, croyez en le doux mot de son cœur,
Celle qui n'a connu qu'abondance et bonheur,
Cette brebis heureuse, à la pendante laine,
Qui broute aux mêmes bords et ne fuit ni la plaine,
  Ni la main du pasteur.

C'est la pauvre brebis, la brebis sans compagne,
Qui s'est long-temps perdue à travers la montagne,
Qui s'était arrachée à l'enclos maternel,
Et s'épuise et se meurt par un chemin cruel ;
C'est elle, quand il peut l'attirer dans sa voie,
C'est elle qu'il emporte avec le plus de joie
  A son bercail, — au ciel.

-o-⁊℈ **XXXVII** ℈ℰ-o-

INSOMNIE

DE CARLO MARIA WEBER.

Londres, 1826.

Allons, mon àme, fends la brume,
Et, le regard en haut, cherche un dernier rayon;
Laisse encore une fois cette froide Albion
          Ramper dans sa fangeuse écume,
          Aigle, secoue un vil limon.
Oh! le regret m'abat et la torpeur me gagne,
          Chaque instant m'arrache un espoir.
O ma sainte patrie, ô ma vieille Allemagne,
Mère, me verras-tu? dois-je encor me rasseoir
          Sur la croupe de la montagne,
Et chanter dans les vents ces orchestres du soir?...
Ici, le sol avare est semé de mensonges,
          L'air le plus doux devient mortel :
Ici, l'âme inspirée est un Dieu sans autel;
O Carlo Maria! la fleur de tes beaux songes
          Est morte à jamais sous leur ciel!

Morte! oh! non, — ma langue froissée

A pu perdre de son ardeur ;
Mais, ainsi qu'une femme écoute avec bonheur
Son fruit déjà plus fort palpiter de vigueur,
    Je sens l'immortelle pensée
    Qui remue au fond de mon cœur.

    Relève-toi... brise la chaîne
    Qui t'étreint de ses durs anneaux.
Vautour, useras-tu ta plume à ces barreaux ?
Arbre mélodieux, arbre naissant à peine,
Parle, souffriras-tu que l'orgueil et la haine
    Lacèrent tes derniers rameaux ?

Oh ! qui m'arrachera les deux pieds de la vase ?...
    Le temps est mûr pour la moisson :
Ne saurai-je, ô mon Dieu ! recommencer l'extase
    De ma haute inspiration ?...
Pitié, mon Dieu !... Je sais que tout est illusoire ;
Mais la jeunesse ardente a tant de rêves d'or !
    Mon Dieu ! ne frappez pas encor
    Sur l'édifice de ma gloire ;
Laissez-la rayonner quand on veut la ternir,
    Laissez-moi vaincre un jour d'orage,
Et faire de mon nom, que l'ignorance outrage,
    Une étoile pour l'avenir !

    Silence au serpent qui me ronge !
O mon âme ! d'où part cette rumeur de l'air ?. .

On dirait le cri de l'enfer
Quand un damné de plus s'y plonge...

. . . .

C'est la voix de Minuit, c'est Minuit qui prolonge
Le retentissement de son gosier de fer.

Holà! qui passe à toute bride
Le long de la vallée aride,
Le long des murs du vieux manoir
Dont la tourelle semble choir? —
Hurlemens, coups de fouet sans nombre; —
Hallali! c'est la meute sombre;
Hallali! c'est mon chasseur noir.

Bien... les voilà... La trompe sonne,
La feuille des forêts frissonne,
Et le sol même a tressailli
En écoutant cet hallali;
Hallali, les croix des vallées
En sont un moment ébranlées,
Mais Freischutz n'a point pâli.

Courage! allons, volez plus vite,
La tempête se précipite,
Et le râle de l'Océan
Se mêle au cri de l'ouragan!
Holà! holà! chasseur, mon frère,
J'ai vu là bas dans la poussière

Bondir le cheval de Satan!

Obéron! Obéron! mélodie étouffée
    Dans un écho vague et lointain ;
Voix du ciel qui se meurt comme un souffle incertain ,
Murmure qui caresse à travers le jasmin
    Le beau sylphe et sa blanche fée ,
    Jusqu'à l'aube du frais matin :
Obéron! viendras-tu sur ma tête qui plie,
    Verser à flots ta douce pluie
    De fleurs, de parfums et d'accords,
Quand la tremblante lune inondera ces bords
    De sa lumière épanouie ?...
O mon jeune Obéron! j'ai trop rêvé le mal.
    Les yeux sur le gouffre infernal,
Avide de tout voir et respirant la flamme,
J'ai trop tendu mon corps, trop fatigué mon âme ;
    Un passé plus doux me réclame :
Mon Allemagne est là. Reviens, reviens toujours
Refleurir sur ma tête, ô lys de mes amours!
O ma belle jeunesse! enlacée en couronne,
Pose-toi sur mon front, c'est à toi que je donne
    Ce qui me reste de mes jours.

    Et puis , ô ma vieille Allemagne!
Si je meurs, si le sort m'éteint comme un flambeau,

Écoute : je prendrai l'aile de quelque oiseau
    Pour revenir sur la montagne
    Et m'approcher de mon berceau.
Et dans ces molles nuits dont la fraîcheur enchante,
Si l'espace te jette une plainte touchante,
    O mère, alors tu te diras :
« C'est lui ! c'est mon enfant, c'est le cygne qui chante,
    » Le cygne échappé de mes bras ! »
    Et comme une mère insensée,
Des larmes jailliront de ta tête baissée,
Car tu me préparais un avenir plus beau ;
Car tu croiras me voir, humble et faible roseau,
    Défaillir à l'heure suprême,
Sans témoin, sans secours et n'espérant pas même,
    L'hospitalité du tombeau.

XXXVIII

REGRET.

Oh ! si j'avais reçu votre immense parole,
Vieillards mystérieux qui portiez l'auréole,
    Prêtres des anciens jours ;
Si ce divin langage où notre âme s'abreuve,

Jaillissait de ma lèvre, abondant comme un fleuve
    Dans son plus large cours;

S'ils revenaient ces temps qu'on admire et qu'on aime,
Ces siècles de prodige où Dieu sur l'homme même
    Étendait son bras fort,
Et l'entraînait vivant par un élan sublime,
De désert en désert, et d'abîme en abîme,
    Jusqu'aux champs de la mort :

Et là, si, ranimés par un mot de ma bouche,
Tous ces froids ossemens tressaillaient dans leur couche
    Comme à ton seul appel,
O toi que Dieu chargea d'une force inconnue,
Vieillard, dont j'ai cru voir la tête sombre et nue,
    Terrible Ézéchiel ;

J'irais, non pas à l'heure où la foule voilée
Se précipite à flots dans la funèbre allée
    Toute blanche de croix ;
J'irais seul, j'irais là, quand le ciel s'ennuage,
Ou plutôt quand minuit imprime un cri sauvage
    Au battant des beffrois ;

J'irais près d'une fosse, et puis, courbant la tête,
Agenouillé, collé sur la pierre muette,
    Mon dernier, mon seul bien :
« Réchauffe-toi, dirais-je en palpitant d'envie,

» Poussière de ce cœur qui dans ses jours de vie
    » Battait contre le mien. »

◦⊰ XXXIX ⊱◦

DERNIÈRE LARME.

Quelquefois une larme, une larme insensée,
    Trahit l'effort de ma pensée
Qui combat sans le vaincre un reste de douleur ;
Le passé m'apparaît, et ce reflet d'aurore
    M'aide à trouver plus sombre encore
Le désert où je marche isolé du bonheur.

Où sont ceux qui m'aimaient d'une amitié si douce,
    Ceux dont l'âme, à chaque secousse,
S'ouvrait comme un refuge à mon cœur affaibli ?
—Hélas ! de tant de nœuds, de tant de flammes saintes,
    Les deux moitiés se sont éteintes,
L'une au vent de la mort, l'autre au vent de l'oubli.

Oh ! que d'arbrisseaux nus, que de roses fanées
    Dans le vallon de mes années !
Espérances d'amour qui durâtes si peu,

Moissons que j'attendais et qu'aujourd'hui je pleure,
　　Vous êtes mortes avant l'heure,
Et mortes sans mûrir. — Mais il me reste Dieu !

━⚭ XL ⚭━

LE MOINE DE WITTEMBERG.

Il dort, mais il n'a pas de la journée entière,
Il n'a pas abordé le seuil du sanctuaire,
Il n'a pas même lu quelques mots du missel ;
Il dort, mais du sommeil convulsif des coupables :
Le malheureux n'a plus ces rêves ineffables
　　Que l'innocence trouve au ciel.

Son front plissé ressemble au front d'un cénobite :
Une longue douleur creusa le double orbite
Qui contient ses regards plus perçans que l'éclair ;
On voit à son haleine incomplète et pressée,
Qu'un désir orageux passe sur sa pensée
　　Comme un coup de vent sur la mer.

Plaignez-le, car il flotte en butte à la tempête ;
Tantôt son sein se gonfle et pousse un cri de fête,

Et tantôt c'est un râle, un spasme de fureur :
Il écoute, il savoure à travers un doux songe,
Je ne sais quelles voix dont l'écho se prolonge
    Dans les abîmes de son cœur :

SUPERBIA.

  « Allons, Luther, sors de la foule,
» Un sceptre plus puissant que les sceptres humains
  » S'agite dans tes fortes mains ;
» Parle, et tu vas d'un mot frayer d'autres chemins :
  » Il est temps que le passé croule,
» Il est temps que notre âge où la foi dépérit,
  » S'épure au feu de tes paroles ;
» Il est temps de chasser ces deux sombres idoles,
  » Le chaos et la nuit.

  » Jette un flot d'ardente lumière
» Sur l'envieux essaim qui frémit sous tes pas.
» Le lion laissa-t-il jamais d'ignobles bras
  » Toucher à sa crinière ?
» Souffriras-tu qu'on ose interrompre l'élan
  » De ta gloire infinie,
» Et qu'un vieillard sans force attache ton génie
  » Au pied du Vatican ?

  » Va donc, lutte avec Rome ;
» Rome ainsi que le monde a pressenti son roi ;

» O Luther! ô Luther! proclame enfin ta loi ;
  » L'humanité n'attend qu'un homme,
    » Et cet homme, c'est toi. »

LUXURIA.

  « Oh! ne fuis pas la rêverie,
» Elle aime à se poser sur ton humble séjour,
» Tandis que la douleur effeuille jour à jour
    » Ton existence défleurie :
    » Oh! ne fuis pas la rêverie,
    » Luther, craindrais-tu donc l'amour?

» Est-ce à toi de trembler comme l'enfant crédule
    » En face d'un sentier nouveau?
» Est-ce à toi de languir au fond d'une cellule,
      » Ou plutôt d'un tombeau?

» Luther, il est là bas une femme plus belle
    » Qu'un songe ou qu'un désir naissant,
» Une femme isolée et dont le cœur appelle
      » Un cœur encore absent.
» Eh bien! je ne sais pas où cette âme naïve
    » A pu chercher sa vision;
» Mais j'ai surpris un mot sur sa lèvre craintive,
» Et la fleur s'est émue, et la source d'eau vive
      » A murmuré ton nom.

» Et c'est au cloître sombre où sa triste pensée
    » N'a connu que le désespoir,
» C'est là , c'est toujours là que cette âme blessée
    » T'appelle sans te voir. »

    La nuit meurt , le moine farouche,
Encor tout palpitant d'un songe qui n'est plus,
    Se redresse , et des mots confus
    Se précipitent de sa bouche :
« Non , je ne craindrai pas d'arborer l'étendard ;
» Ils m'ont couvert d'opprobre, ils ont ri; mais qu'importe?
» Oh! je veux les voir tous, suppliante cohorte ,
    » Haleter au seuil de ma porte,
    » Et leur répondre : Il est trop tard. »

Écoutez, écoutez! — Du fond de l'Allemagne·,
    Une voix s'élance et rugit
Comme un vent orageux, comme un immense bruit
    Que la foudre accompagne :
C'est Luther ; il se lève avec son fouet puissant,
Seul en face de tous, terrible, inexorable,
    Il jette un appel formidable
    Au peuple frémissant :
Il tonne ; sa voix sourde éclate sur la tête
    Des princes effrayés :
Il entasse à lui seul tempête sur tempête,
    Et les pousse à leurs pieds.
    Le peuple applaudit et le nomme ;

On dirait qu'un pouvoir surhumain, menaçant,
 A transformé le cri d'un homme
  En lave de volcan.

  Tout s'agite ou s'allume,
L'Allemagne déborde et sème le chaos,
Comme un vase enflammé qui laisse fuir à flots
  Sa bouillonnante écume.
L'Europe épouvantée à cette invasion,
L'Europe qu'un travail intérieur soulève,
  Oppose en vain son glaive
  A la rébellion ;
Elle marche, elle court de ruine en ruine ;
Elle court, et du sein de tous ces camps rivaux,
  On voit surgir vingt chefs nouveaux :
  Mais un homme seul les domine :
  Cet homme, c'est Luther !
Il les mène à la tâche, il les devance, il vole ;
Son bras, pour consommer cette œuvre de l'enfer,
Son bras est plus hardi, son langage plus fier ;
Ce grand démolisseur qui sait bien mieux son rôle,
  Frappe avec la parole
  Et prêche avec le fer.

Il vole, il amoncelle et pousse son armée
  Sur l'Église alarmée ;
L'Église qu'il menace avec tant de fureur,
  Répond par la douceur ;

        16

Son langage n'est pas sévère,
Ses bras s'ouvrent d'avance aux pleurs du repentir ;
Car l'injure et l'affront ne peuvent amortir
    Ses tendresses de mère.
Mais lui n'écoute plus, lui n'est pas satisfait ;
    C'est en vain que Rome l'implore,
Il déchire les bras qui le cherchent encore,
Il poignarde le sein dont il suça le lait.
    Il s'attaque au pontife même,
    Sa bouche qui blasphème
Insulte au saint vieillard que l'univers chérit ;
    Il souille son manteau sans tache,
Il le couvre d'écume, et ne voit pas qu'il crache
    Sur le manteau du Christ.

    La foule ardente, impétueuse,
S'empresse de frapper, de briser, d'envahir ;
Et lui ne frémit pas de voir le sang jaillir
    Dans les sillons que son pied creuse :
Il lutte. — Tout-à-coup, le hardi combattant
    Jette un cri sourd et solitaire ;
Son œuvre est achevée, une part de la terre
    Tombe aux mains de Satan.

              —⊰⊱—

Et quand des nations, séduites par l'exemple,
    L'eurent adopté pour pasteur,

Quand il fut maître, on dit qu'il trembla dans son cœur,
Et qu'il heurtait son front aux froids pavés du temple
    Pour fuir le feu de la douleur.
Son œil devint plus morne et sa face plus blême ;
    Tout assailli par le regret,
Il marchait à l'écart, se disant à lui-même :
    « O Luther ! qu'as-tu fait ? »

Et son déclin fut sombre, et quand tous les délires
    Le travaillèrent à la fois,
Quand la mort se rua sur cet homme aux abois,
On dit qu'il entendait par instans d'affreux rires
    Mêlés à d'effroyables voix :
« Viens, Luther, viens là bas jouir de ta victoire,
    » Ton roi t'appelle avec ardeur ;
» Tu fus grand comme lui, viens partager sa gloire
    » Et surtout son bonheur. »

XLI

A LA TRÈS SAINTE VIERGE.

O ma mère, je viens encore
Me réfugier près de vous ;

Je viens revoir vos yeux si doux,
    Vos traits qui reflètent l'aurore.
Je vous parle, et mes maux en sont presque oubliés.
O mère, ô laissez-moi vous peindre mon extase,
Et du fond de mon cœur comme du fond d'un vase,
    Verser mon amour à vos pieds!

Je suis la plante moissonnée
    Qui s'effeuillerait dans la mort,
    Si vos deux bras n'étaient un port
    Où reverdit l'âme fanée.
Mais sitôt que je vois le rayon de vos yeux,
Le sourire qui part de vos lèvres divines,
Il me semble qu'un ange arrache les épines
    De la route qui mène aux cieux.

O ma mère! ô ma douce mère!
    Éclaircissez enfin ma nuit;
    Mon pauvre cœur s'use et languit
    Dans sa tristesse solitaire.
Répandez vos parfums comme une vigne en fleurs,
Autour du chevet sombre où j'ai posé ma tête,
Où j'attends en pleurant la fin de la tempête
    Et des crépuscules meilleurs.

Veillez sur moi, tendre colombe,
    Protectrice de l'arbrisseau;
    Votre aile a cherché mon berceau

Et s'arrêtera sur ma tombe.
Veillez sur moi qu'entoure un précoce linceul,
Sur moi que le présent, l'avenir décourage,
Et qui n'ai plus d'espoir qu'au pied de votre image,
Quand je souffre et que je suis seul.

Je suis seul... Oh! non, Vierge sainte,
Pardonne, il me reste avec toi,
Il me reste une mère à moi,
Et son âme écoute ma plainte :
Cette mère chérie, elle est là qui m'entend,
Qui verse sur mon front ses plus douces prières,
Et je me dis : Courage! oh! j'ai toujours deux mères,
L'une est ici, l'autre m'attend.

-◦⟨ **XLII** ⟩◦-

COURSE DE LA MORT.

A. M. TH. DE LA VILLEMARQUE.

A l'œuvre, ô ma cavale blanche
Plus rapide que l'avalanche,
A l'œuvre, à l'œuvre, il est minuit;
Je suis, — écoutez, cieux et terre, —

Je suis la moissonneuse austère
Qui ne glane que dans la nuit.

Voici l'heure où mon bras peut enserrer sa proie,
L'homme vient de cacher son œil à peine clos,
Et la puissante nuit laisse pendre avec joie
    Sa chevelure sur les flots.

    A l'œuvre. Aucun bruit ne s'élance,
    Le sol est semé de silence,
    On dirait que le monde attend ;
    Le sommeil a pris dans ses voiles
    La terre comme les étoiles :
    A l'œuvre, il faut saisir l'instant.

Le jour, quand je fais choir une tête courbée,
Ce n'est pas franchement, c'est à la dérobée,
Car l'homme que j'atteins n'est presque jamais seul :
Mais la nuit, oh ! la nuit je frappe en souveraine,
Pas de regard jaloux qui m'offusque et me gêne
Quand j'étends sur un front les plis de mon linceul.

    Allons, ô mon coursier pâle,
    Mon complice et mon témoin,
    Allons, car j'entends un râle,
    Et ce râle n'est pas loin.
    Oh ! j'aime à voir l'agonie,
    J'aime une face ternie,

Un cœur prêt à se briser;
J'aime à voir un front farouche
Se crisper devant ma bouche
Qui lui donne un dur baiser.

Me voilà, vous que j'effraie,
Vous qui tremblez tour à tour
Au murmure de l'orfraie,
Au cri du vent dans la tour;
Vous qui vivez dans la crainte,
Vous qui subissez sans plainte
L'épouvante de ma loi;
Regardez, ô mes esclaves,
Ce front morne, ces yeux caves,
Regardez, est-ce enfin moi?

Me voilà, vous qui dans l'ombre
Semblez rugir de bonheur,
Vils amans de la nuit sombre
Où l'on se vautre à plein cœur,
Me voilà, tourbe imprudente;
Et toi, créature ardente,
Qu'un siècle effréné souilla,
Toi qu'a rongé jusqu'à l'âme
Je ne sais quel ver infâme,
Adultère, me voilà!

Me voilà! voyez-vous de quel pas je me lance?

Écoutez, écoutez mon dard siffler d'avance;
Eh bien! que pensez-vous de ma course par l'air?
Oh! vous auriez beau fuir, beau demander une heure,
Je saurai vous atteindre, eussiez-vous pour demeure
Les cavités du globe au dessous de la mer.

Oui, ma main n'est jamais lasse:
Fouillez donc, dans votre effroi,
Fouillez l'abîme ou l'espace,
Vous n'y trouverez que moi.
Cachez-vous dans le roc même,
Le pied de mon coursier blême
Creusera ses profondeurs,
Pour qu'il ne manque à mes fêtes
Pas un cheveu de vos têtes,
Pas un ressort de vos cœurs.

Car je règne. — Oh! pourquoi tressaillir quand je passe,
Pourquoi sous mon pied fort contracter ta surface,
Faible terre? ne sais-tu pas
Que tu me fus donnée, et que tu n'es que cendre?
Ne sais-tu pas qu'un jour tu dois, comme eux tous, rendre
Ton dernier soupir dans mes bras?

Tu m'appartiens, terre orgueilleuse,
Je suis ta reine, il faut m'obéir, tu le dois:
Eh! qui contesterait mes droits?
N'ai-je pas une main toujours victorieuse?

Dites, quand ploya-t-elle?... Hors une seule fois.

C'était un homme étrange ; audacieux prophète,
Il marchait sur les flots, gourmandant la tempête ;
Le sol qu'il effleurait rendait un sourd accord :
Je fuyais, je n'osais l'envisager qu'à peine :
Mais la foule bientôt me vengea, dans sa haine,
De celui que la veille elle adorait encor.

On saisit le sublime apôtre,
On-lui lia le corps sur la croix devant tous ;
Puis quand on l'eut frappé, cloué, percé de coups,
Il expira comme tout autre :
Oh! j'en frissonnais de bonheur ;
Son cadavre à la fin se trouvait sur ma voie,
Je m'élançai, je pris ce corps, et, dans ma joie,
J'accompagnai le fossoyeur.
Ce n'est pas tout : craignant qu'on n'enlevât sa cendre,
Je demeurai pour la défendre ;
J'étais là radieuse et pesant d'un bras lourd
Sur le cercueil muet, quand le troisième jour,
A je ne sais quel signe imposant et suprême,
La pierre du tombeau se leva d'elle-même :
Je voulus l'arrêter, mais je tombai d'effroi,
Car je sentis dans l'ombre un bras plus fort que moi.

Je fus vaincue, oh! oui ; mais l'heure en est passée,
Je n'en suis que plus ferme à présent sur le sol,

Et ma cavale hérissée
Ne craint plus qu'on bride son vol.

Étoiles qui flottez là haut dans cette voûte,
Étoiles dont je hais l'invariable essor,
Vous qui semblez aussi détourner vos yeux d'or,
    Vous qui me méprisez sans doute,
Étoiles, prenez garde! Oh! j'apprendrai la route
De la sphère infinie où vous régnez encor.
    Oh! quand pourrai-je sur leur trace
Me jeter hardiment par des sentiers pareils?
Quand pourrai-je à la fin poser mon doigt de glace
Sur le dernier rayon du dernier des soleils?

    A l'œuvre, ô ma cavale blanche
    Plus rapide que l'avalanche,
    A l'œuvre, à l'œuvre, il est minuit;
    Je suis, — écoutez, cieux et terre, —
    Je suis la moissonneuse austère
    Qui ne glane que dans la nuit.

FIN DE POÉSIE CATHOLIQUE.

HYMNES SACRÉES.

Voici le complément nécessaire de mes deux ouvrages antérieurs, Amour et Foi et Poésie Catholique. Voici quelques pas de plus dans une route où j'ose dire être entré le premier, où plusieurs ont marché depuis, et où bien d'autres s'élanceront plus tard. L'intention de ce nouveau volume est toujours la même : combattre une poésie passive de doute et de découragement par la poésie tout active de la foi et de l'espoir ; substituer le réel de notre sainte religion à cette incertitude, à ce vague de doctrines dont on a tant abusé, ce fut là ma seule pensée, et c'est elle que je continue ici : à défaut de tout autre mérite on ne contestera pas du moins à ces trois volumes celui d'une parfaite unité.

Un critique illustre (1) a bien voulu dire qu'Amour et Foi était le premier mot d'une poésie abandon-

(1) Charles Nodier.

née de nos jours, la poésie du dogme pur (1); le recueil qui l'a suivi et celui que je publie actuelle-
ment en sont alors l'indispensable conséquence. Je
me suis inspiré des principales solennités de la religion et je les ai traduites en hymnes, ce qui
n'avait pas encore été essayé dans notre langue.
J'ai tenté de plus de faire pénétrer la poésie dans des

---

(1) Ce passage, tel qu'il était d'abord, fut légèrement
incriminé (REVUE DES DEUX MONDES), par un écrivain
en qui la grâce et la bienveillance de l'expression
durent me faire reconnaître un des poètes les plus cé-
lèbres et des prosateurs les plus éminens de l'époque.
J'ai changé la phrase, persuadé qu'elle était fautive
puisqu'elle avait pu tromper un juge aussi délicat.
Certes, si j'avais pensé ce qu'a entendu le critique, ma
prétention n'aurait pas été seulement exagérée, elle
aurait été insensée. J'ai seulement voulu dire que depuis le mouvement, ou, si l'on veut, la rénovation poétique de 1820, j'ai essayé avant tout autre d'amener au
catholicisme la poésie uniquement spiritualiste d'alors.
Ce qui le prouve, c'est que jusqu'à la publication
d'AMOUR ET FOI il n'avait paru aucun ouvrage de ce
genre, et qu'à dater de ce moment il en a été publié
un grand nombre. J'ajouterai que, dans la plupart de
ces poésies, on a reconnu le fait que je mentionne,
et que l'on m'a su quelque gré d'avoir essayé cette
nouvelle route où j'entrais bien faible, il est vrai, mais
le premier.

voies mystiques qu'elle n'a pas encore abordées, du moins en France. Missionnaire poétique du catholicisme, au milieu des obstacles de tout genre que j'ai dû rencontrer sur ma route, je ne puis m'empêcher de remercier mes frères de leur affectueuse sympathie. Elle m'a encouragé et fortifié, et il m'est bien doux de réitérer ici le témoignage d'une reconnaissance aussi profonde qu'elle est sincère.

La marche de l'ouvrage est simple. Il commence par l'Hosannah au Père céleste et s'achève par une hymne à son terrestre représentant. Dieu d'abord, puis la plus haute expression de l'humanité dans la personne du Pape. Ces hymnes ont été composées sous l'influence d'une conviction forte et d'un enthousiasme vrai. Il eût été facile sans doute d'y mettre plus de talent, impossible d'y apporter plus de foi.

Je désirerais vivement qu'on leur adaptât une musique sérieuse et solennelle; il faudrait pour cela un artiste d'une inspiration toute religieuse. Les entendre chanter dans nos temples serait le plus beau des succès (1). Je n'ose l'espérer.

(1) Ce vœu, que je formais avec une défiance si naturelle, commence à se réaliser. Les églises de plusieurs villes de France et de Belgique ont adopté, depuis quelques années, une partie de mes hymnes. Des maîtres

Puisse ce faible ouvrage ne pas demeurer stérile! Puisse-t-il réveiller quelque part l'étincelle
d'une foi prête à s'éteindre et qui n'attend peut-
être que le plus léger souffle pour se rallumer!
Dieu m'est témoin que c'est là mon vœu le plus ardent, celui devant lequel tous les autres s'effacent.
Je ne publie pas seulement ce livre pour briguer
des applaudissemens, écho d'un moment, fumée
d'une heure : qu'importe au poète? Fragile instrument qui doit se briser d'un jour à l'autre, que
lui importe dans ce triste monde le plus ou moins
de ce qu'on appelle bonheur? Pourvu qu'il ait semé
quelques saintes pensées, pourvu qu'il ait jeté un
peu de lumière dans les ténèbres de quelques
âmes, que lui fait le reste? Ce qu'il demande avant
tout à ses lecteurs, ce n'est pas un suffrage sonore, mais vide, c'est une prière pour lui-même,
une simple prière au nom de celui qu'il a chanté;
les lecteurs la lui refuseraient-ils?

Paris, 5 décembre 1838.

renommés n'ont pas dédaigné de les embellir de leur
mélodie, et je mets au nombre de mes bonheurs (si
j'ai eu des bonheurs), ce retentissement de mes faibles
vers sous la voûte du temple, en face même de l'autel du seul Dieu.

HYMNES SACRÉES.

───────────

‹ ›› I ‹‹›

HOSANNAH!

Il est au fond du ciel, quand la pensée écoute,
Des astres résonnans, jetés de voûte en voûte,
Et qu'on dirait de loin, muets, silencieux;
Et ces mille soleils soupirent leur prière
    Autour de vous, mon Père,
    Qui régnez dans les cieux.

Il est encor là haut des nuages qui grondent,
Des éclats de tempête à qui les vents répondent
Par un cri solennel, un nom mystérieux;
Eh bien! ce nom qui roule au dessus du tonnerre,
    C'est le vôtre, ô mon Père,
    Qui régnez dans les cieux.

Ici bas la montagne avec ses chevelures,
La forêt sans clartés, le fleuve sans souillures,

L'Océan qui bondit dans son lit spacieux,
Tout, ainsi que là haut, tout sur la terre entière
  Murmure : Notre Père,
  Qui régnez dans les cieux.

-o-⊃) 11 (⊂-o-

A CEUX QUI SOUFFRENT.

Oh ! ne vous plaignez pas, pauvres âmes brisées,
  Frêles et jeunes fleurs,
Souffrez plutôt, croissez sous les folles risées,
Et comme un lys s'entr'ouvre aux célestes rosées,
  Entr'ouvrez-vous aux pleurs.

  Vous dormiez dans l'indifférence,
  Dans l'oubli même du saint lieu ;
  Vous n'aviez pas une espérance,
  C'est l'aiguillon de la souffrance
  Qui vous a fait songer à Dieu.

  Oh ! saluez cette lumière :
  Quels que soient vos troubles nouveaux,
  N'avez-vous pas le sanctuaire,

N'avez-vous pas dans la prière
Un doux refuge à tous vos maux?

Ployez-vous, âmes délaissées,
Sous la main du divin amant;
Et quand vous vous sentez blessées,
Consolez-vous dans les pensées
Que Dieu vous frappe en vous aimant.

Cachez comme un trésor cette sainte blessure
Dans le secret du cœur;
Et comme l'on bénit une compagne sûre,
Une épouse fidèle et dont la voix rassure,
Bénissez la douleur.

La coupe de mélancolie
Précède la coupe de miel,
Ne rejetez pas cette lie,
Baisez la chaîne qui vous lie,
Car un des anneaux touche au ciel.

Portez la croix rude et pesante
Qu'on vous impose chaque jour,
C'est un père qui la présente,
Et l'angoisse la plus cuisante
Est un appel de son amour.

Laissez donc le monde et ses charmes,

C'est un bel arbre aux fruits amers ;
Videz le calice d'alarmes,
La foi se trouve au fond des larmes
Comme la perle au fond des mers.

-⧾⧽ 111 ⧼⧿

L'ANNONCIATION.

Il est à Nazareth, ville de Galilée,
Une demeure simple, une maison voilée
Que l'étranger, qui passe, embrasse d'un coup d'œil ;
Maison qui semble fuir tous les bruits de la terre
Sous les rameaux charmans du palmier solitaire
      Qui croît doucement sur le seuil.

Et dans cette maison, chère à la rêverie,
Il est une humble vierge, une femme qui prie,
Son visage est empreint d'un calme solennel ;
Elle baisse à moitié sa modeste paupière,
On lit sur son beau front que sa pure prière
      Est un écho même du ciel.

Elle n'a pas cherché de volupté profane,

Elle vit loin d'un monde où tout parfum se fane,
Où le cèdre est frappé comme l'obscur roseau ;
Elle y reste, semblable à la rose ignorée
Qui croît loin de la foule et qui n'est effleurée
    Que par la brise ou par l'oiseau.

Et pourtant cette femme est la prédestinée,
L'Ève qui doit sauver la terre condamnée
Et rayer de nos fronts le sceau réprobateur ;
Cette vierge sans nom, mais aussi sans souillure,
(O siècles, courbez-vous !) c'est la mère future
    De l'immortel libérateur.

Un éclair sort des cieux : Gabriel se présente ;
Son regard est serein, sa face éblouissante ;
Il descend doucement dans des flots de clarté,
Il va parler ; la Vierge, étonnée à sa vue,
Se trouble, s'épouvante, et lui : « Je vous salue,
    » Pleine de grâce et de beauté !

» Ne vous effrayez pas, Vierge mystérieuse ;
» O vase de pudeur ! ô rose glorieuse !
» Vous vîntes ici bas pour le salut de tous ;
» Il fallait une femme, et c'est vous que Dieu nomme,
» Le fils de Jéhova sera le fils de l'homme,
    » Et l'Éternel naîtra de vous. »

Il s'arrête, il attend. Comme une fleur craintive

Qui voudrait refermer, quand trop de flamme arrive,
Son calice entr'ouvert par un soleil de feu,
La Vierge se recueille, et d'une voix tremblante :
« Le Seigneur a parlé, je suis l'humble servante
          » Du Seigneur, mon maître et mon Dieu. »

Or, dans ce même instant, comme un vautour immonde,
Je ne sais quel César bouleversait le monde,
Et c'est pendant ces jours où tout semblait finir,
Où le vice inondait la terre dégradée,
Qu'une humble femme, au fond de l'obscure Judée,
          Portait dans son sein l'avenir.

————————

IV

SOLITUDES SACRÉES.

Les bruits du siècle ont beau s'accroître,
Laissez gronder ses passions ;
Endormez-vous, filles du cloître,
Dans les célestes visions.

Où va l'époux divin, que cherche-t-il encore ?

Le sentier qu'il traverse est parfumé de nard ;
Que cherche-t-il là bas sur la route sonore ?
Le gazon s'illumine et le ciel se colore
    Au doux éclair de son regard.

Ce n'est pas la vallée où, dans son lit de soie,
L'oiseau caché soupire à l'ombre de la tour,
Vallée harmonieuse où le cœur met sa joie ;
Ce n'est pas la montagne où l'aurore déploie
    Ses ailes comme un blanc vautour.

Non ; mais il est là bas dans une fraîche enceinte,
Un toit mystérieux tourné vers l'Orient,
Tout embaumé de grâce et de paix chaste et sainte,
Et c'est là, contre un seuil festonné d'hyacinthe,
    Que l'époux frappe en souriant.

    Les bruits du siècle ont beau s'accroître,
    Laissez gronder ses passions :
    Endormez-vous, filles du cloître,
    Dans les célestes visions.

o‑⟩ V ⟨‑o

CANTIQUE.

L'aube vient sur la colline
Semer sa plus belle fleur,
La montagne s'illumine
Et la terre chante en chœur :
Et moi, dont l'âme blessée
S'égarait aux bois touffus,
Où s'en ira ma pensée,
Si ce n'est à vous, Jésus?

On dirait, tant le jour pose
Un pied craintif et douteux,
Qu'une immense et pâle rose
S'est épanouie aux cieux :
La forêt semble oppressée
Et les flots sont tout émus :
Où s'en ira ma pensée,
Si ce n'est à vous, Jésus?

Que l'aurore soit bénie ;
Saluez, ô chastes cœurs,
La lumière et l'harmonie,

Ces deux enivrantes sœurs.
Mêlez votre hymne empressée
A tous ces soupirs confus :
Où s'en ira ma pensée,
Si ce n'est à vous, Jésus?

L'harmonie est la parole
Que vous semâtes un jour ;
La lumière pure et molle
Est un sourire d'amour.
Reprends donc, âme blessée,
Tes concerts interrompus :
Où s'en ira ma pensée,
Si ce n'est à vous, Jésus?

Ah ! quand mon âme ravie
Atteindra son seul espoir,
Quand le soleil de la vie
Aura fléchi vers le soir,
Quand ma voix sera glacée,
Quand mes yeux ne verront plus,
Où se fondra ma pensée,
Si ce n'est en vous, Jésus?

LA NATIVITÉ.

Qu'attendez-vous, qui vous arrête ?
Pourquoi regarder en priant,
Pourquoi lever ainsi la tête,
O saints prophètes d'Orient ?
A chaque rayon qui s'allume,
Votre œil plus vif que de coutume
Semble percer le ciel vermeil :
Qu'attendez-vous, qui doit éclore ?
Espérez-vous une autre aurore,
Cherchez-vous un autre soleil ?

Voilà bien des siècles que l'âme
Languit sur un sol froid et nu,
Et que le monde entier réclame
Son libérateur inconnu.
Le verrez-vous, vieillards et sages,
Héritiers de tant de présages
Ignorés des peuples grossiers ?
Le temps vous presse et vous dévore,
Vous faudra-t-il transmettre encore
L'espoir de vos grands devanciers ?

Écoutez ! un cri se prolonge,

Un cri qui grandit aussitôt ;
Regardez ! ce n'est pas un songe,
L'éclair précurseur luit là haut :
Gloire aux cieux dans leur étendue !
Il est né ! répète la nue :
A ce mot seul, mais triomphant,
La terre frémit d'allégresse,
Et le ciel lui-même s'abaisse
Auprès du berceau d'un enfant.

Il est né le Christ, le Messie,
L'objet d'un si précoce amour !
C'est cet enfant qui balbutie
Et dont l'œil s'ouvre à peine au jour.
Voilà sous un amas de langes
Le bras fort qui conduit les anges
Dans leurs sentiers mystérieux ;
Voilà sur un froid lit de roche
Le pied tout puissant dont l'approche
Fait palpiter les cieux des cieux !

Il naît pauvre, obscur, misérable,
Sans asile et sans protecteurs ;
Il naît dans le coin d'une étable
Entouré de quelques pasteurs.
Et pourtant la terre tressaille ;
Car sur cette humble et frêle paille
Elle a vu s'accomplir son vœu.

Un grand mystère se consomme :
Le Dieu rabaissé devient homme
Pour que l'homme devienne Dieu.

Il naît quand la foule agonise
Dans ses convulsions sans frein,
Quand le crime se divinise
Et se dresse un autel d'airain ;
Il naît quand, faible et décrépite,
Rome ancienne se précipite
Au seuil lugubre des tombeaux ;
Quand cette reine qui chancelle,
Secoue au vent chaque parcelle
De son diadème en lambeaux.

Apôtre de la loi nouvelle
Au milieu des siècles flottans,
Il revêt cette chair mortelle
Qui fut maudite si long-temps.
L'œuvre inexplicable commence ;
Le Créateur des cieux, l'immense,
Quitte son règne illimité :
Il interrompt ses destinées,
Et pour entrer dans nos années
Il sort de son éternité.

Il vient sur la terre épuisée
Où tout décline, où tout se perd,

Comme un nuage de rosée
Qui déborde sur un désert ;
Il vient comme une aube brillante ,
Comme une flamme ruisselante
Qui se déploie à l'horizon ;
Il visite notre poussière
Et fait pénétrer sa lumière
Dans l'ombre de notre raison.

Et c'est sur une crèche obscure ,
A travers toutes les douleurs,
Que le Maître de la nature
Descend du haut de ses grandeurs.
O pitié sublime et divine !
Qui ne sentirait sa poitrine
Frémir de remords et d'effroi ?
Une crèche, un lit déplorable ,
Contient l'Être incommensurable
Pour qui le monde est trop étroit !

C'est par lui que finit la honte
Où s'enfonçait l'homme insensé ,
Et que l'humanité remonte
Dans les hauteurs de son passé ;
C'est lui dont la seule venue
Renoue une chaîne rompue,
Réveille un repentir ardent ;
C'est lui qui doit par son supplice

Reporter au Dieu de justice
L'anneau détaché par Adam.

Comme un jeune arbre se replie
Pour protéger l'humble arbrisseau,
La mère toute recueillie
S'incline à côté du berceau ;
Elle se prosterne, elle admire,
Et cependant un doux sourire
Brille dans ses yeux attendris ;
Elle montre d'un air céleste
Celui que sa bouche modeste
Ose à peine nommer son fils.

Oh ! sois heureuse entre les femmes,
Vierge au front pur, au nom béni,
Ton sein plein de célestes flammes,
Ton sein a porté l'infini ;
Le Seigneur t'a faite si haute
Que tu peux réparer la faute
De l'ancien couple criminel :
Le sceau qui le marquait s'efface,
L'Ève antique reprend sa place
Aux applaudissemens du ciel.

Et vous dont l'œil perce le voile
Où se cache le Rédempteur,
Vous qui, sur la foi d'une étoile

Prîtes le bâton voyageur,
Accourez tous, bergers et mages,
Venez environner d'hommages
Le berceau qui vous sauvera :
Ne regardez plus dans la nue,
Voici la lumière attendue,
Prosternez-vous, les cieux sont là !

⟡ VII ⟡

ISOLE-TOI, MON CŒUR.

Isole-toi, mon cœur; laisse au siècle sa tâche
        Et ses illusions;
Laisse-le tourmenter, sans trève ni relâche,
        De stériles sillons.

Qu'il aille tout le jour, courbé sur la charrue,
        Raidir ses faibles bras,
Pour se dire le soir, quand l'ombre est reparue :
        Ai-je avancé d'un pas?

Qu'il rouvre après la nuit ses paupières lassées
        Et pleines de sueurs,
Et puis qu'il recommence, avec des mains blessées,

Son risible labeur.

Moi, je n'userai pas mes genoux sur la pierre
    Pour un travail si vain,
J'irai plutôt dormir sous l'aile de mon père,
    Dans son verger divin.

Là, je remplacerai par la coupe de fête
    Le calice de maux,
Et l'arbre de l'amour parfumera ma tête
    Du miel de ses rameaux.

Sépare-toi, mon cœur, des voluptés de l'homme,
    Fais trève au vain désir,
Dédaigne ce qu'il cherche, et surtout ce qu'il nomme
    Espérance ou plaisir.

Quand il s'est bien repu de vide et de fumée,
    Et qu'il meurt sans soutien,
Où va-t-il? on ne sait, car, une fois fermée,
    La fosse n'en dit rien.

Oh! plus doux mille fois l'asile où Dieu m'accueille!
    Les bords en sont fleuris,
Et l'espoir des mortels pousse à peine une feuille
    Que le mien a des fruits.

Quand je marche épuisé par trop de lassitude

Il m'enivre de foi :
Suis-je seul? ô mon Dieu! la douce solitude
        Est plus douce avec toi.

C'est un reflet charmant de la céleste aurore
        Sur mon front ranimé,
C'est la montagne sainte où se conserve encore
        L'odeur du bien-aimé.

VIII

LA PASSION.

L'Horeb s'est ébranlé jusque dans les nuages,
Les cèdres attentifs inclinent leurs feuillages,
Des frissons inconnus commencent à courir;
Cieux et terre, pleurez dans ce jour formidable,
Le juste va tomber pour sauver le coupable,
        L'immortel va mourir!

Qu'a-t-il fait? pour quel crime a-t-on saisi dans l'ombre
Ce prophète entouré de miracles sans nombre?
Pourquoi dresser la croix, déployer le linceul?
Qu'a-t-il osé? d'où naît cette haine profonde,

Cette haine qui semble ameuter tout un monde
    Autour d'un homme seul?

Ce qu'il a fait! parlez, répondez au grand prêtre,
O vous qu'il guérissait, qu'il aidait à renaître,
Esclaves et pécheurs sauvés par un remord;
Vous tous qu'il retira du désespoir farouche,
Vous tous qu'il délivra par un mot de sa bouche
    Des ombres de la mort!

Voilà son crime à lui, la vertu: c'est pour elle
Que le prêtre jaloux le traite de rebelle,
Et livre au fouet vengeur le Christ humilié:
C'est pour punir enfin ce sacrilége immense
Que la foule bientôt crira dans sa démence:
    Qu'il soit crucifié!

Les prêtres assemblés par l'ordre de Caïphe
S'entretiennent entre eux dans la cour du pontife:
« Il est temps d'immoler le prophète nouveau;
Hâtons-nous, mais craignons quelque émeute funeste;
Il faudra qu'un des siens nous le livre; le reste
    Est la part du bourreau. »

Judas accourt, Jésus se trouble dans l'attente;
Il n'est pas de douleur que son cœur ne ressente;
Son sort est accompli: tout cherche à le briser,
Tout l'abandonne, il va de défaite en défaite,

Vendu pour un peu d'or, trahi dans une fête,
   Trahi dans un baiser.

O traître! l'avenir que ton nom seul remue
Se souviendra toujours de ce baiser qui tue,
De ce baiser sanglant sur un front qui t'aima!
Toujours, malgré le bruit de leur course infinie,
Les siècles entendront le long cri d'agonie
   Qui sort d'Haceldama!

Le Créateur des cieux, traîné devant le juge
Comme un vil criminel qui n'a pas de refuge,
Garde au milieu des coups son céleste maintien:
La populace est là qui le raille et l'outrage;
On lui frappe la tête, on lui crache au visage,
   Et lui ne répond rien.

Calme à travers les flots de cette plèbe impure,
On a beau l'accabler d'angoisses, de blessure,
Il se résigne à tout, sa pensée est ailleurs;
Il voit la race humaine après sa délivrance,
Il la voit faible encore, et lui montre d'avance
   Le secret des douleurs.

Qu'il soit crucifié! cent mille voix ensemble
Jettent ce cri de mort à Pilate qui tremble
Et ne sait que répondre à la foule en courroux;
« Mais il est innocent! dit l'envoyé de Rome.

—N'importe, tuez-le ; que le sang de cet homme
    Tombe à jamais sur nous! »

Vous l'aviez dit, ô Juifs! et vous fûtes prophètes ;
Vous appeliez ce sang, il tombe sur vos têtes;
Il y reste malgré dix-huit siècles d'efforts;
Pas un de vos enfans, errant sur chaque route,
Dont le front réprouvé n'en conserve une goutte
    Aussi rouge qu'alors!

L'heure approche; Jésus monte sur le Calvaire.
— Or! le pâle soleil retirait sa lumière,
Les nuages pesaient sur le roc sillonné,
Et la nature en deuil, pleine de vie et d'âme,
Semblait se lamenter comme une faible femme
    Qui perd son premier né.

On l'étend sur la croix, dans le sang et la boue ;
On redouble d'outrage, on l'attache, on le cloue,
On lui perce le corps avec un rire affreux ;
Puis, quand sa voix s'éteint, quand son œil est sans flammes,
On dresse à ses côtés deux voleurs, deux infâmes
    Pour qu'il expire entre eux.

Et sa mère était là. Le disciple fidèle,
L'apôtre bien-aimé se tenait seul près d'elle ;
Elle était là muette en face de la croix,
Tandis que la victime, avec un air céleste,

Consacrait au pardon le faible et dernier reste
    De sa mourante voix.

C'était la sixième heure, et jusqu'à la neuvième
L'affront resta pareil, le pardon fut le même :
Tout-à-coup un cri part, Jésus s'est ranimé,
Le cri de l'abandon monte un moment, s'achève ;
Puis de la croix fatale un grand soupir s'élève,
    Et tout est consommé.

Il meurt, la nuit s'étend ; je ne sais quel délire
Bouleverse le globe, un vent du ciel déchire
Le voile solennel qui couvrait le saint lieu :
Les pâles spectateurs, qu'un rayon illumine,
Troublés, épouvantés, se frappent la poitrine
    En disant : C'était Dieu !

Chrétiens, frappons nous-même avec remords et crainte,
Frappons ce sein rebelle à la volonté sainte,
L'exemple du Très-Haut nous invite aujourd'hui ;
Son ardente pitié nous cherche, nous embrasse :
Il s'abaissa vers nous, tâchons, avec sa grâce,
    De monter jusqu'à lui.

Volons au sanctuaire, et là, dans les ténèbres,
Courbés sous le fardeau de ces heures funèbres,
Adorons tous Jésus, Jésus notre trésor.
Contemplons bien long-temps, à travers nos pensées,

Ce front saignant qui tombe et ces mains transpercées
　　Qui nous cherchent encor.

Frères, rallions-nous quand le monde s'écroule;
Prions pour expier les crimes de la foule,
Prions pour que l'autel reste à jamais vainqueur;
Marchons près de Jésus dans ce moment d'alarme,
Sans parler, sans pleurer. — Pas de voix, pas de larme,
　　Rien qu'un sanglot du cœur.

Mais un sanglot puissant qui batte, qui soulève
Nos seins tout agités comme un flot sur la grève,
Un sanglot qui lui dise à ce maître de tous:
« Père, nous sommes là : nous n'avons qu'une envie,
C'est de voir se briser notre cœur, notre vie,
　　En criant : Gloire à vous ! »

⸺○ IX ◎○⸺

REMORDS.

Reviens, ma voix t'appelle et mon cœur te réclame,
　　O saint remords, divin esprit!
Quel que soit mon regret, quand je verrai ta flamme

Quel que soit l'aiguillon dont tu me perces l'âme,
    Ta blessure est douce et guérit.

Place, je t'en conjure, au fond de ma pensée,
    Ton incorruptible miroir :
Que je tremble en voyant ma faiblesse passée,
La frayeur la plus sombre est pour l'âme affaissée
    L'aurore d'un céleste espoir.

Illumine mes jours, ramène-les à l'ombre
    De l'autel que j'avais quitté ;
Ne m'abandonne plus à des périls sans nombre :
Faible oiseau, je me meurs ; frêle barque, je sombre
    Sous le vent de l'iniquité.

Que devenir sans toi ? comment vaincre l'orage
    Et les ténèbres de la mort ?
Où trouver un refuge, un abri dans notre âge,
Si tu ne luisais pas sur nos fronts sans courage,
    O blanche étoile du remord !

Enivré comme eux tous d'une ivresse fatale
    Et n'apercevant rien ailleurs,
J'allais tomber aussi dans la nuit infernale,
Quand ton dard m'a frappé, moi déjà froid et pâle,
    Sous mon linceul semé de fleurs.

Et j'ai levé la tête, et ma prunelle éteinte

A cru voir luire un nouveau jour ;
Et ce jour c'était toi, c'était ta flamme sainte :
O remords, sois béni ! tu fais naître la crainte,
      Et la crainte enfante l'amour.

Reviens donc te fixer dans mon âme où s'éveille
      Cet amour que le cœur chérit ;
Reviens, ô saint remords ! et toi, céleste abeille
Qu'on appelle l'espoir, murmure à mon oreille
      Le nom si doux de Jésus-Christ.

X

LE SAMEDI SAINT.

LAMENTATION HÉBRAÏQUE.

Ainsi devait finir le terrible mystère,
Ainsi la main de l'homme a jeté le suaire
      Sur l'étoile de Bethléem ;
On entraîne Jésus vers la haute colline ;
Il expire, et sa mort consomme la ruine
      De la triste Jérusalem.

Ainsi ce qu'annonçaient, d'une voix sépulcrale,

Les prophètes tournés vers la cité fatale,
    Se réalise au même lieu ;
Il naît, il souffre, il meurt à l'époque prédite,
Et le vent du désert emporte dans sa fuite
    Le soupir funèbre d'un Dieu.

Voix sur Jérusalem — que Josaphat frémisse,
L'Éternel va hâter l'heure de la justice,
    L'épouvante parcourt les airs ;
J'aperçois l'ennemi ; plus prompt que la rafale,
Il presse du talon son ardente cavale
    Dont l'œil brun roule des éclairs.

Où va-t-il ? Qui le sait ? le sait-il bien lui-même ?
Ces grands exécuteurs du jugement suprême
    Ne savent que prendre l'élan :
N'en demandez pas plus : ils vont où Dieu les pousse,
Entraînés, emportés comme un lambeau de mousse
    Au premier choc de l'ouragan.

Ils ne connaissent pas le sol que leur pied broie ;
L'épée, entre leurs mains, se tourne vers sa proie
    Sans l'appui de leur volonté ;
Tout à leur mission que rien ne peut suspendre,
Ils frappent sans colère et meurent sans comprendre
    L'arrêt qu'ils ont exécuté.

Le crime est donc commis ! ce crime inexpiable,

Qui fait trembler le ciel, n'émeut pas le coupable ;
 Ils l'ont consommé sans regret,
Ils ont brisé son corps à force de torture,
Ils en ont chassé l'âme. — O nature! ô nature!
 Que faisais-tu quand il mourait?

En vain les précurseurs de toute destinée,
Les sages l'annonçaient à la terre étonnée
 Qui se perdait faute d'appui ;
Les insensés l'ont vu, mais sans le reconnaître,
Et tous, le bras levé contre le divin Maître,
 Ils ont crié : « Ce n'est pas lui! »

Ils l'ont tous renié, lui que l'univers nomme,
Ils ont persécuté le rédempteur de l'homme,
 Ils ont marqué son dernier jour ;
Et quand le juste est mort sur une croix immonde,
Il leur a fallu voir l'épouvante du monde
 Pour s'épouvanter à leur tour.

Malheur à toi, malheur, ô ville déicide!
La désolation, comme un torrent rapide,
 Va sillonner ton large sein ;
O ville qui croyais à ta toute-puissance,
Regarde, tu n'es plus qu'un enfant sans défense
 Sous le poignard de l'assassin!

Ils vont tous se ruer sur les vieilles murailles;

Ils vont tous t'assaillir, te meurtrir les entrailles
       En mémoire de l'innocent.
J'entends l'accusateur, c'est Golgotha qui crie,
Le chauve Golgotha que ta lâche furie
       A forcé de boire le sang.

Il appelle ; et du fond d'un ciel chargé d'orages,
D'un ciel triste et brumeux, je ne sais quels nuages
       S'abaissent sur tes sombres tours,
Et plus haut, par dessus ton enceinte célèbre,
Je vois déjà planer, comme un drapeau funèbre,
       L'aile grisâtre des vautours.

Le tigre dans son antre a tressailli de joie ;
Le chacal a bondi, car l'odeur d'une proie
       Vient l'allécher et l'enivrer ;
Ils approchent, poussés par le vent de colère,
Chacal, tigre, vautour, eux tous dont l'instinct flaire
       Toute chair qu'on va déchirer.

Encore un peu de temps, ô ville au cœur de boue,
Et le char de conquête, avec sa forte roue,
       Aura retourné ton sillon ;
Encore un peu de temps, ô cité périssable !
Et tu ne seras plus qu'un vaste amas de sable
       Qui tournoira sous l'aquilon.

Plongé dans ma douleur, éperdu, le front pâle,

Je me suis approché de la grotte fatale
    Où le Christ descendit hier;
Mais j'ai levé bientôt ma tête désolée,
Car je n'entendais rien au fond du mausolée,
    Pas même le travail du ver.

Et j'ai versé mon âme, et j'ai porté mes plaintes
Des sommets d'Abarim au bois des térébinthes,
    Ma voix suppliait et pleurait;
Et nul n'a répondu : mais j'entendais la terre
Palpiter sourdement, comme un cœur solitaire
    Que ronge un désespoir secret.

Et nul n'a répondu quand, tourné vers le fleuve,
Les bras au ciel, le front voilé comme une veuve,
    J'ai poussé mon cri le plus fort.
Une fois seulement, de la montagne sombre
Un roc s'est détaché qui se brisait dans l'ombre,
    Et qui murmurait : « Il est mort! »

Il est mort, il est mort! Tremblez, peuples rebelles
Qu'il vint chercher du haut des sphères éternelles,
    Vous tous qui l'avez combattu!
Mais toi, Seigneur, mais toi, qu'ils ont mis sous la pierre,
Toi, dont ils ont fermé la puissante paupière,
    Seigneur, quand t'éveilleras-tu?

XI

LA RÉSURRECTION.

Il est ressuscité, — la terre
S'entr'ouvre au devant de son roi ;
Il effleure du front la pierre ,
Et la pierre éclate d'effroi.
Le cadavre immortel s'élance ;
Un long cri succède au silence ,
C'est le signal du grand réveil ;
Il fend la terre remuée ,
Plus rapide que la nuée ,
Plus radieux que le soleil.

Il s'élance : à ce bruit sublime ,
Les soldats, pâles de remord ,
Frissonnent de voir la victime
Briser les flèches de la mort.
Leur foule effarée et livide
Sort à grands pas du tombeau vide
Qu'ils insultaient dans leur fureur ;
Tous se dispersent pêle-mêle ;
Il ne reste pour sentinelle ,
Pour seul garde que la Terreur.

Ils s'écriaient pourtant, la veille :

« Le Christ est vaincu désormais ! »
Cœurs insensés que rien n'éveille
Et dont l'œil ne verra jamais !
Ils croyaient, dans la poudre obscure,
Sous une planche étroite et dure,
Le fixer à coups de marteau,
Lui que le monde entier respire,
Lui dont les astres sont l'empire,
Et dont les cieux sont le manteau !

Et voilà que malgré leur glaive
Tout hérissé devant ce lieu,
Le crucifié se relève
Avec la majesté d'un Dieu.
A travers leur lance courbée,
A travers la pierre tombée,
Il se relève éblouissant,
En face de la foule blême,
En face du Golgotha même,
Encore taché de son sang !

Depuis l'heure où sur la croix sainte
Expira le ressuscité,
Des ténèbres pleines de crainte
Pesaient sur toute la cité.
Jérusalem était muette ;
Je ne sais quelle voix secrète
Éveillait les sépulcres seuls :

Chaque habitant tremblant et sombre
N'osait se hasarder dans l'ombre
De peur de heurter des linceuls.

Or, à la troisième journée,
Le soleil reparut enfin ;
Mais sa face découronnée
Empourprait l'horizon lointain.
On vit à sa triste lumière
Des rochers tombés en poussière,
Des cèdres coupés par lambeau ;
Puis à l'écart, sur quelque route,
Des spectres, attardés sans doute,
Qui replongeaient dans leur tombeau.

Les voilà les pieuses femmes,
Les voilà qui viennent chercher
Celui qui seul remplit leurs âmes
Et qu'on porta sous le rocher.
Madeleine marche à leur tête ;
Une voix tendre les arrête ;
C'est un ange debout au seuil ;
Il jette un doux regard sur elles :
« Allez, allez, femmes fidèles,
Le Maître a quitté son cercueil. »

Gloire à lui, gloire au Christ suprême,
Au Rédempteur puissant et pur !

Il a détourné l'anathème
Qui pesait sur l'homme futur.
Gloire à lui qui sauve et ramène
Les débris de la race humaine
Au seuil du sentier éternel!
Là bas, sur la sanglante cime,
Ses larmes ont fermé l'abîme,
Son soupir a rouvert le ciel!

Il est ressuscité : — que dis-je?
Hommes d'un siècle où la foi dort,
Vous êtes témoins du prodige :
Voyez! il ressuscite encor!
Voyez comme il perce la poudre :
Hâtez-vous de vous faire absoudre;
Mais non, vos cœurs n'ont pas tremblé :
Il vous inonde de sa gloire,
Et vous reniez sa victoire,
L'œil ébloui mais aveuglé.

Quand la tempête populaire,
Pleine de tumulte et de cris,
Sur le vieil autel séculaire
Portait la hache ou le mépris;
Quand la plèbe, ivre de démence,
Frappait, tuait quiconque pense,
Quiconque garde un souvenir;
Quand sa haine, prompte à renaître,

Croyait avec le sang du prêtre
Féconder tout un avenir ;

Vous aussi, debout dans l'orage,
Au milieu d'un peuple en rumeur,
Vous aviez un rire sauvage,
Et vous disiez : « Le Christ se meurt ! »
Il se meurt ! ô foule insensée !
Prête à choir dans ta nuit glacée,
Arrête et vois, le Christ est là ;
Arrête un moment et frissonne,
Car son éternité rayonne
Sur ton sépulcre ouvert déjà.

Regardez-le dans sa puissance,
Hommes frêles qui le bravez,
Seuls cadavres que sa présence
N'ait pas encore relevés !
Avez-vous l'oreille si dure,
Que cette voix sublime et pure
Y perde ses accens vainqueurs?
Il brisa son marbre suprême,
Ne peut-il aujourd'hui de même
Briser la pierre de vos cœurs?

O Christ ! Dieu fort, Dieu solitaire,
Sauveur immense et glorieux,
O Christ ! pardonnez à la terre

De méconnaître ainsi vos cieux!
Laissez sur nos jours pleins de fièvres
Descendre un souffle de vos lèvres,
Ranimez les cœurs languissans,
Afin que l'autel les rassemble
Et que nous puissions tous ensemble
Sortir du tombeau de nos sens!

 **XII**

PSAUME.

S'il est une âme abandonnée
Qui craigne d'entrer au saint lieu,
Qu'elle ose, humblement prosternée :
Une âme est déjà pardonnée
Quand elle a crié vers son Dieu!

N'est-ce pas lui, le Christ, qui sema sur la terre
Les germes d'un espoir qu'on n'a pas oublié,
Lui qui mettait au front de la femme adultère
Le doux voile de sa pitié?

N'est-ce pas lui l'appui de toutes les alarmes,

Lui qui cherchait le pauvre accablé de douleur,
Et lui gardait toujours, comme à son frère en larmes,
   Une place près de son cœur?

Descendu des grands cieux, ce roi, sans diadème,
Ne savait ici bas qu'aimer et compatir;
Sa douce charité fléchissait d'elle-même
   Devant le moindre repentir.

Il embrassait d'en haut le monde qu'il gouverne;
Attaché sur la croix par quelques insensés,
Il l'embrassait encor de son œil déjà terne,
   Et de ses bras déjà glacés.

Seigneur, Seigneur, pitié pour quiconque chancelle,
Pour quiconque gémit des fatigues du jour;
Seigneur, Dieu de clémence, abritez le cœur frêle
   Sous le manteau de votre amour.

   S'il est une âme abandonnée
   Qui craigne d'entrer au saint lieu,
   Qu'elle ose, humblement prosternée:
   Une âme est déjà pardonnée
   Quand elle a crié vers son Dieu!

XIII

SOUPIR.

Oh ! si j'ai vu son diadème
Quand sa voix douce m'appela ,
Mon bien-aimé sait que je l'aime ,
Bien plus pour lui seul , pour lui-même,
Que pour tous les trésors qu'il a.

Ce n'est pas sa belle couronne
Qui m'a fait chérir son front pur ,
Ni la grandeur qui l'environne ,
Ni l'éclat de son divin trône
Tout flamboyant d'or et d'azur ;

C'est le parfum de son haleine ,
L'écho de ses pas, doux concert ;
C'est l'odeur dont la brise est pleine ,
Quand il vient s'asseoir dans la plaine
Au sycomore du désert.

XIV

L'ASCENSION.

L'œuvre sublime est accomplie :
Semblable à l'aigle audacieux ,
Quand sa grande aile se déplie ,
Le Christ remonte dans les cieux ;
Il remonte : l'éclair le presse, l'environne,
L'absorbe tout entier comme un rideau jaloux :
Le voilà déjà près du trône
Qu'il avait déserté pour nous.

Il remonte, il tend ses deux ailes ,
Plus vite que les aquilons ,
Devant ses apôtres fidèles
Rassemblés comme autant d'aiglons :
C'est qu'avant de partir pour la céleste voûte,
L'aigle appelle d'abord ses aiglons du regard ;
C'est qu'il veut leur montrer la route
Qu'ils doivent sillonner plus tard.

Il disparaît dans la lumière
Qui l'entoure avec majesté ;
Il part, mais il lègue à la terre

Le salut de l'humanité ;
Aux disciples, surpris, qu'il remplit de sa grâce,
Le Dieu libérateur parle encore une fois,
    Et leur dernier doute s'efface
    Au vent de sa puissante voix.

    Il donne à tous la même tâche :
    « Allez et parlez en mon nom ;
    Allez m'annoncer sans relâche
    De nation en nation ;
Prêchez et baptisez quiconque s'humilie,
Quiconque vient à moi dans un jour de remord :
    Le croyant vivra de ma vie,
    L'incroyant mourra de sa mort. »

    Et couronné de sa victoire
    Il s'élance du milieu d'eux ;
    Oh ! tu peux rentrer dans ta gloire,
    Vainqueur céleste et radieux :
O Jésus ! sois béni : l'humanité sauvée
Voit enfin le soleil percer le noir brouillard ;
    Elle attendait ton arrivée,
    Elle espère dans ton départ.

    C'est que là haut ta bonté cède
    Aux prières du repentir ;
    Ta douce clémence intercède
    Le Père qui voudrait punir ;

C'est qu'entre l'homme et Dieu tu formes une chaîne ;
C'est que pour cimenter ce merveilleux accord,
  Le sang, le pur sang de ta veine
  Est prêt à se donner encor.

  Et si tu pars et si tu laisses
  Ces hommes chargés de douleurs,
  C'est pour appuyer leurs faiblesses,
  C'est pour les protéger ailleurs :
« Allons, sembles-tu dire, allons, sachez m'atteindre ;
Et quand l'instant viendra, plus pressés que l'éclair,
  Fuyez, renoncez, sans vous plaindre,
  Au sépulcre de votre chair. »

  Oh ! suivons-le, fendons la nue
  Où le Christ se cache à nos yeux ;
  Suivons dans sa voie inconnue
  Cet avant-coureur glorieux ;
Notre chef est là haut : qui nous arrête encore ?
Ce qu'on nomme la vie est un si lourd sommeil !
  Sa pâle et languissante aurore
  Vaut-elle l'immortel soleil ?

  Qu'attendons-nous parmi ces hommes
  Aux cœurs incertains et flottans ?
  Ne savons-nous pas que nous sommes
  Créés pour échapper au temps ?
Soutenus de Jésus, par la route annoncée,

Suivons-le dans les cieux, montons à son côté,
    Montons, nous tous, dont la pensée
    A soif de son Éternité.

    Seigneur, Seigneur, tu vois notre âme,
    Tu sais qu'elle est pleine de foi,
    Tu sais qu'un saint désir l'enflamme
    Et que nous combattons pour toi ;
Seigneur, protége-nous, donne-nous ce courage
Qui seul fait accomplir les plus hardis desseins ;
    Étouffe jusqu'au moindre orage
    Qui pourrait couver dans nos seins.

    Défends ton peuple qui t'appelle,
    Ton peuple qui lutte ici bas ;
    Soutiens ton Église immortelle
    Que l'on attaque à chaque pas ;
Et s'ils criaient jamais que son navire échoue,
S'ils croyaient voir sombrer ses pâles matelots,
    Lève avec la main cette proue
    Sur qui débordent tant de flots.

    Rassure la foule éplorée,
    Éclaircis l'horizon lointain,
    Jusqu'à l'heure si désirée
    Où nous te rejoindrons enfin ;
Jusqu'à l'heure où, lancés loin d'un monde où tout passe,
Sur l'aile d'un espoir immense, illimité,

Nous verrons surgir, face à face,
L'éternelle réalité !

⌁ XV ⌁

REGRET DE L'AME.

Où s'est-il envolé mon beau cygne d'amour?
Vers quel riant climat, vers quel heureux séjour
    A-t-il tendu son aile encore?
Dites : qui l'attirait dans un autre chemin?
    Est-ce la neige du jasmin,
    Est-ce la pourpre de l'aurore ?

S'en allait-il là haut vers l'azur spacieux?
Était-ce pour chercher l'étoile, fleur des cieux,
    Dans sa retraite solitaire?
Ou plutôt ici bas, dans un val creux et frais,
    Voulait-il respirer de près
    La fleur, étoile de la terre?

O mon cygne adoré! mon beau cygne d'amour,
Reviens! le soleil baisse à côté de la tour,
    Sa flamme est pâle et dispersée :

Reviens! j'ai tant souffert de mes sombres douleurs,
    Que le jour voile ses lueurs
    Devant la nuit de ma pensée.

XVI

REFUGIUM PECCATORUM.

    O ma mère, soyez bénie,
L'autel où l'on vous nomme a de si doux secrets!
    J'y suis venu, car je pleurais,
Dans les folles terreurs d'une longue insomnie :
    J'ai murmuré votre saint nom,
Ma voix a supplié, vous l'avez entendue,
    Et votre grâce est descendue
    Sur mon douloureux abandon.

    J'étais courbé contre la pierre,
Comme l'enfant qui tremble et qui parle bien bas,
    Et vous m'avez tendu les bras,
Et votre divin souffle a séché ma paupière;
    Étoile du cœur éploré,
Votre amour me console et me ravive l'âme,
    Vous éclairez de votre flamme

Mon avenir décoloré.

Oh! je vous aime; mais je n'ose
Vous dire cet amour dans un langage humain;
　　J'ai peur d'effleurer le jasmin
Où sur un lit voilé la colombe repose;
　　Que suis-je, avec mes chants obscurs,
Pour vous glorifier dans votre éclat suprême?
　　Que suis-je, pour approcher même
　　De vos sanctuaires si purs?

　　Je n'oserais, Vierge divine,
J'irais cacher plutôt mon cœur humilié,
　　Si votre ineffable pitié
Ne coulait pas toujours sur un front qui s'incline,
　　Si vous ne saviez compatir
Dès que l'âme a vaincu le fantôme du doute,
　　Dès qu'elle a cherché, sur sa route,
　　Les blanches eaux du repentir.

　　Épurez-la donc tout entière
Cette âme sans sommeil qui s'affaisse et se plaint;
　　Donnez-lui, comme à l'orphelin,
L'espoir d'un jour meilleur que les jours de la terre.
　　Elle est seule au milieu de tous,
Ne l'abandonnez pas dans cette voie aride,
　　Rendez-la sans tache et sans ride
　　Pour s'envoler plus vite à vous.

-·◦◎ XVII ◎◦-

LA PENTECOTE.

Descends des cieux, souffle sublime,
Esprit de grâce, Esprit d'amour,
Étoile au doux reflet qui luis sur notre abîme,
Soleil au pur rayon qui doubles notre jour ;
Dans ce siècle d'angoisse, où la brume s'amasse,
Darde un éclair suprême, et nos cœurs la vaincront :
Esprit d'amour, Esprit de grâce,
Descends des cieux sur notre front !

Que serait la raison humaine
Si tu ne lui servais d'appui,
Si dans la route obscure où son orgueil l'amène,
L'homme ne t'avait pas pour combattre avec lui ?
Cette forte raison, dont son âme est si fière,
Qui vacille toujours et tombe si souvent,
S'éteindrait sans toi sur la terre
Comme un flambeau battu du vent.

C'est toi, dont l'haleine féconde
Échauffe les molles tiédeurs,
Toi qui verses d'en haut, sur cette terre immonde,

L'ineffable trésor des célestes odeurs ;
Quand notre ennui s'accroît, quand notre mal s'aggrave,
Tu fais pleuvoir sur nous, qui manquions de soutiens,
    Une espérance plus suave
    Que la manne des jours anciens.

    C'est de toi que sortent les flammes
    Où le cœur s'épure à jamais ;
Tu rayonnes d'abord sur les plus chastes âmes,
Comme le soleil luit sur les plus hauts sommets.
Le siècle a beau chercher l'obscurité grossière,
Et fermer son œil morne au feu pur qui le suit,
    Tu fais ruisseler ta lumière
    Dans les entrailles de sa nuit.

    Consolateur de la tristesse,
    Espoir de l'humble repentir,
Il n'est pas un seul gouffre, une seule détresse
Dont un rayon de toi ne nous aide à sortir.
Source immense de paix, quand l'âme est combattue,
Tu lui fais discerner, par un éclair subit,
    Sous la lettre qui frappe et tue,
    Le sens profond par qui l'on vit.

    Auréole de l'indigence,
    Dans ses jours de vive douleur,
Ta lumière est pour elle un éclair d'espérance,
Un merveilleux reflet de vie et de bonheur ;

Pure émanation du céleste royaume
Où les cœurs malheureux sont les seuls préférés,
　　Tu descends plutôt sur le chaume
　　Que sur les portiques dorés.

　　Immense, indestructible aurore
　　Que rien ne borne dans son cours,
Ton éclat d'autrefois reste le même encore,
Tu parais maintenant ce que tu fus toujours;
Précurseur des cieux même et de ces grands ouvrages
Dont ta main parsema l'espace indéfini,
　　Tu planais avant tous les âges
　　Sur les vagues de l'infini.

　　Esprit propice, tu désarmes,
　　Tu calmes les cieux d'un regard;
Doux et compatissant, tu sais placer nos larmes
Dans la balance où l'homme est pesé tôt ou tard;
Esprit d'amour, au lieu des sanglantes offrandes
Que le ciel exigeait sous la loi de rigueur,
　　Tu ne cherches, tu ne demandes
　　Que le sacrifice du cœur.

　　C'est dans des jours comme les nôtres
　　Que la terre a besoin de toi:
Descends comme jadis, quand tes premiers apôtres
Ne formaient qu'un seul cœur dans une même foi;
Quand les langues de feu qui sillonnaient la nue

S'abaissaient sur leur tête avec un bruit divin,
 Et qu'une parole inconnue
 S'échappait à flots de leur sein.

 Étouffe la haine et l'envie,
 Ces deux serpens d'un cœur mortel;
Donne au pauvre la foi qui fait subir la vie,
Donne au riche l'amour qui fait gagner le ciel;
Établis entre eux deux un nœud qui les rassemble,
Afin que, s'avançant par différens côtés,
 Tous deux puissent monter ensemble
 Dans les mêmes félicités.

 Dévore les germes d'ivraie
 Qui sont nés avec nos malheurs,
Et dans le sentier sombre où notre âme s'effraie,
Rassure sa faiblesse à force de lueurs.
Défends-nous, sauve-nous de ces voix enivrantes
Qui parlent voluptés, gloires, illusions:
 Dirige nos barques errantes
 Sur l'océan des passions.

 Esprit de grâce, voici l'heure
 Où tu descendis autrefois,
Où tu vins raffermir, dans leur humble demeure,
Des hommes jusque là sans courage et sans voix;
Nous aussi nous vivons dans des temps difficiles,
Nous aussi nous prions, nous étendons les bras;

Nous sommes croyans, mais fragiles,
Esprit d'amour! tu descendras!

-⸱ 🙦 **XVIII** 🙥-ᴏ-

DOMINE, NON SUM DIGNUS.

C'était dans l'épaisseur du bois le plus profond,
Une source coulait et murmurait au fond
  Sur un lit de sable ou de pierre;
Et quand je fus auprès, sans que je visse rien,
Une voix m'appela, disant : « Regarde bien,
  C'est la fontaine de ton Père. »

Oh! je courus alors : j'étais plein de bonheur,
Car j'avais bien souffert de l'ardente chaleur,
  Et ma lèvre était tout en flamme;
J'arrivai, mais à peine eus-je effleuré les bords
Qu'un frisson douloureux me saisit tout le corps,
  J'étais en face de mon âme.

Et dans ce moment là les colombes des cieux,
Avec un cri d'amour, descendaient deux à deux
  Pour y baigner leurs tendres ailes;

Et moi je reculai, je partis en pleurant,
Hélas! je n'osais boire au céleste torrent,
    Moi n'étant pas aussi pur qu'elles.

XIX

L'AMOUR PUR EST UN CIEL.

La vie est dans l'amour qui la tient asservie,
Et l'amour est un ciel entr'ouvert ici bas :
        A-t-il connu la vie
        Celui qui n'aime pas!

Celui qui n'aime pas conçoit-il bien la terre,
Et ce rêve idéal, ce charme involontaire
        Qui ne peut s'exprimer?
Comprend-il cette langue enivrante, divine,
        Que notre âme devine,
        Mais à force d'aimer?

A-t-il quelque matin trouvé l'aube vermeille,
Plus fraîche mille fois qu'elle n'était la veille
        Dans nos champs gracieux?
Voit-il s'épanouir une rose inconnue,

L'étoile de la nue
Lui parle-t-elle mieux?

Cherche-t-il le mystère et la source innommée
Qui caresse au vallon des fleurs sans renommée?
    Va-t-il errer le soir?
Suspend-il par momens dans son pèlerinage
        Le bâton du voyage
        Au palmier de l'espoir?

Le voit-on s'arrêter au fond des solitudes
Avec le doux fardeau de ses sollicitudes?
    Et là, tout en rêvant,
Frissonne-t-il parfois sans avoir vu personne,
        Comme l'épi frissonne
        Sous le baiser du vent?

Est-ce au bord des grands flots résonnant sur leur rive,
Est-ce au flanc des vieux monts qu'une ivresse instinctive
    L'inonde et le poursuit?
Se plaît-il à saisir, sur leur cime escarpée,
        Quelque larme échappée
        Aux coupes de la nuit?

Aimer, absorber tout dans la même pensée,
Existence future, existence passée,
        Jouissances et pleurs,
Aimer, c'est l'union des plus intimes flammes,

La vie entre deux âmes,
Le ciel entre deux cœurs !

L'amour est un reflet du seul lieu qu'on envie,
L'amour est plein de force et survit au trépas :
A-t-il connu la vie
Celui qui n'aime pas ?

XX

FÊTE DE TOUS LES SAINTS.

Ouvrez-vous, cieux des cieux, portiques sans limite,
Royaumes étoilés dont la voûte palpite
Au bruit des concerts éclatans !
Palais du Dieu profond, du seul fort, du seul juste,
Tressaillez, rayonnez, voici la fête auguste
De vos immortels habitans !

Et vous, ô temples saints, que la foi cherche et nomme,
Autels où Jésus-Christ meurt chaque jour pour l'homme,
Retentissez de tout côté ;
Plus de larmes de deuil, plus de voile funèbre,

Voici l'heure sublime où la terre célèbre
    Les élus de l'Éternité !

Oh ! que vos cieux sont beaux, Seigneur ! quel vaste espace !
Quel empire splendide où la foule se place
    Sous l'éclair du même rayon !
Que de chants empressés se croisent, se répondent ;
Que de peuples divers se mêlent, se confondent
    Dans une seule nation !

Nation résonnante et qui n'a dans sa gloire
Qu'une hymne à répéter, l'hymne de la victoire,
    Car elle a vaincu pour toujours,
Car elle a triomphé des terrestres faiblesses ;
Nation radieuse et pleine d'allégresses,
    Pour qui les siècles sont des jours !

Oh ! qui saurait nombrer tout ce flot d'auréoles ?
Oh ! qui saurait, aidé de nos seules paroles,
    Décrire leur vive splendeur ?
Regardez : quel éclat dans cette cour céleste !
Tout est force et beauté ; pas un seul front où reste
    Le stigmate de la douleur.

Et pourtant ici bas que d'angoisses subies
Pour atteindre à ce but qu'ils payaient de leurs vies,
    Et que cherchaient leurs yeux mourans !
N'est-ce pas par les pleurs, par les tortures même,

Que se sont élancés jusqu'au trône suprême
   Ces pacifiques conquérans?

Ces guerriers n'avaient soif ni de sang ni de larmes,
Ils n'avaient pas besoin de recourir aux armes,
   Leur puissance venait d'ailleurs;
Ennemis de tout mal, ainsi que les apôtres,
Au lieu d'aller puiser dans les veines des autres,
   Ils laissaient déchirer les leurs.

Ils ont vaincu pourtant; là haut, loin de l'abîme,
Ils recueillent le fruit de leur labeur sublime,
   Dans des séjours délicieux;
Eternels possesseurs d'un bien que rien n'altère,
Ils jouissent de tout; leur rêve de la terre
   S'est réalisé dans les cieux.

Voyez-les par milliers, sous leur grand diadème,
Ces prêtres, ces vieillards, tous ceux que le Christ aime,
   Car ils suivirent son flambeau;
Voyez comme, à travers ces vagues de lumières,
Ils chantent rassemblés sur les marches premières,
   A la droite du saint Agneau!

Ici sont les martyrs, ces cœurs fermes et calmes,
Qui de leurs échafauds entrevoyaient leurs palmes
   Et se résignaient sans effroi:
Ici, ces hommes forts qui restaient purs et libres,

Même quand on fouillait dans leurs dernières fibres
  Pour en déraciner la foi.

Ici, les confesseurs dont Rome à l'agonie,
Dans ses raffinemens de vengeance infinie,
  Mutilait les membres épars ;
Et ceux qui, plus heureux, dans ces jours de colères,
Ne mouraient qu'une fois sous la dent des panthères
  Moins féroces que les Césars.

Là, ces hommes d'espoir, ces chrétiens intrépides
Qui s'ensevelissaient au fond des Thébaïdes
  Avec un désir immortel ;
Là, ces vierges d'amour, transfuges de la terre,
Tendres fleurs dont la vie enclose de mystère
  N'eut de parfums que pour le ciel.

Là, les déshérités, les rejetés du monde,
Qui savaient supporter leur angoisse profonde
  En levant seulement les yeux ;
Et tous les délaissés de l'époque où nous sommes,·
Qui tombèrent un jour les plus obscurs des hommes,
  Et qui sont ressuscités dieux.

Quiconque s'est lavé de l'humaine folie ;
Quiconque, loin du monde, a bu jusqu'à là lie
  Le calice de l'abandon ;
Quiconque, retiré dans quelque solitude,

Sanctuaire de l'âme, a fait sa seule étude
 De l'antique rédemption.

Ils triomphent là haut, ils triomphent sans crainte ;
L'air impur d'ici bas ne porte plus atteinte
 A leurs rêves de chaque jour ;
Le bruit perpétuel de la plèbe insensée
Ne vient plus interrompre, au fond de leur pensée,
 La douce extase de l'amour.

Et par delà c'est Dieu : sa gloire est dans la nue,
Car l'ange même tremble à sa puissante vue
 Et s'enveloppe de terreur ;
C'est de lui, c'est du fond de cette auguste enceinte
Que jaillit par torrens sur la milice sainte
 L'éclair de l'éternel bonheur.

C'est à lui, c'est au roi du radieux empire
Que s'en va le parfum de tout ce qui respire
 Dans les astres étincèlans ;
C'est à lui que s'adresse, à lui que monte encore
L'immortel hosannah, plus vaste, plus sonore
 Que la voix de mille océans.

Gloire à Dieu ! gloire à Dieu ! voilà le cri des mondes,
Le cri des Infinis qui soulèvent leurs ondes,
 Le cri des étoiles de feu ;
Et les saints animés, pressés du même zèle,

Les saints mêlent leur hymne à l'hymne universelle,
    En criant aussi : « Gloire à Dieu ! »

O vous que le Seigneur plaça près de son trône,
Heureux prédestinés que sa force environne,
    Et que nous prions à genoux ;
Vous qui deviez un jour le voir et le connaître,
Habitans du grand ciel, hôtes du divin Maître,
    Protégez-nous, défendez-nous !

Veillez sur nous, daignez, du haut de votre sphère,
Regarder un moment la terrestre poussière ;
    Rendez notre chemin plus beau :
Faites luire une flamme, un rayon dans notre ombre,
Afin que ce reflet de vos splendeurs sans nombre
    Nous éclaire jusqu'au tombeau !

XXI

RETOUR A LUI.

Pauvre brebis jetée à travers les forêts,
Par un soleil d'été, j'errais et je souffrais
    Une angoisse trop peu comprise ;
Mon cœur chargé d'un mal que personne ne plaint,

Mon cœur s'était rompu, comme un vase trop plein
    Qui fermente, éclate et se brise.

Et l'avenir voilé ne me consolait pas,
Et dans mon abandon tout semblait fuir mes pas,
    Tout, jusqu'au doux regard qui m'aime ;
Et quel que fût le sol, aride ou fleurissant,
Que mon pied sillonnât, j'y semais, en passant,
    Quelque parcelle de moi-même.

Mais l'ouvrier céleste a pris tous ces débris,
Il a versé sur eux un parfum de haut prix,
    Une eau mystique et salutaire ;
Et mon cœur s'est trouvé ravivé dans un jour,
Et maintenant qu'il est un calice d'amour,
    L'oiseau du ciel s'y désaltère.

 XXII

PITIÉ POUR EUX.

Encor l'hiver, encor la saison triste et rude
Qui change la vallée en froide solitude,
Qui pèse sur le sol engourdi de sommeil ;

20

Saison morne où la terre, étreinte à sa surface,
Attend pour respirer que son linceul de glace
    Soit déchiré par le soleil.

Encor l'hiver, encor des pompes trop connues,
Et les chars résonnant sur le pavé des rues,
Et le bal effréné dans sa folle rumeur;
Puis tout auprès, encor des angoisses sans nombre,
Et quelque infortuné qui, sur son grabat sombre,
    Lutte un moment, frissonne et meurt.

Ici, c'est une fête où chaque jeune fille
Se hâte d'étaler son collier qui scintille,
Ses vêtemens brillans de moire et de velours;
Ici, sous des lambris resplendissant de flamme,
La légère beauté laisse flotter son âme
    Dans les illusions d'amours.

Là, sous un toit bien noir, c'est quelque femme obscure
Qui vend furtivement un reste de parure,
Pour soigner son époux malade et presque seul;
C'est quelque vierge, au front ridé par la famine,
Qui réchauffe à deux mains sur sa pâle poitrine
    Les pieds glacés de son aïeul.

C'est le pauvre honteux qui souffre sans se plaindre,
Qui, dans l'étroit réduit où l'hiver vient l'atteindre,
Ne défend même pas ses membres demi nus;

C'est une mère, hélas ! une mère qui pleure
Auprès d'un froid berceau d'où sortait tout à l'heure
    Un cri qu'elle n'entendra plus.

Oh ! pas un de ces chars pleins de faste et d'ivresse
Qui ne heurte, en passant, quelque horrible détresse,
Quelque âme sans espoir dévouée au malheur :
Pas un de ces salons éclatans et prospères
Qui ne jette un reflet de ses vives lumières
    Sur une maison de douleur.

Écoutez, ô vous tous qu'un soir d'hiver rassemble,
Vous tous qui, savourant le charme d'être ensemble,
Oubliez la saison pour songer au plaisir ;
Vous qui, préoccupés de la fête nouvelle,
Poursuivez le bonheur comme un papillon frêle
    Qu'il faut se presser de saisir.

Écoutez, du milieu de vos salles riantes,
Quand la neige et la nuit, ces deux sœurs effrayantes,
De leur voile funèbre inondent les chemins,
Oh ! vous frissonnerez jusque dans votre joie,
Car le soupir des vents que la nuit sombre envoie
    Est mêlé de soupirs humains !

Car la douleur est là, dans les champs, dans les villes,
Aux lieux les plus bruyans, aux bords les plus tranquilles,
Partout sa voix appelle et ses bras sont tendus ;

O riches de nos jours, si son cri vous alarme,
Ne fuyez pas, pleurez plutôt, la moindre larme
    Peut enfanter mille vertus !

Pleurez, marchez auprès de ces âmes voilées
Qui s'en vont à l'écart, timides et troublées,
Arrêter l'indigent quand on ne les voit pas :
Imitez ces cœurs purs, pleins de charme et de grâce,
Qu'un instinct merveilleux amène sur la trace
    De quiconque souffre ici-bas.

Oh ! j'en sais dont l'aspect fait palpiter les mères,
Dont le nom bégayé par l'enfant des chaumières,
Se conserve au hameau comme un pieux trésor ;
J'en connais qui, le soir, au seuil qu'on abandonne,
Répandent sans mesure, après un flot d'aumône,
    Leur voix plus consolante encor.

Seigneur, entourez-les ; — gardez ces âmes saintes
Qui vont toujours prêtant l'oreille aux moindres plaintes :
Les anges de vos cieux ont-ils rien de plus doux ?
Protégez-les, Seigneur ! — l'amour pur les anime :
Et l'amour n'est-il pas un échelon sublime,
    Le seul qui nous conduise à vous !

XXIII

PSAUME.

C'est dans des temps comme les nôtres,
Temps d'égoïsme et de langueur,
Qu'il faut imiter les apôtres,
Et verser sans choix sur les autres
Le miel d'amour qu'on porte au cœur.

C'est maintenant surtout qu'on doit avec tendresse
Donner le plus de soins au plus déshérité ;
La première vertu, dans nos jours de détresse,
        N'est que la charité.

La charité, — non pas seulement cette aumône
Que nous jetons au pauvre attiré sur nos pas,
Mais cette charité qui se tait, qui pardonne,
        Et ne condamne pas.

Celle qui prête un voile au vice misérable,
Sans l'insulter jamais d'un mot accusateur;
Celle qui voit toujours sur le front du coupable
        Le sang du Rédempteur.

Si quelqu'un près de vous chancelle et fait naufrage,

Oh! n'en triomphez pas, n'aggravez pas son deuil ;
Qui sait si vous eussiez surmonté davantage
    La tempête ou l'écueil ?

Avant de rien juger il faut qu'on s'examine,
Il faut sonder son âme, en scruter les secrets :
Frères, mettez d'abord la main sur la poitrine,
    Vous jugerez après.

Le doux ruisseau qui sort des montagnes sauvages
Ne va pas dans les fleurs comme dans son seul lit :
Il court plus loin chercher de moins heureux rivages
    Qu'il féconde et nourrit.

Ainsi de vous : allez où la tristesse habite,
Allez vers le pécheur, quand le pécheur se plaint ;
Épanchez, prodiguez la pitié sans limite
    Dont votre cœur est plein.

    C'est dans des temps comme les nôtres,
    Temps d'égoïsme et de langueur,
    Qu'il faut imiter les apôtres,
    Et verser sans choix sur les autres
    Le miel d'amour qu'on porte au cœur.

XXIV

L'ASSOMPTION.

Elle a pris son vol... où va-t-elle
Par les espaces entr'ouverts?
Où va cette femme immortelle
Au milieu de ce flot d'éclairs?
Elle s'élance éblouissante,
Avec la vitesse puissante
De l'aigle ou des vents fugitifs;
Elle s'élève couronnée,
Par dessus la terre étonnée,
Par dessus les cieux attentifs.

Cette femme que l'ange nomme
Au bruit des acclamations,
C'est la mère du Dieu fait homme,
Du désiré des nations;
C'est la Vierge auguste et féconde
Qui porta le Sauveur du monde,
Dans un siècle à jamais sacré:
C'est la mère pleine de grâce
De celui qui mourut en face
De ce grand ciel qu'il a créé.

Oh! quelle merveille éclatante!

Oh! quel spectacle inattendu!
La mère heureuse et triomphante
Retourne au Fils qu'elle a perdu.
Est-ce bien lui, lui dont la terre
Renia l'appel solitaire,
Condamna la céleste voix;
Lui qui vivait dans les alarmes,
Lui qu'elle a vu, malgré ses larmes,
Agoniser sur une croix?

Il règne maintenant, il plane
Au dessus de l'homme pervers:
Ce martyr d'un peuple profane
Est là haut roi de l'univers;
Pas un des soleils de l'espace
Qui ne se courbe quand il passe,
En murmurant son nom béni;
Il peut tout frapper, tout absoudre;
Il a pour messager la foudre,
Il a pour palais l'infini!

Et c'est là, sous un dais de flamme,
Qu'il vient de serrer dans ses bras
La douce Vierge, l'humble femme
Qu'il choisit pour mère ici bas.
Oh! de quel brillant diadème
Il entoure ce front qu'il aime!
Quel triomphe immense et divin!

Le Seigneur, le Dieu de victoire
La porte aujourd'hui dans sa gloire
Comme il fut porté dans son sein.

O vous que le Christ environne,
O sainte mère du saint roi,
Daignez du haut de votre trône,
Daignez dissiper notre effroi.
Protégez-nous contre l'audace
De l'ennemi qui nous menace,
Fortifiez notre abandon :
Préservez-nous d'une défaite,
O vous que l'Éternel a faite
Si puissante pour le pardon !

Plaignez, sauvez l'homme fragile
Qui sans vous mourrait tout entier,
Pauvre créature d'argile
Que tout fait trembler et ployer.
Ayez pitié quand il s'égare,
Et dans son atmosphère avare
Envoyez-lui quelques lueurs ;
Rendez plus doux que de coutume
Ce pain du soir, pain d'amertume
Qu'il paie avec tant de sueurs.

Aidez nos âmes à renaître :
Voyez ! nous défaillons déjà ;

Priez pour nous le divin Maître,
Dites: « Mon fils! » il cèdera.
Que refuse-t-il à sa mère?
Implorez-le ; votre prière
Nous empêchera de périr ;
Chaque mot d'une voix si pure
Fait disparaître une souillure,
Et fait éclore un repentir !

 XXV

SOURCE DE VÉRITÉ.

Venez, vous dont la vie est aride et brûlante
Comme un désert sans eau, sans grâce et sans beauté,
   Voici la source consolante
   De l'éternelle vérité.

Voici le seul miroir où brille, en traits de flamme,
L'image du seul Dieu qu'adore le chrétien ;
   Voici la foi qui guérit l'âme,
   Voici l'espoir qui la soutient.

Accourez, accourez, vous que la foule blesse,
Vous qui rêvez à l'ombre un abri calme et sûr ;

Venez laver votre faiblesse
Dans les torrens de l'amour pur.

Accourez, pauvres cœurs, cette source féconde
Étanchera la soif qui vous mène au tombeau ;
    Toutes les richesses du monde
    Ne valent pas sa goutte d'eau.

Que ne la cherchez-vous ? son aspect seul délivre
Le cœur le plus brisé, le plus las de souffrir ;
    Cette source d'amour fait vivre,
    Celles du monde font mourir.

Oh ! ne la fuyez pas : Jésus veut qu'on espère
Dans les momens d'angoisse et d'intime douleur :
    N'est-il pas toujours notre Père,
    Comme il fut notre Rédempteur ?

Et du fond du grand ciel où notre âme l'implore,
Où comme un flot d'encens nous élevons nos voix,
    Ne tend-il pas ses bras encore
    Comme il les tendait de la croix ?

⊶ XXVI ⊷

SAINT JEAN.

Oh! quand l'Homme-Dieu, sur la terre,
Épuisait toutes les douleurs,
Quand il baignait de ses sueurs
Sa voie ardue et solitaire ;
Quand, chargé d'opprobre et de coups
Par la populace brutale,
Il marchait vers la croix fatale,
Anges du ciel, que faisiez-vous?

Vous le suiviez d'en haut sans doute,
Le regard fixe de stupeurs ;
Vos pleurs accompagnaient ses pleurs
Et s'y confondaient goutte à goutte :
Et quand son œil fut obscurci,
Quand sa bouche toute meurtrie
Exhala son resté de vie,
Vous crûtes expirer aussi.

Mais lui, lui, la douce colombe,
L'apôtre était près de la croix,
N'ayant plus ni geste, ni voix,
Immobile comme la tombe ;

Ce qu'il allait perdre en ce lieu,
Ce qu'il pleurait avec son âme,
C'était l'humble enfant de la femme,
. Et l'ami non moins que le Dieu.

Ce qui remplissait sa poitrine
D'un sanglot toujours renaissant,
C'était de voir ces bras en sang
Et cette tête qui s'incline ;
Aussi, malgré tous ses efforts,
Il était sans voix, sans pensée,
Pauvre créature brisée
Dont l'âme semblait fuir le corps.

N'avait-il pas veillé sans cesse
Sur cet homme abreuvé d'affront ?
N'avait-il pas sur son doux front
Épanché sa jeune tendresse ?
Et quand l'humble crucifié
S'effrayait du prochain supplice,
N'avait-il pas dans son calice
Versé le miel de l'amitié ?

C'est qu'il ne marchait qu'avec peine
Le Dieu que son cœur adorait :
Il semait partout le bienfait,
Et recueillait partout la haine ;
C'est qu'il parlait à des ingrats,

C'est que dans sa pitié profonde
Il voulait embrasser le monde,
Et le monde fuyait ses bras.

O saint disciple, ô tendre apôtre
Du Dieu mort sur l'infâme bois!
O fidèle ami, que de fois
Sa douce main pressa la vôtre!
Que de fois, lassé du combat,
Les yeux mornes, l'âme troublée,
Il posa sa tête accablée
Sur le seul cœur qui lui restât!

Aussi du haut de ce calvaire
D'où son âme allait s'envoler,
C'est à vous qu'il daignait parler,
C'est à vous qu'il léguait sa mère;
Et vous, tremblant à cet appel,
Vous sentiez un frisson intime,
Tant vous semblait vaste et sublime
Le dernier dépôt fraternel.

Oh! vous étiez choisi d'avance
Pour lui prêter un sûr appui,
Pour marcher à côté de lui
Dans le chemin de la souffrance;
C'est vous qui, par un sort bien beau,
Jeté sur la route divine,

Deviez émousser chaque épine
Sous les pas du céleste Agneau.

Exaucez donc cette prière
Qui sort de la lèvre et du cœur ;
O saint disciple du Sauveur,
Tâchez d'apaiser sa colère !
Priez pour nous dans ce beau jour ;
Priez pour qu'aidés de ses grâces,
Nous puissions monter sur vos traces
Par le doux sentier de l'amour !

XXVII

LE RAYON, CE FUT TA GRACE.

Une fleur fragile et petite
Croissait aux fentes du rocher ;
Elle allait s'effeuiller de suite,
Quand un rayon vint la chercher.

Et sa tige fut relevée,
Et l'étranger, seul, à l'écart,

La respire à son arrivée,
La redemande à son départ.

O sois béni, toi que j'embrasse
De toute l'ardeur de ma foi !
Car le rayon, ce fut ta grâce,
La fleur tombante, c'était moi.

XXVIII

DANS SA CELLULE.

A vous, ma colombe voilée,
A vous les roses de l'espoir,
Et les brises de la vallée,
Et les enchantemens du soir.

A vous la nuit silencieuse
Qui parfume nos régions ;
A vous l'étoile gracieuse
Qui fait pleuvoir tant de rayons.

A vous, fille des solitudes,
A vous les sublimes concerts,
Et les célestes quiétudes

D'un cœur dégagé de ses fers.

A vous qui, lasse de l'hommage
Qu'on vous prodigua tant de fois,
Avez tout quitté pour l'image,
La sainte image de la croix ;

Et bien loin des routes mortelles
Dont l'éclat vous séduisait peu,
Avez replié vos deux ailes
Près du tabernacle de Dieu !

Oh ! dans cette enceinte profonde,
Vous reniez, vous dépouillez
Les derniers souvenirs du monde,
Comme autant de bandeaux souillés.

Là bas, près du fleuve qui coule,
Vous n'avez plus, à tout moment,
Le frémissement de la foule
Qui vous suivait en vous nommant.

Plus de ces parures brillantes
Qu'à votre âge on recherche encor;
Plus de fêtes étincelantes
Du doux reflet des lampes d'or.

Mais, ô ma colombe voilée,

Vous avez l'éternel espoir,
Et les brises de la vallée,
Et les enchantemens du soir.

Et quand l'ombre apporte sa trève
A vos labeurs interrompus,
Vous trouvez dans le moindre rêve
La paix du ciel que je n'ai plus!

○-⁌ **XXIX** ⁌-○

AVE MARIS STELLA.

Prions, la vague nous entraîne,
Le flot est pur, le ciel est clair :
Adorons tous la jeune reine
Qui fait briller la nuit sereine,
Qui fait dormir la grande mer.

L'aquilon rugissait et sillonnait la voile,
Les filets de la nuit avaient pris chaque étoile ;
    Nous étions à genoux,
Seuls, ballottés au loin sur de fragiles planches,

Tandis que mille flots heurtaient leurs crêtes blanches
        A quelques pas de nous.

La montagne agitée, en face du navire,
Tremblait et chancelait, comme un homme en délire,
        Ou comme un noir géant ;
Les cieux même grondaient sous leur épaisse écorce,
Et leur cri fraternel s'alliait avec force
        Au cri de l'Océan.

        Mais au milieu du sombre orage
        Qui se hâtait de nous couvrir,
        Une femme, dans un nuage,
        Jetait l'éclair de son visage
        Sur le vaisseau prêt à périr.

Et le vaisseau, malgré la houle furieuse,
S'élançait puissamment des abîmes qu'il creuse
        A force de labeurs ;
Et ce reflet divin, cette flamme féconde
Qui s'échappait du ciel, en même temps que l'onde,
        Illuminait nos cœurs.

Ave Maris stella : soyez toujours bénie,
O vous qui refrénez la colère infinie
        De la foudre et du vent ;
Étoile au doux regard, au chaste diadème,
Le flot envahisseur retombe de lui-même

En vous apercevant!

Prions, la vague nous entraîne,
Le flot est pur, le ciel est clair;
Adorons tous la jeune reine
Qui fait briller la nuit sereine,
Qui fait dormir la grande mer.

 XXX

SAINT PAUL.

Parmi ces âmes égarées
Qui doivent s'épurer un jour,
Et qui seront les préférées
Aux yeux de la céleste cour,
Il en est qu'un flot de poussière,
Comme un morne et sombre suaire,
Prive long-temps de tout flambeau;
Il en est qui, pour se résoudre,
Ont besoin qu'un éclat de foudre
Les sillonne dans leur tombeau.

Ainsi de Saul: la foi chrétienne

N'a pas d'ennemi plus puissant ;
Encor souillé du sang d'Étienne,
Il a déjà soif d'autre sang !
« Courons, dit-il, Damas m'appelle ;
C'est là que la secte nouvelle
A des adorateurs nombreux :
Je veux, si le sort me protége,
Les exterminer tous, dussé-je
M'engloutir moi-même avec eux ! »

Et plus pressé que la rafale
Dans les plus orageux climats,
Il précipitait sa cavale
Le long du chemin de Damas.
Toujours ardent, toujours rebelle,
La haine lui prêtait son aile,
Il s'élançait comme la nuit ;
Et la populace, à voix basse,
Murmurait : « Voilà Saul qui passe,
Le grand persécuteur du Christ ! »

Or un éclair perce la nue,
La foudre luit sur le chemin :
Saul, qui s'effraie à cette vue,
Saul foudroyé tombe soudain.
Une voix s'adresse à la sienne :
« O Saul, d'où te vient tant de haine ? »
Et lui : « Qu'êtes-vous donc, Seigneur ?

— Je suis le Dieu que l'on blasphème,
Je suis Jésus, celui-là même
Que tu poursuis avec fureur. »

Le superbe, le téméraire
S'agenouille en tendant les bras :
« Seigneur, Seigneur, que faut-il faire?
— Entre à Damas, et tu sauras. »
Il hésite un instant, il pleure,
Cet homme si fier tout à l'heure
Ose à peine quitter le sol;
Il se lève enfin, mais tout autre,
Le blasphémateur est apôtre,
Saul est déjà devenu Paul.

Il renaît chrétien! il se lève,
Car il croit sentir tour à tour
Je ne sais quelle ardente sève
De foi, d'espérance et d'amour.
Il veut rouvrir son œil débile,
Mais la prunelle est immobile
Et fermée au monde mortel;
Pur symbole, puissant mystère!
L'œil du corps ne voit plus la terre,
Quand l'œil de l'âme voit le ciel!

On s'empresse de le conduire
Jusqu'à Damas, suivant son vœu.

Il reste trois jours sans rien dire,
Rempli des visions de Dieu.
Éclairé d'un reflet suprème,
Il courbe sous l'eau du baptème
Son front si rebelle autrefois ;
Puis le cœur plein de saintes flammes,
Il part pour conquérir les àmes
Avec le glaive de sa voix.

Il va de contrée en contrée,
Il va priant et bénissant ;
Jérusalem et Césarée
Le reçoivent en frémissant ;
Il traverse Éphèse incertaine,
Il ose interpeller Athène
Au nom du Dieu crucifié ;
Il va surmontant chaque obstacle,
Ses jours ne sont qu'un long miracle,
Un miracle multiplié.

Ce n'est pas tout : le Dieu qu'il nomme
Doit affronter d'autres regards ;
Il faut que Paul aille dans Rome
Prêcher jusqu'au pied des Césars.
Il s'y montre enfin : sa parole
Ardente, impétueuse, vole
Comme l'aquilon sur les mers ;
La foule l'écoute avec fièvre ;

Le seul mouvement de sa lèvre
Fait trembler tous les Jupiters.

Il poursuit et rien ne l'arrête,
Il passe entouré de rayons;
Il passe, il étend sa conquête
Jusqu'aux lointaines nations.
Puis quand l'œuvre est presque achevée,
Devant la plèbe soulevée,
Il meurt pour affermir la loi;
Il meurt, et dans Rome qui doute,
Il sème son sang goutte à goutte
Comme un dernier germe de foi.

O saint martyr! du haut des astres
Où vous planez en immortel,
Daignez prévenir les désastres
Qui menacent encor l'autel!
Implorez le Dieu tutélaire
Pour que sa foudre nous éclaire,
O vous qu'elle éclaira jadis;
Saint martyr, sublime prophète,
Priez pour que Dieu nous admette
Dans les gloires du paradis!

-c ⁘ XXXI ⁘-

PARDONNE-LUI.

O mon bien-aimé Christ, mon rédempteur, mon maître,
     Mon plus fidèle appui,
Le siècle ardent et sombre a pu te méconnaître,
     Seigneur, pardonne-lui.

Pardonne-lui, Seigneur, cette folle poussière
Que son bras égaré jette à flots sur ton ciel;
Laisse-lui le présent incertain, éphémère,
N'as-tu pas le futur immuable, éternel?

Pardonne ces ardeurs, ces convulsions d'âme,
     Ces fièvres du désir;
Peut-être est-ce un dernier gonflement d'une lame
     Qui cherche à s'assoupir.

Car le siècle comprend la foi qu'il a raillée;
Il hésite, il se tourne à l'horizon vermeil,
Comme l'oiseau dont l'aile à moitié déployée
Veut et n'ose partir en face du soleil.

Qui sait, tant son instinct le travaille et l'emporte
     Vers la suprême loi,

Qui sait s'il n'aura pas bientôt l'aile assez forte
    Pour monter jusqu'à toi?

Jusqu'à toi, qui, du haut de ta gloire divine,
Pardonneras aux pleurs de ton peuple calmé,
Jusqu'à toi, dont le nom fait vibrer ma poitrine
Et palpiter ma chair, ô mon Christ bien-aimé!

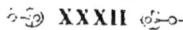 XXXII

AURORE DE LA VIE.

J'ai beau heurter mes lèvres
    Aux ronces d'ici bas,
Les plus ardentes fièvres
    Ne me suffisent pas.

C'est qu'il faut la souffrance
    A qui sort de l'erreur;
C'est qu'après l'espérance
    J'ai choisi la douleur.

Oh! oui, je l'ai nommée
    Dans l'élan de ma foi,
Ma jeune bien-aimée,

Ma seule épouse à moi!

La compagne fidèle
Qui harcèle mon corps,
Qui frappe d'un coup d'aile
Mon esprit quand je dors!

Qui tempère ma crainte
Par un souvenir pur,
Et m'offre, avec l'absinthe,
L'odeur d'un miel futur!

Aussi dans la tourmente
Qui fatigue mon cœur,
Je n'ai point d'autre amante,
Je n'ai point d'autre sœur.

Quand mon esprit s'agite,
Las de son lourd fardeau,
Elle entr'ouvre au plus vite
Le terrestre rideau;

Et j'entrevois sans peine,
Dans des lointains meilleurs,
La paix douce et sereine,
Cette fille des pleurs.

Oh! quand luira la flamme

Du jour que je pressens ?
Quand pourrai-je, ô mon âme,
Briser l'anneau des sens,

Et, bien loin des orages
Qui m'assiégeaient hier,
M'asseoir sous des ombrages
Que n'atteint pas l'hiver ?

Aurore de la vie
Pour le cœur combattu,
Lumière que j'envie,
Quand donc brilleras-tu ?

Maison pure et sacrée,
Doux et céleste port,
Faut-il que ton entrée
Ait pour garde la mort ?

Faut-il, lorsque j'appelle
Le splendide avenir,
Que cette mort si belle
Soit si lente à venir ?

Oh ! j'implore sa flèche
Comme un dernier secours ;
Si son baiser dessèche
La feuille de mes jours,

J'aurai près de ma tombe,
Pour m'attendre au réveil,
Une aile de colombe,
Un reflet de soleil ;

Et ma mère divine
Caressera de l'œil
La branche d'aubépine
Que j'emporte au cercueil.

XXXIII

SAINTE FÉLICITÉ, MARTYRE.

O lys qui viviez de rosée,
O la plus modeste des fleurs,
D'où vient que vous êtes brisée,
D'où vient cette tache posée
Sur vos gracieuses couleurs?

Pauvre colombe de passage,
Quel souffle a glacé votre voix?
De quel bord est sorti l'orage?

D'où vient que votre blanc plumage
S'est ensanglanté dans les bois?

Oh! je le sais, tendre colombe,
Beau lys caressé par le jour;
Oh! je sais pourquoi la fleur tombe,
Je sais ce qui mène à la tombe
L'oiseau fidèle à son amour.

O vierge, vous fuyez la fête
Que vous offre un monde mortel:
Fleur, vous implorez la tempête:
Oiseau, vous abaissez la tête
Pour la relever dans le ciel;

Et tout à ce grand sacrifice
Qui vous semble facile et doux,
Vous effeuillez votre calice,
Vous expirez avec délice,
Pour renaître au sein de l'époux.

⟶ XXXIV ⟵

A MON PÈRE ET A MA MÈRE.

Vivez, oh! vivez à toute heure
De cette paix intérieure
Dont vos jours purs sont parsemés!
Que l'aile des anges s'étende,
Que la grâce des cieux descende
Sur vos fronts, ô mes bien-aimés!

Sur vous, mon tendre père, âme candide et forte,
Qui croyez, dans un siècle où la foi presque morte
Relève lentement son autel abattu;
Vous dont la douce vie est une hymne éternelle,
Vous qui désabusant le sceptique rebelle
  Le feriez croire à la vertu!

Sur vous, ma mère, vous dont le cœur poétique
S'éveilla, se forma dans le château gothique,
A l'ombre des donjons et des grands bois mouvans;
Vous qui ne compreniez dans ce désert sauvage
Que le bonheur de voir s'envoler le nuage
  Et d'écouter le cri des vents!

Soyez bénis tous deux, appuis de mon enfance;

Vous m'avez abreuvé du lait de l'espérance,
Vous m'avez approché des sources de la foi !
Quel que soit l'horizon où mon essor m'entraîne,
Soyez bénis, votre âme accompagne la mienne,
    Je la sens qui palpite en moi !

Et j'élève vers Dieu la voix de ma tendresse,
Et je lui dis : « Seigneur, donnez-leur l'allégresse,
Daignez, du haut du ciel, leur servir de soutien ;
Épanchez, prodiguez sans trève, sans mesure,
Ils sont dignes de tout tant leur pensée est pure,
    Et moi je ne mérite rien. »

Tendres parts de moi-même, âmes sœurs de mon âme,
Que ne puis-je vous dire, avec des mots de flamme,
Ce que je sens pour vous d'amour au fond du cœur !
Que ne puis-je, du bord de mes arides voies,
Vous verser tout le miel des plus célestes joies,
    Et ne garder que la douleur !

    Vivez, oh ! vivez à toute heure
    De cette paix intérieure
    Dont vos jours purs sont parsemés !
    Que l'aile des anges s'étende,
    Que la grâce des cieux descende
    Sur vos fronts, ô mes bien-aimés !

·~·⁓ XXXV ⁓·~·

HYMNE DE SAINT JEAN DE LA CROIX.

(TRADUIT DE L'ESPAGNOL.)

L'ÉPOUSE.

« O mon seul bien-aimé, pourquoi m'as-tu laissée ?
Mon époux, mon amour, je languis ici bas :
Pourquoi me fuir si vite après m'avoir blessée,
    Moi qui vais pleurant sur tes pas?

Tu fuis comme le cerf, tu fuis avec vitesse ;
Si vous l'apercevez, oh ! dites-lui, pasteurs,
Dites-lui que mon âme est pleine de tristesse,
    Que je le cherche et que je meurs.

En suivant mes amours j'irai sur la montagne,
Je parcourrai les bois où sa voix m'appela ;
J'irai, mais sans cueillir les fleurs de la campagne,
    Car mon âme vole au delà !

Bois sombres, répondez, vous qu'il planta lui-même,
Forêts aux verts rameaux, vallons obscurs et doux,

Dites, l'avez-vous vu celui que mon cœur aime,
    A-t-il passé devant vous tous?

RÉPONSE DES CRÉATURES.

Il a passé par là, répandant mille grâces;
Il marchait avec calme, avec sérénité,
Et la fleur des printemps s'entr'ouvrait sur ses traces,
Et les vallons brillaient vêtus de sa beauté.

L'ÉPOUSE.

Hélas! où me guérir, où prendre du courage?
Donne-toi, mon époux, sois enfin tout à moi;
Viens à moi par pitié, car le plus doux message,
    Le plus doux espoir n'est pas toi.

Ils me racontent bien ta grandeur infinie,
Mais je souffre encor plus, je rêve tout le jour
A je ne sais quels mots que leur voix balbutie
    Et qui me font languir d'amour.

Que devenir sans toi, source mystérieuse,
Source de toute vie et de toutes vertus?
Une fois que l'on sait ta beauté merveilleuse,
    Comment vivre où tu ne vis plus?

Pourquoi m'avoir blessée et me laisser mourante?

Pourquoi m'abandonner ainsi sur le chemin?
Que ne me prenais-tu, déjà faible et souffrante,
    Pour m'ensevelir dans ton sein?

Adoucis des ennuis que ton nom seul modère;
Apaise d'un regard ce trouble douloureux;
Laisse-toi voir enfin: n'es-tu pas la lumière
    Vers qui se dirigent mes yeux?

Oh! si j'entrevoyais les traits que je désire!
Mon époux, mon amour, je me sens chanceler;
Détourne ton regard, car ton regard m'attire
    Et je suis prête à m'envoler.

L'ÉPOUX.

Reviens à moi, reviens, ô ma colombe, arrête:
Attends-moi dans les fleurs qui parfument le sol;
Le cerf long-temps blessé va reposer sa tête,
Sa tête rafraîchie au doux vent de ton vol.

L'ÉPOUSE

Mon bien-aimé ressemble à la fraîche vallée;
Il est comme un beau cèdre au front majestueux,
Comme un fleuve sonnant sur la grève isolée,
    Comme un zéphyr tombé des cieux:

Comme une pâle nuit voisine de l'aurore,
Comme un tendre instrument, un luth intérieur,
Comme un val embaumé, comme un désert sonore
    Où le vent chante avec douceur.

Mon âme est tout à lui, mon âme ne s'élève
Que vers lui, qui peut seul me plaire et me charmer ;
Je ne forme aucun vœu, je ne fais aucun rêve
    Qui ne me conduise à l'aimer.

Si donc je ne vais plus errer dans la contrée,
Vous direz, ô pasteurs, mon amour, mes regrets ;
Vous direz qu'un moment je me suis égarée,
    Mais qu'on m'a retrouvée après.

Je cueillerai des fleurs, ce sera mon offrande,
L'offrande de mon âme, après ses doux aveux ;
Je te la donnerai cette fraîche guirlande
    Enlacée avec mes cheveux.

Car si tu m'as aimée, oh ! c'est ma chevelure
Qui t'entraîna vers moi par un tendre désir ;
Et c'est de mon regard que vint cette blessure
    Dont j'aime à voir ton cœur languir.

Et si tu m'aime encor, ce n'est pas pour moi-même :
Que suis-je ? c'est pour toi, mon plus doux, mon seul bien ;
C'est que j'ai pris de toi quelque grâce suprême,

Et mon œil reflète le tien.

Mon front s'était bruni dans l'ardente Judée,
Mes yeux ternes n'avaient ni force ni clarté ;
Merci, mon bien-aimé, de m'avoir regardée,
    Ton regard donne la beauté.

Arrêtez, vents du nord, mon bien-aimé repose ;
Et toi, vent du midi, qui réveilles l'amour,
Viens à moi pour qu'il dorme à l'ombre de la rose,
    Au milieu des parfums du jour !

L'ÉPOUX.

Elle est là près de moi, mon épouse modeste,
Dans le jardin suprême où tout est vie et fleur ;
Elle y dort maintenant sous un palmier céleste,
Ses deux bras à mon cou, sa tête sur mon cœur.

Oiseaux du ciel et vous habitans de la terre,
Lions qui rugissez, cerfs qui courez sans bruit,
Fleuves tumultueux, ruisseaux pleins de mystère,
Aquilons et terreurs, gardiennes de la nuit,

Oh ! cédez à ma voix, veillez, veillez sur elle,
Laissez dans son repos, laissez mon doux trésor ;
N'effleurez même pas la feuille la plus frêle,
De peur de réveiller ma colombe qui dort.

22

L'ÉPOUSE.

O filles de Sion, parmi les fleurs riantes
L'ambre sème un parfum dont l'époux est charmé ;
Restez, n'approchez pas les portes rayonnantes
    De la maison du bien-aimé.

Lève-toi, mon amour, et de ton beau visage
Éclaire la vallée où j'étais en péril ;
Regarde avec douceur, regarde, à ton passage,
    La montagne de mon exil.

L'ÉPOUX.

Elle m'est revenue, elle est là, ma colombe,
Avec son doux rameau né sous un ciel meilleur ;
Elle a retrouvé là, près du fleuve qui tombe,
Son époux languissant d'amour et de douleur.

Elle cherchait les bois dans ses inquiétudes,
Elle y mettait son nid loin du bruit, loin du jour,
Aussi son bien-aimé la mène aux solitudes,
Car c'est dans les déserts qu'il fut blessé d'amour.

L'ÉPOUSE.

Oh ! réjouissons-nous, oh ! viens, toi que j'adore,

Je veux me regarder dans ta fraîche beauté ;
Allons sur la colline où roule une eau sonore
    Qui tombe avec rapidité.

Allons nous reposer sous la grotte de pierre
Où le soleil s'arrête, où glisse un vent plus doux ;
Et là, si le sommeil clôt ma jeune paupière,
    Je dormirai sur tes genoux.

Là je retrouverai ce que mon cœur envie,
L'aube d'un frais printemps après un triste hiver ;
Là tu me donneras, ô mon âme, ô ma vie,
    Ce que tu me donnais hier ;

Le souffle d'un vent doux, le chant de Philomèle,
Le calme des forêts, que n'éveille aucun pas,
Et la flamme d'amour, cette flamme immortelle
    Qui brûle et ne fatigue pas. »

Et sur la jeune épouse un parfum de cinname
Épanchait, prodiguait son flot délicieux ;
Et l'ennemi fuyait, il fuyait devant l'âme
    Qu'inonde la grâce des cieux !

XXXVI

CANTIQUE.

Venez à moi, Jésus ; la nuée est épaisse,
Un voile s'est fixé sur le soleil qui baisse,
Et je marche tout seul par des sentiers glissans ;
Le soleil va mourir, l'ombre redouble encore,
　　O blanche étoile de l'aurore,
　　Éclairez la nuit de mes sens !

J'ai regardé le ciel d'où la rosée émane,
Comme pour implorer quelque divine manne,
Quelques parfums d'en haut purs et rafraîchissans ;
Le souffle qu'on respire ici bas me dévore :
　　O blanche étoile de l'aurore,
　　Éclairez la nuit de mes sens !

Oh ! que m'est-il resté de tant de fleurs cueillies
A travers l'amertume et les mélancolies ?
Un regret douloureux, des souvenirs blessans ;
Mon œil s'est desséché, mon front se décolore :
　　O blanche étoile de l'aurore,
　　Éclairez la nuit de mes sens !

Il ne faut pour percer les ténèbres profondes

Qu'un peu de cette foi qui soulève des mondes ;
Accroissez-la, Jésus, dans nos cœurs faiblissans ;
Hélas ! j'erre si loin du sentier que j'implore !
    O blanche étoile de l'aurore,
    Éclairez la nuit de mes sens !

Venez donc, ô Jésus ! sur ces routes funèbres,
Votre lumière à vous me voit dans mes ténèbres,
Moi qui n'aperçois rien de ce jour que je sens :
Je le connais pourtant, je devine et j'adore :
    O blanche étoile de l'aurore,
    Eclairez la nuit de mes sens !

XXXVII

L'ARCHITECTE INCONNU.

Où donc est-il caché ? dans quel lieu solitaire
Rencontrerai-je enfin le statuaire austère,
    L'architecte puissant et pur,
L'homme prédestiné qui, plus fort que le blâme,

Doit dans nos jours d'angoisse, à l'aide de son âme,
    Édifier l'autel futur?

Surgira-t-il bientôt, cet artiste fidèle,
Qui saura tôt ou tard, par quelque œuvre immortelle,
    Joindre le présent au passé?
Le verrai-je celui qui, sûr de la victoire,
Gourmandera la foule, et du haut de sa gloire
    Relèvera l'art abaissé?

Courbé sur mon labeur, le soir, quand je m'isole
Pour tirer de mon âme une ardente parole,
    Un soupir au Dieu souverain,
Que de fois j'ai crié, dans l'élan qui m'anime:
« Où donc est le sculpteur qui, pour mon Christ sublime,
    Remûra le marbre ou l'airain?

Quand verrai-je, au milieu de la pieuse enceinte,
Se dresser devant moi l'image auguste et sainte
    Aussi belle qu'il me la faut?
Quand pourrai-je, à travers mes extases de flamme,
Me dire: « Le voilà tel que l'œil de mon âme
    L'entrevoyait jusque là haut? »

Frère, viens donc à nous, — que je voie à la tâche
Ce bras nerveux et fort qui maintenant se cache
    Comme pour quelque grand dessein!
L'immortel monument n'est-il encor qu'en germe,

Ou plutôt, prêt à fuir la prison qui l'enferme,
   L'as-tu tout entier dans ton sein?

Que sont-ils devenus ces siècles sans mélange,
Où le temple de l'homme était digne de l'ange,
   Où l'architecte audacieux,
Après avoir placé l'autel près du sol même,
Comme pour resserrer l'alliance suprême,
   Jetait les deux tours dans les cieux?

Il n'allait pas scruter l'Italie et la Grèce;
Il fouillait dans son âme, il y puisait l'ivresse
   Et la répandait au saint lieu :
« Sois temple, » disait-il, et chaque arceau gothique
Répondait à sa voix par un divin cantique,
   Et chaque pierre nommait Dieu.

C'est qu'en ces temps de force et de grâce infinie
L'artiste soulevait autour de son génie
   D'unanimes convictions ;
C'est que, pour remuer ces colosses de pierre,
Ces masses de granit qui font trembler la terre,
   Il attelait des nations.

Et son œuvre céleste une fois accomplie,
Les cœurs tendres venaient avec mélancolie
   Y passer la moitié des jours ;
Et quand la nuit tombait comme un vaste suaire,

Les âmes des élus descendaient de leur sphère
    Pour en visiter les détours.

Mais nous, pour élever des temples qu'on renomme,
De glorieux autels, nous n'avons pas un homme,
    Éclair qui perce le brouillard ;
Ce n'est pas qu'ici bas la sève soit tarie,
Mais dans le fond des cœurs le siècle l'a flétrie,
    Et l'incroyance a tué l'art.

Que pourraient-ils créer? leur idole chérie,
La chair étouffe en eux l'esprit qui vivifie ;
    Ils n'ont ni flamme ni transport ;
Lisent-ils seulement cette Bible immortelle,
Océan de pensée où le cœur le plus frêle
    S'abreuve comme le plus fort?

Ont-ils jeté les yeux sur ce drame sévère
Qui s'ouvre à Bethléem et s'achève au Calvaire,
    Selon les récits d'autrefois?
Quand notre Christ souffrait, suivaient-ils bien sa trace?
Ont-ils senti leur chair se contracter en face
    Des épouvantes de la croix?

Oh ! quand vous élevez, avec un bras profane,
Des églises sans foi que votre orgueil condamne,
    Et qui vous coûtent tant d'efforts,
Fabricateurs mondains, à qui ce travail pèse,

N'y traînez pas le Christ, sa croix est mal à l'aise
    Sous vos ridicules décors.

Le Christ est sans statue, ou si quelqu'un l'essaie,
C'est une œuvre stérile, on l'achète, on la paie,
    Et l'incrédulité la vend ;
Pas un saint ouvrier pour la divine image,
Pas un seul qui se trouble auprès de son ouvrage,
    Et se prosterne en l'achevant !

Où chercher, où trouver dans cette tourbe immense
Le ciseau qui doit seul créer avec puissance
    Le monument de notre loi ?
O Dieu ! s'il ne fallait qu'une forte pensée,
Quel temple, quels autels pour la foule empressée
    Je bâtirais avec ma foi !

Mais non : Dieu n'a donné qu'un luth à ma faiblesse,
Et je chante Jésus que le siècle délaisse,
    Et je marche seul à l'écart.
Que m'importe après tout ? dans l'arène publique
J'aurai tracé du moins un sillon catholique
    Qui sera fécondé plus tard.

J'aurai dit hautement ce que ma foi devine,
J'aurai semé partout la parole divine,
    Avec calme et simplicité ;
Précurseur inconnu d'un art tout près d'éclore,

J'aurai montré cet art s'éclairant à l'aurore
    De l'éternelle vérité.

Et quand les temps viendront, ô mon Christ, quand vos fêtes
Attireront enfin un peuple de poètes,
    Moi qui meurs avec cet espoir,
Je me réveillerai du fond de mon silence
Pour saluer ce jour que je chantais d'avance,
    Et que je ne devais pas voir !

XXXVIII

RESSOUVENIR.

O mes cloches du soir, sonnez à mon oreille,
Sonnez, sonnez encore, ô mes cloches d'amour;
Mon cœur s'ouvre à vos voix, comme la fleur vermeille
    S'ouvre aux baisers du jour!

    Le soleil a baissé : c'est l'heure
    D'amertumes et de péril
    Où la tristesse nous effleure,
    Où l'étranger s'arrête et pleure

Sur la montagne de l'exil.

C'est l'heure de la rêverie,
C'est l'heure de l'isolement,
Où sur chaque lèvre qui prie
Le nom céleste de Marie
Vient de lui-même doucement.

O la première entre les femmes
Qui de là haut veillent sur nous,
O patronne des chastes flammes,
A qui s'adresseraient les âmes,
Si ce n'était d'abord à vous?

Mais le doux Angelus qui tinte,
Et qui s'assoupit par degré,
Me rappelle une voix éteinte,
Me rappelle une rose atteinte
Par un souffle prématuré.

Hélas! hélas! ma beauté frêle
Entend-elle sous son linceul
Cette cloche triste et fidèle
Qu'autrefois j'écoutais près d'elle,
Que maintenant j'écoute seul?

O mes cloches du soir, sonnez à mon oreille,
Sonnez, sonnez encore, ô mes cloches d'amour;

Mon cœur s'ouvre à vos voix, comme la fleur vermeille
S'ouvre aux baisers du jour!

◦⊸❦ XXXIX ❧⊶◦

SEUL REFUGE.

Comme la biche blessée
Dans quelque hallier sanglant,
S'en va seule, délaissée,
Et le dard encore au flanc;

Et puis auprès d'une eau douce,
Bien loin du hallier trompeur,
Se creuse, au fond de la mousse,
Un lit pour dormir sans peur;

Ainsi, bien loin de la terre
Qui la blessait chaque jour,
Ma pauvre âme solitaire
S'enferma dans son amour.

-⊸⊱⊰⊶-

~⊙ XL ⊙~

AUX FEMMES.

O femmes, c'est en vain que le siècle recule,
C'est en vain que bien loin du céleste séjour
Le siècle, qui se plaît dans son froid crépuscule,
    Cherche à nier le jour.

Marchez à travers l'ombre, à travers les nuages
Que la foule salue avec des cris profonds;
Levez les yeux plus haut : l'étoile des vieux Mages
    Luit encor sur vos fronts.

Marchez, suivez toujours votre chemin sublime;
Et si le siècle impur vous insulte parfois,
S'il raille votre Éden, du fond de son abîme,
    N'écoutez pas sa voix.

Restez fermes, gardez dans ces temps trop funestes,
Gardez au fond du cœur l'amour et la pitié,
Voilez-vous, courbez-vous sous les regards célestes
    Du Dieu crucifié.

Courez vous prosterner sur les marches du temple,

Au pied des saints autels, dont l'ombre seule absout,
Et là, les yeux baissés, instruisez, par l'exemple,
    Ceux qui doutent de tout.

Priez, et qu'à l'aspect d'un zèle qui le charme,
L'incrédule lui-même, atteint d'un saint effroi,
Se surprenne à verser une dernière larme
    De tristesse ou de foi.

Priez, mêlez votre hymne aux chants sacrés du prêtre,
Priez avec ivresse au lieu le plus obscur;
Et la grâce d'en haut s'abaissera peut-être
    Sur le front le moins pur;

Et vous verrez encor la justice apaisée,
Et sur l'aridité d'un stérile sillon,
La mère de Jésus versera la rosée
    Du céleste pardon.

Laissez-les s'enchanter de leurs frêles sciences,
De leur vaine richesse et des biens d'ici bas;
Laissez-les ravaler de sublimes croyances
    Qu'ils ne comprennent pas.

Laissez ces hommes fiers vanter leur rude écorce,
Vous taxer de faiblesse et rire du saint lieu;
O femmes! croyez-moi, la faiblesse est la force
    Sous le regard de Dieu!

Votre faiblesse à vous ne sera point brisée,
On ne la verra point crouler comme la leur ;
Vous resterez toujours fortes par la pensée ,
    Et grandes par le cœur.

C'est vous qui rallumez, au moment des tempêtes ,
Le phare presque éteint, comme il l'est aujourd'hui ;
C'est par vous que l'espoir redescend sur nos têtes
    Qui succombaient sans lui.

Car l'innocence seule apaise la justice
Qu'aucun pouvoir d'en bas ne saurait arrêter;
Car la prière pure est la médiatrice
    Que Dieu daigne écouter.

Comme l'acier fidèle à son penchant suprême,
S'incline vers le nord qui l'attire en vainqueur,
Votre âme, par instinct, votre âme d'elle-même
    Se tourne à la douleur.

Pas un front abattu par le vent ou la pluie
Que vous ne releviez au jour de l'abandon,
Pas un frêle roseau que votre voix n'appuie
    En prononçant un nom ;

Le nom du délaissé, le nom du Dieu fait homme,
Du Dieu mort pour nous tous dans l'angoisse et l'oubli,
Que l'opulent rejette et que le pauvre nomme,

Car il fut pauvre aussi.

Oh! qui dira, mon Dieu, tout le charme d'une âme
Dont votre nom céleste est le puissant recours!
Oh! quel trésor s'amasse au fond d'un cœur de femme
    Où la foi vit toujours!

C'est le ruisseau qui dort à l'écart sur la route,
C'est la blanche citerne au flot silencieux,
La citerne voilée où filtre, goutte à goutte,
    L'eau pure des grands cieux!

XLI

PRÈS DE L'AUTEL.

Au premier signal de l'orage,
L'oiseau qui volait vers le jour,
L'oiseau s'abaisse à quelque ombrage,
Et s'y replonge avec amour.

Aux premières gouttes de pluie,
La jeune et délicate fleur

De ses feuilles qu'elle replie
Se fait un nid intérieur.

Ainsi quand l'âme est effrayée
Des rumeurs du monde mortel,
Ainsi son aile déployée
Se referme auprès de l'autel :

Et son trouble mélancolique
S'endort bientôt dans le saint lieu,
Au soupir de la basilique
Retentissante de son Dieu.

Donc j'ai courbé mon front morose
Devant la face du Seigneur,
Et comme on respire une rose,
J'ai respiré la paix du cœur.

XLII

RESTEZ SOUS VOS TOITS SOLITAIRES.

J'étais accouru vers l'église,
Les yeux humides, le cœur plein,
Et là, sous la muraille grise,

J'écoutais le flot qui se brise ,
La vieille cloche qui se plaint.

Et la cloche allait dans l'espace
Se perdre avec les cris du vent,
Et le flot parlait à voix basse ;
On eût dit qu'il demandait grâce
Avant d'effleurer le couvent.

O vous que le pauvre désigne ,
Tendres gardiennes du malheur ,
Vous dont se joue un siècle indigne ,
N'est-il pas vrai qu'un divin cygne
Chante la nuit dans votre cœur ?

Que nul remords ne vous accuse ,
Quand vous redemandez le soir
Cette paix que Dieu nous refuse ,
Et qui va chercher la recluse
Sous les rideaux du saint dortoir ;

Cette paix muette et voilée
Qui fuit le tourbillon fatal ,
Et qui dort dans l'âme isolée ,
Comme une perle recélée
Dans une coupe de cristal ?

N'avez-vous pas , comme on l'atteste ,

Autant d'espoir qu'il vous en faut ?
Votre voix touchante et modeste
N'est-elle pas l'écho céleste
Des mille harpes du Très-Haut ?

Restez sous vos toits solitaires,
O jeunes sœurs de Gabriel !
C'est à l'ombre des monastères
Que fleurissent les purs mystères,
Et que s'entr'ouvre un peu le ciel.

XLIII

JÉSUS ENFANT.

Entr'ouvrez vos frais calices,
Fleurs des vallons et des bois ;
Semez vos pures délices,
Versez vos saintes prémices
Sur le front du Roi des rois !

Quoiqu'il soit sans diadème,
Sans royaume et sans pouvoir,
J'ai vu les palmiers d'eux-même

S'incliner pour l'entrevoir ;
Le grand aigle et sa compagne
Ont chanté le Dieu nouveau,
Et le cri de la montagne
A salué son berceau.

Entr'ouvrez vos frais calices,
Fleurs des vallons et des bois ;
Semez vos pures délices,
Versez vos saintes prémices
Sur le front du Roi des rois !

Comme il est beau ! l'âge aride
Respecte encor sa fraîcheur ;
Il n'a pas encor de ride,
Il ne sait pas la douleur.
Pauvre enfant ! près de sa mère
Accoudée au bord du lit,
Il joue avec la lumière
Qui le cherche et lui sourit.

Entr'ouvrez vos frais calices,
Fleurs des vallons et des bois ;
Semez vos pures délices,
Versez vos saintes prémices
Sur le front du Roi des rois !

Et la mère agenouillée

Ne le quitte pas des yeux;
On la dirait effrayée
D'un sort aussi glorieux;
Dans sa prévoyance sainte,
Faible et forte tour à tour,
Elle aurait peur, si la crainte
Ne se perdait dans l'amour.

Entr'ouvrez vos frais calices,
Fleurs des vallons et des bois;
Semez vos pures délices,
Versez vos saintes prémices
Sur le front du Roi des rois!

Poursuis, enfant, ta faiblesse
N'a pas besoin de soutien;
Le siècle ingrat te délaisse,
Mais l'avenir t'appartient;
En vain la terre se ligue,
O céleste Emmanuel,
Cette main qu'un rien fatigue
Remûra plus tard le ciel!

Entr'ouvrez vos frais calices,
Fleurs des vallons et des bois;
Semez vos pures délices,
Versez vos saintes prémices
Sur le front du Roi des rois!

XLIV

LE MARTYR.

Au cirque! un chrétien va combattre dans l'arène ;
Encore un front qui tombe au souffle des faux dieux ;
Le voyez-vous là bas! sa figure est sereine,
Son œil brille, on dirait qu'il entre dans les cieux.

Au cirque! à ce cri de fête
La foule accourt toute prête
A seconder les bourreaux ;
Le préteur rit sous sa tente,
Et le tigre, dans l'attente,
Mord le fer de ses barreaux.

Le voilà! le voilà! le cirque entier s'agite ;
Il est jeune, il est beau, le reste est oublié ;
On dispute pourtant, on s'apaise, on s'irrite :
« Grâce! grâce! » dit l'un ; — l'autre : « Pas de pitié!... »
Mais le préteur fait un geste,
Et la foule, qui proteste,
S'arrête de toutes parts ;
Le tigre seul râle et crie,
On dirait qu'il remercie
Le grand peuple et ses Césars.

Et tout-à-coup, du fond de la vaste assemblée,

Du milieu des gradins pressés et suspendus,
Une femme apparaît, la tête dévoilée,
La chevelure au vent, les deux bras étendus :
 « Mon fils! mon fils! sois fidèle;
 Songe à Jésus qui t'appelle,
 A Jésus, ton seul appui. »
 — Et l'enfant, d'une voix fière :
 « Il est mort pour moi, ma mère,
 Je saurai mourir pour lui. »

Or, ce qui se passa dans ce moment suprême,
Ce que tous deux disaient et du cœur et des yeux,
Étonnait, remuait cette plèbe elle-même
Quand on ouvrit le cirque au tigre furieux.
 On se serre, on fait silence;
 Le tigre en deux bonds s'élance,
 Le poil dressé, l'œil ardent :
 Il accourt droit à sa proie,
 Il la saisit, il la broie
 De sa griffe et de sa dent!

Et la victime expire à cette même place
Où tant d'autres viendront jeter le même adieu;
Et son dernier coup d'œil plonge encor dans l'espace,
Et son dernier soupir appelle encor son Dieu.
 Et la mère! — pauvre mère!
 Elle était tombée à terre
 Au premier cri des vainqueurs :

Le tigre, applaudi par Rome,
En lacérant un seul homme,
Avait déchiré deux cœurs.

Courage, ô peuple fort! poursuis ta noble tâche!
Encor des flots de sang, encor de saints martyrs!
Invoque tour à tour et le tigre et la hache,
Ne te refuse rien, rien que les repentirs.
  Cours à ces fêtes cruelles,
  A ces luttes criminelles
  Qui font gémir la raison;
  J'aperçois, pâle et muette,
  La vengeance qui te guette
  Des hauteurs de l'horizon!

Elle fondra sur toi, cité puissante et brave,
Elle t'arrachera ton glorieux manteau;
Le sort, que tu nommais jusqu'ici ton esclave,
Ébranlera tes murs d'un coup de son marteau;
  Encore un reste d'années,
  Et tes splendeurs ruinées
  Joncheront le sol couvert,
  Et le Tibre, roi du monde,
  Le Tibre ouvrira son onde
  Aux cavales du désert!

O mère du grand peuple! il te faut, pour ta fête,
Le tigre de Zara dans le cirque grondant;

Voilà ce qui te charme. Eh bien! sois satisfaite,
Un tigre inattendu te viendra d'Occident!
  Mais, ô ville magnanime!
  Sais-tu quel lutteur sublime
  Doit combattre ce jour-là?
  Ce sera toi-même, ô reine,
  Et le tigre, à face humaine,
  Aura le nom d'Attila!

XLV

RIEN DE STABLE QUE LUI.

  S'il en est un de vous, mes frères,
Dont le pied toujours sûr n'ait jamais chancelé,
Et qui garde en son cœur profondément scellé
  Le trésor des pures prières;
S'il n'a pas eu besoin, malgré les passions,
  Que sa foi se soit rallumée,
  S'il n'a pas suivi la fumée
  Des terrestres illusions;

  S'il a cherché dans la justice
Le seul port d'ici bas qui n'ait rien de trompeur,

S'il s'est vaincu lui-même et s'il foule sans peur
    Un sol ensemencé de vice,
Qu'il aille devant Dieu, qu'il l'implore à genoux,
    Afin que sa bonté nous voie,
    Afin que son esprit envoie
    Ses miséricordes sur nous.

    Hélas! je n'ai pas d'autres armes,
L'espoir le plus serein ne peut me consoler:
Je suis triste ou craintif, je tremble de parler,
    Et ma prière est dans mes larmes:
C'est que j'admirais trop de frivoles plaisirs
    Dont l'allégresse est défendue,
    C'est que mon âme était perdue
    Dans le vide de ses désirs.

    Je m'envolais avec mes songes
Par delà des séjours qui me souriaient peu,
Par delà le cénacle où m'appelait mon Dieu,
    Loin du tumulte et des mensonges;
Et puis, comme l'oiseau qui s'en va par malheur
    Jouer avec les folles brises,
    Je me sentais les ailes prises
    Dans le filet de la douleur.

    J'ai bu dans la coupe illusoire;
Mais j'ai passé bien vite à côte de l'écueil:
J'en ai tant vu tomber des sommets de l'orgueil;

Et pourrir au sein de leur gloire !
A quoi bon le labeur et les nuits sans sommeil ?
     Nous marchons tous vers le lieu sombre,
     Enveloppés de la même ombre,
     Éclairés du même soleil !

     Rien de solide, rien de stable,
Rien de pur, ô mon Dieu, que votre autel à vous :
C'est là qu'on peut dormir du sommeil le plus doux.
     Comme l'agneau dans son étable.
Dormez donc, faibles cœurs, ses bras vous ont reçus.
     Son œil céleste vous contemple ;
     Dormez sous la voûte du temple,
     Dormez à l'ombre de Jésus.

XLVI

LE PAPE.

     Instruisez-vous, peuples du monde,
     Cœurs fragiles, cœurs inconstans,
     Écoutez la leçon profonde
     Que vous donne la voix des temps

     Depuis que sur le haut Calvaire,

Témoin de son dernier adieu,
Le trépas ferma la paupière
De celui qui fut homme et Dieu,

Voilà dix-huit siècles qui roulent
Sur la pente d'un même sort ;
Voilà vingt royaumes qui croulent
Déracinés du même effort.

Regardez-les : — hommes et choses,
Jours de splendeur, jours de péril,
Tout s'en va par les mêmes causes :
Une fois morts, qu'en reste-t-il ?

Que reste-t-il d'un Charlemagne ?
Demandez au pâtre rêvant
Ce qu'il reste sur la montagne
Du cèdre brisé par le vent ?

Que reste-t-il de ces empires,
De ces colosses d'autrefois,
Que soulevaient tant de délires,
Qu'enorgueillissaient tant d'exploits ?

Arrêtez-vous sur leur poussière !
Parlez, criez : Qui règne ici ?
Chaque brise, en frappant la pierre,
Répond d'elle-même : L'oubli.

Leur expirante renommée
Élève un jour sur le chemin
Un peu de légère fumée
Qui retombe le lendemain.

Ils dorment ces hommes superbes,
Impassibles, silencieux :
Le ver qui remue un brin d'herbes
Est mille fois plus puissant qu'eux.

Leur froid cadavre, vain fantôme
Qu'appesantit un lourd sommeil,
N'a pas même ce qu'a l'atome,
Un frémissement au soleil.

Mais à côté de ces ruines
Qu'entasse à la hâte et partout,
Sous les impulsions divines,
Le temps, ce destructeur de tout,

Un homme, un homme seul encore
Lève un front plein de majesté,
Le souffle orageux qui dévore
Respecte son éternité.

Il règne où les Césars de Rome
Ont disparu comme l'éclair,
Car le seul toucher de cet homme

A fait choir leur sceptre de fer.

Pendant que la plus faible crise
Force un peuple de succomber,
Et que toute gloire agonise
Sur le sol prêt à l'absorber,

Il règne ce vieillard débile :
On dirait un grand monument
Seul durable, seul immobile
Dans l'universel mouvement.

Et sur la terre qu'il dédaigne
Il voit, avec nos passions,
Rouler, sans que son flot l'atteigne,
Le torrent des destructions.

Du haut de sa force infinie,
Il pèse à leur juste valeur
Ce qu'on appelle le génie,
Ce qu'on appelle la grandeur.

Il sait ce que la plus grande âme
Contient de tempête et d'orgueil,
Et que sans la céleste flamme
Elle trébuche au moindre écueil.

Il sait ce qu'un empire dure

Entre les mains d'un conquérant :
Pauvre fourmi qui se croit sûre
Des grains de sable qu'elle prend.

C'est que le ciel qui le contemple
L'a mis bien au dessus des rois ;
C'est qu'il a pour palais le temple,
C'est qu'il a pour drapeau la croix :

Et si l'univers l'environne
Pour écouter ce qu'il prescrit,
C'est qu'il parle du haut d'un trône
Cimenté par la main du Christ !

Retenez donc, peuples du monde,
Cœurs fragiles, cœurs inconstans,
Retenez la leçon profonde
Que vous donne la voix des temps.

Ne courez plus, comme vos pères,
Après un laurier incertain,
Après ces gloires éphémères
Qu'un jour abat, qu'un souffle éteint.

Allez dans la ville éternelle,
Sous des cieux purs de tout brouillard,
Allez vous reposer sous l'aile
De l'impérissable vieillard.

Sa voix qui dompte les tempêtes,
Qui sait prier, qui sait bénir,
Vous dira les seules conquêtes
Qu'on peut faire dans l'avenir !

FIN DES HYMNES SACRÉES.

TABLE GÉNÉRALE

POÉSIE CATHOLIQUE.

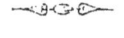

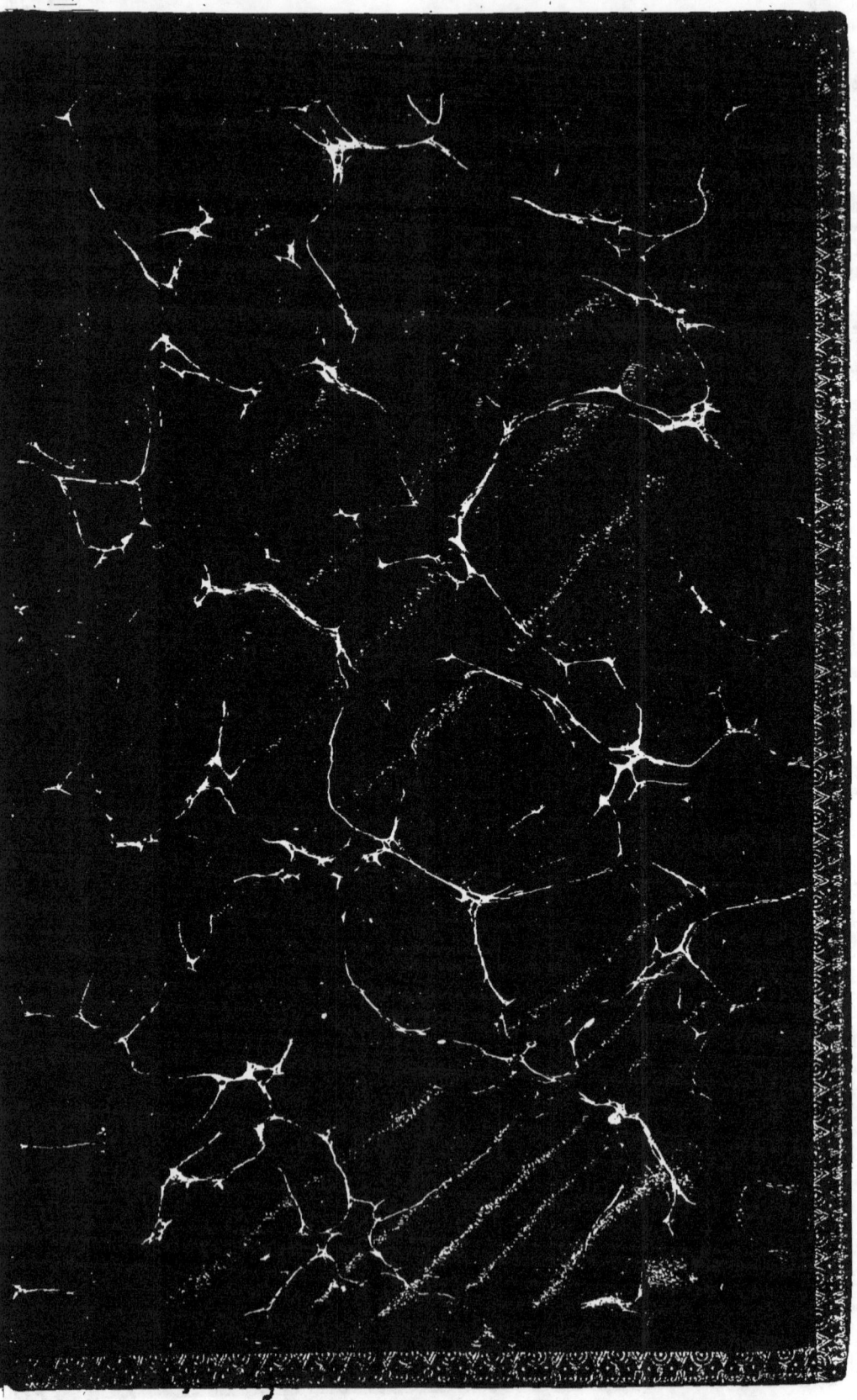

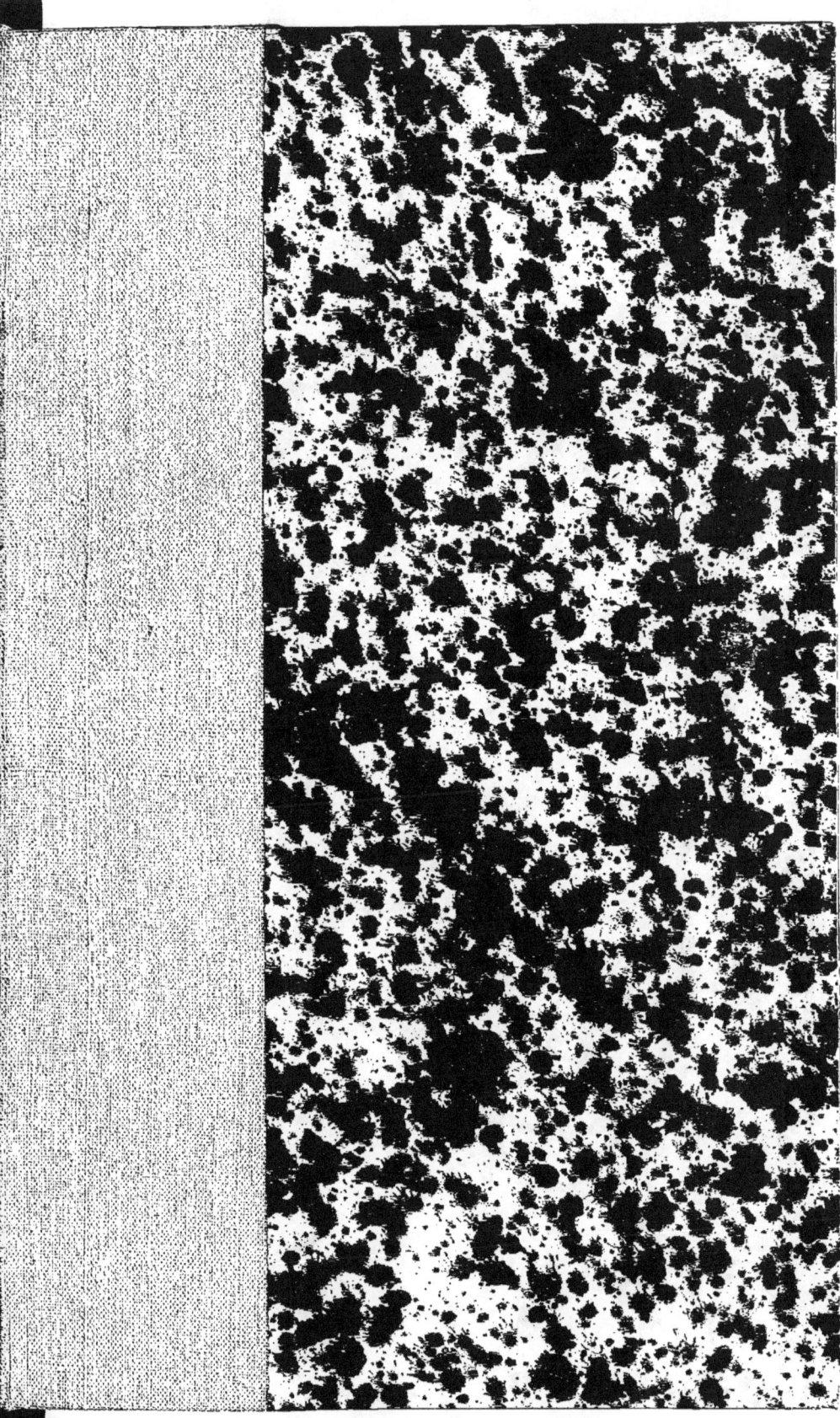

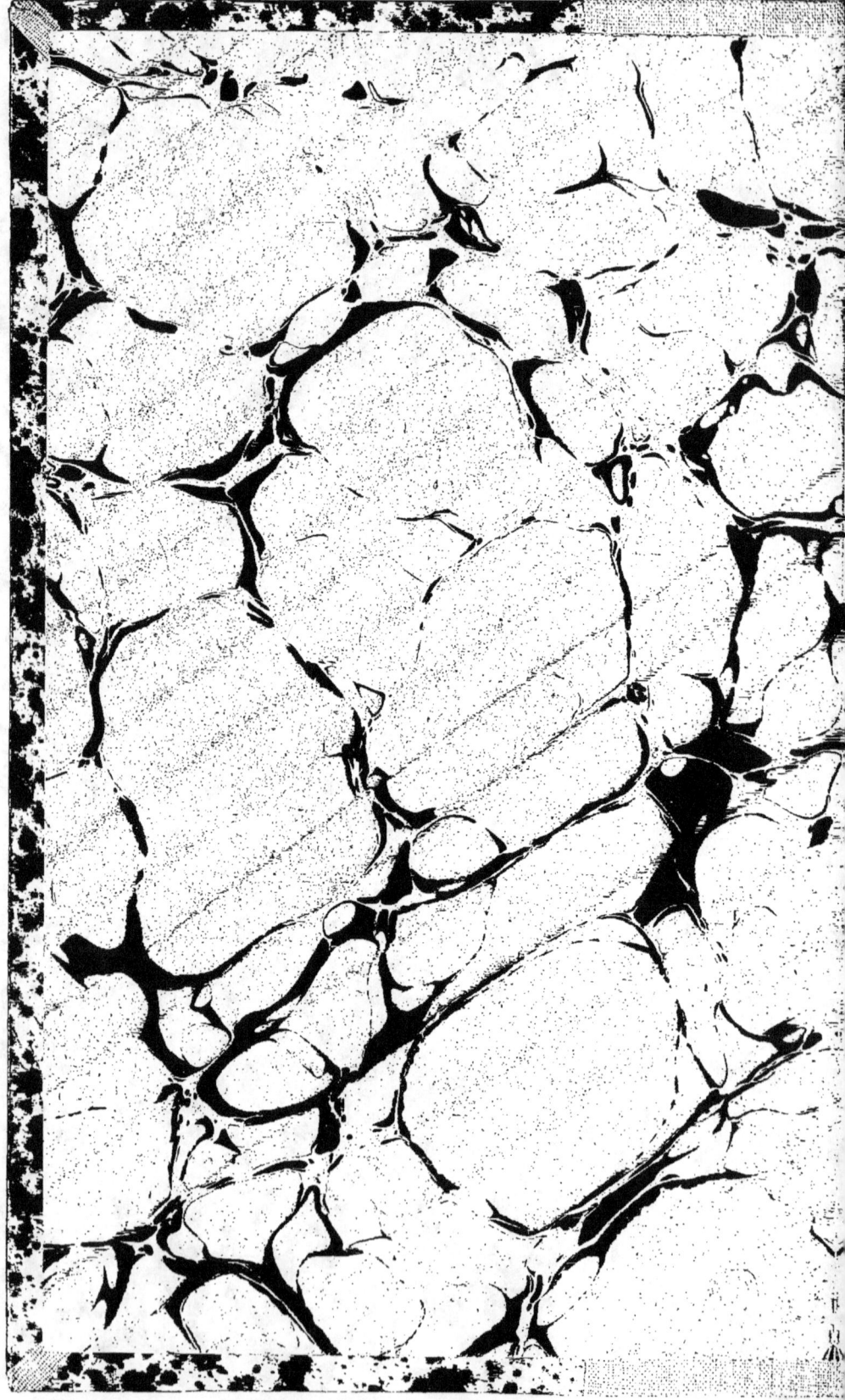

1. BOULANGE

ŒUVRES

DE

J. F. COOPER

TRADUCTION

DEFAUCONPRET

—

LE PILOTE

17406

PARIS

GARNIER FRÈRES — FURNE, JOUVET ET Cⁱᵉ

LIBRAIRES-ÉDITEURS

ŒUVRES

DE

J. F. COOPER

4787-82 — CORBEIL. Typ. et stér. CRÉTÉ.

ŒUVRES

DE

J. F. COOPER

TRADUCTION

DEFAUCONPRET

 ## LE PILOTE

PARIS

GARNIER FRÈRES — FURNE, JOUVET ET Cⁱᵉ.

LIBRAIRES-ÉDITEURS

A

WILLIAM BRANDFORD SHUBRICK

OFFICIER DE LA MARINE DES ÉTATS-UNIS

MON CHER SHUBRICK,

Chaque année efface tristement quelque nouveau nom dans la liste aujourd'hui bien courte de mes amis et de mes camarades de la marine. La guerre, la maladie et les hasards multipliés de la profession de marin diminuent de plus en plus ce nombre déjà si limité, tandis que les morts sont remplacés par des noms qui me sont étrangers. Quand je réfléchis à ces tristes vicissitudes, c'est avec un intérêt particulier que je chéris le souvenir de ceux avec qui j'ai vécu dans l'intimité : leur réputation croissante m'inspire un sentiment de triomphe qui égale presque le juste orgueil qu'ils ressentent eux-mêmes.

Ni le temps ni l'absence n'ont ébranlé notre amitié, mon cher Shubrick, et je sais qu'en vous dédiant ces volumes, je ne vous apprends rien de nouveau lorsque j'ajoute que c'est un hommage offert à un éternel attachement,

Par

Votre vieux camarade,

F. COOPER.

PRÉFACE

———

Les priviléges de l'historien et ceux du romancier sont bien différents, et l'un et l'autre doivent également respecter leurs droits réciproques. Il est permis à celui-ci de créer une fiction vraisemblable, tandis qu'il lui est sévèrement défendu d'appuyer sur des vérités auxquelles manquerait une couleur de probabilité ; mais le devoir du premier est de rapporter les faits tels qu'ils se sont passés sans se mettre en peine des conséquences ; sa réputation ne sera fondée que sur le vrai ; il ne sera pas cru sur parole. C'est au lecteur de décider jusqu'à quel point l'auteur de l'ouvrage du *Pilote* s'est conformé à cette règle, et s'il a bien observé cette distinction ; mais il ne peut s'empêcher d'inviter ceux qui s'occupent de recherches curieuses sur les annales des États-Unis, à y persister jusqu'à ce qu'ils aient trouvé d'excellentes autorités poétiques pour tous les principaux incidents de cette légende véritable.

Quant aux critiques, l'auteur a l'avantage de les comprendre tous dans cette classe nombreuse connue par la dénomination générale de *marins d'eau douce* [1] ; et s'ils ont tant soit peu de discrétion, ils prendront garde d'afficher leur ignorance.

Si pourtant quelque vieux marin venait à découvrir dans cet ouvrage quelque léger anachronisme, soit dans les usages de la marine, soit dans les améliorations qu'elle a reçues, l'auteur demande à lui faire observer avec toute la déférence qu'il doit à son expérience, que son dessein est, non pas tant de peindre les costumes d'un temps particulier, que de décrire les scènes appartenant à l'Océan d'une manière exclusive, et de tracer imparfaite-

1. *Lubbers* c'est plutôt notre mot de *pékins* en langue militaire : *lubber* signifie un manant, un lourdaud, un paysan.

ment sans doute quelques traits caractéristiques d'une classe qui, d'après la nature des choses, ne peut jamais être très-connue.

On lui dira sans doute que Smollett a fait tout cela avant lui et beaucoup mieux. On verra pourtant que l'auteur du *Pilote*, quoiqu'il ait navigué dans les mêmes mers que Smollett, a suivi une direction différente, ou en d'autres termes, qu'il a pensé que Smollett avait peint un tableau trop fini pour qu'il soit permis à tout barbouilleur qui voudrait peindre des marines de le charger de nouvelles couleurs.

L'auteur désire exprimer ici ses regrets qu'on ait souffert que les services utiles qu'a rendus l'esprit entreprenant de notre marine pendant l'ancienne guerre, soient restés dans l'obscurité sous laquelle ils sont maintenant ensevelis. Chacun a entendu parler du bonhomme Richard et de la victoire qu'il a remportée; mais on ne connaît guère le reste de la vie de cet homme remarquable qui commandait dans ce mémorable combat, ni les services qu'il y rendit. Que sait-on de ses engagements avec *le Milford* et *le Solebey*, de ses prises du *Drake* et du *Triomphe?* que sait-on des projets opiniâtres qu'il forma pour porter la guerre dans le sein de cette île superbe et puissante, ennemie des États-Unis? Un grand nombre des officiers qui servirent dans cette guerre se trouvèrent ensuite dans la marine de la confédération, et il est assez juste de croire qu'elle doit en grande partie sa réputation actuelle à l'esprit qui animait les héros de la révolution.

Un des derniers officiers élevés à cette école est mort naguère dans les premiers grades. Aujourd'hui qu'il ne reste que le souvenir de leurs hauts faits, nous n'en devons être que plus soigneux de leur gloire.

Si cet ouvrage réussit à attirer l'attention sur cette portion intéressante de notre histoire, le principal but de l'auteur sera atteint.

LE PILOTE

HISTOIRE MARINE

Écoutez–moi, vous tous qui n'êtes pas marins.

CHAPITRE PREMIER

De sombres vagues, agitées sans cesse, viennent heurter
avec violence sur mes flancs.

Chanson.

Un coup d'œil sur la carte suffira pour faire connaître au lecteur la position de la côte orientale de l'île de la Grande-Bretagne,
en face de laquelle sont les rivages du continent européen. Entre
ces deux côtes se trouve cette mer resserrée, connue du monde
entier depuis bien des siècles comme le théâtre d'une foule d'exploits maritimes, et le grand canal par lequel le commerce et la
guerre ont fait passer les flottes des nations septentrionales de
l'Europe. Les habitants de cette île ont longtemps prétendu avoir
sur cette mer des droits que la raison ne peut accorder à aucune
puissance sur le domaine commun des peuples, et cette prétention
a souvent amené des contestations qui ont eu pour résultat une
effusion de sang et une dépense nullement proportionnée aux
avantages qu'ils peuvent se promettre en cherchant à maintenir
un droit incertain et inutile. C'est sur les flots de cet océan disputé

que nous allons conduire nos lecteurs, et la scène s'ouvrira à une époque particulièrement intéressante pour tout Américain, non seulement parce que c'est celle de la naissance de la nation dont il fait partie, mais parce que c'est aussi l'ère à laquelle la raison et le bon sens commencèrent à prendre la place des coutumes antiques et des usages féodaux chez les peuples de l'Europe.

Peu de temps après que les événements de la révolution d'Amérique eurent entraîné dans notre querelle les royaumes de France et d'Espagne et la république de Hollande, un groupe de cultivateurs se trouvaient rassemblés dans un champ, exposés aux vents de l'Océan, sur la côte nord-est de l'Angleterre. Ils allégeaient leurs travaux pénibles et égayaient le sombre aspect d'un jour de décembre en se communiquant leurs idées sur les affaires politiques du jour. La guerre dans laquelle l'Angleterre était engagée contre quelques-unes de ses colonies situées à l'autre extrémité de la mer Atlantique leur était connue depuis longtemps comme le bruit d'un événement lointain qui ne nous intéresse guère : mais à présent que des nations puissantes avaient pris part à cette querelle et s'étaient déclarées contre elle, le bruit des armes avait troublé jusqu'à ces villageois ignorants dans leurs retraites solitaires. Les principaux orateurs en cette occasion étaient un nourrisseur de bestiaux, Écossais de naissance, et un laboureur irlandais, qui avait passé le canal de Saint-George et traversé l'Angleterre dans toute sa largeur pour chercher de l'ouvrage.

— Ces nègres [1], dit le dernier, n'auraient pas donné grand embarras à la vieille Angleterre, pour ne rien dire de l'Irlande, si ces Français et ces Espagnols ne s'en étaient pas mêlés. A coup sûr il n'y a pas de quoi leur dire grand merci; car au jour d'aujourd'hui il faut qu'on prenne garde de boire plus qu'un prêtre qui dit la messe, de peur de se trouver tout à coup soldat sans s'en douter.

— Bah! bah! répondit l'Écossais en faisant un signe de l'œil à ceux qui les écoutaient, vous autres Irlandais vous ne savez lever une armée qu'en faisant un tambour d'un tonneau de whiskey; or, dans le nord on n'a qu'à siffler, et vous voyez chacun marcher au son de la cornemuse d'aussi bonne grâce qu'il irait à l'église le jour du sabbat. J'ai vu tous les noms d'un régiment de monta-

---

1 Ce sont les Américains qu'il désigne par ce nom.

gnards sur un morceau de papier qu'une main de femme aurait couvert. C'étaient tous Camérons et Macs-Donald, quoiqu'il s'y trouvât six cents hommes. Mais qu'est-ce que je vois là-bas? il m'est avis que c'est un poisson qui a un peu trop de goût pour la terre; et si le fond de la mer ressemble à la surface, il court grand risque d'échouer.

Ce nouveau sujet de conversation dirigea tous les yeux vers l'objet que le bâton du dernier interlocuteur leur montrait. Au grand étonnement de tous les spectateurs, ils virent un petit bâtiment qui doublait lentement une pointe de terre formant un des côtés de la petite baie, dont l'autre était le champ sur lequel travaillaient nos laboureurs. Une pareille visite était assez extraordinaire, et la forme extérieure de ce bâtiment offrait quelque chose de particulier qui ajoutait encore à l'étonnement qu'occasionnait son arrivée dans un lieu si retiré. On n'avait jamais vu que des barques, et, de temps en temps, mais bien rarement, un audacieux sloop contrebandier, s'approcher si près de la terre, au milieu des bancs de sable et des rochers cachés sous les eaux, qui se trouvaient en grand nombre le long de cette côte. Les hardis marins qui osaient entreprendre une navigation si dangereuse et si imprudente selon toute apparence, montaient un petit schooner à bas bords, dont la structure paraissait tout à fait hors de proportion avec la hauteur de ses mâts qui soutenaient de plus légers mâtereaux finissant en pointe, et dont l'extrémité supérieure était si mince qu'elle se confondait avec la petite banderole que la brise ne pouvait déployer, tant son souffle était faible.

Le jour, très-court à cette époque dans cette latitude septentrionale, tirait déjà à sa fin, et le soleil, dardant obliquement ses derniers rayons sur la surface des eaux, y formait çà et là des sillons d'une lumière pâle. Les vents impétueux de l'Océan germanique semblaient endormis, et, quoique le bruit des lames d'eau que le flux faisait avancer vers la côte ajoutât à l'aspect sombre du rivage à une pareille heure, le léger bouillonnement qui ridait la surface des ondes était produit par un vent doux venant de terre. Malgré cette circonstance favorable, l'aspect des flots offrait quelque chose de menaçant; car la mer faisait entendre un murmure sourd semblable à celui d'un volcan qui prépare une éruption, ce qui augmentait la surprise et l'inquiétude que causait à nos bons paysans cette interruption extraordinaire du repos de leur petite baie. La grande voile de ce bâtiment était la seule qui fût étendue au vent, excepté un de ces légers focs qui se déployait bien au delà de la proue, et cependant il voguait avec une grâce et une facilité qui semblait tenir de la magie, et qui fit que les spectateurs détournèrent les yeux de ce spectacle pour se regarder les uns les autres d'un air émerveillé.

Enfin, l'Écossais rompit le silence.

— Il faut que celui qui tient le gouvernail soit un hardi coquin! dit-il d'un ton bas et solennel; et si ce schooner est doublé en bois, comme les brigantins qui font voile entre Londres et le Frith de Leith, il court plus de danger qu'un homme prudent ne le voudrait. Le voilà à côté de ce gros rocher qui montre sa tête quand la marée est basse; il l'a évité; mais ce n'est pas la main d'un homme qui peut diriger longtemps un bâtiment dans une pareille rade sans rencontrer en même temps la terre et l'eau.

Cependant le petit schooner continuait à s'avancer à travers les rochers et les bancs de sable, en faisant de temps en temps dans sa course de légères déviations qui prouvaient que celui qui commandait à bord connaissait le danger. Lorsqu'il fut avancé dans la baie, autant que la prudence pouvait le permettre, on vit la grande voile se carguer en apparence d'elle-même, car on n'aperçut personne qui travaillât à cette manœuvre, et le bâtiment, après avoir couru quelques bordées sur les longues lames d'eau qui arrivaient de l'Océan, appuyé sur ses ancres, ne fit plus que céder graduellement à l'action du flux et du reflux.

Les paysans se livrèrent alors à leurs conjectures sur le motif qui amenait ce navire dans ces parages, les uns prétendant qu'il faisait un commerce de contrebande, les autres que c'était un vaisseau de guerre. Quelques-uns élevèrent en tremblant des doutes sur la réalité de ce qu'ils voyaient. — Un navire monté par des hommes et construit par la main des hommes, disaient-ils, ne se hasarderait pas près d'une côte si dangereuse, surtout dans un moment où il ne fallait pas avoir l'expérience d'un marin pour prévoir un coup de vent. — L'Écossais, qui, à la sagacité de ses concitoyens, joignait une bonne partie de leur superstition, penchait fort pour cette dernière opinion, et il commençait à exprimer son sentiment à ce sujet avec une sorte de retenue, quand l'Irlandais, qui ne paraissait pas avoir des idées bien nettes sur cet objet, l'interrompit tout à coup.

— Sur ma foi! s'écria-t-il, il y en a deux! un grand et un petit!
Si ce sont des esprits de la mer, à coup sûr ils aiment la compagnie
comme les autres chrétiens.

— Deux! répéta l'Écossais; deux! C'est signe de malheur
pour quelques-uns de nous. Deux bâtiments en même temps dans
un endroit si dangereux sans qu'on voie personne à la manœuvre,
je vous dis que cela doit porter malheur à ceux qui le regardent.
Et, sur ma foi, ce n'est pas un mouton d'un an que celui qui
arrive. Voyez! voyez! c'est un superbe et grand vaisseau!

Après avoir jeté un coup d'œil à la hâte sur les deux objets qui
lui inspiraient des soupçons, il regarda d'un air expressif ceux
qui l'écoutaient, et leur dit, tout en se mettant en marche pour
rentrer dans l'intérieur des terres : — Je ne serais pas surpris
qu'il y eût à bord de ce grand bâtiment une commission du roi
George! Eh bien! eh bien! je retournerai à la ville, car ces deux
navires me sont suspects. Le petit escamoterait un homme le plus
aisément du monde, et le grand nous contiendrait tous, et deux
fois autant que nous sommes.

Cet avis prudent occasionna un mouvement général; car parmi
les nouvelles qui couraient, était celle qu'il y aurait incessamment
une presse. Les laboureurs ramassèrent promptement leurs outils,
et se disposèrent à regagner leurs demeures. Mais, quoique plus
d'un œil curieux suivît les mouvements des deux navires des hauteurs situées à quelque distance, bien peu de gens se hasardèrent
à gravir les petits rochers qui hérissaient les bords de la baie,
sans concevoir quelque crainte de cette visite inexplicable.

Le vaisseau qui avait occasionné la fuite de nos villageois était
un grand navire que la hauteur des mâts et la carrure des vergues
faisaient paraître dans le crépuscule comme une montagne sortant
du sein des mers dans le lointain. Il ne portait que peu de voiles;
mais, quoiqu'il évitât avec soin d'approcher de la terre autant que
le schooner l'avait fait, les manœuvres simultanées des deux bâtiments annonçaient suffisamment qu'ils faisaient voile de conserve.
La frégate, car le plus grand de ces navires en était une, s'avança
majestueusement jusqu'à l'entrée de la petite baie, et lorsqu'elle
fut arrivée en face du schooner, elle disposa ses voiles de manière
à neutraliser l'effet des unes par celui des autres, afin de rester en
panne. Mais le peu de vent qui avait jusqu'alors enflé ses voiles
commençait à lui manquer, et la brise de terre ayant tombé en

même temps, les longues vagues arrivant de l'Océan germanique ne trouvèrent plus d'opposition, et, de concert avec les courants, elles la poussaient rapidement vers une des pointes de la baie où l'on voyait sortir du sein des ondes les crêtes noires de plusieurs rochers. Les marins jetèrent une ancre, et carguèrent toutes les voiles qu'ils suspendirent aux vergues en festons. Tandis que le vaisseau tournait sur ses amarres en obéissant à la marée, on éleva un pavillon à sa grande vergue, et un souffle de vent l'ayant déployé, on put reconnaître celui d'Angleterre.

L'Écossais circonspect s'arrêta sur une hauteur, à quelque distance, pour le comtempler ; mais il n'eut pas plus tôt vu l'un et l'autre bâtiment mettre en mer une chaloupe, qu'il doubla le pas, et dit à ses compagnons que ces bâtiments étaient, l'un comme l'autre, meilleurs à voir de loin que de près.

Un équipage nombreux montait la chaloupe qu'on avait lancée en mer, à bord de la frégate, et qui, après avoir reçu un officier et un jeune homme paraissant à ses ordres, fit force de rames et entra dans la baie. Lorsqu'elle fut à quelque distance du schooner, une petite barque, conduite par quatre vigoureux rameurs, partit aussi de ce bâtiment, et, fendant avec rapidité les vagues sur lesquelles elle paraissait se balancer, s'avança vers la chaloupe. Lorsqu'elle en fut assez voisine pour qu'on pût se parler, un signal, fait par les officiers, suspendit pendant quelques minutes le travail des rames.

— Comment donc! s'écria un jeune officier sur la barque, ce vieux fou penserait-il donc que *l'Ariel* est doublé en fer, et qu'une pointe de rocher ne peut faire une voie d'eau en sa quille ; ou croit-il que l'équipage est composé 'alligators qui ne peuvent se noyer?

Un sourire languissant se dessina un moment sur les beaux traits du jeune homme étendu plutôt qu'assis sur les écoutes de la poupe, et il lui répondit:

— Il connaît trop bien votre prudence, capitaine Barnstable, pour craindre que votre vaisseau coule à fond, ou que votre équipage soit noyé. Combien avez-vous d'eau sous la quille?

— Je crains de sonder, répondit Barnstable ; je n'ose jamais mettre la main à la sonde quand je vois des rochers sortis de la mer pour respirer comme des marsouins.

— Vous êtes à flot pourtant! s'écria le jeune homme avec

une vivacité qui annonçait une émotion assez mal dissimulée.

— A flot! répéta Barnstable; oui sans doute, le petit *Ariel* flotterait sur l'air. A ces mots, il se leva, et ôtant la casquette de cuir qu'il avait sur la tête, il rejeta en arrière les cheveux noirs qui flottaient sur son front bruni par le soleil, et regarda son petit schooner avec l'air de complaisance d'un marin fier du bâtiment qu'il monte. — Et cependant, monsieur Griffith, ce n'est pas une petite besogne que de rester sur une seule ancre dans un lieu comme celui-ci, et pendant une pareille soirée. Mais quels sont les ordres?

— Mes ordres, répondit Griffith, sont d'avancer autant que je le pourrai; ensuite de jeter le grappin; après quoi vous prendrez M. Merry dans votre barque, et vous tâcherez de gagner le rivage.

— Le rivage! répéta Barnstable; appelez-vous rivage un rocher perpendiculaire de cent pieds de hauteur?

— Nous ne disputerons pas sur les termes, dit Griffith en souriant; mais il faut que vous vous arrangiez pour gagner la terre. Nous avons vu le signal, et nous savons que le pilote que nous attendons depuis si longtemps est prêt à se rendre à bord.

Barnstable secoua la tête d'un air grave en disant, comme s'il se fût parlé à lui-même: — Voilà une singulière manière de naviguer! D'abord nous entrons dans une baie inconnue, pleine de rochers, de bancs de sable et de bas-fonds, et c'est quand nous y sommes que nous allons prendre un pilote. Mais comment le reconnaîtrai-je?

— Merry vous donnera le mot d'ordre, et vous dira où vous devez le chercher. Je me rendrais moi-même à terre si mes instructions ne s'y opposaient. Si vous éprouvez quelques difficultés, faites lever trois rames en l'air, et je viendrai à votre aide. Trois rames en l'air et un coup de pistolet feront jouer ma mousqueterie, et le même signal, répété à bord de la chaloupe, fera tirer le canon de la frégate.

— Grand merci, grand merci, répondit Barnstable avec un air d'insouciance; je crois que je pourrais suffire seul pour combattre tous les ennemis qu'il est probable que je rencontrerai sur cette côte déserte. Mais ce vieillard est fou! à coup sûr je.....

— Vous obéiriez à ses ordres s'il était ici, et vous voudrez bien maintenant obéir aux miens, dit Griffith d'un ton que contredisait l'expression amicale de ses yeux; partez, et cherchez un petit homme en jaquette. Merry vous donnera le mot, et s'il y répond convenablement, vous me l'amènerez.

Les deux jeunes officiers se saluèrent familièrement en se faisant un signe de tête, et le jeune homme qui se nommait Merry ayant passé de la chaloupe dans la barque, Barnstable reprit sa place, et fit un signal à ses rameurs qui se remirent en besogne. Le léger esquif s'avança rapidement vers le fond de la baie, et après avoir côtoyé quelque temps les rochers qui bordaient le rivage, il trouva enfin un endroit où il était possible de débarquer sans danger.

Cependant la chaloupe suivait la barque, mais lentement et avec précaution ; lorsque Griffith la vit amarrée près d'un rocher, il fit jeter un grappin à la mer, comme il l'avait promis, et tous les hommes de l'équipage, prenant alors leurs armes, les mirent en état de pouvoir servir au premier signal. Tout paraissait se faire d'après les ordres précis donnés d'avance, car le jeune homme qui a été présenté au lecteur sous le nom de Griffith, parlait rarement, et toujours du ton que sont habitués de prendre ceux qui sont sûrs d'une prompte obéissance.

Lorsque la chaloupe fut affermie sur son grappin, il se jeta sur un banc garni d'un coussin, et rabattant son chapeau sur ses yeux d'un air nonchalant, il resta quelque temps absorbé dans des pensées en apparence étrangères à sa situation présente. De temps en temps il se levait, et jetait un regard vers le rivage, comme pour y chercher ses compagnons, puis tournant ses yeux expressifs sur l'Océan, l'air de distraction et d'indolence qu'on remarquait souvent en lui, faisait place à une expression d'inquiétude et d'une intelligence supérieure à celle qu'on pouvait attendre de son âge et de son expérience. Ses hommes d'équipage, gaillards vigoureux et endurcis à la fatigue, ayant fait toutes leurs dispositions offensives, étaient assis une main passée dans leur veste ; mais ils regardaient avec attention les nuages amoncelés dans l'atmosphère dont l'aspect devenait menaçant, ils échangeaient un coup d'œil entre eux toutes les fois que la chaloupe s'élevait plus haut que de coutume sur une de ces vagues qui arrivaient de l'Océan avec une force et une rapidité toujours croissantes.

CHAPITRE II

*Un habit de cavalier cachera ta taille mince et élégante;
mêlée parmi les hommes, ta marche hardie et ton air
insouciant te feront prendre pour un homme.*

PAion.

Lorsque la barque fut amarrée sous un rocher, comme nous venons de le dire, le jeune lieutenant Barnstable, à qui l'on donnait ordinairement le titre de capitaine parce qu'il avait le commandement d'un schooner, sauta à terre suivi de M. Merry, le midshipman[1] qui avait quitté la chaloupe pour partager les dangers de cette mission.

— Après tout, ce n'est qu'une *échelle de Jacob*[2] que nous avons à gravir, dit Barnstable en levant les yeux sur les rochers; mais quand nous serons là-haut, si nous pouvons y arriver, Dieu sait comment nous y serons reçus.

— Ne sommes-nous pas sous le canon de la frégate! dit Merry. Vous savez qu'elle fera feu dès que la chaloupe aura répété le signal que nous devons faire : trois rames en l'air et un coup de pistolet.

— Oui, répondit Barnstable, pour que les dragées nous tombent sur la tête. Jeune homme, ne vous fiez jamais à des coups tirés de si loin. Ils font beaucoup de fumée, un peu de bruit, mais c'est toujours une manière aussi incertaine que terrible d'éparpiller du vieux fer. En cas de besoin, j'aimerais mieux être soutenu par Tom Coffin et son harpon, que par la meilleure bordée qui soit jamais partie des trois ponts d'un vaisseau de quatre-vingt-dix canons.

— Allons, Coffin, tâchez de vous dégourdir, et voyons si vous serez en état de marcher sur la terre ferme.

Le marin auquel il s'adressait ainsi se leva lentement du siége sur lequel il était assis comme contre-maître de la barque, et l'on

1. Aspirant de marine.
2. C'est ainsi qu'on appelle l'échelle perpendiculaire d'une polacre.

aurait cru voir un serpent qui se dressait en développant successivement tous ses replis. Lorsqu'il était debout, il y avait, y compris la semelle de ses souliers, près de six pieds six pouces[1] quand
il se tenait dans une attitude perpendiculaire, chose assez rare,
parce qu'il avait ordinairement la tète courbée, habitude contractée par un séjour constant sous des plafonds peu élevés. Il portait
sur la tète un petit chapeau de laine brune à forme basse, qui
ajoutait à la dureté naturelle de ses traits qu'augmentaient encore
ses noirs favoris touffus que le temps commençait à parsemer de
poils gris. Une de ses mains tenait comme par instinct le manche
d'un harpon bien luisant, dont il appuya la pointe à terre pour
s'y élancer, en conséquence de l'ordre qu'il venait de recevoir.

Dès que Barnstable eut reçu ce renfort, il donna quelques
ordres de précaution aux hommes qui restaient dans la barque,
et commença la tâche difficile de gravir le rocher. Malgré son
caractère entreprenant et l'agilité dont il était doué, il aurait eu
beaucoup de peine à réussir dans cette entreprise sans le secours
qu'il recevait de temps en temps de son contre-maître, que sa
force prodigieuse et la longueur de ses membres mettaient en état
de faire des efforts impossibles peut-être à tout autre. Lorsqu'ils
furent à quelques pieds du sommet, ils s'arrêtèrent un moment
sur une petite plate-forme, tant pour reprendre haleine que pour
délibérer sur ce qu'ils feraient ensuite; et l'un et l'autre parais-
saient nécessaires.

— Quand nous serons là-haut, dit Barnstable, ce sera une assez
mauvaise position pour faire retraite si nous rencontrons des
ennemis. Mais où devons-nous donc chercher ce pilote, monsieur
Merry? Comment le reconnaîtrons-nous? Quelle certitude avez-
vous qu'il ne nous trahira pas?

— Voici un papier sur lequel vous trouverez la question que
vous devez lui faire, répondit le jeune midshipman. Nous avons
vu le signal convenu sur le haut du roc qui porte cette pointe de
la baie, et comme il doit avoir vu notre navire, il n'y a nul doute
qu'il ne vienne nous joindre ici. Quant à la confiance que nous
devons avoir en lui, il paraît avoir celle du capitaine Munson qui
n'a pas cessé un instant de chercher des yeux le signal convenu
depuis que nous sommes en vue de terre.

---

[1]. Le pied anglais a douze lignes environ de moins que le nôtre.

— Oui, dit le lieutenant, et maintenant que nous sommes à terre, c'est l'homme qu'il faut que je cherche des yeux. Je n'aime pas beaucoup cette manière de serrer la côte de si près, et j'ai peine à accorder ma confiance à un traître. Qu'en pensez-vous, maître Coffin?

Le vieux marin à qui cette question s'adressait se tourna vers son commandant, et lui répondit avec toute la gravité convenable :

— Donnez-moi la pleine mer et de bonnes voiles, capitaine, et l'on n'a que faire de pilote. Quant à moi, je suis né à bord d'un *chébec*[1], et je n'ai jamais pu comprendre à quoi sert la terre, si ce n'est une petite île çà et là pour y avoir quelques légumes et y faire sécher du poisson. Il me suffit de la voir pour me trouver mal à l'aise, à moins qu'il ne souffle un bon vent de terre.

— Vous êtes un drôle qui avez du bon sens, Tom, dit Barnstable d'un ton moitié sérieux, moitié plaisant; mais il faut que nous avancions, car voilà le soleil qui va se cacher là-bas dans ces nuages à fleur d'eau, et Dieu nous préserve de passer la nuit à l'ancre dans de pareils parages!

Appuyant la main sur une pointe de rocher qui était presque à la hauteur de son épaule, Barnstable parvint à s'y élancer, et quelques sauts le firent parvenir sur le haut du rocher. Le contre-maître y hissa le jeune midshipman, et arriva ensuite avec moins d'efforts, en faisant de grandes enjambées.

Au-delà des rochers la terre était de niveau du côté de l'intérieur, et nos aventuriers, regardant autour d'eux avec circonspection et curiosité, virent un pays bien cultivé, divisé à l'ordinaire par des haies vives et des murs d'appui. A un mille à la ronde on ne découvrait qu'une seule habitation, et c'était une petite chaumière à demi ruinée, les maisons ayant été éloignées autant qu'il était possible des brouillards et de l'humidité de l'Océan.

— Je ne vois ici ni l'objet de nos recherches, ni rien à appréhender, dit Barnstable après avoir jeté un coup d'œil de tous côtés; je crains que notre débarquement ne nous serve à rien, monsieur Merry. Qu'en dites-vous, Tom? voyez-vous ce qu'il nous faut?

1. Petit schooner très-commun en Amérique, et dont le nom vient de *chevacoo*.

— Je ne vois pas de pilote, capitaine, répondit le contre-maître ; mais c'est un mauvais vent que celui qui n'est utile à personne, et j'aperçois derrière cette haie une bouchée de viande fraîche qui fournirait une double ration à tout l'équipage de *l'Ariel.*

Le midshipman se mit à rire en moutrant de la main à Barnstable l'objet de la sollicitude du contre-maître. C'était un bœuf bien gras qui ruminait paisiblement à quelques pas d'eux.

— Nous avons à bord plus d'un gaillard de bon appétit qui appuierait volontiers la motion de Tom, dit Merry en riant, si le temps et nos affaires nous permettaient de tuer cet animal.

— C'est l'affaire d'un clin d'œil, monsieur Merry, dit Coffin sans qu'un seul trait de sa physionomie impassible perdît rien de son immobilité ; et frappant la terre violemment du bout de son harpon, il le leva, le secoua en l'air, et ajouta : — Que le capitaine Barnstable dise seulement un mot, et voici un instrument qui ne manquera pas son coup. J'en ai lancé plus d'un sur des baleines qui n'avaient pas une jaquette de graisse aussi épaisse que cet animal.

— Vous n'êtes pas ici à la pêche de la baleine, où tout ce qui s'offre aux yeux est de bonne prise, répondit Barnstable en détournant ses yeux du bœuf, comme s'il eût craint de se laisser tenter lui-même. Mais, silence ! je vois derrière la haie quelqu'un qui s'avance vers nous. Préparez vos armes, monsieur Merry ; la première chose que nous entendrons sera peut-être un coup de feu.

— Ce n'est pas un pareil croiseur qui le tirera, répondit le jeune midshipman ; je le crois, ma foi, encore plus jeune que moi, et il ne s'avisera pas de venir à l'abordage devant des forces aussi formidables que les nôtres.

— Vous avez raison, dit Barnstable en remettant à sa ceinture un pistolet qu'il venait d'y prendre. Il s'avance avec précaution comme s'il avait peur. Il est de petite taille ; son habit est de toile ; quoique ce ne soit pas précisément une jaquette. Serait-ce là notre homme ? Restez ici ; je vais le héler.

Tandis que Barnstable marchait à grands pas vers la haie qui le séparait de l'étranger, celui-ci s'arrêta tout à coup, et sembla hésiter s'il devait avancer ou reculer ; mais avant qu'il eût le temps de se décider, l'agile marin était à quelques pas de lui.

— Monsieur, lui cria Barnstable, pouvez-vous me dire quelles eaux nous avons dans cette baie ?

Une émotion extraordinaire parut faire tressaillir le jeune étranger quand il s'entendit adresser cette question, et il se détourna involontairement comme pour cacher ses traits.

—Je crois, répondit-il d'une voix presque inintelligible, que ce sont les eaux de l'Océan Germanique.

—Vraiment? répliqua le lieutenant; il faut que vous ayez consacré une bonne partie de votre vie à l'étude de la géographie pour avoir acquis des connaissances si profondes! Peut-être votre science ira-t-elle jusqu'à me dire combien de temps nous vous garderons si je vous fais prisonnier pour jouir des avantages de votre esprit.

Le jeune homme auquel cette question alarmante était adressée n'y fit aucune réponse; mais il se détourna, et se cacha le visage entre ses deux mains. Le marin, croyant avoir produit sur son esprit une impression de frayeur salutaire, allait reprendre son interrogatoire; mais l'agitation singulière dont l'étranger semblait saisi causa au lieutenant une surprise qui lui fit garder le silence quelques instants, et elle devint plus grande quand il s'aperçut que ce qu'il avait pris pour un indice de frayeur n'était autre chose qu'un violent effort que faisait ce jeune inconnu pour réprimer une envie de rire.

—De par toutes les baleines qui sont dans la mer! s'écria-t-il, votre gaieté est hors de saison, jeune homme. C'est bien assez d'avoir ordre de jeter l'ancre dans une baie comme celle-ci, avec une tempête qui se prépare devant mes yeux, sans débarquer ensuite pour me voir rire au nez pour un morveux qui n'aurait pas assez de force pour porter sa barbe s'il en avait, tandis que, par intérêt pour mon âme et pour mon corps, je devrais maintenant songer à prendre le large. Mais je ferai plus ample connaissance avec vous et avec vos railleries en vous emmenant sur mon bord, quand vous devriez rire à m'empêcher de dormir pendant le reste de la croisière.

A ces mots, le commandant du schooner s'approcha de l'étranger avec l'air de vouloir mettre la main sur lui pour le faire prisonnier; mais celui-ci recula de quelques pas, en s'écriant avec un accent qui annonçait l'envie de rire et en même temps une sorte de frayeur:

—Barnstable! mon cher Barnstable! vous ne parlez pas sérieusement.

2

A cet appel inattendu le marin recula de quelques pas, releva son bonnet sur sa tête et se frotta les yeux.

—Qu'entends-je? que vois-je? s'écria-t-il! suis-je bien éveillé? Oui, voici *l'Ariel*, voilà la frégate. Est-il possible que ce soit Catherine Plowden?

Ses doutes, s'il lui en restait encore, furent bientôt dissipés, car l'étranger s'assit sur le bord d'un fossé; dans son attitude, la modestie d'une femme formait un contraste frappant avec les vêtements du sexe masculin, et Catherine se mit alors à rire de tout son cœur, et sans chercher plus longtemps à se contraindre.

Son devoir, le pilote, *l'Ariel* même, tout fut oublié en ce moment par le lieutenant. Il ne songea plus qu'à la jeune fille qu'il voyait, et il ne put s'empêcher de rire comme elle, quoiqu'il sût à peine pourquoi.

Lorsque cet accès de gaieté se fut un peu calmé, Catherine se tourna vers Barnstable qui s'était assis à côté d'elle, et qui, dans sa joie, ne songeait plus à lui faire un reproche de son enjouement.

—Mais à quoi pensé-je, de rire ainsi? dit-elle; c'est me montrer insensible aux maux des autres. Je dois pourtant vous expliquer avant tout comment il se fait que vous me voyiez paraître si inopinément, et pourquoi j'ai pris ce déguisement extraordinaire.

—Je devine tout, s'écria Barnstable; vous avez appris que nous étions près de cette côte, et vous êtes venue remplir la promesse que vous m'aviez faite en Amérique. Je ne vous en demande pas davantage; le chapelain de la frégate.....

—Peut prêcher à l'ordinaire, et avec aussi peu de fruit, répondit Catherine; mais il ne prononcera la bénédiction nuptiale pour moi que lorsque j'aurai atteint le but de mon expédition hasardeuse. Vous n'avez pas coutume d'être égoïste, Barnstable; voudriez-vous que j'oubliasse le bonheur des autres?

— De qui parlez-vous donc?

— De ma cousine, de ma pauvre cousine. Ayant appris qu'on avait vu deux bâtiments ressemblant à la frégate et à *l'Ariel* longer la côte depuis plusieurs jours, je résolus sur-le-champ d'avoir quelques communications avec vous. J'ai suivi tous vos mouvements pendant toute une semaine sous ce costume, sans pouvoir réussir dans mon projet. Aujourd'hui j'ai remarqué que vous approchiez davantage de la terre, et ma témérité a été couronnée de succès.

—Oui, Dieu sait que nous avons serré la côte d'assez près. Mais le capitaine Munson sait-il que vous désirez vous rendre à bord de son vaisseau?

—Certainement non. Personne ne le sait que vous. J'ai pensé que si vous et Griffith vous pouviez apprendre quelle est notre situation, vous seriez tentés de hasarder quelque chose pour nous en tirer. Voici un papier sur lequel j'ai tracé un récit qui réveillera, j'espère, tous vos sentiments chevaleresques, et vous y trouverez de quoi régler tous vos mouvements.

—Nos mouvements! vous les règlerez vous-même. Vous serez notre pilote.

— Il y en a donc deux? s'écria une voix à deux pas.

Catherine alarmée poussa un cri et se leva précipitamment; mais elle saisit le bras de son amant, comme pour s'assurer une protection. Barnstable, qui avait reconnu la voix de son contre-maître, jeta un regard courroucé sur Coffin, dont la tête et les épaules s'élevaient au-dessus de la haie qui les séparait, et lui demanda ce que signifiait cette interruption.

—Voyant que vous étiez sur le côté, et craignant que vous ne vinssiez à échouer, capitaine, M. Merry a jugé à propos de vous envoyer un bâtiment de conserve. Je lui ai dit que vous examiniez sans doute le connaissement du navire auquel vous aviez donné la chasse; mais comme il est officier, j'ai dû exécuter ses ordres.

—Retournez où je vous ai dit de rester, Monsieur, reprit le lieutenant, et dites à M. Merry d'attendre mon bon plaisir.

Coffin salua en marin obéissant; mais, avant de se retirer, il étendit vers l'Océan un de ses bras nerveux, et dit avec un ton de solennité convenable à son caractère:

—Capitaine Barnstable, c'est moi qui vous ai appris à nouer le point des ris, et à passer une garcette; car je crois que vous n'étiez pas même en état de nouer deux demi-clefs¹ quand vous arrivâtes à bord du *Spalmacitty*. Ce sont des choses qu'on peut apprendre aisément et en peu de jours; mais il faut toute la vie d'un homme pour apprendre à prévoir le temps. Voyez-vous au large ces raies tracées dans le firmament? elles parlent aussi clairement à tous ceux qui les voient et qui connaissent le langage

---

1. Espèce de nœud usité dans la marine.

de Dieu dans les nuages, que vous pouvez le faire quand vous prenez le porte-voix pour ordonner de carguer les voiles. D'ailleurs n'entendez-vous pas la mer mugir sourdement, comme si elle pressentait le moment de son réveil ?

— Vous avez raison, Tom, dit le lieutenant en faisant quelques pas vers le bord du rocher, et en regardant la mer et le firmament avec l'œil d'un marin ; mais il faut que nous trouvions ce pilote, et...

— Le voilà peut-être, dit Coffin en lui montrant un homme arrêté à quelque distance et qui semblait les observer avec attention, tandis qu'il était lui-même observé avec soin par le jeune midshipman. Si cela est, Dieu veuille qu'il connaisse bien son métier, car il faut de bons yeux sous la quille d'un vaisseau pour qu'il trouve sa route en quittant un pareil ancrage.

— Il faut que ce soit lui, s'écria Barnstable, rappelé tout à coup au souvenir de ses devoirs. Il dit quelques mots à sa compagne, et la laissant derrière la haie, il s'avança vers l'étranger.

Dès qu'il fut assez près pour s'en faire entendre, il s'écria : — Quelles eaux avons-nous dans cette baie, Monsieur[1] ?

L'étranger, qui semblait attendre cette question, y répondit sans hésiter.

— Des eaux d'où l'on peut sortir en sûreté quand on y est entré avec confiance.

— Vous êtes l'homme que je cherche, s'écria Barnstable. Êtes-vous prêt à partir ?

— Prêt et disposé, répondit le pilote, et il n'y a pas de temps à perdre. Je donnerais les cent meilleures guinées d'Angleterre pour avoir deux heures de plus de ce soleil qui vient de nous quitter, ou même une heure du crépuscule qui dure encore.

— Croyez-vous donc notre situation si mauvaise ? En ce cas, suivez monsieur, il vous conduira à la barque, et je vais vous y rejoindre à l'instant. Je crois pouvoir ajouter un homme à l'équipage.

— Ce qui est précieux en ce moment, dit le pilote en fronçant les sourcils d'un air d'impatience, ce n'est pas le nombre des hommes de l'équipage, c'est le temps ; et quiconque nous en fera perdre sera responsable des conséquences.

1. C'est une phrase empruntée au langage naval, et qui répond à cette question : Quelle est la profondeur de cette baie ?

— Et j'en serai responsable, Monsieur, dit Barnstable avec un air de hauteur, envers ceux qui ont le droit de me demander compte de ma conduite.

Ils se séparèrent sans plus longue conversation. Le jeune officier courut avec impatience vers l'endroit où il avait laissé Catherine, en murmurant à demi-voix quelques paroles d'indignation ; le pilote serra machinalement sa ceinture autour de sa jaquette, en suivant en silence le midshipman et le contre-maître.

Barnstable trouva la femme déguisée, que nous avons présentée à nos lecteurs sous le nom de Catherine Plowden, plongée dans une inquiétude qui se lisait aisément sur ses traits expressifs. Comme il sentait fort bien la responsabilité que lui ferait encourir le moindre retard, malgré la réponse hautaine qu'il avait faite au pilote, il mit à la hâte le bras de Catherine sous le sien, ne songeant plus à son déguisement, et voulut l'entraîner avec lui.

— Allons, Catherine, allons, lui dit-il, le temps presse !

— Quelle nécessité si urgente vous force à partir si tôt? lui demanda-t-elle en dégageant doucement son bras.

— Vous avez entendu les pronostics funestes de mon contre-maître, lui dit-il, et je suis forcé d'avouer qu'ils sont confirmés par les miens. Nous sommes menacés d'avoir une nuit orageuse ; et cependant je suis trop heureux d'être venu dans cette baie, puisque je vous ai rencontrée.

— A Dieu ne plaise que nous ayons à nous repentir l'un ou l'autre ! s'écria Catherine, la pâleur et la crainte chassant la rougeur vermeille qui animait ses joues ; mais vous avez le papier que je vous ai remis. Suivez bien les instructions que vous y trouverez, et venez nous délivrer : nous serons captives de bon cœur si c'est vous et Griffith qui êtes les vainqueurs.

— Que voulez-vous dire, Catherine? Vous du moins vous êtes en sûreté maintenant. Ce serait une folie de tenter le ciel en vous exposant à de nouveaux périls. Mon vaisseau peut vous protéger, et il vous protégera jusqu'à ce que votre cousine soit en liberté. Souvenez-vous que j'ai des droits sur vous pour la vie.

— Et que ferez-vous de moi en attendant ?

— Vous serez sur l'*Ariel*, et, de par le ciel ! vous en serez le commandant. Je n'occuperai ce rang que de nom.

— Je vous remercie, Barnstable, mais je me méfie de mes talents pour remplir un pareil poste, répondit Catherine en souriant, tandis que son teint prenait la nuance des rayons du soleil d'été à son coucher. Ne vous méprenez pas si j'ai fait plus que la faiblesse de mon sexe ne semblait le permettre; la pureté de mes motifs justifie ma conduite. Si j'ai entrepris plus qu'une femme ne paraissait pouvoir entreprendre, ce doit être pour....

— Pour vous élever au-dessus de la faiblesse de votre sexe , s'écria Barnstable, et me donner une preuve de votre noble confiance en moi.

— Pour me mettre en état et me rendre digne de devenir votre épouse, dit Catherine ; et partant à la hâte, elle disparut derrière un angle que formait la haie à quelques pas.

Barnstable resta un moment immobile de surprise, et quand il s'élança pour la poursuivre, en arrivant à l'endroit où il l'avait perdue de vue, il ne fit que l'apercevoir de loin dans le crépuscule, et elle disparut de nouveau derrière un petit buisson.

Il allait pourtant continuer sa course quand un éclat soudain de lumière frappa ses yeux. Le bruit d'un coup de canon y succéda, et fut répété par les échos des rochers.

— Oui, vieux radoteur, oui, je t'endends, dit le jeune marin en murmurant, mais en obéisant à ce signal de rappel ; tu es aussi pressé de te tirer du danger que tu l'as été de nous y mettre.

Trois coups de mousquet partis de la chaloupe lui firent doubler le pas, et il descendit rapidement le rocher malgré le danger qu'il courait de tomber et de se briser les membres s'il faisait la moindre chute. Son œil exercé aperçut en même temps les signaux allumés à bord de la frégate pour rappeler les deux barques.

CHAPITRE III

Par une pareille circonstance, il n'est pas bien que ces légères fautes soient trop rigoureusement commentées.

SHAKSPEARE.

LES rochers projetaient alors leurs ombres noires bien avant sur les eaux, et l'obscurité de la soirée commençait à cacher le

mécontentement qui couvrait le front de Barnstable, lorsqu'il
sauta du rocher sur sa barque, et qu'il s'y assit à côté du pilote
silencieux.

— Poussez au large! s'écria le lieutenant d'un ton auquel ses
matelots savaient qu'il fallait obéir. La malédiction d'un marin
sur la folie qui expose de bonnes planches et des vies précieuses
à une telle navigation, et tout cela pour brûler quelques vieux
bâtiments chargés de bois de Norvége! — Force de rames, vous
dis-je, force de rames!

Malgré la violence du ressac occasionné par les vagues qui se
brisaient contre les rochers d'une manière alarmante, les marins
réussirent à surmonter cet obstacle, et quelques secondes de travail portèrent la barque au delà du point où il y avait le plus de
danger à craindre. Barnstable avait à peine songé à ce péril, et
il regardait avec un air de distraction l'écume produite par chaque
vague. Enfin la barque s'élevant régulièrement sur de longues
lames d'eau, il jeta un coup d'œil sur la baie, pour chercher à
découvrir la chaloupe; mais il ne la vit pas.

— Oui, murmura-t-il, Griffith s'est lassé d'être bercé sur ses
coussins, et il faudra que nous allions jusqu'à la frégate, tandis
que nous devrions travailler à tirer le schooner de cet ancrage
infernal. C'est un endroit précisément comme le voudrait un
amant langoureux : un peu de terre, un peu d'eau et beaucoup
de rochers. — Diable! Tom, savez-vous que je suis presque de
votre avis, qu'une petite île par-ci par-là est toute la terre ferme
dont un marin a besoin?

— C'est parler raison, et voilà de la philosophie, capitaine,
répondit le grave contre-maître. Et quant au peu de terre dont
on a besoin, il faudrait que ce fût toujours un fond de vase, ou
de vase et de sable, afin qu'une ancre pût y mordre et qu'il y eût
possibilité de sonder avec certitude. Combien de fois ai-je perdu
de grands plombs de sonde, sans compter les douzaines de petits,
pour avoir trouvé un fond rocailleux! Donnez-moi une rade qui
tienne bien l'ancre, et qui lâche la sonde. Mais nous avons là-bas
une barque en avant de l'étrave, capitaine; passerai-je par-dessus, ou lui ferai-je place?

— C'est la chaloupe! s'écria Barnstable; Griffith ne m'a donc
pas abandonné, après tout!

Des acclamations partant de la chaloupe lui apprirent qu'il ne

se trompait pas, et en moins d'une minute les deux esquifs flottaient l'un à côté de l'autre. Griffith n'était plus étendu sur ses
coussins Il était debout, plein d'activité, et quand il adressa la
parole à Barnstable, ce fut avec vivacité, et l'on pouvait même
remarquer dans sa voix un accent de reproche.

— Pourquoi avez-vous perdu tant de moments précieux, quand
chaque minute nous menace de nouveaux dangers? J'obéissais au
signal du rappel quand j'ai entendu le bruit de vos rames, et j'ai
viré de bord pour prendre le pilote. Avez-vous réussi à le
trouver?

— Le voici, et s'il trouve son chemin à travers tous ces écueils,
il aura bon droit à ce nom. Cette nuit menace de ne pas laisser
voir la lune au meilleur télescope. Mais quand vous saurez ce que
j'ai vu sur ces chiens de rochers, vous serez plus disposé à excuser
un moment de délai, monsieur Griffith.

— Vous avez vu l'homme désigné, j'espère; sans quoi nous
aurions couru tous ces dangers sans utilité.

— Oui, oui, j'ai vu celui qui est l'homme véritable, et celui qui
ne l'est pas; mais voilà Merry, Griffith; vous pourrez lui demander ce que ses yeux ont vu.

— Le dirai-je? s'écria en riant le jeune midshipman; j'ai vu un
petit brigantin auquel un vaisseau de ligne donnait la chasse, et
qui lui a échappé; j'ai vu un léger corsaire voguant sous fausses
couleurs aussi semblable à ma cousine....

— Paix, bavard! s'écria Barnstable d'une voix de tonnerre;
voulez-vous retarder les barques avec toutes ces sornettes dans
un moment comme celui-ci? Dépêchez-vous de passer à bord de
la chaloupe, et si M. Griffith a envie d'apprendre vos sottes conjectures, vous aurez tout le temps de lui en faire part.

Merry sauta légèrement dans la chaloupe, où le pilote l'avait
déjà précédé, et s'asseyant d'un air un peu mortifié à côté de
Griffith, il lui dit à voix basse:

— Et cela ne sera pas long, je crois, si monsieur Griffith a sur
les côtes d'Angleterre les mêmes pensées et les mêmes sentiments
qu'en Amérique.

Le lieutenant ne lui répondit qu'en lui serrant la main d'une
manière expressive; et faisant ses adieux à Barnstable, il ordonna
à ses rameurs de se diriger vers la frégate.

Les deux esquifs se séparèrent, et l'on entendait déjà le bruit des rames de part et d'autre, quand le pilote éleva la voix pour la première fois.

— Sciez[1]! s'écria-t-il d'un ton d'autorité, sciez, vous dis-je!

Les rameurs obéirent, et se tournant vers le schooner, il continua sur le même ton.

— Vous mettrez à la voile à l'instant, capitaine Barnstable, et vous gagnerez le large dans le plus court délai possible. Ne passez pas trop près du promontoire du nord en sortant de la baie, et approchez assez de la frégate pour qu'elle puisse vous héler.

— Voilà une carte parfaitement tracée, monsieur le pilote; mais qui me justifiera auprès du capitaine Munson, si je lève l'ancre sans ordre? J'en ai reçu un par écrit pour placer l'Ariel sur cette espèce de lit de plume, et il faut que j'en reçoive un autre de vive voix ou par signal, de mes chefs, avant que mon schooner fende une seule vague. La route pour sortir de la baie peut être aussi difficile que je l'ai trouvée pour y entrer, et alors j'avais pour me guider la lumière du jour et vos propres instructions par écrit.

— Vous voulez donc rester sur vos ancres pour périr pendant une pareille nuit? Dans deux heures des lames d'eau furieuses viendront se briser à l'endroit même où votre schooner est maintenant si tranquille.

— C'est sur quoi nous pensons exactement de même, monsieur le pilote; mais si je suis noyé sur mes ancres, je serai noyé en suivant les ordres de mon capitaine; au lieu que si une pointe de rocher brise une planche de ma quille en suivant vos instructions, elle fera un trou qui donnera entrée non-seulement à l'eau salée, mais à des reproches d'insubordination.

— C'est de la philosophie, dit le contre-maître du schooner, d'une voix fort intelligible, quoiqu'il n'eût dessein de parler que pour lui seul; mais ce doit être un poids bien lourd sur la conscience d'un homme de rester à un pareil ancrage.

— Laissez donc votre ancre au fond de la mer, et vous ne tarderez pas à aller l'y rejoindre, dit le pilote avec humeur; il est plus difficile de lutter contre un fou que contre un ouragan.

— Non, Monsieur, non, dit Griffith, Barnstable ne mérite pas cette épithète, quoique certainement il porte à l'extrême le respect qu'il doit aux ordres qu'il a reçus. Levez l'ancre sur-le-champ,

1. Mot technique pour ordonner de faire mouvoir les rames en sens inverse, afin d'arrêter la barque.

monsieur Barnstable, et sortez de cette baie le plus promptement
possible.

— Ah! monsieur Griffith, vous ne me donnez pas cet ordre
avec la moitié du plaisir que j'aurai à l'exécuter. Force de rames,
enfants! *l'Ariel* ne laissera pas ses os sur un lit si dur, si je puir
l'empêcher.

Dès que le commandant du schooner eut prononcé ces mots
d'une voix encourageante, ses rameurs y répondirent par de
grandes acclamations, et *l'Ariel* s'éloignant rapidement de la
chaloupe, disparut bientôt dans l'ombre épaisse que jetaient les
rochers.

Pendant ce temps, les rameurs de la chaloupe ne restaient pas
dans l'inaction, et réunissant leurs efforts pour presser leur
esquif, moins bon marcheur que le schooner, ils arrivèrent en
quelques minutes dans les eaux de la frégate. Pendant cet intervalle, le pilote, d'une voix qui avait perdu ce ton d'autorité et de
fierté qui s'était fait remarquer pendant qu'il parlait à Barnstable,
pria Griffith de lui apprendre les noms de tous les officiers qui
composaient l'équipage de la frégate.

Le lieutenant le satisfit, et lui dit ensuite : — Ce sont de braves
gens, monsieur le pilote, des hommes d'honneur; et quoique
l'affaire dans laquelle vous êtes maintenant engagé puisse être un
peu hasardeuse pour un Anglais, il n'y a parmi nous personne qui
soit capable de vous trahir. Nous avons besoin de vos services,
nous comptons sur votre bonne foi, et nous vous en offrons autant
en échange.

— Et comment savez-vous que j'en ai besoin? demanda le pilote d'un ton qui annonçait beaucoup de froideur et d'indifférence
sur ce sujet.

— Vraiment, quoique vous parliez assez bon anglais pour un
Anglais[1], interrompit Griffith, cependant vous avez une petite
prononciation gutturale que nous n'admettrions pas de l'autre
côté de l'Atlantique.

— Qu'importe où un homme soit né, et qu'importe son accent,
dit le pilote avec froideur, pourvu qu'il fasse son devoir bravement et de bonne foi?

[1]. 1 y a dans les provinces éloignées de Londres, et à plus forte raison en Écosse, une
prononciation vicieuse sur laquelle les Américains se fondent pour prétendre que l'anglais le
plus pur se parle aux États Unis : proposition qui naturellement fait rire les Anglais aux
dépens des Américains.

— Oui, oui, comme vous le dites, pourvu qu'il fasse son devoir de bonne foi. Mais, comme le disait Barnstable, il faut que vous connaissiez bien la route à travers ces écueils, par une nuit comme celle-ci. Savez-vous combien nous tirons d'eau?

— Ce que tire une frégate. Je tâcherai de vous maintenir sur quatre brasses. Une moindre profondeur serait dangereuse.

— C'est une charmante frégate! elle suit son gouvernail comme un soldat de marine l'œil de son sergent. Mais il lui faut de la place en avant, car elle ne fend pas l'eau, elle vole; on dirait qu'elle veut devancer le vent.

L'oreille du pilote n'était pas novice, et il écoutait avec attention l'énumération des qualités du bâtiment qu'il allait essayer de tirer d'une situation très-dangereuse. Il n'en perdit pas un seul mot, et quand Griffith eut cessé de parler, il dit avec le sang-froid singulier qui le caractérisait :

— Il y a du bon et du mauvais dans tout cela; mais, vu l'étroit canal dans lequel nous allons naviguer, je crains que le mauvais ne l'emporte quand nous aurons besoin de faire marcher le navire à la lisière.

— Je présume que nous devrons avancer la sonde à la main.

— Il nous faudra la sonde et les yeux. Je suis entré dans cette baie, et j'en suis sorti pendant des nuits plus noires que celle-ci, mais jamais sur aucun navire qui tirât plus de deux brasses et demie.

— En ce cas, vous n'êtes pas en état de manœuvrer notre frégate au milieu des rochers et des brisants. Vos bâtiments, qui ne tirent que peu d'eau, ne savent jamais sur combien de brasses ils se trouvent. Il n'y a qu'une quille profonde qui cherche le canal le plus profond. Pilote! pilote! prenez garde que votre ignorance ne joue avec nous! les jeux de hasard sont dangereux entre ennemis.

— Jeune homme, répondit le pilote non sans quelque aigreur quoiqu'en conservant son sang-froid imperturbable, vous ne savez ni de quoi vous parlez, ni à qui vous vous adressez. Vous oubliez que vous avez ici un supérieur et que je n'en ai pas.

— Ce sera suivant la fidélité avec laquelle vous vous acquitterez de votre devoir, s'écria Griffith; car si...

— Paix! dit le pilote, nous voilà près du vaisseau; montons à bord en bonne intelligence.

Après avoir dit ces mots, il s'étendit sur son coussin, et Griffith, quoiqu'il ne fût pas très-tranquille sur les conséquences de l'ignorance ou de la trahison du pilote, se contraignit assez pour garder le silence, et ils montèrent sur la frégate avec cordialité, au moins à ce qu'il paraissait.

La frégate flottait déjà sur les longues vagues qui arrivaient de l'Océan, et dont la violence augmentait de moment en moment. Cependant ses voiles de grand et petit hunier étaient suspendues à leurs vergues sans mouvement, le vent qui continuait à souffler de terre par intervalles n'ayant pas assez de force pour en dérouler l'épais tissu.

Le seul bruit qu'on entendît tandis que Griffith et le pilote montaient sur l'échelle extérieure pour arriver sur le tillac, était celui des vagues qui se brisaient contre les flancs massifs du vaisseau, et celui du sifflet du contre-maître en second, qui appelait l'équipage pour donner une marque de respect au premier lieutenant, en formant une double haie pour le recevoir.

Mais quoiqu'il régnât un si profond silence parmi cet équipage de plusieurs centaines de marins, la lumière que produisaient une douzaine de grandes lanternes placées sur différentes parties du pont servait à faire voir, quoique imparfaitement, non-seulement la physionomie de la plupart de ceux qui formaient ce groupe nombreux, mais encore elle trahissait le sentiment de curiosité mêlée d'inquiétude qui l'agitait.

Indépendamment du rassemblement principal autour de l'échelle, on pouvait encore distinguer la figure de ceux qui s'étaient réunis autour du grand mât et sur les boute-hors, tandis que d'autres, appuyés sur les vergues inférieures, ou avançant la tête hors des hunes, formaient le fond du tableau dans l'obscurité, et leurs attitudes exprimaient l'intérêt qu'ils prenaient au retour de la chaloupe.

Mais quoique ces différents groupes remplissent tout le reste du tillac, le gaillard d'arrière était exclusivement réservé aux officiers qui y étaient rangés chacun suivant son poste; et il régnait parmi eux le même silence et la même attention que parmi le reste de l'équipage. En avant, on voyait un petit nombre de jeunes gens, que leur uniforme annonçait comme revêtus du même grade que Griffith, quoiqu'il occupât le premier rang parmi eux. Sur le côté, d'autres officiers, en plus grand nombre, et la plupart encore plus jeunes, étaient les compagnons de M. Merry. Enfin, auprès du cabestan on voyait trois ou quatre hommes debout, dont l'un portait un uniforme bleu à revers et parements écarlates, et dont un autre, d'après son habit noir, paraissait être le chapelain du navire. Derrière eux, et près de l'escalier conduisant à la cabane d'où il venait de monter, était le vieux commandant, dont la taille était aussi droite qu'elle était grande.

Après avoir fait un signe de tête en passant à ses camarades, Griffith, que le pilote suivait à quelques pas, s'avança vers l'endroit où son capitaine l'attendait, et ôtant son chapeau, il le salua avec un air un peu plus cérémonieux qu'il n'avait coutume de faire.

— Nous avons réussi, Monsieur, lui dit-il, quoique avec plus de temps et de difficulté que nous ne nous y étions attendus.

— Mais je ne vois pas le pilote, dit le capitaine, et sans lui toutes les peines que nous avons prises, tous les risques que nous avons courus, ne servent à rien.

— Le voici, répondit Griffith en se retournant et en étendant le bras vers l'homme qui était derrière lui, et dont les traits étaient couverts par le bord rabattu d'un grand chapeau déjà un peu usé.

— Lui! s'écria le capitaine; c'est une fatale méprise! ce n'est pas là l'homme que je désirais voir, et nul autre ne peut le remplacer.

— Je ne sais pas qui vous attendiez, capitaine Munson, dit l'étranger d'une voix basse et tranquille. Mais si vous n'avez pas oublié le jour où un pavillon bien différent de cet emblème de tyrannie qui flotte en ce moment sur le couronnement de votre poupe fut déployé pour la première fois, vous devez vous rappeler la main qui l'arbora.

— Qu'on m'apporte une lumière! s'écria vivement le commandant.

On lui présenta une lanterne, il l'approcha du visage du pilote, et les traits de celui-ci se trouvant éclairés, le vétéran tressaillit en voyant des yeux bleus qui le regardaient avec calme et une physionomie pâle mais tranquille qu'il ne pouvait méconnaître.

Il ôta involontairement le chapeau qui couvrait ses cheveux blancs, et s'écria :

— C'est lui! quoiqu'il soit si changé...

— Que ses ennemis ne l'ont pas reconnu, dit vivement le pilote ;
et prenant le capitaine par le bras pour le tirer à l'écart, il ajouta
en baissant la voix : — Et ses amis ne doivent le reconnaître que
lorsque le moment opportun en sera arrivé.

Griffith s'était retiré en arrière pour répondre aux questions
empressées de ses camarades, et aucun des officiers n'entendit
rien de ce court dialogue. Ils virent pourtant bientôt que le capitaine avait reconnu son erreur, et que le pilote amené à bord
était celui qu'il attendait : ces deux derniers restèrent quelques
minutes à se promener en tête à tête sur le gaillard d'arrière, paraissant occupés d'un entretien sérieux et important.

Comme Griffith n'avait que fort peu de choses à apprendre à
ceux qui l'interrogeaient, leur curiosité fut bientôt satisfaite, et
tous les yeux se dirigèrent vers le guide mystérieux qui devait
les tirer d'une situation déjà dangereuse par elle-même, et qui le
devenait davantage de moment en moment.

CHAPITRE IV

> Voyez ces voiles gonflées par d'invisibles vents entraî-
> ner les énormes masses des vaisseaux à travers les
> sillons des mers, et opposant leurs proues aux vagues
> soulevées.
>
> SHAKSPEARE.

Le lecteur sait déjà qu'il y avait dans l'atmosphère assez de
signes menaçants pour faire naître des inquiétudes sérieuses dans
l'esprit d'un marin. Lorsque l'œil se dirigeait vers une autre partie de la mer que celle que couvrait l'ombre des rochers, l'obscurité n'était pas assez profonde pour qu'on ne pût distinguer les
objets à une certaine distance. Du côté de l'orient, on voyait
à l'horizon un sillon de lumière d'un augure sinistre tomber sur
les houles formées par le gonflement des vagues, qui devenaient
à chaque instant plus distinctes, et par conséquent plus mena-
çantes. Des nuages épais, suspendus sur le vaisseau, semblaient
soutenus par ses mâts gigantesques. On n'apercevait que quel-

ques étoiles, jetant une pâle lumière sur une raie blanche faiblement azurée, qui formait une ceinture autour de l'Océan. De legers courants d'air, saturés de l'odeur de la terre, traversaient de temps en temps la baie; mais leur passage rapide et irrégulier ne prouvait que trop que c'était l'haleine expirante de la brise du rivage. L'agitation des flots roulant le long des côtes produisait un bruit sourd, qui n'était interrompu de temps à autre que par un mugissement plus profond quand une vague plus forte que les autres venait se briser sur les rochers et s'engloutir dans leurs cavités. En un mot, tout contribuait à rembrunir cette scène, quoique le vaisseau s'élevât encore facilement sur les vagues, sans même faire tendre le gros câble qui le tenait sur son ancre.

Les principaux officiers, réunis près du cabestan, dissertaient sur leur situation et leurs dangers, et quelques-uns des plus anciens marins, ceux qui étaient le plus favorisés par leurs chefs, prolongeaient leur courte promenade jusque auprès du gaillard d'arrière, l'oreille au guet, pour tâcher d'apprendre ce que pensaient leurs supérieurs. Les officiers et les matelots jetaient fréquemment un regard d'inquiétude sur le commandant et le pilote, qui continuaient à s'entretenir tête à tête à l'extrémité du navire. Une fois, une curiosité irrésistible ou la légèreté de son âge porta un des plus jeunes midshipman à s'avancer bien près d'eux, mais une brusque rebuffade du capitaine le renvoya honteux et confus, et il alla cacher sa mortification au milieu de ses camarades. Cette mercuriale fut regardée par les autres officiers comme un avis que leur commandant voulait que le secret de sa consultation avec le pilote fût strictement respecté. Ils n'en laissèrent pas moins échapper à demi-voix quelques expressions d'impatience; mais aucun d'eux n'osa se permettre d'interrompre un entretien que tous regardaient comme prolongé au delà de toutes bornes raisonnables dans les circonstances actuelles.

— Ce n'est pas le moment de parler de gisements et de distances, dit le second lieutenant de la frégate; il faut que nous mettions tous les bras à l'ouvrage, et que nous tâchions de touer le vaisseau, tandis que la mer veut bien encore souffrir une barque.

— Ce serait une entreprise aussi fatigante qu'inutile, répondit Griffith, d'entreprendre de touer une frégate pendant plusieurs milles contre une mer qui la bat en front. Mais la brise de terre souffle encore dans la région supérieure, et si nos voiles légères voulaient la prendre, avec l'aide de ce reflux, nous pourrions peut-être nous éloigner de ces côtes.

— Hélez de la grande hune, Griffith, et demandez si l'on y sent de l'air. Ce sera du moins un avis indirect pour tirer de leur apathie notre capitaine et ce fainéant de pilote.

Griffith sourit, appela le marin qui était dans la hune, et en ayant reçu la réponse d'usage, il lui cria à haute voix :

— Sentez-vous du vent de là-haut? D'où vient-il?

— J'en sens de temps en temps une bouffée qui vient de terre, répondit le marin; mais nos huniers restent raides et immobiles.

Le capitaine Munson et son compagnon suspendirent leur conversation pour écouter cette question et la réponse qui la suivit; après quoi ils reprirent leur entretien avec autant d'intérêt que s'il n'eût pas été interrompu.

— Ils auraient beau remuer, il paraît qu'ils ne feraient pas remuer nos officiers supérieurs, dit l'officier des soldats de marine, dont l'ignorance dans tout ce qui concernait la navigation augmentait beaucoup l'idée qu'il se faisait du danger qu'on courait, mais qui, par oisiveté, faisait plus de plaisanteries que qui que ce fût à bord. Ce pilote semble sourd aux avis donnés si délicatement. Vous ne le prendrez pas par les oreilles, monsieur Griffith; que n'essayez-vous de le prendre par le nez?

— Ma foi, répondit Griffith, il y a eu une traînée de poudre entre nous dans la chaloupe, et il ne paraît pas homme à recevoir tranquillement des avis du genre de ceux dont vous parlez. Quoiqu'il ait l'air si doux et si paisible, je doute qu'il ait fait beaucoup d'attention au livre de Job.

— Qu'en a-t-il besoin? s'écria le chapelain, dont les craintes égalaient au moins celles de l'officier des soldats de marine, et qui était encore plus découragé; il peut employer beaucoup mieux son temps. Il y a tant de cartes de ces côtes, tant d'ouvrages sur la navigation de ces mers! j'espère qu'il s'est plutôt occupé à les étudier.

Ce discours fit partir d'un grand éclat de rire tous ceux qui l'entendirent, et cette circonstance parut produire l'effet qu'on désirait si vivement et depuis si longtemps, car la conférence mystérieuse entre le capitaine et le pilote finit en ce moment. Le véteran s'approcha des officiers, et dit, avec le sang-froid qui était le principal trait de son caractère :

—Faites déployer les voiles, monsieur Griffith, et qu'on se dispose à lever l'ancre. Le moment est venu où il faut que nous marchions.

—Oui, Monsieur, oui, répondit Griffith avec empressement. Et à peine avait-il prononcé ces mots qu'on entendit les cris d'une demi-douzaine de midshipmen, qui appelaient à leur devoir le contre-maître et ses seconds.

Il y eut un mouvement général dans les groupes autour du grand mât, près des boute-hors et des échelles; mais l'habitude de la discipline tint un moment tout l'équipage en suspens. Le silence fut interrompu par le son du sifflet du contre-maître, suivi du cri rauque : — A l'ouvrage, enfants, à l'ouvrage! Le premier s'éleva, dans la nuit, d'un son flûté à une note aiguë et perçante qui expira sur la surface des eaux; le second retentit dans tout le navire, comme le murmure sourd d'un tonnerre éloigné.

Le changement produit par ce signal d'usage fut d'un effet magique. On vit des marins sortir d'entre les canons, monter par les écoutilles, descendre des vergues avec une activité insouciante, enfin arriver de toutes parts si rapidement, qu'en un instant le tillac fut presque couvert d'hommes. Le profond silence, qui n'avait été interrompu jusqu'alors que par les conversations à voix basse des officiers, le fut maintenant par les ordres donnés d'un ton ferme par les lieutenants, et que les midshipmen répétaient d'une voix plus grêle, enfin par les cris du contre-maître et de ses seconds, qui s'élevaient par-dessus tous les autres au milieu du tumulte de ces préparatifs.

Le capitaine et le pilote restaient seuls dans l'inaction, au milieu de cette scène d'activité générale, car la crainte avait stimulé même cette classe d'officiers qu'on nomme communément les inutiles, et ils essayaient de faire quelque chose, quoique leurs compagnons, plus expérimentés, leur rappelassent souvent qu'ils retardaient la besogne au lieu de l'accélérer. Le tumulte cessa pourtant graduellement, et en quelques minutes le silence se rétablit sur le navire.

—Nous sommes en panne, Monsieur, dit Griffith, qui suivait des yeux toute cette scène avec attention; tenant d'une main un

3

petit porte-voix et empoignant de l'autre un des haubans du navire, pour s'affermir dans la position qu'il avait prise sur un canon.

— Faites virer, Monsieur, dit le capitaine d'un ton calme.

— A virer ! répéta Griffith à haute voix.

— A virer ! crièrent à la fois une douzaine de voix ; et un fifre joua un air vif pour animer la scène. Le cabestan fut mis en mouvement sur-le-champ, et le pas des marins qui marchaient sur le tillac, marquait la mesure en exécutant cette manœuvre. Ce fut le seul bruit qu'on entendit pendant quelques minutes, si ce n'était de temps en temps celui de la voix d'un officier, qui encourageait les marins quand ils annonçaient qu'on *était à pic*, ou, en d'autres termes, que l'ancre était presque sous le vaisseau.

— Que ferons-nous maintenant, Monsieur ? demanda Griffith au capitaine. Ferons-nous quitter le fond à l'ancre ? On ne sent pas trop d'air, et le reflux est si faible qu'il est à craindre que la mer ne jette le navire à la côte.

Cette conjecture paraissait si probable que tous les yeux de l'équipage, animés jusqu'alors par le travail qu'exigeait la manœuvre, se tournèrent vers la mer avec un air d'inquiétude, cherchant à percer l'obscurité de la nuit, comme pour interroger les vagues sur le destin d'un vaisseau que les éléments semblaient avoir condamné à périr.

— Je laisse au pilote le soin de vous répondre, répliqua le capitaine après être resté un moment à côté de Griffith, examinant avec attention le ciel et l'Océan. Qu'en dites-vous, monsieur Gray ?

Le pilote, dont le nom venait d'être prononcé pour la première fois, était appuyé sur les bords du vaisseau, les yeux dirigés du même côté que ceux de tout l'équipage. Il se releva, en se tournant vers le capitaine pour lui répondre, et la lumière d'une lanterne, éclairant ses traits, y fit remarquer un calme, qui, vu sa position et sa responsabilité, semblait presque surnaturel.

— Cette forte houle est à craindre, dit-il ; mais une destruction certaine nous attend, si l'ouragan qui se prépare à l'est nous trouve encore dans un pareil ancrage. Tout le chanvre dont on a jamais fait des cordages ne suffirait pas pour empêcher seulement pendant une heure un navire d'aller se briser sur ces rochers, s'il avait contre lui un furieux vent de nord-est. Si le pouvoir de l'homme en est capable, Messieurs, il faut que nous gagnions le large, et sans perte de temps.

— Vous ne nous dites là, Monsieur, que ce que le dernier des mousses comprend parfaitement, dit Griffith. Ah! voici le schooner!

Le bruit des longs avirons de *l'Ariel* se faisait effectivement entendre, et l'on vit bientôt le petit schooner s'avancer lentement dans l'obscurité. Il passa à peu de distance de la poupe de la frégate, et la voix toujours enjouée de Barnstable fut la première qu'on entendit.

— Voilà une nuit où il faudrait de bonnes lunettes, capitaine Munson! s'écria-t-il. Mais je crois avoir entendu le son de votre fifre. S'il plaît à Dieu, vous n'avez pas dessein de rester ici sur une ancre jusqu'au matin?

— Je n'aime pas cet ancrage plus que vous ne l'aimez, monsieur Barnstable, répondit le vétéran avec son ton ordinaire de tranquillité, quoiqu'il fût évident qu'il commençait lui-même à devenir inquiet. Nous sommes sur une ancre, et nous craignons de la laisser quitter le fond, de peur que la mer ne nous jette à la côte. Quel vent avez-vous?

— Quel vent? Il n'y en a pas assez pour faire remuer une boucle de cheveux sur la tête d'une femme. Si vous attendez que la brise de terre enfle vos voiles, je crois que vous attendrez jusqu'à la nouvelle lune. J'ai tiré ma coquille d'œuf de cette carrière de rochers noirs; mais comment ai-je eu ce bonheur dans l'obscurité? il faudrait être plus habile que moi pour le dire. Et que dois-je faire maintenant?

— Recevez vos instructions du pilote, monsieur Barnstable, et suivez-les à la lettre.

Un silence, semblable à celui de la mort, succéda à cet ordre à bord des deux vaisseaux, et chacun écouta avec avidité les paroles qui sortirent de la bouche de l'homme sur qui chacun sentait alors que reposait tout espoir de salut. Quelques instants se passèrent avant que sa voix se fît entendre, et il parla d'un ton bas, mais très-distinct.

— Vos avirons ne vous seront pas longtemps utiles contre la mer, qui commence à s'élever; mais vos petites voiles vous aideront à avancer. Tant que vous pourrez marcher est-quart-nord-est, tout ira bien, et vous pouvez continuer ainsi jusqu'à

ce que vous soyez à la hauteur de ce promontoire que vous
voyez au nord. Alors, vous pourrez mettre en panne, et vous
tirerez un coup de canon. Mais si, comme je le crains, vous êtes
repoussé avant d'avoir atteint cette hauteur, fiez-vous à cette
sonde en courant des bordées de bord, et gardez-vous de présenter
a proue au sud.

—Je puis courir des bordées de tribord comme de bâbord, et
faire des enjambées de la même longueur.

—Gardez-vous-en bien. Si pour gagner le large par est-quart-
nord-est, vous déviez à tribord d'un seul point de compas, vous
trouverez des écueils et des pointes de rochers qui vous encloue-
ront. Je vous le répète, évitez les bordées de tribord.

—Et sur quoi dois-je me régler pour diriger ma course? Sur la
sonde, sur la boussole, sur...

—Sur de bons yeux et sur une main agile. Les brisants vous
avertiront du danger quand vous ne pourrez apercevoir les gisements de la côte; mais ne vous lassez pas de sonder, tout en courant des bordées de bâbord.

—Fort bien! fort bien! murmura Barnstable à demi-voix; c'est
ce qu'on peut appeler naviguer à l'aveugle. Et tout cela, sans
que je puisse voir pourquoi. Voir! morbleu! La vue m'est aussi
utile en ce moment que me le serait mon nez pour lire la Bible!

—Doucement! monsieur Barnstable, doucement! dit le vieux
commandant; car l'inquiétude produisait un tel silence à bord
des deux vaisseaux, qu'on entendait tout ce qui s'y passait. Les
ordres que le congrès nous a donnés doivent s'exécuter au risque
de notre vie.

—Je ne suis point avare de ma vie, capitaine Munson, répondit
Barnstable! mais il n'y a pas de conscience à placer un vaisseau
dans un lieu comme celui-ci. Au surplus, c'est le moment d'agir et
non de parler. Mais s'il y a tant de danger pour un schooner qui
tire si peu d'eau, que deviendra la frégate? Ne vaudrait-il pas
mieux que je jouasse le rôle du chacal, et que je marchasse en
avant pour tâter le chemin?

—Je vous remercie, dit le pilote, l'offre est généreuse; mais
cela ne nous servirait à rien. J'ai l'avantage de bien connaître le
terrain, et il faut que je me fie à ma mémoire et à la protection
de Dieu. Déployez vos voiles, Monsieur, partez; et si vous réus-
sissez, nous nous hasarderons à lever l'ancre.

Cet ordre fut exécuté promptement, et, en quelques moments, *l'Ariel* fut couvert de toutes ses voiles. Quoiqu'on ne sentît pas un souffle de vent sur le tillac de la frégate, le petit schooner était si léger, qu'à l'aide du reflux et d'un reste de brise de terre dans la partie supérieure de l'atmosphère, il réussit à se frayer un chemin à travers les ondes soulevées, et en moins d'un quart d'heure à peine pouvait-on l'apercevoir à la lueur de la bande de lumière qui s'étendait à l'horizon.

Griffith, de même que tous les autres officiers, avait écouté en silence le dialogue qui précède ; mais quand il vit *l'Ariel* disparaître, il s'élança du canon sur le pont, et s'écria :

—Il vogue, sur ma foi ! comme un navire qu'on lance à la mer ! Eh bien ! capitaine, ferai-je lever l'ancre pour que nous le suivions ?

— Je ne vois pas d'autre alternative, répondit le vétéran. Vous avez entendu la question, monsieur Gray, qu'en dites-vous ?

— C'est le seul parti à prendre, capitaine Munson, dit le pilote. Le peu de marée qui nous reste suffira à peine pour nous conduire hors de danger. Je donnerais cinq années d'une vie qui n'a plus longtemps à durer, pour que la frégate fût à un mille plus loin en mer.

Cette dernière remarque, ayant été faite à voix basse, ne fut entendue que par le commandant, qui se retira encore à l'écart avec le pilote. Mais, pendant qu'ils recommençaient leur conversation mystérieuse, Griffith ne perdit pas un instant pour exécuter l'ordre qu'il venait de recevoir, et il ordonna qu'on levât l'ancre.

Le son du fifre se fit entendre de nouveau, ainsi que le bruit des pas mesurés des matelots autour du cabestan. Pendant que les uns levaient l'ancre, les autres détachaient les voiles des vergues et les déployaient pour leur faire recevoir la brise. Tandis qu'on exécutait ces manœuvres, le premier lieutenant donnait des ordres partout au moyen de son porte-voix, et l'on y obéissait avec la promptitude de la pensée. Dans l'obscurité presque complète qui régnait, on voyait sur les vergues, sur les cordages, des groupes d'hommes qui semblaient suspendus en l'air, et l'on entendait partir des cris de toutes les parties du vaisseau. — La voile de perroquet est parée ! criait une voix aiguë qu'on aurait cru descendre des nuages. — La misaine est parée ! disait un marin à voix rauque. — Tout est prêt à l'arrière! cria un troisième d'un autre côté. Et, un instant après, l'ordre fut donné de laisser tomber les voiles.

Les voiles, en tombant, privèrent le navire du peu de clarté qui venait encore du firmament ; circonstance qui, en paraissant rendre plus vive la lumière que procuraient les lanternes allumées sur le tillac, donnait un air encore plus sombre et plus lugubre à l'aspect de la mer et du ciel.

Tout l'équipage de la frégate, à l'exception du commandant et du pilote, était alors sérieusement occupé à mettre le vaisseau sous voiles. Les mots, *l'ancre est dérapée!* répétés en même temps par cinquante bouches, et les évolutions rapides du cabestan, annoncèrent l'arrivée de l'ancre à la surface de l'eau ; le bruit du froissement des cordages, du sifflement des poulies et des cris du contre-maître et de ses aides, aurait donné à cette scène un air de confusion et de désordre aux yeux de quiconque eût été étranger à la marine ; et cependant l'expérience et la discipline firent que le vaisseau eut toutes ses voiles déployées en moins de temps qu'il ne nous en a fallu pour décrire cette manœuvre.

Pendant quelques instants le résultat parut satisfaisant aux officiers ; car quoique les lourdes voiles restassent suspendues parallèlement aux mâts, les plus légères, attachées aux mâtereaux les plus élevés, s'enflaient d'une manière sensible, et la frégate commençait à céder à leur influence.

— Elle marche! elle marche! s'écria Griffith d'un ton joyeux ; ah! fine commère! elle a autant d'antipathie pour la terre qu'aucun des poissons qui sont dans l'Océan! Il paraît qu'il y a un courant d'air là-haut, après tout.

— C'est la brise expirante, dit le pilote d'un ton bas, mais d'une manière si soudaine que ces mots prononcés presque à l'oreille de Griffith le firent tressaillir. Jeune homme, ajouta-t-il, oublions tout, si ce n'est le nombre de vies qui dépendent en ce moment de vos efforts et de mes connaissances.

— Si vous pouvez montrer la moitié autant de connaissances que je suis disposé à faire d'efforts, répondit Griffith sur le même ton, tout ira bien ; mais quels que soient vos sentiments, souvenez-vous que nous sommes près d'une côte ennemie, et que nous ne l'aimons pas assez pour désirer d'y laisser nos os.

Après cette courte explication, ils se séparèrent, le lieutenant etant obligé de donner toute son attention à la manœuvre.

Le transport de joie qu'avait fait naître dans tous les cœurs le premier mouvement de la frégate à travers les ondes, ne fut pas de longue durée, car la brise qui avait paru vouloir favoriser nos marins commença à perdre sa force après leur avoir fait faire environ un quart de mille, et finit par tomber tout à fait. Le quartier-maître, qui tenait le gouvernail, annonça bientôt que le vaisseau n'y obéissait plus. Griffith communiqua sur-le-champ cette mauvaise nouvelle au commandant, et lui proposa de jeter de nouveau une ancre.

— Adressez-vous à M. Gray, répondit le capitaine ; il est notre pilote, et c'est lui qui est chargé de veiller à la sûreté du navire.

— Les pilotes perdent quelquefois des navires, comme ils en sauvent, capitaine, dit le lieutenant. Connaissez-vous bien cet homme, qui a toutes nos vies sous sa sauvegarde, et qui conserve autant de sang-froid que si l'événement lui était fort indifférent ?

— Je le connais parfaitement, monsieur Griffith, répondit le vétéran, et je lui crois autant de talents que je lui sais de bonne volonté. Je vous dis cela pour vous tirer d'inquiétude, et vous ne devez pas m'en demander davantage. Mais ne sens-je pas un souffle de vent de ce côté ?

— A Dieu ne plaise ! s'écria vivement Griffith ; si ce vent de nord-est nous repousse sur ces rochers, notre situation devient désespérée.

Le roulis du vaisseau causa en cet instant une expression momentanée des voiles, suivie d'une réaction soudaine, de sorte qu'il aurait été impossible au plus vieux marin de l'équipage de dire de quel côté était venu le léger courant d'air, ou si ce mouvement subit n'avait pas été occasionné par le brandillement de leurs propres voiles. Cependant l'avant du navire commença à faire son abattée, et malgré l'obscurité, il devint bientôt évident qu'il était à la dérive vers la côte.

Pendant ce court intervalle de doute pénible, Griffith, par une de ces espèces de caprices d'esprit qui font que les extrêmes se touchent, perdit l'ardeur qu'il devait à son inquiétude, et retomba dans l'apathie insouciante qui s'emparait souvent de lui, même dans les moments les plus critiques de danger. Il était debout, un coude appuyé sur le cabestan, ouvrant une main sur ses yeux pour se garantir de la lumière d'une lanterne dont il était voisin, quand il fut rappelé au souvenir de sa situation en se sentant presser doucement la main. Il se retourna, vit le jeune midshipman Merry, et lui fit un signe de tête affectueux, quoique d'un air encore distrait.

— Voilà une mauvaise musique, monsieur Griffith, dit Merry : si mauvaise qu'elle ne saurait me faire danser. Je crois qu'il n'y a pas sur le vaisseau un seul homme qui n'aimât mieux entendre l'air : *J'ai donc quitté ma douce amie*, que ces sons exécrables.

— Quels sons, Merry ? On est aussi tranquille sur le vaisseau qu'on l'était à l'assemblée des quakers de New-Jersey, quand votre bon grand-père ne rompait pas le charme du silence par sa voix sonore.

— Riez, si bon vous semble, monsieur Griffith, du sang pacifique qui coule dans mes veines, mais songez qu'il s'en trouve un mélange dans d'autres que dans les miennes. Je voudrais entendre en ce moment les chants du bon vieillard ; car ils m'endormaient toujours comme une mouette abritée par un rocher pendant un ouragan. Mais celui qui s'endormira cette nuit au son de cette musique infernale dormira d'un bon somme.

— Musique ! je n'entends pas de musique ; à moins que vous ne donniez ce nom au bruit que font les voiles en battant l'une contre l'autre. Ce pilote lui-même, qui se promène comme un amiral sur le gaillard d'arrière, n'a rien à dire.

— Quoi ! vous n'entendez pas des sons faits pour ouvrir l'oreille de tout marin ?

— Ah ! vous parlez de ce bruit sourd occasionné par le ressac ? c'est le silence de la nuit qui le rend plus remarquable. Est-ce que vous ne le connaissiez pas encore, jeune homme ?

— Je ne le connais que trop bien, monsieur Griffith ; et je n'ai nulle envie de le connaître mieux. De combien croyez-vous que nous soyons avancés vers la côte ?

— Je ne crois pas que nous ayons beaucoup reculé. Lofez, drôle, lofez donc ; ne voyez-vous pas que vous prêtez le flanc à la mer ?

Le quartier-maître, à qui ces paroles s'adressaient, répéta que le vaisseau n'obéissait plus au gouvernail, et ajouta qu'il croyait que la frégate coulait.

— Déployez la grande voile, monsieur Griffith, dit le capitaine, et tâtons le vent.

Le bruit des poulies se fit entendre aussitôt, et la grande voile fut à l'instant déployée. Tout l'équipage attendait en silence le résultat de cette manœuvre, osant à peine respirer, comme s'il eût pu fixer le destin du navire. Quelques opinions contradictoires furent enfin hasardées par les officiers. Griffith alors, saisissant une chandelle dans une lanterne, sauta sur un canon et l'éleva de toute la hauteur de son bras pour l'exposer à l'action de l'air. La petite flamme chancela d'une manière incertaine pendant quelques instants, et prit ensuite une direction perpendiculaire. Le lieutenant allait baisser le bras quand, sentant à la main une légère sensation de fraîcheur, il conserva la même attitude. La flamme alors se dirigea vers la terre, d'abord avec lenteur, puis plus vivement, et finit par s'éteindre.

— Ne perdez pas un instant, monsieur Griffith, s'écria le pilote à haute voix et avec vivacité, carguez la grande voile et brassez partout, à l'exception de vos trois huniers, et que tous les ris en soient pris. Voici le moment de remplir vos promesses.

Le jeune lieutenant resta une seconde immobile de surprise en entendant le pilote s'exprimer d'une manière si claire et si précise. Jetant un coup d'œil sur la mer, il sauta sur le tillac, et ordonna la manœuvre indiquée, comme si la vie ou la mort de tout l'équipage eût dépendu de la promptitude qu'on apporterait à l'exécuter.

CHAPITRE V

Elle va bien, mon garçon, elle va bien. Adieu au rivage.
Chanson.

L'activité extraordinaire de Griffith, qui se communiqua rapidement à tout l'équipage, était produite par un changement survenu tout à coup dans le temps. En place de la bande de lumière qu'on voyait à l'horizon, et dont nous avons déjà parlé, une masse immense semblable à un brouillard lumineux semblait s'élever à l'extrémité de l'Océan et s'avançait avec rapidité, tandis qu'un mugissement distinct mais éloigné annonçait l'approche de la tempête qui troublait depuis si longtemps la tranquillité des eaux. Griffith lui-même, en se servant de son porte-voix pour donner ses ordres d'une voix de tonnerre et presser les matelots d'accélérer la manœuvre, s'interrompait de temps en temps pour jeter un regard inquiet dans la direction de l'orage qui s'avançait, et les marins placés sur les vergues jetaient de temps en temps un coup d'œil du même côté, tout en nouant les ris et en passant les garcettes qui devaient réduire les huniers dans les limites prescrites.

Le pilote seul, parmi cette foule empressée, au milieu de laquelle les cris répondaient aux cris sans un instant d'intervalle, semblait aussi tranquille que s'il n'avait eu aucun intérêt à l'événement. Les bras croisés, et les yeux constamment fixés sur cette masse menaçante, foyer de la tempête, il avait l'air d'en attendre l'arrivée avec le plus grand calme.

Le vaisseau était tombé sur le côté et était devenu de plus en plus difficile à gouverner. Ses voiles étaient déjà pliées quand le bruit effrayant des ondes redoubla, et fit éprouver ce frisson involontaire dont un marin ne peut s'empêcher d'être saisi quand la nuit et le danger se réunissent contre lui.

— Le schooner doit être en ce moment exposé à toute la fureur de la tempête; s'écria Griffith; mais je connais Barnstable, il tiendra jusqu'au dernier moment. Fasse le ciel que l'ouragan lui laisse assez de voiles pour s'éloigner du rivage!

— Ses voiles sont faciles à manœuvrer, dit le commandant, et il doit être maintenant hors du plus grand danger. Mais il n'en est pas de même de nous, monsieur Gray. Essaierons-nous de sonder?

Le pilote quitta son attitude de méditation et s'avança lentement vers le vétéran avec l'air d'un homme qui sent non-seulement que tout dépend de lui, mais qu'il est en état de faire ce qu'on en attend.

— Cela n'est pas nécessaire, dit-il, ce serait une destruction certaine que d'être forcés en arrière, et il est difficile de dire de quel point le vent peut nous frapper.

— Cela ne l'est plus, s'écria Griffith; car le voilà qui arrive, et c'est tout de bon.

Le jeune lieutenant avait à peine prononcé ces mots que le

. bruit du vent se fit entendre. Son souffle impétueux frappa en travers le vaisseau qui fut d'abord jeté sur le côté, mais qui se releva sur-le-champ majestueusement, comme s'il avait voulu saluer avec courtoisie le redoutable antagoniste qu'il allait combattre. Avant qu'une autre minute se fût écoulée, il redevint docile au gouvernail et fendit les eaux dans la direction désirée, autant que le permettait le point d'où soufflait le vent. Les matelots qui étaient sur les vergues descendirent sur le tillac, tous cherchant à percer des yeux l'obscurité qui les entourait, quelques-uns secouant la tête d'un air inquiet, mais n'osant exprimer les craintes qui les agitaient. Tous ceux qui étaient à bord de la frégate s'attendaient à une tempête furieuse; car il ne s'y trouvait pas un seul matelot assez peu expérimenté pour ne pas reconnaître qu'ils ne sentaient encore que les efforts de l'ouragan naissant. Mais les accroissements n'en étaient que graduels, les marins commençaient à croire que leurs funestes présages ne se réaliseraient pas. Pendant ce court intervalle d'incertitude, on n'entendait d'autre bruit que le sifflement qui frappait en passant les mâts, les cordages et les voiles, et le murmure des vagues qui commençaient à battre les flancs du navire avec la force d'une cataracte.

— Le vent fraîchit, dit Griffith, qui fut le premier à parler dans ce moment de doute et d'inquiétude; mais, après tout, c'est comme si nous lui tendions un chapeau. Donnez-lui ses coudées franches, monsieur le pilote, offrez-lui suffisamment de voiles, et je vous promets de manœuvrer la frégate par cette brise comme si c'était un yacht de promenade.

— Croyez-vous qu'elle ne tournera pas sous ses huniers?

— Elle fera tout ce qu'on peut raisonnablement exiger du bois et du fer. Mais il n'existe pas sur tout l'Océan un bâtiment qui, ayant contre lui une mer si houleuse, puisse courir des bordées sans autres voiles que ses huniers et tous les ris noués. Rendez-lui ses grandes voiles, et vous la verrez pirouetter comme un maître à danser.

— Voyons d'abord quelle est la force du vent, dit le pilote; et quittant Griffith, il se rendit vers le passe-avant du côté du vent, où il resta en silence, regardant du côté de la proue du navire avec un singulier air de sang-froid.

On avait éteint les lanternes sur le pont de la frégate après qu'on eut cargué les voiles, et le brouillard chassé par l'ouragan ayant passé, une faible clarté succéda, qui, aidée par l'écume brillante de blancheur dont l'eau était couverte autour du navire, faisait qu'on pouvait apercevoir la terre, quoique bien faiblement. Elle ressemblait à un brouillard noir élevé au-dessus de la mer, et on ne la distinguait du ciel que parce qu'elle était plongée dans une obscurité plus profonde. La dernière corde avait été levée et remise à sa place par les matelots, et pendant quelques minutes il régna un profond silence sur le tillac, malgré la foule de marins qui le couvraient. Chacun voyait évidemment que la frégate fendait les ondes avec rapidité; et comme on savait qu'elle s'approchait de la partie de la baie où les écueils présentaient les plus grands dangers, l'habitude de la discipline la plus exacte pouvait seule obliger les officiers et même les matelots à renfermer leurs inquiétudes en eux-mêmes.

Enfin la voix du capitaine Munson se fit entendre.

— Monsieur Gray, demanda-t-il au pilote, enverrai-je quelqu'un dans les chaînes pour prendre la profondeur de l'eau?

Quoique cette question eût été faite à haute voix, et que l'intérêt qu'elle excitait eût rassemblé autour de celui à qui elle était adressée les officiers et les matelots impatients, le pilote ne fit aucune réponse. Penché sur le bord du vaisseau, et la tête appuyée sur sa main, il avait l'air d'un homme dont les pensées errantes s'écartaient de ce qui aurait dû l'occuper tout entier. Griffith était du nombre de ceux qui se trouvaient près de lui, et après avoir attendu quelques instants, par respect, la réponse qu'il devait au capitaine, il quitta le cercle nombreux qui s'était formé à quelques pas du protecteur mystérieux de la vie de tout l'équipage, et s'approcha de lui.

— Monsieur, dit le jeune officier avec un léger accent d'impatience, le capitaine Munson désire savoir si vous pensez qu'il faille sonder.

Cette seconde question n'obtint pas plus de réponse que la première, et, avant de la lui répéter encore, Griffith chercha à le tirer de sa rêverie en lui appuyant sans cérémonie la main sur l'épaule. Mais le tressaillement presque convulsif du pilote le rendit un moment muet de surprise.

— Retirez-vous, dit Griffith d'un ton sévère aux marins qui se pressaient autour d'eux, et que chacun aille à son poste. Qu'on prépare tout pour virer de bord. Toutes ces têtes serrées les unes contre les autres disparurent en un instant comme une vague se perd dans l'Océan, et le lieutenant resta seul avec le pilote.

— Monsieur Gray, continua-t-il, ce n'est pas le moment de méditer. Songez à ce que vous avez entrepris, et à ce que nous attendons de vous. N'est-il pas temps de virer de bord? A quoi rêvez-vous?

Le pilote appuya la main sur le bras du lieutenant, et le serra avec force.

— Mon rêve est une réalité, monsieur Griffith, lui répondit-il. Vous êtes jeune, je ne suis pas encore dans l'automne de la vie; mais, quand vous vivriez encore cinquante ans, jamais vous ne verrez ni n'éprouverez ce que j'ai vu et éprouvé dans le court espace de trente-trois.

Fort étonné de cette émotion soudaine dans un pareil moment, le jeune marin ne savait trop que lui répondre; mais comme son devoir occupait la première place dans ses pensées, il revint sur le sujet qui l'intéressait le plus.

— J'espère, lui dit-il, qu'une grande partie de votre expérience a été acquise sur cette côte, car la frégate va bon train, et la lumière du jour nous a fait apercevoir trop de danger dans ces parages pour que nous fassions les fanfarons pendant les ténèbres. Combien de temps continuerons-nous à marcher dans la même direction?

Le pilote se retourna lentement, et tout en s'avançant vers le capitaine de la frégate, il lui répondit d'un ton qui annonçait qu'il était agité par des réflexions mélancoliques :

— Tout est donc comme vous le désirez? J'ai passé une grande partie de ma jeunesse sur cette côte dangereuse. Ce qui est pour vous ténèbres et obscurité, est pour moi la lumière du jour en plein midi. Mais virez de bord, Monsieur, virez de bord. Je voudrais voir manœuvrer le vaisseau avant d'arriver à l'endroit où il faut qu'il manœuvre bien, ou que nous périssions.

Griffith le regarda d'un air surpris, tandis qu'il passait au gaillard d'arrière pour y joindre le capitaine; mais, sortant à l'instant de cette sorte de stupéfaction, il se hâta de donner l'ordre si universellement désiré, et chacun courut à son poste pour travailler à cette manœuvre. Le résultat répondit aux assurances que le jeune officier avait données avec confiance de la bonté de la frégate et des efforts dont il se sentait capable. La barre du gouvernail ne fut pas plus tôt placée sous le vent, que le vaisseau marcha bravement contre le vent, fit jaillir l'écume des vagues comme pour défier l'ouragan, et cédant ensuite avec grâce à sa puissance, il courut une autre bordée, en s'écartant des dangereux écueils vers lesquels il s'avançait auparavant avec tant de rapidité. Les vergues pesantes tournèrent comme si elles eussent été des girouettes chargées d'indiquer le courant de l'air, et en peu d'instants la frégate fendit les flots avec majesté, laissant derrière elle les écueils et les rochers dont cet endroit était rempli, mais s'approchant d'un autre où il s'en trouvait encore qui menaçaient du même danger.

Pendant ce temps, la mer devenait plus agitée, et la violence du vent allait toujours croissant. Il ne se contentait plus de siffler en rencontrant les mâts et les cordages de la frégate, il semblait rugir de colère en surmontant chaque obstacle. Les vagues, couvertes d'une écume plus blanche que la neige, s'élevaient successivement, et l'air même brillait de la lumière qui se dégageait de l'Océan. De moment en moment, le navire cédait de plus en plus aux efforts de la tempête, et moins d'une demi-heure après qu'on eut levé l'ancre, un coup de vent furieux l'entraîna. Cependant les marins expérimentés qui veillaient à sa sûreté parvinrent à le maintenir dans la direction qu'il était indispensable qu'il suivît; Griffith continuait à transmettre à l'équipage des ordres qu'il recevait du pilote inconnu pour forcer le bâtiment à suivre l'étroit canal hors duquel il eût été perdu.

Jusque là le pilote avait paru s'acquitter de ses devoirs avec beaucoup d'aisance, car il donnait tous ses ordres d'un ton calme qui contrastait avec la responsabilité de sa situation. Mais quand, l'obscurité ayant redoublé, on eut perdu la terre de vue, et que la mer agitée couvrit d'écume les flancs du navire, il secoua tout à coup son apathie, montra toute l'énergie que la circonstance exigeait, et fit entendre sa voix au-dessus du mugissement monotone de la tempete.

— Surveillez bien la marche du vaisseau, monsieur Griffith, s'écria-t-il, le moment est venu. Nous avons ici la vraie marée, et c'est ici que se trouvent les périls véritables. Placez dans les chaînes votre meilleur quartier-maître, et qu'un officier se tienne près de lui pour vieiller à ce qu'il ne se trompe pas en nous annonçant la profondeur de l'eau.

— Je m'en chargerai moi-même, dit le capitaine ; qu'on place une lumière dans les chaines, du côté du vent.

— Vite la sonde en main ! s'écria le pilote avec une vivacité qui fit tressaillir, et indiquez exactement le nombre de brasses.

Ces préparatifs apprirent à l'équipage que le moment de la crise approchait, et les officiers comme les matelots, chacun à son poste, en attendaient l'issue dans le silence de la crainte. Le quartier-maître qui tenait la barre du gouvernail ne donnait lui-même ses ordres aux hommes qui étaient à la proue que d'une voix plus basse qu'à l'ordinaire, comme s'il eût craint de troubler l'ordre et la tranquillité dont on avait besoin.

Tandis qu'un sentiment général d'attente régnait sur la frégate, ce cri perçant du marin qui sondait : — Sept brasses ! — couvrit le bruit de la tempête, traversa le bâtiment, et s'enfuit emporté par les vents, comme un avis donné par quelque esprit des eaux.

— C'est bien, dit le pilote avec calme, continuez à sonder.

A une courte pause succéda un second cri : — Cinq brasses et demie !

— Un haut fond ! s'écria Griffith, un haut fond ! Faites virer !

— Ah ! vous prenez donc le commandement du vaisseau maintenant ? dit le pilote avec ce ton froid qui impose le plus dans les moments de crise, parce qu'il annonce qu'on est préparé à tout.

Le troisième cri : — Quatre brasses ! — fut suivi d'un ordre de virer, que le pilote donna avec promptitude.

Griffith sembla rivaliser de sang-froid avec le pilote, en donnant les ordres nécessaires pour faire exécuter cette manœuvre.

Le vaisseau se releva lentement de la position inclinée que lui avait fait prendre la tempête, et les voiles, secouées avec violence, semblaient vouloir se dégager des liens qui les retenaient captives pendant que la frégate refoulait les vagues. En ce moment la voix bien connue du quartier-maître fit retentir les mots effrayants :

— Des brisants ! des brisants en proue !

Le son de ce cri de terreur se faisait encore entendre, quand une seconde voix s'écria d'un autre côté :

— Des brisants à tribord !

— Nous sommes sur un lit d'écueils, monsieur Gray, dit le

commandant; la frégate perd son aire. Ne faudrait-il pas jeter une ancre?

— Dégagez la seconde ancre! s'écria Griffith.

— N'en faites rien! s'écria le pilote d'une voix qui fit tressaillir tout l'équipage; gardez-vous bien de le faire!

Le premier lieutenant jeta un regard courroucé sur l'audacieux étranger qui contrevenait ainsi à la discipline.

— Comment osez-vous donner des ordres contraires aux miens? s'écria-t-il. Ne vous suffit-il pas d'avoir conduit la frégate dans un pareil danger? Faut-il encore que vous mettiez obstacle à une manœuvre nécessaire pour l'en tirer? si vous prononcez encore un mot...

— Silence, monsieur Griffith, s'écria le capitaine, qui, tout occupé qu'il était du soin de veiller à la sonde, montra un instant, à la lueur de sa lanterne, ses traits inquiets et soucieux; remettez le porte-voix à M. Gray : il n'y a que lui qui puisse nous sauver.

Griffith jeta son porte-voix sur le tillac, d'un air de dépit, et murmura avec un ton d'amertume en se retirant :

— En ce cas, tout est perdu, et entre autres choses le fol espoir que j'avais conçu en venant sur ces côtes.

Personne ne songea à lui répondre; le vaisseau avait été rapidement entraîné par le vent, et les efforts de l'équipage avaient été paralysés par les ordres contradictoires qu'il avait reçus. La frégate perdit son aire peu à peu, et en quelques secondes toutes ses voiles furent coiffées.

L'équipage eut à peine le temps de reconnaître cette situation dangereuse, car le pilote, ramassant le porte-voix avec la rapidité de l'éclair, donna des ordres que la circonstance exigeait, d'une voix que le vent et les vagues semblaient s'efforcer en vain de couvrir. Il ordonnait chaque manœuvre de la manière la plus distincte et avec une précision qui prouvait qu'il connaissait parfaitement sa profession. La barre du gouvernail fut tenue d'une main ferme; les vergues de l'avant firent pesamment leur évitée contre le vent, et le vaisseau tournant sur sa quille fit bientôt un mouvement rétrograde.

Griffith était trop bon marin pour ne pas reconnaître que le pilote avait saisi, avec une présence d'esprit admirable, le seul moyen qui pût tirer le vaisseau du danger. Il était jeune, fier et impétueux; mais il ne manquait pas de générosité. Oubliant son ressentiment et la mortification qu'il avait éprouvée, il se jeta au milieu des marins, et par sa voix et son exemple, contribua puissamment au succès de cette manœuvre. La frégate fit lentement son abatée devant le vent, abaissa ses vergues presque au niveau de l'eau, tandis que les vagues se brisaient violemment contre sa poupe, comme pour lui reprocher de se départir de sa manière ordinaire de voguer.

Cependant on entendait toujours la voix du pilote, ferme, calme, mais si forte et si distincte, qu'elle arrivait à toutes les oreilles, et les marins, obéissant à ses ordres, faisaient tourner les vergues en dépit de la tempête, comme s'ils avaient manié les jouets de leur enfance. Lorsque la frégate eut suffisamment reculé, on secoua ses voiles de l'avant; on orienta ses vergues de l'arrière, et l'on changea la position de la barre du gouvernail avant qu'elle eût le temps de courir de nouveau vers le danger qui l'avait menacée, tant de proue que de tribord. Le navire, docile à la manœuvre, reprit alors le vent, et sortit du milieu des écueils entre lesquels il était affalé, aussi rapidement qu'il s'y était avancé.

Un moment de surprise si forte qu'elle empêchait presque de respirer, suivit cette manœuvre adroite; mais on n'avait pas le temps de songer à l'exprimer par des paroles. Le pilote ne quittait pas le porte-voix, et commandait au milieu des mugissements de la tempête, toutes les fois que la prudence et l'expérience lui suggéraient quelque changement à faire dans la manœuvre. On continua pendant environ une heure à lutter ainsi contre ces dangers toujours renaissants; car on était dans un canal étroit, formé par des rochers cachés sous les eaux, et dont le nombre augmentait à mesure qu'on avançait. On avait toujours la sonde en main; l'œil vif du pilote semblait percer les ténèbres avec une facilité qui tenait du prodige, et tous ceux qui étaient à bord sentaient qu'ils étaient conduits par un homme qui connaissait parfaitement la navigation, et dont les efforts répondaient à la confiance qu'ils avaient alors en lui.

Plus d'une fois la frégate fut sur le point de heurter contre des écueils qui n'étaient indiqués que par la masse d'écume dont la mer les couvrait, et sur lesquels elle se serait brisée d'une manière aussi subite que certaine : mais la voix ferme du pilote avertissait l'équipage de chaque péril, et commandait la manœuvre nécessaire pour l'éviter. Alors le vaisseau était sous son gouvernement absolu, et pendant ces moments d'inquiétude où il fendait les ondes qui couvraient d'écume les énormes vergues, toutes les oreilles n'étaient attentives qu'à la voix de celui qui avait acquis sur l'équipage un ascendant qu'il n'avait obtenu que par une fermeté aidée de l'expérience.

La frégate venait encore de faire un de ces virements qu'elle avait si souvent exécutés à la voix du pilote, quand celui-ci adressa pour la première fois la parole au capitaine qui continuait à surveiller le travail de la sonde.

— Nous voici dans le moment critique, lui dit-il : si le vaisseau se comporte bien, nous sommes sauvés; sinon, tout ce que nous avons fait jusqu'à présent devient superflu.

Le vétéran quitta un instant son poste à cet avis effrayant, et, appelant son premier lieutenant, il demanda au pilote l'explication de ce qu'il venait de lui dire.

— Voyez-vous cette lumière sur ce promontoire du sud? répondit le pilote; vous pouvez la reconnaître à cette étoile qui en est voisine, et qui paraît de temps en temps s'enfoncer dans la mer. Maintenant remarquez ce point noir qui semble une ombre à l'horizon, un peu plus au nord : c'est une montagne située dans l'intérieur des terres. Si nous pouvons tenir cette montagne ouverte avec cette lumière, tout ira bien; sinon nous serons infailliblement brisés.

— Virons de bord encore une fois, s'écria Griffith.

— Il n'est plus question de virer de bord ni vent arrière, répondit le pilote. Le canal resserré dans lequel nous sommes à présent nous laisse à peine la place nécessaire pour passer. Si nous pouvons doubler le *Devil's Grip*, nous serons hors des écueils, mais nous n'avons pas d'autre alternative.

— Nous aurions mieux fait de louvoyer plus tôt pour ne pas y entrer, s'écria Griffith.

— Oui, si la marée nous l'avait permis, répliqua le pilote d'un ton calme. Messieurs, il faut de la promptitude; nous n'avons qu'un mille à faire, et la frégate paraît avoir des ailes. Cependant les huniers ne lui suffisent plus pour tenir le vent; il nous faut le grand foc et la grande voile.

— Il est dangereux de déployer les voiles par un tel vent, dit le commandant avec un air de doute.

— Il faut pourtant le faire, ou nous sommes perdus, répliqua le pilote avec sang-froid. Voyez! la lumière s'écarte déjà de la montagne : elle en touche le bord; la mer nous pousse à tribord.

— Cela va être fait, s'écria Griffith en saisissant le porte-voix.

Les ordres du lieutenant furent exécutés presque aussitôt qu'ils furent donnés, et tout étant prêt, la grande voile fut déployée pour être étendue au vent. Le résultat de cette manœuvre fut un moment de crise; car le vent semblait vouloir s'opposer à son expansion, et le centre du navire était ébranlé. Mais enfin l'adresse et la force l'emportèrent; cent marins travaillèrent en même temps à la contenir, et elle fut convenablement tendue. La frégate céda à cette force nouvelle comme un roseau cède au vent qui le fait plier. Ce succès fut annoncé par un grand cri de joie que poussa le pilote, et qui semblait partir du fond de son âme.

— Elle lofe! s'écria-t-il : elle serre le vent! Voyez! la lumière s'ouvre avec la montagne. Si elle porte ses voiles, nous sommes sauvés.

Un bruit semblable à celui d'un coup de canon l'interrompit. On vit le vent emporter quelque chose qui ressemblait à un nuage blanc, et qui disparut aussitôt dans l'obscurité.

— C'est le grand foc qui a été enlevé des ralingues, dit le vieux commandant; des voiles légères ne peuvent tenir contre un pareil temps; mais la grande voile peut résister.

— Elle résisterait à un tourbillon, dit Griffith; mais ce mât se fend comme un morceau d'acier qui a une paille.

— Silence, Messieurs! s'écria le pilote; nous allons bientôt connaître notre destin. Lofez! vous pouvez lofer.

Ces mots terminèrent toute discussion, et les braves marins, sachant qu'ils avaient fait pour leur sûreté tout ce qu'il était au pouvoir de l'homme de faire, attendirent l'événement dans le silence et l'inquiétude. A peu de distance de leur proue, la mer était couverte de flots d'écume, et les vagues, au lieu de rouler successivement avec régularité, semblaient tournoyer; dans ce chaos d'ondes agitées, on ne distinguait qu'une raie d'eau noire de la longueur d'une demi-encâblure, et elle disparaissait souvent au milieu de la confusion des vagues. C'était le long de cet etroit sentier que le vaisseau s'avançait plus pesamment qu'auparavant, et pinçant assez le vent pour empêcher ses voiles de fasier ; mais,

avant d'y entrer, le pilote s'était approché en silence du gouvernail, et s'était chargé de le diriger de sa propre main.

Aucun bruit partant du bâtiment n'interrompit le tumulte horrible de l'Océan, et l'on naviguait dans cette espèce de canal avec
un calme silencieux qui semblait la consternation du désespoir.
Vingt fois les matelots, croyant le vaisseau hors de danger en
voyant passer à tribord l'écume qui couvrait un écueil, furent sur
le point de pousser des cris de joie ; mais au même instant ils en
apercevaient un autre devant eux, et les écueils se succédaient
ainsi sans interruption. De temps en temps on entendait le bruit
du vent dans la voilure, et si l'on jetait un coup d'œil sur le pilote, on le voyait les mains fortement appuyées sur les rais de la
roue, tandis que ses yeux passaient avec rapidité des voiles à
l'Océan, et de l'Océan aux voiles. Enfin la frégate arriva à un
point où elle semblait inévitablement entraînée à sa perte, quand
une nouvelle manœuvre en changea tout à coup la marche, et en
détourna la proue du cours du vent. Au même instant on entendit
le pilote s'écrier :

— Carrez les vergues ! ferlez la grande voile !

Un cri général de tout l'équipage répéta ces deux ordres, et
aussi vite que la pensée, le vaisseau, sortant enfin de l'étroit
canal dans lequel il était engagé, flotta sur les vagues élevées
d'une mer libre, et se vit au terme de ses dangers.

Les matelots respiraient enfin, et se regardaient les uns les
autres comme au sortir d'un rêve pénible, quand Griffith s'approcha de l'homme qui venait de les tirer d'un péril si imminent.
Il lui saisit la main et la serra cordialement.

— Vous venez de prouver, lui dit-il, que vous êtes un pilote
fidèle et un marin que nul autre ne saurait égaler.

Le pilote inconnu lui serra la main à son tour, et lui répondit :

— Je ne suis pas étranger à ces mers, et il peut encore se faire
qu'elles me servent de tombeau. Mais vous aussi, jeune homme,
vous m'avez trompé. Vous avez agi bravement et noblement, et le
congrès...

— Eh bien ! dit Griffith, voyant qu'il n'achevait pas, que
voulez-vous dire du congrès ?

— Qu'il est heureux s'il a beaucoup de vaisseaux comme celui-
ci, répondit le pilote d'un ton froid ; et il s'éloigna pour aller
joindre le capitaine.

Griffith le regarda un moment avec surprise; mais ses devoirs exigeaient toute son attention, et d'autres pensées occupèrent bientôt son imagination.

La frégate était alors hors de danger. La tempête durait pourtant encore, et elle augmentait même de violence; mais on était en pleine mer, on n'avait plus d'écueils à craindre, et l'on pouvait faire toutes les manœuvres que les circonstances exigeaient. Un coup de canon, tiré par *l'Ariel*, avait annoncé que le schooner était également en sûreté. Il était sorti de la baie par un autre canal que la frégate n'avait pu prendre parce qu'elle n'y aurait pas trouvé assez d'eau. Enfin il ne resta sur le pont que le quart de service, et le reste de l'équipage alla goûter le repos dont il avait besoin.

Le capitaine se retira dans sa cabane avec le mystérieux pilote. Griffith donna ses derniers ordres; ayant laissé des instructions à l'officier qui allait être de garde, il lui souhaita un bon quart, et alla se jeter dans son hamac. Il y passa près d'un quart d'heure à réfléchir sur les événements de la journée. Tantôt il songeait au peu de mots que Barnstable lui avait dits, et au singulier commentaire que Merry y avait ajouté; tantôt ses pensées se tournaient vers le pilote qui, pris sur les côtes ennemies de la Grande-Bretagne, les avait si bien et si fidèlement servis. Il se rappelait l'extrême désir qu'avait eu le capitaine Munson de se procurer ce pilote, désir qui les avait exposés aux dangers dont cet inconnu venait de les tirer, et nulle conjecture ne pouvait l'aider à deviner pourquoi il avait voulu braver tant de risques pour avoir ce pilote. Bientôt ses sentiments personnels prenaient le dessus, et le souvenir de sa patrie, de sa maîtresse, de sa maison, occupaient successivement sa pensée. Il entendit encore quelque temps le bruit des vagues qui venaient se briser contre le navire; mais enfin la tempête diminua de violence; la nature céda à la fatigue, et le sommeil profond dont jouit ordinairement un marin, fit même disparaître les images romanesques que l'amour offrait à l'esprit de notre officier.

CHAPITRE VI

LE sommeil de Griffith dura jusqu'à une heure assez avancée
de la matinée du lendemain. Il fut éveillé par le bruit d'un coup
de canon qu'on tira sur le pont, précisément au-dessus de sa tête.
Il se jeta sur-le-champ à bas de son hamac, et comme son domes-
tique ouvrait la porte de sa chambre, voyant près de lui l'officier
des soldats de marine, il lui demanda avec une sorte d'empressement pourquoi on avait tiré, et si l'on donnait la chasse à quelque
bâtiment.

— Ce n'est pas autre chose, répondit l'officier, qu'un avis donné
à *l'Ariel* de faire plus attention aux signaux. On dirait que tout
le monde est endormi à bord du schooner, car voilà dix minutes
que nous lui avons fait le signal de se rapprocher, et il y a si peu
d'égards qu'on serait tenté de croire qu'il nous prend pour un
bâtiment charbonnier.

— Dites plutôt qu'il nous prend pour une voile ennemie, et
qu'il ne veut pas s'approcher sans précaution. Brown Dick a joué
lui-même tant de tours aux Anglais, qu'il doit craindre de donner
à son tour dans un piége.

— Comment? nous lui avons montré un pavillon jaune sur un
bleu avec une cornette, et cela veut dire *Ariel* dans tous nos livres
de signaux. Cependant M. Barnstable ne peut soupçonner les
Anglais de savoir lire l'américain.

— J'ai connu des Américains qui savaient lire de l'anglais plus
difficile. Mais au fait je présume que Barnstable a fait comme
moi; qu'un bon sommeil a succédé aux fatigues de la nuit, et que
ses gens ont profité de l'occasion. Je suis sûr qu'il est en panne
comme nous.

— Oh! sans doute, dit l'officier en souriant, comme un bouchon dans un étang; je réponds que vous ne vous trompez pas. Donnez à Barnstable la pleine mer, un bon vent et un peu de voile, il enverra ses gens sous le pont, placera au gouvernail ce grand drôle qu'il appelle Tom le Long, et ira lui-même dormir aussi tranquillement que je dormirais à l'église.

— Ah! c'est que votre orthodoxie s'endort aisément, capitaine Manuel, dit le jeune marin en passant les bras dans les manches d'un surtout décoré des emblèmes dorés de sa profession et de son grade. Vous autres qui n'avez rien à faire, vous trouvez que le sommeil vient tout naturellement. Mais faites-moi place, s'il vous plaît, et je ferai venir le schooner dans le temps qu'il faudrait pour tourner un sablier.

L'officier, qui était indolemment appuyé sur le chambranle de la porte changea de posture pour le laisser passer, et Griffith, après avoir traversé l'obscure grand'chambre, monta l'escalier étroit qui conduisait à la principale batterie du vaisseau, et en prit ensuite un plus large pour arriver sur le pont.

Le vent était encore fort, mais régulier, et les vagues bleues de l'Océan s'élevaient en petites montagnes couronnées d'écume, du sommet desquelles le vent détachait de temps en temps de grosses gouttes d'eau qu'il chassait devant lui comme un brouillard épais. Mais la frégate voguait sur ces vagues agitées avec un mouvement facile et régulier qui faisait honneur aux connaissances nautiques de ceux qui en dirigeaient la course. Le jour était pur, le ciel brillant, et le soleil qui semblait ne monter qu'à regret et lentement jusqu'au méridien, traversait le firmament avec une tendance vers le sud qui lui permettait à peine de tempérer par ses rayons l'air humide de l'Océan. A la distance d'environ un mille, on apercevait l'*Ariel* obéissant au signal qui avait donné lieu à la conversation que nous venons de rapporter. En certains moments on pouvait à peine distinguer le corps du bâtiment, quand il s'élevait sur le haut d'une vague plus forte que les autres; mais on voyait la voile qu'il exposait au vent, et qui semblait toucher l'eau d'un côté ou de l'autre, suivant que le petit navire était incliné. Quelquefois il disparaissait entièrement, et quand il se montrait de nouveau, on voyait d'abord ses grands mâts qui semblaient sortir du sein des mers, et qui continuaient à monter jusqu'à ce que le corps du vaisseau reparût entouré d'écume et paraissant prêt à prendre son vol dans un autre élément.

Après avoir regardé un moment le beau spectacle qu'offrait la mer, et que nous avons tenté de décrire, Griffith jeta vers le ciel le coup d'œil d'un marin, pour en reconnaître l'apparence, et donna ensuite son attention à ce qui se passait sur la frégate.

Son commandant, avec l'air calme qui lui était habituel, était debout, attendant l'exécution de l'ordre qu'il avait transmis par signal à *l'Ariel*, et à côté de lui était le pilote qui avait joué un rôle si remarquable la nuit précédente en ordonnant les manœuvres du vaisseau. Griffith profita du grand jour et de sa situation pour examiner cet être singulier avec plus d'attention que les ténèbres et la confusion ne lui avaient permis de le faire la veille.

C'était un homme un peu au-dessus de la moyenne taille ; mais il avait des formes athlétiques, et tous ses membres étaient parfaitement proportionnés. Une mélancolie pensive formait plutôt le caractère de sa physionomie que cette fermeté opiniâtre dont il avait donné de si fortes preuves pendant les dangers que la frégate avait courus, et qui, comme Griffith ne l'ignorait pas, pouvait aller jusqu'à l'impatience et la fierté. En comparant l'expression de ses traits en ce moment à ce qu'il avait vu à la lueur des lanternes, il y trouvait la même différence qu'entre le calme de l'Océan et le roulis des vagues. Les regards du pilote étaient fixés sur le tillac, et quand il les portait ailleurs, c'était par un coup d'œil rapide et inquiet. La grande jaquette d'un vert foncé qui lui servait de surtout était aussi grossièrement taillée et d'étoffe aussi commune que celle que portait le dernier des matelots du vaisseau. Et cependant les regards curieux du jeune lieutenant remarquèrent fort bien qu'elle avait un air de propreté, et qu'il la portait avec une aisance peu ordinaire chez les hommes de sa profession.

L'examen de Griffith n'alla pas plus loin, car l'approche de *l'Ariel* fit que chacun, sur le pont de la frégate, ne songea plus qu'à l'entretien qui allait avoir lieu entre les deux commandants.

Lorsque le schooner fut arrivé sous la poupe de la frégate, le capitaine donna ordre au lieutenant Barnstable de quitter son navire et de passer sur le sien. Dès que cet ordre eut été reçu, *l'Ariel* hala, et quand il fut placé à côté du grand vaisseau qui le mettait à l'abri du vent, on mit en mer la barque sur laquelle descendirent les mêmes rameurs qui l'avaient conduite la veille sur les côtes qu'on pouvait encore apercevoir de bien loin et qu'on aurait pu prendre pour un nuage bleu bordant la mer à l'horizon.

Quand Barnstable fut dans la barque, quelques coups de rames suffirent pour l'amener à la frégate. Le schooner s'éloigna alors à quelque distance pour pouvoir y courir des bordées sans danger, et l'officier, suivi de ses hommes d'équipage, monta à bord du grand vaisseau.

Le cérémonial d'usage pour la réception du commandant d'un bâtiment fut observé par Griffith et ses officiers, quand Barnstable mit le pied sur le pont; et quoique toutes les mains fussent prêtes à serrer celle du brave marin, personne ne se permit de passer les bornes du décorum officiel, avant qu'il eût eu un court entretien avec le capitaine Munson.

Cependant l'équipage de la petite barque se mêla à celui de la frégate, à l'exception du contre-maître Tom-Coffin qui, restant le dos appuyé sur une des échelles d'abordage, regardait d'un air grave tous les agrès du vaisseau, et secouait de temps en temps la tête avec une sorte de mécontentement, en voyant combien ils étaient compliqués. Ce spectacle attira près de lui six jeunes gens, M. Merry à leur tête, qui s'efforcèrent de recevoir leur hôte de manière à en tirer quelque amusement.

La conversation entre Barnstable et son capitaine se termina bientôt, et le premier faisant un signe à Griffith, traversa, avec l'aisance d'un homme qui sentait qu'il n'était pas étranger à bord de la frégate, le groupe des officiers réunis autour du cabestan pour lui faire un accueil plus cordial, et il emmena son ami dans la grand'chambre. Cette conduite peu courtoise n'étant conforme ni au caractère ni aux habitudes de Barnstable, les officiers s'imaginèrent qu'il avait quelque communication à faire à leur premier lieutenant par ordre du capitaine, et aucun d'eux ne se permit de les suivre.

L'intention de Barnstable était bien que personne ne vînt interrompre la conférence qu'il allait avoir avec son ami; car dès qu'ils furent entrés dans ce qu'on appelait la grand'chambre, quoiqu'elle ne le fût que par comparaison avec les autres, il en ferma la porte à double tour. Offrant alors à Griffith, avec une sorte de déférence d'instinct pour son rang, la seule chaise qui se trouvât

dans ce petit appartement, il mit sur la table une lampe dont il
s'était muni chemin faisant, s'assit sur une caisse, et commença
la conversation de la manière suivante:

— Quelle nuit nous avons eue! Vingt fois j'ai cru entendre le
craquement des bois de la frégate se brisant contre les écueils. Je
vous regardais comme noyés, ou, ce qui eût été pis encore, comme
échoués sur la côte pour être jetés par ces insulaires dans la car-
casse de quelque vieux navire servant de prison. Je n'ai été rassuré
qu'en voyant vos lumières répondre à mon coup de canon. Si l'on
pouvait arracher à un meurtrier sa conscience, il ne se trouverait
pas plus soulagé que je ne l'ai été quand j'ai vu votre morceau de
coton entouré de suif m'annoncer que je vous reverrais encore.
Mais, Griffith, j'ai à vous parler de bien autre chose.

— Sans doute. Vous avez à m'apprendre que vous avez bien
dormi quand vous vous êtes trouvé en pleine mer, comme quoi
votre équipage voulut imiter son commandant et y réussit parfaitement, de sorte qu'il y avait ici une tête grise qui commençait
à branler de mécontentement. En vérité, Richard, vous devien-
drez un marin d'eau douce dans votre coquille de noix, où vos
gens vont se coucher aussi régulièrement que les habitants d'une
basse-cour rentrent dans leur poulailler.

— Pas tout à fait, Édouard, répondit Barnstable en riant; pas
tout à fait. Je maintiens sur mon bord une aussi bonne discipline
que si nous y arborions un pavillon d'amiral. Quarante hommes
ne peuvent faire autant d'étalage que trois ou quatre cents; mais
pour déployer ou carguer les voiles, je vous défie de le faire aussi
lestement que moi.

— Sans doute, parce qu'il faut moins de temps pour déplier et
replier un petit mouchoir de poche qu'une grande nappe. Mais
ce n'est pas agir en marins que de laisser un navire sans de bons
yeux pour veiller s'il marche à l'est ou à l'ouest, au nord ou au sud.

— Et à qui reproche-t-on une pareille négligence?

— Ma foi, on dit ici que quand vous êtes en pleine mer, et que
vous avez un bon vent, vous placez votre contre-maître au gouvernail, en lui laissant le soin de gouverner le navire; vous mettez
le bonnet de nuit sur la tête de tous vos gens, et vous allez vous-
même dormir paisiblement dans votre hamac, jusqu'à ce que vous
vous éveilliez au bruit des ronflements de votre pilote.

— C'est un infâme mensonge! s'écria Barnstable avec une indi-

gnation qu il ne chercha point à cacher. Et qui peut faire courir
ces bruits calomnieux, monsieur Griffith?

— C'est le capitaine Manuel qui me le disait ce matin, répondit
Griffith perdant l'envie qu'il avait eue de tourmenter un peu son
compagnon, et prenant un air d'insouciance. Mais quant à moi,
je n'en crois pas la moitié, et je suis convaincu que tous les yeux
qui se trouvaient sur votre bord étaient bien ouverts la nuit dernière, quoique vous ayez pu dormir la grasse matinée.

— Oh! pour ce matin, j'ai eu une distraction, j'en conviens.
Mais je ne dormais pas, Griffith; j'étudiais un nouveau registre
de signaux, et il avait pour moi mille fois plus d'intérêt que tous
ceux que je pourrais voir sur vos mâts depuis leur tête jusqu'à
leur racine.

— Quoi! auriez-vous trouvé les signaux des Anglais?

— Non, non, répondit Barnstable en étendant la main pour
saisir le bras de son ami. J'ai rencontré hier soir sur ces rochers
une personne qui s'est montrée ce que je l'ai toujours crue, ce qui
a fait que je l'ai aimée; une jeune fille dont l'esprit est aussi vif
qu'entreprenant.

— De qui parlez-vous?

— De Catherine Plowden.

Griffith se leva avec un tressaillement involontaire en entendant prononcer ce nom. Le sang abandonna ses joues brûlantes et
s'y reporta ensuite avec plus d'abondance. Cherchant à maîtriser
une émotion qu'il semblait honteux de montrer même aux yeux
de son meilleur ami, il se rassit presque au même instant, et reprit
une apparence de sang-froid.

— Était-elle seule? demanda-t-il.

— Seule; mais elle m'a laissé cette lettre et ce petit livre qui
à lui seul vaut une grande bibliothèque.

Les yeux de Griffith se fixèrent sur le trésor auquel son ami
attachait tant de prix, et sa main s'avança pour saisir avec
empressement une lettre ouverte que Barnstable lui présentait.
Le lecteur comprend déjà qu'il y reconnut l'écriture d'une femme,
et que c'était le papier que Catherine avait remis la veille à son
amant, pendant la courte entrevue qu'ils avaient eue sur les
rochers. Griffith y lut ce qui suit.

« Espérant que la Providence peut me fournir l'occasion de
vous voir un instant, ou les moyens de vous faire parvenir cette

lettre, j'ai préparé un court exposé de la situation dans laquelle Cécile Howard et moi nous nous trouvons en ce moment. Mon but n'est pourtant pas de vous engager, ni vous ni Griffith, à tenter quelque entreprise insensée et téméraire. Mon unique dessein est de vous mettre en état de réfléchir ensemble mûrement et prudemment sur ce qu'il est possible de faire pour venir à notre secours.

« Vous devez maintenant connaître trop bien le caractère du colonel Howard pour vous flatter qu'il consente jamais à accorder la main de sa nièce à un rebelle. Il a déjà sacrifié à sa loyauté, ou plutôt à sa trahison, comme je le dis tout bas à Cécile, non-seulement sa patrie, mais encore une bonne partie de sa fortune. Dans la franchise de mon cœur (vous ne connaissez que trop bien ma franchise, Barnstable), je lui ai avoué, lorsque Griffith eut échoué dans la folle entreprise qu'il fit pour enlever Cécile dans la Caroline, que j'avais été assez faible pour faire quelques folles promesses au jeune compagnon d'armes qui avait accompagné ce traître de lieutenant dans ses visites à notre habitation. Je suis vraiment tentée de croire quelquefois qu'il aurait mieux valu pour nous tous que votre vaisseau ne fût jamais entré dans la rivière, ou du moins que Griffith n'eût pas essayé de renouveler connaissance avec ma cousine. Quoi qu'il en soit, le colonel apprit cette nouvelle comme un tuteur tel que lui doit apprendre que sa pupille est sur le point de se donner, elle et ses trente mille dollars, à un traître à son roi et à son pays.

« Ne croyez pourtant pas que je vous aie laissé sans défense. Je lui dis que vous n'aviez pas de roi ; que le lien qui vous attachait à l'Angleterre avait été brisé ; que l'Amérique était votre pays ; mais tout cela fut inutile. Il dit que vous étiez un rebelle : j'étais accoutumée à l'entendre ; un traître ! dans son vocabulaire c'était la même chose ; il insinua que vous étiez lâche. Je savais que cela était faux, et je n'hésitai pas à le lui dire. Enfin il se servit à votre égard de cinquante autres termes injurieux que je ne saurais me rappeler, mais parmi lesquels se trouvaient les belles épithètes de désorganisateur, de niveleur, de démocrate, de jacobin ; j'espère qu'il ne voulait pas dire un moine ; en un mot, il entra dans une fureur digne du colonel Howard. Mais comme son autorité ne passe pas de génération en génération comme celle des rois qu'il aime tant, et qu'une courte année doit m'y

soustraire et me laisser maîtresse de mes actions, si je dois croire
à vos belles promesses, je supporterai tout cela parfaitement, étant
bien résolue à tout souffrir, excepté le martyre, plutôt que d'abandonner ma chère Cécile.

« Cette pauvre fille a beaucoup plus de causes de chagrin que
je n'en ai, car elle est non-seulement la pupille du colonel Howard,
mais sa nièce et sa seule héritière. Je suis convaincue que cette
dernière circonstance n'occasionne aucune différence dans la conduite et les sentiments de ma cousine; mais le colonel paraît
croire qu'elle lui donne le droit de la tyranniser en toute occasion.
Après tout, quand on ne le met pas en colère, c'est véritablement
un digne homme, et Cécile a même pour lui de l'affection; mais
un homme qui, dans sa soixantième année, est obligé de quitter
son pays en perdant près de la moitié de sa fortune, n'est pas
disposé à canoniser ceux qui ont amené un pareil changement.

« Il paraît que lorsque les Howard habitaient l'Angleterre, il y
a environ un siècle, ils demeuraient dans le comté de Northum-
berland. C'est sans doute pour cela qu'il nous y conduisit quand
les événements politiques et la crainte de devenir oncle d'un
rebelle le déterminèrent à abandonner l'Amérique pour toujours,
comme il le dit. Il y a trois mois que nous y sommes, et pendant
les deux tiers de cet espace de temps nous y avons vécu assez
paisiblement; mais depuis que les journaux ont annoncé l'arrivée
en France de la frégate de Griffith et de votre schooner, nous
avons été mises sous une surveillance aussi stricte que si vous étiez
sur le point de chercher à nous enlever comme dans la Caroline.

« En arrivant ici, le colonel a loué un vieux bâtiment qui est à
la fois maison, abbaye, château-fort et surtout prison; il lui a
donné la préférence, parce qu'on dit que c'était une propriété de
ses ancêtres. Il se trouve dans cette demeure délicieuse assez de
cages pour y garder des oiseaux qui auraient de meilleures ailes
que nous. Il y a environ quinze jours, l'alarme se répandit dans
un village voisin de nous, situé près de la côte, attendu qu'on
avait vu à peu de distance de terre deux vaisseaux américains
qui, d'après la description qu'on m'en fit, me parurent être les
vôtres; et comme on ne songe ici qu'à ce terrible Paul Jones, on
s'imagina qu'il était à bord d'un de ces deux navires. Mais je crois
que le colonel Howard soupçonne la vérité, car je sais qu'il a pris
les informations les plus minutieuses sur vos deux bâtiments; et

depuis ce temps il a établi chez lui une sorte de garnison, sous prétexte de se défendre contre des maraudeurs semblables à ceux qui, dit-on, ont mis lady Selkirk à contribution.

« Maintenant comprenez-moi bien, Barnstable. Je ne veux pas que vous couriez le moindre risque pour vous rendre à terre, encore moins que vous vous exposiez à faire couler du sang. Vous n'en ferez rien si vous m'aimez; mais comme il est bon que vous sachiez dans quelle espèce de prison nous nous trouvons, je vais tâcher de vous décrire le château et la garnison.

« L'édifice est entièrement construit en pierres, et il ne serait nullement facile d'y pénétrer. Il s'y trouve, à l'intérieur comme à l'extérieur, tant de tours et détours qu'il me serait impossible de vous en faire une description intelligible. Les chambres que ma cousine et moi nous occupons sont au troisième étage d'une aile que vous pouvez appeler une tour si vous avez l'imagination romanesque, mais qui dans le fait n'est pas autre chose qu'une aile. Plût au ciel que je pusse m'en servir pour m'envoler! Si le hasard vous amenait en vue de cet édifice, vous reconnaîtriez nos chambres par trois girouettes enfumées qui couronnent trois tuyaux de cheminée, et parce que les fenêtres de cette partie du bâtiment sont assez souvent ouvertes. En face de nos fenêtres, à un demi-mille de distance environ, est un vieux bâtiment désert et en ruines, où l'on ne peut trouver que le couvert dans le peu de débris qui en restent, et qui est en grande partie dérobé à la vue par un petit bois. Or, j'ai préparé, d'après les explications que vous m'avez données autrefois, un assortiment de signaux composés de morceaux de soie de différentes couleurs, et un petit dictionnaire de toutes les phrases que j'ai cru pouvoir nous être utiles, et qui sont rangées par numéros avec la clé de chacune. J'en garde une copie, et j'en joindrai une autre à cette lettre; par conséquent vous n'aurez besoin que de préparer vos signaux. Par ce moyen, si l'occasion s'en présente, nous pourrons du moins avoir ensemble quelques moments d'entretien agréable; vous, du haut de la vieille tour en ruines, et moi de la fenêtre de mon cabinet de toilette, située à l'orient.

« A présent il faut que je vous parle de la garnison. Indépendamment du commandant, le colonel Howard, qui conserve toute la fierté de son ancienne profession militaire, nous avons pour sous-gouverneur ce fléau du bonheur de Cécile, Christophe Dil-

lon, avec sa longue figure, ses yeux noirs dédaigneux et sa peau
à peu près de même couleur. Vous savez qu'il est parent éloigné
des Howard, et il désire devenir leur allié de plus près. Il est vrai
qu'il est pauvre, mais qu'importe? c'est un sujet loyal et fidèle,
comme le colonel le dit tous les jours, et non un rebelle. J'ai
demandé une fois pourquoi dans ce temps de troubles sa loyauté
ne lui avait pas fait prendre les armes pour soutenir la cause du
souverain qu'il aime tant; mais le colonel m'a répondu que ce
n'était pas son métier, ayant été élevé pour le barreau, et destiné
à remplir dans les colonies une des places les plus importantes
de l'ordre judiciaire, et qu'il espérait vivre assez pour l'entendre
prononcer une juste sentence de condamnation contre certaines
personnes que je ne vous nommerai pas. Ce discours était sans
doute fort consolant pour moi; aussi je n'y répondis rien. Au
surplus ce Kith[1] Dillon quitta la Caroline avec nous, et s'installa
chez le colonel, et il y restera, à moins que vous ne trouviez le
moyen de vous en emparer et de rendre contre lui la sentence
dont on vous menace.

Il y a bien longtemps que le colonel désire le voir épouser
Cécile; et depuis qu'on a appris votre arrivée sur les côtes d'Angleterre, le siège est presque devenu un assaut. Il en est résulté
d'abord que ma cousine s'est renfermée dans sa chambre, ensuite
que son oncle l'y a enfermée, et enfin qu'il ne lui est plus permis
de sortir de l'aile que nous habitons.

« Outre ces deux geôliers en chef, nous avons quatre domes-
tiques, deux noirs et deux blancs; de plus un détachement de
vingt soldats commandés par un officier nous a été envoyé de la
ville voisine, à la demande expresse du colonel, pour y rester
jusqu'à ce que les pirates se soient éloignés des côtes, car tel est
le nom mélodieux que vous donnent les Anglais. Et quand leurs
soldats débarquent sur nos terres pour piller et voler, pour mas-
sacrer les hommes, pour insulter les femmes, ils les appellent des
héros! C'est une belle chose que d'être en état d'inventer des
noms et de faire des dictionnaires. Si le mien ne sert à rien, ce ne
sera pas ma faute. Quand je songe à la manière cruelle et insul-
tante dont j'entends parler en ce pays de ma patrie et de mes concitoyens, je ne puis conserver mon sang-froid et j'oublie mon sexe,

1. Diminutif anglais de Christophe.

Mais que ma mauvaise humeur ne vous porte à aucun acte de témérité; songez à votre vie, à leurs prisons, à votre réputation, et surtout à votre affectionnée

« CATHERINE PLOWDEN. »

« *P. S.* J'allais oublier de vous dire que dans mon livre de signaux vous trouverez une description plus détaillée, et un plan de notre prison et du lieu où elle est située.

Lorsque Griffith eut fini la lecture de cette épître, il la rendit à Barnstable, et s'appuya sur sa chaise dans une attitude qui annonçait de profondes réflexions.

— Je savais qu'elle était ici, dit-il, sans quoi j'aurais accepté le commandement que m'avaient offert nos commissaires envoyés à Paris. J'espérais que quelque heureux hasard me la ferait rencontrer; mais je ne m'attendais pas à nous trouver si tôt presque en contact. Eh bien! d'après ce qu'on nous dit, il faut agir et agir promptement. La pauvre fille! que ne doit-elle pas souffrir dans une telle situation!

— Quelle belle écriture! s'écria Barnstable; ses jolis doigts ne sont pas plus déliés que ces caractères! Comme elle tiendrait un livre de loch, Griffith!

— Cécile Howard toucher les pages grossières d'un journal de navire! s'écria Griffith à son tour. Mais voyant son ami tout occupé de sa lettre, il sourit en songeant que chacun d'eux ne pensait qu'à sa maîtresse, et il garda le silence. Après quelques instants donnés à la réflexion, il demanda à Barnstable un détail circonstancié de son entrevue avec Catherine Plowden, et il en apprit tout ce dont le lecteur est déjà informé.

— Ainsi donc, dit Griffith, Merry est le seul avec nous qui soit instruit de cette entrevue, et il prend trop d'intérêt à la réputation de sa parente pour en parler.

— A sa réputation! monsieur Griffith, s'écria Barnstable avec chaleur; qu'a-t-elle à craindre? Elle est sans tache, et à l'abri de toute attaque.

— Pardon, mon cher Richard! pardon! mais vous interprétez mes paroles trop littéralement. Je voulais seulement dire qu'il faut que nous concertions nos mesures avec autant de secret que de prudence.

— Il faut que nous les enlevions toutes deux, dit Barnstable, oubliant son mécontentement aussi vite qu'il l'avait conçu, et cela avant que notre vieux commandant se mette en tête de s'éloigner de cette côte. Avez-vous ses instructions, ou en fait-il mystère ?

— Il est silencieux comme le tombeau. C'est la première fois que nous faisons voile ensemble sans qu'il me communique franchement le but de notre croisière ; il ne m'en a pas dit un seul mot depuis notre départ de Brest.

— C'est votre mauvaise honte qui en est cause. On voit bien que vous êtes du New-Jersey. Attendez que je me trouve bord à bord avec lui, et, sur mon honneur, ma curiosité obligée sur nos provinces de l'est saura tirer de lui tout ce que je veux savoir avant qu'il se passe une heure.

— J'en doute, répondit Griffith en riant ; ce serait un diamant qui voudrait en couper un autre. Vous le trouverez aussi fertile en évasions que vous pourriez être adroit dans un contre-interrogatoire.

— Quoi qu'il en soit, il m'en fournit l'occasion aujourd'hui. Je présume que vous savez qu'il m'a fait venir pour assister à une consultation qu'il veut avoir avec ses officiers sur des objets importants.

— Je l'ignorais, répondit Griffith en fixant ses yeux sur son ami avec surprise et attention. Qu'a-t-il donc à nous communiquer ?

— Faites cette question à votre pilote ; car tandis qu'il me parlait ainsi, notre vieux commandant ne faisait que tourner les yeux vers lui, comme s'il en eût attendu des signaux pour manœuvrer.

— Il y a dans cet homme et dans notre liaison avec lui un mystère que je ne puis pénétrer, dit Griffith. Mais j'entends la voix du capitaine Manuel qui nous appelle. On nous attend dans la cabane. Souvenez-vous de ne pas quitter le vaisseau sans me revoir.

— Comptez-y bien, mon cher ami. Après la consultation publique, il faut que nous ayons une consultation privée.

Ils se levèrent tous deux. Griffith ôtant son surtout du matin, passa à la hâte son uniforme, et prenant en main une épée qu'il tenait négligemment, il monta avec son ami sur le pont de la principale batterie, et tous deux entrèrent avec le cérémonial convenable dans la grande cabane de la frégate.

5

CHAPITRE VII

Parlez, Sempronius.

ADDISON. *Caton*.

Les préparatifs du conseil avaient été aussi courts qu'ils étaient simples. Le vieux commandant de la frégate reçut ses officiers avec des égards pointilleux, et, leur montrant les chaises placées autour d'une table qui occupait le centre de la cabane et qui y était clouée, il s'assit en silence, et chacun suivit son exemple sans autre cérémonie. Les droits du rang et de l'ancienneté furent pourtant observés strictement. A droite du capitaine était placé Griffith, comme tenant le premier rang après lui, et le commandant du schooner était à sa gauche. Le capitaine Manuel était assis près de Griffith, et les autres officiers suivaient, d'après l'ordre de préséance, jusqu'à l'autre bout de la table, qui était occupé par un homme ayant des membres d'athlète avec des traits durs, et qui remplissait la place de premier quartier-maître de la frégate.

Lorsque tout le monde fut placé et que le silence fut établi, le commandant, qui désirait avoir les avis de ses officiers inférieurs, ouvrit la séance en leur faisant part de l'objet sur lequel il voulait connaître leur opinion.

— D'après mes instructions, Messieurs, leur dit-il, je devais, après être arrivé sur les côtes d'Angleterre...

Voyant Griffith lever respectueusement la main en signe de silence, le vétéran s'interrompit pour lui demander la cause de ce geste.

— Nous ne sommes pas seuls, dit le lieutenant en jetant un coup d'œil dans un coin de la cabane où le pilote, assis devant une petite table, semblait donner toute son attention à l'examen d'une carte marine.

Le pilote l'entendit et le comprit fort bien; mais il ne fit pas un geste, et ses yeux ne quittèrent pas un instant la carte qu'il paraissait consulter.

— C'est M. Gray, répondit le capitaine; ses services nous seront nécessaires en cette occasion, et par conséquent il est utile de ne lui rien cacher.

Les jeunes officiers se regardèrent d'un air de surprise, et Griffith fit un signe de tête respectueux pour annoncer qu'il acquiesçait à la décision de son officier supérieur. Le capitaine reprit la parole.

— J'avais ordre, dit-il, d'attendre certains signaux qui devaient m'être faits de terre; signaux que j'ai effectivement aperçus. J'avais reçu les meilleures cartes, et des instructions qui m'ont mis en état d'entrer dans la baie que nous avons quittée hier au soir. Nous avons maintenant un pilote, et un pilote, Messieurs, qui nous a donné de telles preuves d'habileté, qu'aucun de nous ne peut hésiter, en quelque occasion que ce soit, à compter sur ses connaissances comme sur son intégrité.

Le capitaine se tut un instant pour jeter les yeux successivement sur tous ses officiers, comme s'il eût voulu recueillir leurs opinions sur ce point important. Chacun d'eux ayant fait une inclination de tête qui annonçait son approbation, il reprit la parole, en jetant un coup d'œil de temps en temps sur un papier qu'il tenait à la main.

— Vous savez tous, Messieurs, que la malheureuse question de représaille a été vivement agitée entre les deux gouvernements, le nôtre et celui de l'ennemi. Pour cette raison, et dans certaines vues politiques, nos commissaires à Paris jugent important que nous nous emparions de quelques individus marquants en Angleterre, tant pour nous servir d'otages contre les procédés de nos ennemis, que pour faire sentir les maux de la guerre sur leurs propres rivages à ceux qui les ont occasionnés. Nous sommes maintenant à portée de mettre ce plan à exécution, et je vous ai assemblés pour vous consulter sur les moyens que nous devons employer.

Un profond silence succéda à cette communication inattendue du but de la croisière. Après une courte pause le capitaine s'adressa au quartier-maître :

— Quelle marche me conseilleriez-vous de suivre, monsieur Boltrop?

Le vieux marin, sommé ainsi de donner son opinion sur un point difficile, étendit une de ses grosses mains sur la table, et commença à faire tourner un encrier avec beaucoup d'art, tandis que de l'autre il prit une plume qu'il porta à sa bouche, et qu'il paraissait mâcher avec le même plaisir que si c'eût été une feuille de la fameuse herbe de Virginie. Voyant enfin qu'on attendait une réponse, il regarda à droite, puis à gauche, et finit par dire ce qui suit d'une voix rauque et enrouée, que les brouillards et l'humidité de la mer avaient privée de tout ce qui aurait pu ressembler à de la mélodie :

— Si ce que vous dites est un ordre, capitaine, il faut le remplir, je suppose; car la vieille règle est : — Obéissez aux ordres, quand vous devriez ruiner l'armateur ; — quoique l'ancienne maxime qui dit : — Une main pour l'armateur et l'autre pour vous, — ne soit pas mauvaise, car elle a sauvé plus d'un navire dont la perte aurait fait la balance des registres du munitionnaire. Ce n'est pas que je veuille dire que les registres du munitionnaire ne valent pas ceux de toute autre personne, mais c'est que quand un homme est mort il n'y a plus de compte à lui demander. Ainsi donc, s'il faut exécuter les ordres, la question suivante est : — comment faut-il les exécuter ? — A cet égard il y a bien des gens qui savent quand un vaisseau porte trop de voiles, mais ce n'est pas l'affaire de tout le monde de savoir les diminuer. Ainsi donc, s'il faut réellement faire des prisonniers, il faut débarquer un détachement pour s'en emparer, ou bien les tromper par de faux signaux et de faux pavillons pour les attirer vers le vaisseau. Quant au débarquement, vous ferez attention, capitaine Munson, que je ne parle que pour un, et c'est moi; je vous dirai que si vous pouvez faire entrer la tête de la frégate par la fenêtre de la salle à manger du roi d'Angleterre, j'y consens de tout mon cœur, et je me soucie fort peu qu'on lui casse ses vitres. Mais appuyer le bout du pied sur les côtes sablonneuses (je ne parle que pour un, comme je le disais), si j'en fais rien, je veux être damné.

Les jeunes officiers sourirent de la manière franche et rude avec laquelle le vieux marin exprimait ses sentiments, sa chaleur croissant avec son sujet jusqu'à ce qu'il arrivât à ce qui était pour lui le dernier argument dans toute la discussion. Le capitaine, qui n'était lui-même qu'un élève un peu plus policé de cette ancienne école de marine, parut comprendre parfaitement ce qu'il voulait dire, et sans perdre l'impassibilité de ses traits, il demanda l'opinion du dernier lieutenant.

Ce jeune homme parla avec tant de timidité et de défiance de lui-même, que son discours ne fut pas beaucoup plus intelligible que celui du vieux quartier-maître; tout ce qu'on put y reconnaître, fut qu'il n'avait pas la même répugnance à mettre le pied sur la terre ferme.

Les opinions des autres devinrent graduellement plus claires et plus précises, presque en proportion de leur rang et de leur temps de service. Enfin le tour du capitaine des soldats de marine arriva, et il laissa percer l'orgueil de sa profession en parlant sur un sujet qui avait beaucoup plus de rapport à ses devoirs habituels qu'à tout ce qu'il voyait se passer journellement à bord de la frégate.

— Il me paraît, Monsieur, dit-il en s'adressant au capitaine, que le succès de cette expédition dépend entièrement de la manière dont elle sera conduite.

Après cet exorde lucide, il hésita un moment comme pour recueillir ses idées, afin de produire une impression qui exclût toute réplique.

— Le débarquement, continua-t-il, doit naturellement se faire sur une belle côte, sous les canons de la frégate, et il serait bon que le schooner se plaçât de manière à pouvoir faire feu en flanc pour protéger les troupes quand elles débarqueront. Les arrangements pour l'ordre de la marche dépendront beaucoup de la distance à parcourir; mais je crois qu'une avant-garde de matelots doit agir comme un corps de pionniers en avant de la colonne des soldats de marine, et les précéder à quelque distance, tandis que les bagages et un détachement pour les garder resteront à bord de la frégate jusqu'à ce que l'ennemi soit repoussé dans l'intérieur, et alors ils pourront avancer sans danger. Il faudra aussi deux corps sur nos flancs, sous les ordres de deux des plus anciens midshipmen; et l'on pourrait former un corps d'infanterie légère, composé des mousses les plus âgés, pour coopérer avec les soldats de marine. Quant aux marins armés de mousquets et de piques d'abordage, M. Griffith les commandera de droit en personne, et il en formera un corps de réserve, mon expérience et mes connaissances dans l'art militaire devant me donner le commandement général.

— A ravir, maréchal-de-camp! s'écria Barnstable avec une gaieté que n'arrêtaient jamais ni les temps ni les lieux; vous ne

devriez pas souffrir que l'eau salée rouillât vos boutons. C'est
dans le camp de Washington, sous sa tente même, que vous
devriez suspendre votre hamac. Morbleu! Monsieur, croyez-vous
donc que nous ayons envie d'envahir l'Angleterre?

— Je sais que tout mouvement militaire doit être exécuté avec
précision, monsieur Barnstable, répondit le capitaine Manuel;
je suis accoutumé aux sarcasmes des officiers de marine, et je n'y
fais aucune attention, parce que je sais qu'ils sont le résultat de
l'ignorance. Si le capitaine Munson est disposé à me charger du
commandement de cette expédition, il verra que les soldats de
marine sont bons à autre chose qu'à monter la garde et à tirer
des saluts.

Se détournant alors de son antagoniste, il continua de s'adresser
à leur supérieur commun, comme s'il eût dédaigné de parler plus
longtemps à un homme qui, d'après la nature de l'affaire dont il
s'agissait, n'était pas en état de le comprendre.

— Avant de nous mettre en marche, capitaine Munson,
ajouta-t-il, il sera prudent de faire faire une reconnaissance; et
comme, dans le cas où nous serions repoussés, il pourrait être
nécessaire de nous défendre, vous me permettrez de vous recommander la formation d'un autre corps armé des outils nécessaires
pour faire des retranchements; il pourrait être très-utile, soit
pour creuser des lignes de circonvallation, soit pour élever des
redoutes. Au surplus, je présume qu'on trouverait des outils en
abondance dans le pays, et, au besoin, on pourrait mettre les
paysans en réquisition pour ce service.

C'en était trop pour Barnstable, et il partit d'un grand éclat
de rire que personne ne jugea à propos d'interrompre, quoique
Griffith, en détournant la tête pour cacher un sourire, vît le
pilote jeter un coup d'œil d'impatience sur le jeune lieutenant
avec une expression qu'il ne sut trop comment interpréter. Lorsque le capitaine Munson crut que Barnstable avait assez ri, il lui
demanda du ton le plus calme ce qu'il trouvait de si amusant dans
ce que venait de dire le capitaine Manuel.

— C'est un plan de campagne tout entier! s'écria Barnstable;
il faudrait l'envoyer au congrès par un exprès avant que les Français ne se mettent en campagne.

— Avez-vous un meilleur plan à proposer? lui demanda le
capitaine avec sa tranquillité ordinaire.

— Un meilleur! s'écria-t-il, oui, sans doute; un plan qui n'exige ni délai, ni embarras. C'est un coup de main de marine dont il s'agit, et c'est par le moyen de la marine qu'il faut l'exécuter.

— Pardon, monsieur Barnstable, dit le capitaine Manuel, à qui son orgueil militaire ne laissait aucun goût pour la plaisanterie, s'il y a quelque service à faire sur terre, je réclame comme un droit d'y être employé.

— Réclamez tout ce qu'il vous plaira, capitaine; mais que voulez-vous faire avec une poignée de gens qui ne savent pas seulement distinguer la poupe d'un bâtiment d'avec sa proue? Croyez-vous que pour commander la manœuvre sur une chaloupe ou un cutter qui s'approche des côtes, il n'y ait qu'à dire demi-tour à droite ou à gauche, comme à vos soldats? Non, non, capitaine Manuel; j'honore votre courage, car je l'ai vu à l'épreuve, mais du diable si...

— Vous oubliez que nous attendons votre plan, monsieur Barnstable, dit le vétéran.

— Je vous demande un peu de patience, Monsieur, répondit Barnstable; il n'est besoin d'aucun plan. Faites-moi connaître les gisements et la distance de l'endroit où l'on peut trouver les gens dont vous désirez vous emparer, et je me charge de l'affaire en supposant une mer calme et point de rochers. Vous m'accompagnerez, monsieur le pilote; car je crois que vous avez dans la tête une meilleure carte du fond de ces mers qu'on en ait jamais fait d'aucune partie de la terre. Je chercherai un bon ancrage, ou, si le vent souffle de la côte, le schooner se tiendra bord sur bord jusqu'à ce que nous soyons prêts à reprendre le large. Je prendrai, pour débarquer, ma barque avec Tom Coffin et un équipage complet, et, me rendant à l'endroit que vous m'aurez indiqué, je m'emparerai des hommes que vous voulez avoir, et je les amènerai à bord. C'est une expédition tout à fait navale; mais comme le pays est assez bien peuplé, il sera bon d'attendre les ombres de la nuit pour exécuter notre incursion à terre.

— Monsieur Griffith, dit le capitaine, nous n'attendons que votre avis, et alors, en comparant les opinions, nous pourrons décider quel parti est le plus prudent.

Le premier lieutenant, pendant toute cette discussion, avait été absorbé dans ses rêveries, et n'en était peut-être que mieux préparé à donner son opinion. Montrant le pilote qui était der-

rière lui, toujours dans la même attitude, il commença par dire
au capitaine :

— Votre intention est-elle que M. Gray accompagne l'expédition ?

— Sans contredit.

— Et c'est de lui que vous attendez les renseignements nécessaires pour diriger nos opérations ?

— Vous ne vous trompez pas.

— Eh bien! Monsieur, s'il a sur terre la moitié de l'habileté
dont il a fait preuve sur mer, je garantis le succès.

En prononçant ces mots, il adressa un léger salut au pilote, qui
y répondit par une inclination de tête faite d'un air froid.

— Maintenant, continua Griffith, j'en demande bien pardon à
monsieur Barnstable et au capitaine Manuel, mais je réclame le
commandement de l'expédition, comme m'appartenant de droit
en vertu du rang que j'occupe sur ce vaisseau.

— Une expédition de cette nature appartient naturellement au
schooner, s'écria Barnstable avec impatience.

— Nous pourrons trouver tous assez de besogne, répondit Griffith en faisant un signe des yeux à son ami, qui le comprit aussitôt.
Du reste, je n'adopte entièrement l'avis ni de l'un ni de l'autre.
On dit que depuis que nous avons paru sur cette côte, les maisons
des personnes les plus distinguées sont gardées par de petits déta-
chements de soldats tirés des villes voisines.

— Qui dit cela? s'écria le pilote en s'avançant vers eux avec
une vivacité qui causa un étonnement général.

— Je le dis, Monsieur, répondit le lieutenant après le premier
mouvement de surprise.

— Indiquez une maison, répliqua le pilote, nommez un individu
qui ait reçu une telle protection.

Griffith leva la tête pour regarder fixement l'étranger qui se
permettait de prendre la parole sans être interrogé, et cédant à
sa fierté naturelle, il hésitait à lui répondre; mais se rappelant
ce que lui avait dit le capitaine, et les services récemment rendus
par le pilote, il lui dit d'un ton qui annonçait quelque embarras :

— Je sais positivement que cette mesure a été prise chez le
colonel Howard, qui demeure à quelque milles des côtes, du côté
du nord

Ce nom causa au pilote une sorte de tressaillement involontaire.